QUANDO AS MULHERES ERAM DRAGOAS

QUANDO AS MULHERES ERAM DRAGOAS

tradução: Lavínia Fávero

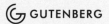

Copyright © 2022 Kelly Barnhill
Copyright desta edição © 2024 Editora Gutenberg

Título original: *When Women Were Dragons*

Todos os direitos reservados pela Editora Gutenberg. Nenhuma parte desta publicação poderá ser reproduzida, seja por meios mecânicos, eletrônicos, seja via cópia xerográfica, sem a autorização prévia da Editora.

EDITORA RESPONSÁVEL
Flavia Lago

EDITORAS ASSISTENTES
Natália Chagas Máximo
Samira Vilela

PREPARAÇÃO DE TEXTO
Samira Vilela

REVISÃO
Natália Chagas Máximo

ILUSTRAÇÃO DE CAPA
Charlotte Day

CAPA
Emily Mahon

ADAPTAÇÃO DE CAPA
Arthur Carrião

DIAGRAMAÇÃO
Waldênia Alvarenga

Dados Internacionais de Catalogação na Publicação (CIP)
Câmara Brasileira do Livro, SP, Brasil

Barnhill, Kelly
    Quando as mulheres eram dragoas / Kelly Barnhill ; tradução Lavínia Fávero. -- 1. ed. -- São Paulo : Gutenberg, 2024.

    Título original: When Women Were Dragons.

    ISBN 978-85-8235-728-6

    1. Ficção norte-americana I. Título.

24-189969   CDD-813

Índices para catálogo sistemático:

1. Ficção : Literatura norte-americana 813

Tábata Alves da Silva - Bibliotecária - CRB-8/9253

A **GUTENBERG** É UMA EDITORA DO **GRUPO AUTÊNTICA** ©

São Paulo
Av. Paulista, 2.073 . Conjunto Nacional
Horsa I . Salas 404-406 . Bela Vista
01311-940 . São Paulo . SP
Tel.: (55 11) 3034 4468

Belo Horizonte
Rua Carlos Turner, 420
Silveira . 31140-520
Belo Horizonte . MG
Tel.: (55 31) 3465 4500

www.editoragutenberg.com.br
SAC: atendimentoleitor@grupoautentica.com.br

Para Christine Blasey Ford,
cujo depoimento foi o estopim desta narrativa.

E para minhas crianças –
dragoas, todos elas.

"O dragão fica na montanha, é sábio e se orgulha de seus tesouros."
Provérbio anglo-saxão.

"Tinham aparência feroz e forma terrível, com cabeça enorme, pescoço comprido, rosto estreito, pele amarelada, orelhas caídas, testa protuberante, olhos ferinos, boca fétida, dentes de cavalo, garganta que vomitava chamas, maxilares tortos, lábios grossos, voz estridente, cabelo chamuscado, bochechas gordas, peito de pombo, coxas sarnentas, joelhos saltados, tornozelos inchados, pés chatos, bocas largas e gritos estrepitosos. Tornavam-se tão terríveis de ouvir, quando davam seus berros poderosos e esganiçados, que quase todo o espaço compreendido entre o céu e a Terra era preenchido por seus urros dissonantes."
Vida de São Gustavo de Crowland, escrito por Felix, monge da Ânglia Oriental, em cerca de 730 d.C., no qual o devotado monge descreve os ocupantes originais da montanha onde o santo tentou construir seu eremitério.

"Se eu, como Salomão…
pudesse ter meu desejo atendido –
Meu desejo… Ah, ser uma dragoa,
um símbolo do poder celeste – do tamanho
de um bicho-da-seda ou imenso, por vezes invisível.
Benfazejo fenômeno!"
O To Be a Dragon ["Ah, ser uma dragoa"],
de Marianne Moore, 1959.

Quando as mulheres se tornaram dragoas

Relato verdadeiro
da vida de Alex Green —
Física. Acadêmica. Ativista. Ainda humana.
Um livro de memórias — ou algo assim.

Saudações, minha mãe,

Não tenho muito tempo. Esta transformação (uma transformação tão, mas tão assombrosa) se abate, neste exato momento, sobre mim. Não seria capaz de impedi-la nem se eu quisesse. E não tenho o menor interesse de querer ou de tentar.

Não escrevo estas linhas motivada pela tristeza. Não há lugar para tristeza em um coração repleto de fogo. A senhora irá dizer aos outros que não me criou para ser uma mulher raivosa, e essa afirmação está correta. Nunca tive permissão para ser raivosa, tive? Minha habilidade de descobrir e de compreender o poder da minha própria raiva é algo que me foi negado. Até que, finalmente, aprendi a parar de negar quem sou.

A senhora me disse, no dia do meu casamento, que eu estava me casando com um homem duro, e que teria o prazer amolecê-lo. "São as mulheres boas que despertam a bondade dos homens", disse a senhora. Essa mentira se tornou evidente na primeira noite que dormimos juntos. Meu marido não era um homem bom e nada seria capaz de torná-lo bom, nunca. Eu me casei com um homem petulante, instável, pusilânime e vil do ponto de vista moral. A senhora sabia disso e, apesar de tudo, sussurrou segredos de mãe no meu ouvido e me disse que a dor valeria a pena, por causa dos bebês que lhe traria um dia.

Mas não apareceu nenhum bebê, não é? As surras que meu marido me deu se encarregaram disso. E, agora, irei me encarregar dele. Com garras e dentes. A injustiçada se torna a portadora de um fogo celeste e justo. Que arde dentro de mim, neste exato momento. E me dou conta de que não sou presa à Terra, não sou presa a esse homem nem aos deveres de esposa nem à dor das mulheres.

Não me arrependo de nada.

Não sentirei sua falta, minha mãe. Talvez, sequer me recorde da senhora. Será que a flor se recorda da vida que teve enquanto era semente? Será que a fênix se recorda de si enquanto queima para depois ressurgir das cinzas? A senhora nunca mais irá me ver. Serei uma mera sombra que passa pelo céu: fugaz, ligeira e completamente pregressa.

Excerto de carta escrita por Marya Tilman, dona de casa da cidade de Lincoln, estado de Nebrasca. Marya é o primeiro caso cientificamente comprovado de dragonização espontânea ocorrido nos Estados Unidos antes da Dragonização em Massa de 1955 – data também conhecida como Dia das Mães Desaparecidas. A dragonização de Marya, de acordo com os relatos de testemunhas oculares, aconteceu durante o dia, em 18 de setembro de 1898, durante uma comemoração de noivado regada a limonada, que ocorria no jardim dos vizinhos de porta. As informações e os dados referentes ao caso da senhora Tilman foram suprimidos pelas autoridades. Apesar da grande quantidade de evidências que corroboram o caso, incluindo a captura acidental de um daguerreótipo tirado na casa ao lado, mostrando, com clareza chocante, a dragonização em curso, e de depoimentos assinados por testemunhas, não houve cobertura do caso em nenhum jornal sequer – nem local nem nacional –, e todos os estudos organizados para pesquisar o fenômeno foram impedidos tanto de obter financiamento quanto de serem publicados. Cientistas, jornalistas e pesquisadores foram demitidos e entraram na lista proibida apenas por terem feito perguntas a respeito do caso Tilman. Não foi a primeira vez que tais blecautes de pesquisa ocorreram, mas a pura e simples qualidade das evidências e o vigor dos esforços governamentais para suprimi-las foram suficientes para ensejar a formação do Coletivo de Pesquisa Serpe, uma associação clandestina de médicos, cientistas e estudantes dedicados à preservação das informações e ao estudo (com avaliação de pares, sempre que possível) da dragonização, tanto espontânea quanto intencional, com o objetivo de entender mais sobre esse fenômeno.

Cavalheiros,

Não cabe a mim dizer como os senhores devem trabalhar. Sou cientista, não congressista. Minha obrigação é levantar questionamentos, registrar observações cuidadosamente e analisar os dados com vigor, na esperança de que outros possam levantar mais questões depois de mim. Não pode haver Ciência sem o questionamento de crenças tão arraigadas, tampouco sem que as aversões e os vieses pessoais sejam demolidos. Não pode haver Ciência sem disseminação livre e ilimitada da verdade. Quando os senhores, que criam as políticas, tentam empregar seu poder para cercear o entendimento e impedir a livre troca de conhecimento e de ideias, não sou eu quem sofre as consequências, mas toda a nação e, mais que isso, o mundo como um todo.

Nosso país perdeu centenas de milhares de esposas e mães no dia 25 de abril de 1955, devido a um processo que mal podemos compreender – não porque esse processo seja, por natureza, incognoscível, mas porque a Ciência foi tanto proibida de buscar explicações quanto teve suas respostas prejudicadas. Essa situação é insustentável. Como pode uma nação reagir a uma crise como essa sem a colaboração de cientistas e médicos, sem o compartilhamento de achados clínicos e dados laboratoriais? A transformação em massa que ocorreu no dia 25 de abril de 1955 é sem precedentes no que tange ao seu tamanho e escopo. Mas não foi – por favor, senhores, é importante que me permitam terminar de falar –, não foi uma anomalia. Tais coisas já ocorreram antes e lhes digo, sem rodeios, que a chamada "dragonização" continua ocorrendo nos dias de hoje, um fato que seria mais conhecido e compreendido se os médicos e os pesquisadores que estudaram esse fenômeno não tivessem perdido seus cargos e meios de subsistência nem enfrentado o horror de terem seus laboratórios e registros esquadrinhados e destruídos pelas autoridades. Sei muito bem que falar com os senhores de forma franca e aberta no dia de hoje me coloca em grande risco de aniquilar o que restou de minha carreira. Mas sou cientista, senhores, e devo lealdade não a este corpo, nem sequer a mim mesmo, mas apenas à verdade. Quem se beneficia quando o conhecimento é enterrado? Quem se beneficia quando a Ciência sucumbe à conveniência política? Eu é que não, congressistas. E, certamente, não é o povo norte-americano, ao qual os senhores têm a obrigação de servir, em nome da honra.

Trecho do discurso de abertura dado pelo Dr. H. N. Gantz (ex-chefe de Medicina Interna do Hospital Universitário Johns Hopkins e ex-pesquisador do Instituto Nacional de Saúde, do Pelotão Médico do Exército e da Administração Nacional das Ciências) ao Comitê de Atividades Antiamericanas do Congresso, em 9 de fevereiro de 1957.

1

Eu tinha 4 anos quando vi uma dragoa pela primeira vez. Não cheguei a contar para minha mãe. Achei que ela não entenderia.

(Estava enganada, óbvio. Mas eu estava enganada a respeito de tanta coisa em relação a ela. Isso não é tão raro assim. Acho que, talvez, ninguém conheça a própria mãe, não de fato. Ou, pelo menos, só conhece quando é tarde demais.)

O dia em que vi essa dragoa foi, para mim, um dia de perda, numa época de instabilidade. Minha mãe tinha sumido há mais de dois meses. Meu pai, cujo rosto se tornou tão vazio e sem expressão quanto uma mão enluvada, não me deu nenhuma explicação. Minha tia Marla, que veio ficar na nossa casa para cuidar de mim durante a ausência da minha mãe, era uma lacuna parecida. Nenhum dos dois falava da condição ou do paradeiro de minha mãe. Não me disseram quando ela voltaria. Eu era criança e, portanto, não recebi nenhuma informação, nenhuma referência, nada que me desse condições de fazer perguntas. Os dois me falaram para ser uma menina boazinha. Esperavam que eu fosse me esquecer.

Naquela época, uma velhinha morava no nosso beco, do outro lado da rua. Ela tinha um jardim, um belo galpão e várias galinhas, que viviam em um galinheiro pequeno, com uma coruja falsa empoleirada no teto. Às vezes, quando eu ia até o quintal dessa vizinha dar um *oi*, ela me dava um maço de cenouras. Às vezes, me oferecia um ovo. Ou um biscoito. Ou um cesto de morangos. Eu adorava essa velhinha. Para mim, ela era a única coisa sensata num mundo que, não raro, era insensato. Falava com um sotaque carregado – polonês, descobri muito tempo depois – e me chamava de "*żabko*", porque eu estava sempre saltitando feito um sapo, e depois me fazia trabalhar colhendo fisális, tomatinhos, capuchinhas ou ervilhas-de-cheiro. E, depois de um tempo, pegava na minha mão e me levava para casa, advertindo mamãe (antes de ela sumir) ou minha tia (durante os longos meses em que minha mãe ficou ausente): "É bom ficar de olho nela", era o conselho que a velhinha dava, "senão, um dia desses ela vai criar asas e fugir voando".

Foi bem no fim de julho que avistei a dragoa, numa tarde úmida, de um calor opressivo. Um daqueles dias em que a tempestade fica pairando bem na beirada do céu, avolumando-se, com seus murmúrios entrecortados, por horas e horas, só esperando para trazer aqueles seus redemoinhos de opostos – ofuscando a luz, urrando para os silêncios e absorvendo toda a umidade do ar, feito uma grande esponja encharcada. Naquele momento, contudo, a tempestade ainda não havia caído, e o mundo inteiro estava simplesmente em compasso de espera. O ar estava tão úmido e quente que quase chegava a ser palpável. Meu couro cabeludo suava, umedecendo minhas tranças, e meu vestido casinha de abelha ficou amarrotado por causa das minhas mãos grudentas.

Eu me lembro do latido em *staccato* do cachorro de um vizinho.

Eu me lembro do ronco distante de um motor sendo acionado. Provavelmente era minha tia, consertando o carro de mais um vizinho. Minha tia era mecânica, e diziam que tinha mãos mágicas. Era capaz de fazer qualquer máquina quebrada voltar à vida.

Eu me lembro do estranho e elétrico murmurar das cigarras, chamando as companheiras de árvore em árvore. Me lembro das partículas flutuantes de poeira e pólen que pairavam no ar, brilhando na réstia de luz.

E me lembro de uma série de ruídos vindos do quintal do vizinho. O urro de um homem. O grito de uma mulher. Um suspiro de pânico. Um encontrão e uma pancada. E, em seguida, um silencioso e perplexo "Oh!".

Todas essas lembranças são claras e aguçadas, feito cacos de vidro. Eu não tinha como compreendê-las na época, não tinha como encontrar o elo entre instantes distintos – e, aparentemente, sem relação nenhuma – e essas pequenas informações. Levei anos para descobrir como encaixá-las. Guardei-as como qualquer criança o faz: em uma coleção mal-ajambrada de objetos pontiagudos, de cores vivas, enfiados nas prateleiras mais recônditas, nos cantos mais empoeirados de nossos sistemas de organização mental. Elas ficam ali, as lembranças, chacoalhando na escuridão. Arranhando as paredes. Bagunçando nossa cuidadosa organização daquilo que acreditamos ser verdade. E nos ferindo quando nos esquecemos do quanto são perigosas e as seguramos com demasiada força.

Abri o portão dos fundos e entrei no quintal da velhinha, como já fizera centenas de vezes. As galinhas estavam em silêncio. As cigarras pararam de murmurar e os pássaros, de cantar. A velhinha não estava em lugar nenhum. Em vez dela, bem no meio do pátio, vi uma dragoa sentada entre os tomates e o galpão. Tinha uma expressão pasma no enorme rosto. Olhava fixamente para as próprias mãos. Olhava fixamente para os próprios pés. Espichou o pescoço para trás, para tentar vislumbrar as asas. Eu não gritei. E não saí correndo. Eu sequer me mexi. Simplesmente fiquei parada, grudada no chão, sem tirar os olhos da dragoa.

Por fim, como eu tinha ido até lá para ver a velhinha e era uma garotinha extremamente voluntariosa, pigarreei e exigi saber quem ela era. A dragoa olhou para mim, surpresa. Não falou nada. Piscou apenas um olho. Pôs o dedo no maxilar sem lábios, como se dissesse "shhh". E aí, sem cerimônia, enrolou as pernas debaixo do corpo grande, como se fossem uma mola, inclinou o rosto para cima, na direção das nuvens, abriu as asas e, soltando um grunhido, tomou impulso na terra e pulou em direção ao céu. Fiquei observando a criatura subir cada vez mais e, uma hora, ela fez um arco para a esquerda e sumiu, bem acima do vasto topo dos olmos.

Após isso, eu nunca mais vi a velhinha. Ninguém tocava no nome dela. Parecia que nossa vizinha nunca existira. Tentei perguntar, mas não tinha informações suficientes para sequer formular uma pergunta. Eu buscava, nos adultos que faziam parte da minha vida, por sentido ou conforto, mas não encontrei. Só encontrei silêncio. A velhinha havia sumido. Eu tinha visto algo que não era capaz de compreender. Mas não havia espaço para comentar sobre isso.

Um dia, lacraram as janelas e portas da casa dela com tábuas. O quintal ficou cheio de mato e o jardim se tornou um emaranhado só. As pessoas passavam pela casa da velhinha sem sequer repararem nisso.

Eu tinha 4 anos quando vi uma dragoa pela primeira vez. Tinha 4 anos quando aprendi a ficar calada quando o assunto são dragoas. Talvez seja assim que aprendemos a ficar caladas – uma ausência de palavras, uma ausência de contexto e um buraco no universo onde a verdade deveria estar.

2

Foi numa terça-feira que minha mãe voltou para mim. Mais uma vez, não recebi nenhuma explicação, nada que me tranquilizasse: apenas um silêncio em relação àquele assunto gelado, pesado e impassível, feito um bloco de gelo que grudou no chão. Era mais um assunto proibido, pura e simplesmente. Foi, se me lembro bem, pouco mais de duas semanas depois de a velhinha da casa da frente desaparecer. E de o marido dela, coincidentemente, também ter desaparecido. (Ninguém comentou *esse assunto*, tampouco.)

No dia em que minha mãe voltou, minha tia Marla estava frenética: limpava a casa e atacava meu rosto com uma toalhinha quente sem parar, escovava meu cabelo de forma obsessiva, até deixá-lo brilhando. Eu reclamei bem alto e tentei, sem sucesso, me desvencilhar dela, que me segurava com força.

– Já chega – disse minha tia, meio ríspida –, pare com isso. Queremos que você esteja bem arrumada, não queremos?

– Pra quê? – perguntei. E mostrei a língua para ela.

– Por nenhum motivo em especial. – Ela respondeu num tom categórico, ou tentou ser obviamente categórica. Mas, mesmo criança, fui capaz de ouvir o ponto de interrogação escondido ali. Tia Marla me soltou e ficou levemente corada. Levantou e olhou pela janela. Franziu o cenho e, em seguida, voltou a passar aspirador na casa. Poliu os detalhes cromados do forno e esfregou o chão. Todos os vidros das janelas brilhavam feito água. Todas as superfícies cintilavam feito óleo. Fiquei sentada no meu quarto com minhas bonecas (das quais eu não gostava) e com meus blocos de montar (dos quais gostava), emburrada.

Ouvi o ronco grave do carro de meu pai chegando em casa perto da hora do almoço. O que era extremamente incomum, porque ele nunca voltava para casa no meio de um dia útil. Eu me aproximei da janela e encostei o nariz no vidro, deixando nele uma única mancha redonda. Meu pai saiu pela porta do motorista e ajeitou o chapéu. Passou a mão nos contornos lisos do capô, foi até o outro lado do carro e abriu a porta do carona com a mão estendida. Outra mão a segurou. Prendi a respiração.

Uma desconhecida saiu do carro, usando as roupas da minha mãe. Uma desconhecida cujo rosto era parecido com o da minha mãe, mas que era inchado onde deveria ser delicado, magro onde deveria ser rechonchudo. A mulher era mais pálida do que minha mãe, e seu cabelo, escasso e sem brilho, estava todo em tufos e penachos, deixando partes do couro cabeludo à mostra. O caminhar era instável e hesitante – aquela mulher não tinha nada do andar confiante da minha mãe. Retorci os lábios, que ficaram parecendo um nó.

Os dois começaram a se aproximar da nossa casa lentamente, meu pai e aquela desconhecida. Meu pai estava com o braço direito nos ombros de passarinho da mulher, segurando o corpo dela perto do seu. O chapéu estava um pouco para a frente, levemente inclinado para o lado, projetando uma sombra que escondia seu rosto. Não consegui ver a expressão dele. Assim que os dois chegaram no meio do caminho que levava à porta da frente, disparei correndo do meu quarto e cheguei, ofegante, à entrada. Limpei o nariz com as costas da mão e fiquei olhando para a porta, esperando.

Minha tia soltou um grito abafado e saiu correndo da cozinha, de avental na cintura, a borda de renda sussurrando ao roçar nos joelhos do macacão. Escancarou a porta e deixou que eles entrassem. Vi que as bochechas dela ficaram coradas ao ver aquela figura que usava as roupas da minha mãe, e seus olhos ficaram vermelhos e cheios d'água.

– Seja bem-vinda ao lar – disse minha tia, com a voz embargada. Então pôs uma mão sobre a boca e a outra no coração.

Olhei para minha tia. Olhei para a desconhecida. Olhei para meu pai. Fiquei esperando ouvir uma explicação, mas ninguém disse nada. Bati o pé no chão. Eles não esboçaram reação. Finalmente, meu pai pigarreou:

– Alexandra – disse ele.

– É Alex – sussurrei.

Meu pai ignorou meu comentário.

– Alexandra, não fique aí plantada. Dê um beijo na sua mãe. – Ele olhou as horas no relógio de pulso.

A desconhecida olhou para mim. Sorriu. O sorriso dela era meio parecido com o da minha mãe, mas o corpo era todo errado, o rosto era errado, o cabelo era todo errado, o cheiro era errado, e aquela situação era tão errada que me pareceu irremediável. Fiquei de pernas bambas e minha cabeça começou a latejar. Eu era uma criança séria naquela época – sisuda, introspectiva e não tinha muita tendência a chorar ou a fazer birra. Mas me lembro claramente da sensação de que algo ardia atrás dos meus olhos. Eu me lembro da minha respiração se transformando em soluços. Eu não era capaz de dar um único passo sequer. Ela sorriu e cambaleou, agarrando-se no braço esquerdo do meu pai, que não deu sinais de perceber. Ele virou o corpo, afastando-se ligeiramente, e olhou para o relógio de novo. Em seguida, me lançou um olhar severo.

– Alexandra – disse, apático. – Não me faça pedir de novo. Pense nos sentimentos de sua mãe.

Senti meu rosto ferver. Minha tia surgiu ao meu lado num piscar de olhos, me pegou no colo e me apoiou nos quadris, como se eu fosse um bebê.

– Beijos são melhores quando podemos beijar todos juntos – disse ela. – Venha, Alex. – E, sem dizer nem mais uma palavra, passou o braço na cintura da desconhecida e encostou o rosto no dela, obrigando o meu rosto a ficar bem no vão entre o pescoço e o ombro da desconhecida.

Senti a respiração da minha mãe no meu couro cabeludo. Ouvi o suspiro que ela deu, acariciando meu ouvido. Passei o dedo no tecido de seu vestido florido e folgado e cerrei o punho, segurando-o.

– Ah – falei, e minha voz foi mais um sussurro do que um som. Passei o braço na nuca da desconhecida. Não me lembro de ter chorado. Eu me lembro, sim, do lenço que minha mãe usava, da gola e da pele ficando úmidas. Eu me lembro de sentir gosto de sal.

– Bem, essa é a minha deixa – declarou meu pai. – Comporte-se, Alexandra. – Nessa hora, ele ergueu o queixo pontudo. – Marla – falou, fazendo sinal para minha tia com a cabeça. – Faça ela deitar – completou. E não disse nada à desconhecida. Minha mãe, quer dizer. Ele não disse nada à minha mãe. Talvez, agora, todos nós fôssemos desconhecidos.

Desse dia em diante, tia Marla continuou indo lá para casa de manhã, todos os dias, e ficava até bem depois de meu pai ter chegado do trabalho. Só voltava para a casa dela depois que a louça da janta estava lavada, o chão estava varrido, e minha mãe e meu pai estavam na cama. Cozinhava, cuidava da casa e brincava comigo durante os intermináveis descansos vespertinos da minha mãe. Tia Marla cuidava da casa e só ia para o trabalho na oficina mecânica aos sábados, apesar de isso deixar meu pai bravo, porque ele não tinha ideia do que fazer comigo nem com minha mãe durante um dia inteiro sozinho conosco.

– O aluguel não é grátis, afinal de contas – ela o fazia recordar, enquanto meu pai permanecia sentado, de um jeito petulante, em sua poltrona favorita.

No restante da semana, tia Marla era o pilar que sustentava o telhado da minha vida familiar. Dizia sentir-se feliz por fazer isso. Dizia que a única coisa que valia a pena ser feita era ajudar a irmã a se recuperar. Dizia que esse era seu emprego preferido, dentre todos os empregos possíveis. E acho que deve ter sido isso mesmo.

Minha mãe, nesse meio-tempo, andava pela casa feito um fantasma. Antes de desaparecer, era pequena, leve e delicada. Pés minúsculos. Traços minúsculos. Mãos compridas e frágeis, feito folhas de grama amarradas com uma fita. Quando voltou, estava ainda mais leve e frágil, se é que isso era possível. Era a casca descartada pelo grilo, que não serve mais. Ninguém comentou esse assunto; era mais um tópico proibido. Seu rosto era pálido como as nuvens, com exceção da pele escura, feito tempestade, em volta dos olhos. Cansava-se com muita facilidade e dormia muito.

Minha tia fazia questão de que ela tivesse saias passadas para vestir. E luvas engomadas. E sapatos engraxados. E blusas bonitas. Fazia questão de que tivesse cintos do tamanho adequado para ajustar as roupas folgadas ao seu corpinho minúsculo. Quando as falhas no cabelo começaram a sumir e os fios voltaram, tia Marla chamou a cabeleireira para vir em casa, depois a mulher da Avon. Pintava as unhas da minha mãe, a elogiava quando comia e vivia dizendo que ela estava voltando a ser o que era. Eu ficava matutando isso. O que mais ela poderia ser? Tinha vontade de perguntar, mas não tinha palavras para elaborar tal pergunta.

Tia Marla, nessa época, se tornou o oposto de minha mãe. Era alta, de ombros largos e tinha um jeitão de homem. Conseguia levantar objetos pesados que meu pai não conseguia. Nunca a vi de saia, nem uma única vez. Ou de scarpin. Minha tia usava calças de cintura alta com cinto e andava pisando firme em seus coturnos. Às vezes, colocava um chapéu masculino, meio de lado, por cima dos cachos presos, que sempre cortava curtos. Usava batom vermelho escuro, o que minha mãe achava chocante, mas as unhas estavam sempre curtas, rombudas e sem pintar, como as dos homens, o que minha mãe também achava chocante.

Minha tia, muito tempo atrás, pilotava aviões – primeiro, no Serviço Auxiliar de Transporte Aéreo, depois nas Forças Armadas Femininas, e depois, por pouco tempo, no Serviço Feminino de Aviação Civil, a SFAC, durante a primeira parte da Segunda Guerra, até que sofreu uma medida disciplinar, por motivos que jamais me contaram, e foi obrigada a ficar apenas consertando motores, em vez de voar. E ela consertava motores muito bem. Todo mundo queria a ajuda da minha tia. Ela saiu da SFAC abruptamente, quando meus avós morreram, e arrumou emprego de mecânica numa oficina de carros para pagar a faculdade da minha mãe. Depois, simplesmente continuou fazendo isso. Eu só soube que era estranho uma moça ter essa ocupação muito tempo depois. No trabalho, minha tia passava o dia debruçada sobre veículos com motores defeituosos ou enfiada embaixo deles, trazendo-os de volta à vida com suas mãos mágicas. E acho que ela gostava do que fazia. Mas, mesmo quando eu era bem pequena, percebia que os olhos dela sempre se erguiam para o céu, com um ar de quem sente falta de casa.

Eu amava minha tia, mas também a odiava. Eu era criança, afinal de contas. E queria que minha *mãe* fizesse o café da manhã e que minha *mãe* me levasse para o parque e que minha *mãe* olhasse feio para meu pai quando ele saía da linha, de novo. Mas, agora, era minha tia que fazia todas essas coisas, e eu não conseguia perdoá-la por isso. Foi a primeira vez que percebi que as pessoas podem ter sentimentos contrários ao mesmo tempo.

Certa vez, quando deveria estar tirando um cochilo, saí de fininho da cama e fui, na ponta dos pés, até o escritório do meu pai, que ficava ao lado do banheiro principal, perto do quarto dos meus pais. Entreabri a porta, só uma frestinha, e espiei lá dentro. Eu era uma criança curiosa. E estava sedenta por informações.

Mamãe estava deitada na cama sem roupa, o que era raro. Tia Marla estava sentada do lado dela, passando óleo em sua pele com movimentos amplos e confiantes. O corpo da minha mãe estava coberto de cicatrizes – queimaduras largas e profundas. Levei a mão à boca. Será que ela tinha sido atacada por um monstro? Será que alguém me contaria caso isso tivesse ocorrido? Pus os dentes na parte mais carnuda dos dedos e mordi com força, para não gritar, enquanto observava. Onde deveriam estar os seios da minha mãe havia dois sorrisos bulbosos, de um cor-de-rosa vivo e chamativo, marcando a pele. Não consegui olhar para esses sorrisos por muito tempo. Minha tia passou os dedões cheios de óleo em todas as cicatrizes, uma por uma. Eu me encolhi de dor, porque minha mãe se encolheu de dor.

– Estão melhorando – comentou tia Marla. – Quando menos esperar, estarão tão claras que mal vai conseguir enxergá-las.

– Você está mentindo de novo – disse minha mãe, a voz fraca e seca. – Ninguém deveria continuar vivendo desse…

– Ah, pare com isso – minha tia interrompeu, em tom de censura. – Chega dessa conversa. Vi homens com cicatrizes bem piores durante a guerra, e eles continuaram vivendo, não é mesmo? Você também consegue. Espere só para ver. Vai viver mais do que todos nós. Rezei tanto que não vou me surpreender se você virar imortal. Dê a outra perna.

Minha mãe obedeceu, virou de costas para mim e ficou de lado, para que minha tia conseguisse massagear a perna esquerda e a parte de baixo do tronco com o óleo, afundando a base da mão nos músculos. Também havia queimaduras em suas costas. Ela sacudiu a cabeça, soltou um suspiro e falou:

– Você bem que gostaria que eu fosse Titono, não gostaria?

Marla deu de ombros.

– Ao contrário de você, não tive uma irmã mais velha para me obrigar a terminar a faculdade e não conheço todas essas suas referências chiques, dona espertinha. Mas é claro. Você poderia ser igualzinha a esse aí.

Minha mãe escondeu o rosto no braço dobrado.

– É da mitologia – explicou. – E também é o título de um poema que eu adorava. Titono era um homem, um mortal da Grécia antiga, que se apaixonou por uma deusa, e os dois resolveram se casar. Só que a deusa odiava pensar que o marido morreria um dia e, sendo assim, lhe concedeu a imortalidade.

– Que romântico – comentou minha tia. – Braço esquerdo, por favor.

– Na verdade, não – suspirou minha mãe. – Deuses são burros e têm uma visão limitada das coisas. Parecem crianças. – Nessa hora, ela sacudiu a cabeça. – Não. São piores. Parecem homens: não têm noção das consequências indesejadas nem da repercussão de seus atos. A deusa tirou de Titono a capacidade de morrer. Só que ele continuou envelhecendo, porque não passou pela cabeça dela lhe dar também a eterna juventude. Então, a cada ano, ele ficava mais velho, mais doente, mais fraco. Titono murchou e encolheu, foi ficando cada vez menor. Até que, enfim, ficou do tamanho de um grilo. A deusa simplesmente passou a levá-lo no bolso e, não raro, se esquecia completamente de que ele estava ali. O homem estava alquebrado, era inútil e não tinha nem um pingo de esperança de que algo pudesse mudar. Não foi nem um pouco romântico.

– Vire de barriga para baixo, querida – pediu minha tia, louca para mudar de assunto. Minha mãe gemeu ao trocar de posição. Tia Marla fuçou em seus músculos do mesmo jeito que fuçava nos carros: alisando, ajustando e consertando o que estava errado. Se existia alguém capaz de consertar minha mãe, esse alguém era minha tia. Ela estalou a língua e completou: – Bom, com todo esse óleo, não consigo imaginá-la secando desse jeito. Mas, depois do susto que passamos, depois de você quase... – A voz de tia Marla ficou levemente embargada. Então pressionou as costas da mão na boca e fingiu tossir. Mas, mesmo naquela época, sendo tão nova, eu sabia que era fingimento. Ela sacudiu a cabeça e voltou a trabalhar no corpo da minha mãe. – Bom, carregar você por aí no meu bolso para sempre não me parece tão ruim assim. Eu toparia, na verdade. – Minha tia pigarreou, mas as palavras saíram de sua boca meio enroladas. – Topo quando você quiser.

Não deveria me lembrar de nenhum detalhe dessa conversa. Mas, estranhamente, eu me lembro. Eu me lembro de cada palavra. Para mim, isso não é incomum – passei boa parte da minha infância decorando coisas ao acaso. Classificando coisas a esmo. Eu não sabia o que aquela conversa significava, mas sabia como me sentia em relação a ela. Senti a cabeça quente e o meu corpo gelado, e tive a impressão de que o espaço em volta vibrava e rodopiava. Eu precisava da minha mãe. Precisava que minha mãe estivesse bem, e, no meu raciocínio irracional de criança, achei que a maneira de fazer isso era conseguir que minha tia fosse embora. Se ela fosse embora, de acordo com os meus pensamentos, com certeza mamãe ficaria bem. Se ela fosse embora, ninguém precisaria alimentar minha mãe nem fazer suas tarefas na casa nem massagear seus músculos nem insistir para trocasse de roupa nem guardá-la em segurança em bolso nenhum. Minha mãe simplesmente seria minha mãe. E o mundo seria como deveria ser.

Voltei para o meu quarto e pensei na dragoa que vira no quintal da vizinha. Que me pareceu maravilhada com as próprias mãos, que tinham garras em vez de unhas, e com os próprios pés tortos. Que virava para trás para tentar enxergar as próprias asas. Eu me lembrei do suspiro de assombro e do "Oh!". Eu me lembrei que ela encolheu as patas traseiras e arqueou as costas. Dos contornos dos músculos por baixo da pele iridescente. De como abriu as asas, pronta para voar. E do impressionante voo que alçou. Eu me lembrei do suspiro de assombro que eu mesma dei quando a dragoa sumiu no meio das nuvens. Fechei os olhos e imaginei minha tia criando asas. Os músculos dela brilhando, com escamas metálicas. Seu olhar erguendo-se para o céu. Minha tia voando para bem longe.

Enrolei-me num cobertor e fechei bem os olhos – tentando, como uma criança, imaginar que isso era verdade.

O primeiro registro

de dragonização espontânea de que se tem conhecimento na história pode ser encontrado nos escritos, que ficaram perdidos por muito tempo, de Timeu de Tauromênio, por volta de 310 a.C. Esses manuscritos foram originalmente descobertos durante a escavação das vastas bibliotecas subterrâneas localizadas no coração do Palácio de Nestor, mas permaneceram sem ser lidos ou estudados até recentemente, devido ao fato de o cofre que os continha ter sido classificado erroneamente. Os fragmentos de Timeu, entre outras coisas, lançaram uma nova luz na pessoa histórica da rainha Dido de Cartago, sacerdotisa de Astarte, que enganou reis e foi pirata de alto-mar. Os relatos de sua vida na literatura (de Cícero a Virgílio, passando por Plutarco e quaisquer dos insuportáveis incultos que existiram entre eles) variam expressivamente – todos retratam diversos aspectos de uma mulher inegavelmente complexa, inescrutável e fundamentalmente desafiadora. Os relatos de sua morte, por outro lado, são deveras uniformes. Mais precisamente, dizem que Dido – motivada por luto, raiva, vingança ou simplesmente em um ato de autossacrifício para salvar a cidade fundada, construída e amada por ela – subiu calmamente na própria pira funerária, ateou fogo e se jogou sobre a espada do marido, dando seu último suspiro enquanto as chamas a engoliam. E, talvez, isso seja verdade.

Mas os escritos de Timeu fornecem uma visão alternativa. Os fragmentos do Livro 19, do Livro 24 e do Livro 49 de História de Timeu fazem referências tanto breves quanto fortuitas a um destino diferente da rainha Dido, apresentado de forma a supor que o leitor já conhece e compreende a história mencionada no texto. Tais referências fortuitas, poder-se-ia argumentar, são significativas, já que implicam que o escritor não vê necessidade de discutir sua visão dos acontecimentos – pelo contrário: ele simplesmente faz referência a uma narrativa para seus leitores contemporâneos, de modo a sugerir que é tanto aceita quanto aceitável. Timeu descreve que a rainha Dido, ladeada por suas sacerdotisas, ficou parada na praia observando o mar ficar turvo de tantos navios troianos sedentos pelo porto, pelas riquezas, pelos recursos naturais e pelas mulheres de Cartago. Timeu descreve Cartago como um seio abundante do qual Eneias e seu séquito ansiavam por mamar. E que a cidade inteira estremeceu diante da terrível sede desses homens.

Os fragmentos de Timeu fornecem pistas instigantes. No Livro 19, ele descreve que a rainha e suas sacerdotisas abriram suas vestimentas e as deixaram cair no chão. "Despiram suas vestes feito ninfas, e despiram seus corpos feito monstros", escreve Timeu, completando que "o mar ardeu com mil piras". Que espécie de monstro? E de quem eram essas piras? Timeu não diz. No Livro 24, escreve: "Ah, Cartago! Cidade de dragões! Ai de vós, por tereis dado as costas às suas protetoras sagradas! Dentro de uma geração, a nobre cidade de Dido foi ao chão, aos escombros". E, no Livro 49, ao descrever como Dido havia trapaceado o rei Pigmaleão e sua subsequente fuga pelo mar, Timeu escreve: "Durante sua jornada, a jovem rainha foi para ilhas que não constavam em nenhum mapa e pediu para que seus homens esperassem por ela dentro dos navios, enquanto ia nadando, sozinha, até a terra firme. Toda vez que voltava, trazia mulheres – para serem tanto sacerdotisas quanto esposas, foi o que disse aos homens. Os homens estremeceram ao ver essas mulheres e não sabiam dizer por quê. Ah, como seus olhos brilhavam! Ah, como suas vestes farfalhavam feito asas! E ah, que fúria ardia em seu ventre. Eram fortes como homens, tais sacerdotisas. Tomavam sol como lagartos nos deques dos navios. Os marinheiros resolveram deixar essas mulheres em paz. E aqueles que se esqueciam do combinado, que tentavam tocá-las com cupidez quando não deveriam, não raro desapareciam na manhã seguinte, e ninguém nunca mais voltava a pronunciar o nome deles".

Teria Dido sofrido dragonização? Teriam suas sacerdotisas se transformado? Não temos como saber, mas duas coisas deveriam nos dar um forte motivo para prestar muita atenção à História. A primeira é o fato de o relato de Timeu ser o registro mais antigo de tais eventos e, portanto, menos provável de ter sido maculado pelas pressões políticas do Revisionismo. Poucas coisas dão tanto prazer aos homens do que se colocar no centro da narrativa. Em segundo lugar, ao longo de toda a história, os surtos ocasionais e aparentemente espontâneos de mulheres se dragonizando (que não são, na verdade, espontâneos, mas trataremos disso mais adiante, neste artigo) são quase que universalmente seguidos de uma recusa coletiva a aceitar fatos que são controversos e uma decisão da sociedade como um todo de se esquecer de acontecimentos verificáveis que são tidos como alarmantes demais, confusos demais, inquietantes demais. Essa prática não teve início com a rainha Dido e tampouco terminou com ela.

Agora, pretendo explorar 25 exemplos históricos distintos de dragonização em massa e a subsequente repressão à memória de tais acontecimentos, terminando, claro, com os impressionantes eventos que ocorreram aqui nos Estados Unidos, em 1955. A nossa dragonização em massa, que é reconhecidamente incomum em termos de volume e de escopo, não foi exceção no contexto da História do Mundo. A dragonização espontânea, pretendo provar, não é um fenômeno novo. Mas, dado o simples número de transformações ocorridas em 1955, é imperativo aprender com os erros históricos e traçar um caminho diferente. Minha tese é que toda dragonização em massa é seguida por um fenômeno que chamo de *"esquecimento em massa". E, de fato, é o esquecimento, assim argumento, que prova ser muito mais prejudicial e causa mais cicatrizes na psique e na cultura. Além disso, chego à conclusão de que os Estados Unidos estão, no atual momento, em processo de mais um de tais esquecimentos, com repercussões que são tanto rastreáveis quanto quantificáveis – e, assim espero, reversíveis, se ações coordenadas forem tomadas imediatamente.*

"Breve história das dragoas", do professor-doutor H. N. Gantz, PhD, clínico geral, originalmente publicado em *Anais de Pesquisa em Saúde Pública*, pelo Departamento de Saúde, Educação e Previdência Social dos Estados Unidos, em 3 de fevereiro de 1956. O artigo foi censurado três dias depois, e todos os exemplares dos *Anais*, com exceção deste, foram destruídos.

3

Em retrospecto, acho que talvez minha mãe também tivesse sentimentos complicados e conflitantes em relação à minha tia. Ela amava a irmã. E, apesar disso... à medida que minha mãe foi se recuperando, uma frieza começou a se infiltrar entre as duas.

– Consigo fazer isso sozinha – disse minha mãe, na cozinha, quando minha tia sovava a massa do pão. – Não precisa se incomodar – falou, no banheiro, quando minha tia esfregava o rejunte.

Também dizia isso quando titia tentava fazer tranças no meu cabelo ou tirar o pó dos móveis.

– Deixe comigo, obrigada – falou quando titia lia uma história para mim. Em seguida, tirou meu pequeno corpo do amplo colo de Marla e pegou o livro da mão dela.

E, quando minha tia me chamava de Alex, minha mãe espremia os olhos.

– É Alexandra – dizia, num tom seco e categórico.

O quarto ficou gelado. Minha mãe me abraçou bem forte. Tia Marla ficou com uma expressão estranhamente vaga.

– Claro – respondeu ela. As palavras saíram suaves e abafadas, feito neve. – Quer que eu arrume a cozinha?

Minha mãe apertou os braços em volta de mim com a força de um torniquete.

– Não precisa – ela respondeu. – Obrigada pelo serviço que fez hoje – completou, como se minha tia fosse uma empregada encrenqueira que precisasse ser escoltada até a porta.

Tia Marla sorriu, um sorriso breve e vago. Enfiou as mãos nos bolsos fundos do macacão e ficou cabisbaixa. Dirigiu o olhar para a janela por um breve instante, então se virou para a porta.

– Claro, querida – disse. – Percebi que estou lhe atrapalhando. Se precisar de alguma coisa, é só telefonar.

Minha mãe não respondeu. Só continuou me abraçando, bem apertado, ouvindo os passos da minha tia ecoarem no chão de madeira, depois no ladrilho da entrada. E se encolheu toda quando a porta bateu.

Tia Marla voltou no dia seguinte, e no próximo também, mas até eu era capaz de perceber que algo tinha mudado. Uma tempestade pairava no céu, preparando-se calmamente para desabar.

A cor do rosto e as forças de minha mãe voltaram – aos pingos, de início; depois, feito uma enxurrada. O cabelo voltara a brilhar. E a paciência com minha tia foi ficando cada vez menor.

Tia Marla tinha uma tendência a falar coisas chocantes de vez em quando. Eu não entendia o que ela queria dizer nem por que era chocante, mas percebia, sim, que as coisas que dizia, não raro, faziam minha mãe corar. Além disso, minha tia vivia comentando sobre a vida que minha mãe tinha – o trabalho, especificamente – antes de se casar. Queria falar disso o tempo todo, do quanto tinha orgulho da minha mãe, e, quando o fazia, sua expressão ficava radiante e suas mãos se juntavam, como se estivesse rezando. Minha mãe, por outro lado, ia ficando mais irritadiça, tensa e fechada – feito um brinquedo de corda em que deram corda demais.

– A melhor da turma, sua mãe era, Alex – dizia Marla, num tom de narrador de contos de fada. – Deixava todo mundo no chinelo. Uma maga da matemática, uma absoluta...

E aí minha mãe saía do recinto e fechava a porta de seu quarto com uma batida categórica.

Até que, enfim, depois de meses de frustração, depois de passarem meses fervilhando, as vozes da minha mãe e da minha tia transbordaram. Pratos bateram, um pote de vidro rachou na pia e uma mão espalmada estalou em um rosto macio. Minha mãe grunhiu de frustração. Minha tia chorou por um único segundo e o recinto ficou terrivelmente parado. Eu me escondi debaixo da mesa. Tapei os ouvidos com as mãos. E ainda me lembro de tudo.

Especificamente, disso: pouco antes de a porta de casa se escancarar e de tia Marla sair, pisando firme, minha mãe ficou parada na varanda da frente, gritando para a irmã, que se afastava:

– Volte quando resolver ter uma vida normal! Arrume um marido. Tenha filhos. Talvez, então, possamos ser amigas de novo!

Minha tia não se virou para ela. Vi o peito de Marla se expandir, segurar o ar e se contrair lentamente. Ela ergueu o rosto para o céu.

– Tudo bem – disse, por fim. – Vou ver o que posso fazer.

A casa ficou em silêncio depois que titia foi embora. Por um bom tempo. Minha mãe me deu uma pilha de papéis para desenhar e voltou a se refugiar em seu quarto.

E, apesar de a minha tia ter ficado dois anos sem pôr os pés na nossa casa depois disso, ainda ia conosco à igreja. Ela e mamãe se sentavam uma de cada lado, eu e meu pai no meio. As duas mais pareciam bibliocantos: minha mãe de vestido bordado, minha tia de calças largas de lã e blusa aberta no pescoço. Era a única mulher de calças na igreja – o que deveria ser um choque na época e, provavelmente, proibido na maioria das igrejas para boa parte das mulheres –, mas a postura de tia Marla fazia as pessoas acharem que tudo o que ela fazia era perfeitamente cabível. Quer dizer, pessoas que não a minha mãe. Afinal de contas, a maioria das mulheres não pilotava aviões nem trabalhava em oficinas mecânicas, mas titia fazia essas duas coisas muito bem. Então, quando as pessoas pensavam sobre o assunto dessa maneira, ninguém se importava muito com as calças dela. Tanto minha tia quanto minha mãe usavam véus iguais, que minha avó dera para as duas antes de morrer – de renda, feitos à mão, com desenhos intrincados, complexos e belos, que se enroscavam no rosto das duas, presos no cabelo com grampos. Todos os domingos, durante toda a missa, as duas irmãs ficavam se olhando de esguelha, como se uma desafiasse a outra a dizer alguma coisa.

Um dia, minha tia fez exatamente o que minha mãe pediu. Ela se casou. Com um bêbado indolente. Eu tinha apenas 6 anos, mas até eu sabia que essa era uma péssima ideia – em primeiro lugar, porque ouvi todo mundo dizer isso. E, apesar disso… Agora, Marla era a esposa de alguém. E, cumprindo sua palavra, mamãe voltou a ser amiga dela. Mais ou menos.

As duas não comentavam a briga. Não comentavam a longa separação e o longo silêncio. Tornaram-se ríspidas uma com a outra. Irritadiças. Ficavam com sorrisos vagos estampados no rosto, feito o olhar endurecido das bonecas de porcelana. Coisa que tampouco comentavam.

Em todo o caso, isso não tinha a menor importância. Quando minha mãe foi embora, quando eu tinha 4 anos, sua doença era um assunto proibido. Quando voltou, continuou sendo um tema proibido. O que aconteceu com a velhinha da casa da frente também era um assunto proibido. Assim como sua casa, lacrada com tábuas de madeira. As pessoas passavam por ali e desviavam o olhar.

Mas, as pessoas gostando ou não, a Dragonização em Massa de 1955 estava por vir. Minha família, minha escola, minha cidade, meu país e o mundo inteiro estavam prestes a passar por uma transformação fundamental.

E essa transformação também era um assunto proibido.

4

Apesar de minha tia e meu tio se tornarem presenças constantes na minha casa depois que se casaram, sempre tive a impressão de que ele vinha meio a tiracolo – principalmente depois que minha prima Beatrice nasceu. Agora, tantos anos depois, mal consigo me lembrar da cara dele. Lembro apenas de que seu queixo pinicava, que ele tinha um cheiro azedo e, às vezes, era malvado. Meu tio se tornou infinitamente ignorável depois que Beatrice surgiu.

Ah, Beatrice, Beatrice, Beatrice! Ela entrou na minha vida feito uma ave rara – cheia de cores, movimentos e gritinhos entusiasmados. Seu cabelo era laranja e seus olhos tinham a cor e o brilho das asas de besouros. Sua pele ficava melada segundos após o banho. No dia em que nasceu, juro que o céu congelou, o Sol ficou parado e a Terra começou a vibrar. No dia em que ela nasceu, ninguém me falou que minha tia estava indo para o hospital nem que aquele seria o dia em que o mais maravilhoso dos seres humanos que já existiram na face da Terra chegaria ao mundo. Mas eu sabia de tudo isso mesmo assim. O universo se tornou mais completo depois minha prima começou a fazer parte dele. Beatrice e eu nascemos uma para a outra. Éramos as asas gêmeas de uma libélula ou o raio com seu necessário trovão ou a dança rodopiante de estrelas binárias.

As visitas noturnas da minha tia e do meu tio foram bem diferentes mesmo depois disso. Minha presença obrigatória na mesa de jantar – para praticar o traquejo social, sentar bem quieta e só falar quando me dirigiam a palavra – se transformou, de um mero incômodo, em uma tarefa interminável. De que me servia o mundo dos adultos se Beatrice estava em casa? Beatrice, que colocava o punho cerrado inteiro dentro da boca, com um sorriso babado. Beatrice, que acabara de descobrir os dedinhos dos pés. Beatrice, que cantarolava uma cantiga de bebê, com a voz leve e límpida, acompanhando meu tom, meu volume, com exatidão e vontade, caindo na gargalhada ao final de cada verso. Beatrice, que dava gritinhos de prazer quando um brinquedo escondido voltava a aparecer. Beatrice se tornou, no instante em que nasceu, a pessoa de quem eu mais gostava no mundo. Às vezes, parecia que ela era a única pessoa que existia na Terra. Ou que nós duas éramos as únicas. Éramos Beatrice e Alex, soberanas mundiais.

Eu me sentava à mesa com os adultos, na minha cadeirinha de criança pintada de vermelho, com as mãos cruzadas e o guardanapo no colo, contando os segundos que faltavam para poder pedir licença, sair da mesa e ir para a sala brincar com a bebê. "Dez minutos", dizia minha mãe. Dez minutos nos quais eu tinha que ficar sentada à mesa e puxar assunto, mesmo que não soubesse direito como, já que também me diziam que crianças são para ser vistas e não ouvidas. Eu ficava olhando para o relógio. Cada minuto que passava parecia durar mil anos. E foi naquele momento, quando olhei o ponteiro dos minutos se arrastar para alcançar outro traço, que percebi que a voz do meu pai tinha se tornado mais seca e ríspida.

– Isso ficou no passado – disse ele, com uma voz que chicoteou meu rosto, feito um tapa. Eu me encolhi toda. – É falta de educação falar do passado. – Um silêncio pesado se abateu sobre a mesa. Meus ouvidos começaram a zumbir. A pele da minha mãe ficou pálida e seus ombros se encolheram. A expressão do meu pai me confundiu. Estava com os dentes cerrados, os lábios duros e sinistros, deixando à mostra a ponta serrilhada dos dentes de baixo. Mas os olhos contavam outra história: cheios d'água, com um ar de ternura e súplica.

Minha tia começou a mexer na pulseira que usava no braço esquerdo – uma peça complexa, de arame trançado, feita pelas mãos habilidosas da mamãe, com uma agulha de tricô, e que tinha sido presente de casamento. Ela tinha duas pulseiras, uma para cada pulso. Os arabescos de metal brilhavam e piscavam à luz das velas, como se também fossem feitos de chamas.

– Bom, muitas coisas são falta de educação – respondeu titia, com um sorriso engolido. Colocou o garfo no prato e começou a limpar os dedos e a boca com o guardanapo. – Mas nem por isso as pessoas deixam de fazê-las. Viagens de negócios, por exemplo. – Ela então deu uma piscadela e tomou um gole de vinho, deixando na taça uma marca de batom vermelho que mais parecia o fantasma de um beijo.

– Podemos, por favor, não brigar? – pediu minha mãe, com a voz fraca. O clima ficou pesado. O rosto do meu pai se tensionou e relaxou, se tensionou e relaxou. A pele de seu pescoço ficou vermelha. Olhei para o relógio, que deu a impressão de ter parado de funcionar. Beatrice balbuciou, sentada em sua cadeirinha de bebê no outro cômodo. Provavelmente, estava examinando de novo os dedinhos do pé. Ela deu uma risadinha de alguma coisa. Do ar, talvez. Ou, talvez, de sua própria maravilhosidade. Mordi o lábio. Beatrice estava sendo fofa, e eu estava perdendo.

Meu tio girou o líquido escuro em sua taça e bebeu de um gole só. Encheu o copo novamente, num piscar de olhos.

– Não provoque a raiva dela, George – falou com a voz rouca, voltando os olhos injetados para minha tia. – Sabe o que dizem das mulheres raivosas.

Tia Marla olhou feio para o marido, e a cor se esvaiu do rosto dele. Os olhos dela estavam escuros e ardentes.

– E o que é que dizem, querido? – perguntou, com a calma de uma cobra prestes a dar o bote. E, com toda a delicadeza, mexeu nas pulseiras, como se estivessem lhe dando coceira.

Os lábios do meu tio estavam secos. Ele não disse nada. Levou novamente a taça à boca e jogou a cabeça para trás, mandando a bebida goela abaixo.

– Não precisamos falar disso agora – interveio minha mãe, tirando os pratos da mesa e juntando-os numa pilha mal-ajambrada. – Não tem mais importância, de todo modo. – E correu para a cozinha, jogando os pratos na pia e fazendo um barulho colossal.

Titia tirou os olhos do meu tio e os pousou diretamente em mim. Seus olhos haviam voltado ao normal.

– Você está quieta, Alex. Conte o que está pensando, meu amor.

Eu não estava esperando que me dirigissem a palavra, e o olhar súbito da minha tia quase me fez pular de susto.

– Não sei – respondi, tropeçando nas palavras. – Não era no relógio – completei, um tanto alto demais. Meus olhos, inconscientemente, tinham mais uma vez se voltado para o ponteiro dos minutos, que, de forma inexplicável, não se mexia desde que o jantar tinha começado. Já haviam me dito inúmeras vezes que é falta de educação ficar olhando para o relógio quando se está sentado à mesa do jantar. "É uma grosseria com nossos convidados", explicara minha mãe.

– Ah – disse minha tia. – Entendi. – Ela olhou para minha mãe, achando graça, e mamãe, agora parada na porta entre a sala de estar e a de jantar, não estava, pude perceber, achando graça alguma.

Tia Marla voltou a olhar para mim.

– Você sabe do que estávamos falando, Alex? – perguntou.

– Ela não liga para o que estávamos falando – disse minha mãe, colocando o corpo entre mim e minha tia, interrompendo aquele momento. Então pegou a travessa do cozido e jogou os talheres sujos lá dentro, fazendo muito barulho. E voltou correndo para a cozinha.

– Pode parar, Marla – disse meu pai, num tom frio, seco e implacável.

Marla não tirou os olhos de mim.

– Estávamos falando da sua mãe. Aquela mulher ali. – Ela apontou para o vulto de mamãe, que se afastava. – Acho que você a conhece. – Tia Marla sorriu para as pessoas da mesa, mas ninguém sorriu de volta. Ela persistiu: – Você sabia que a sua mãe, a sua mãe aqui, se formou como a primeira da turma, mas que o

Departamento de Matemática se recusou a lhe dar um diploma com louvor por ela ser mulher?

– O que é "com louvor"? – perguntei, apesar de, na verdade, não me importar com isso. Beatrice estava dando risada, eu achava aquela conversa idiota e queria, mais do que qualquer coisa, pedir licença para sair da mesa.

– "Com louvor" é quando a gente pega um diploma normal e transforma num diploma chique – respondeu minha tia. – Porque a pessoa que obteve esse diploma é chique.

– Mamãe já é chique – retruquei. Minha mãe fazia carinho na minha cabeça enquanto ia e voltava da mesa para a cozinha, e meu pai soltou uma gargalhada de aprovação.

– Viu só? – disse meu pai. – Alexandra já sabe das coisas. – Ele, então, acendeu um cigarro e se recostou na cadeira, um pouco mais relaxado.

– É Alex – falei baixinho, fechando a cara. Ninguém percebeu.

– Mas você acha isso justo, querida? – insistiu minha tia, que também acendeu um cigarro e soprou a fumaça no meu pai. – Os professores não deveriam ter falado que a sua mãe era a mais inteligente, já que ela era a mais inteligente? Não deviam ter feito isso na frente de todo mundo? – O olhar de tia Marla me fez ficar parada onde estava. Seus olhos pareciam um pouco maiores do que o normal. As bordas das íris brilhavam feito ouro. Eu não teria conseguido sair do lugar nem que quisesse.

– Óbvio que sim – respondi. Eu estava no terceiro ano. Já sabia o que era justiça.

– Isso não tem importância – disse meu pai, abanando a fumaça, bravo. – Alexandra, vá para a sala de estar. – Ele olhou feio para minha tia. – Que importância têm os problemas e artigos acadêmicos dela? Que importância têm louvores e prêmios? Ninguém se lembra dessas coisas. Qual a utilidade de um diploma universitário para alguém que é perfeitamente feliz cuidando do lar adorável que tem? Um desperdício tolo de dinheiro, se quer saber minha opinião. E de tempo. E para quê, sério? Ela tirou a vaga na faculdade que poderia ser de um rapaz inteligente, com um futuro brilhante, que provavelmente teria produzido algo útil. Na minha opinião, é um desperdício.

De repente, o ambiente ficou abafado. Minha tia era grande, falava alto e brilhava. Às vezes, ria mais alto do que qualquer homem que eu conhecia. Eu a achava incrível, mas também assustadora. Ela tinha um modo de se comportar que tomava conta do recinto, e isso me parecia perigoso. Minha tia era puro calor, puras garras e pura velocidade intencional. Mesmo naquela época.

Minhas bochechas ficaram coradas. Tia Marla ignorou meu pai. Continuou com os olhos fixos em mim e esboçou um leve sorriso, que ficou escondido nos lábios.

– Então, lá estava sua mãe, a melhor e mais inteligente da turma toda, uma estrela cintilante. Ela se candidatou a uma vaga na pós-graduação, para estudar Matemática, e não foi selecionada. Disseram que não o fariam. Não porque não tivesse inteligência suficiente, mas simplesmente porque era mulher. Ora, ora. Isso lhe parece justo?

Eu não respondi nada. Mas acho que minha tia não estava realmente conversando comigo, não de fato.

– Então, em vez de estudar, sua querida mamãe foi trabalhar de caixa no banco do seu pai. Com seus algoritmos, suas réguas de cálculo e sua capacidade de fazer contas de cabeça com a velocidade de um raio. E adivinha: ela era incrível. Era uma feiticeira com os números. Sua mãe conseguia fazer qualquer investimento, literalmente qualquer um, crescer como que por um passe de mágica. Interligava planilhas como se usasse nós místicos e fazia os números se expandirem só de olhar para eles. – Tia Marla fazia gestos grandiosos enquanto falava, as pulseiras em seus pulsos brilhando como se estivessem em chamas. Ela fechou os olhos e seu rosto reluziu.

– Não seja ridícula! – disparou minha mãe lá da cozinha. Ela estava chateada, eu conseguia perceber, mas não sabia o porquê. Beatrice soltou uma risadinha e meu pai disse de novo para eu ir para a sala. Mas, aparentemente, eu não conseguia me mexer.

Meu tio encheu o copo outra vez.

– Mulher contadora – comentou, soltando uma gargalhada. – Não pode existir ideia mais imbecil…

Marla esticou o braço e deu um tapa na cabeça dele. Fez isso sem mudar de posição nem de postura e sem sequer lhe dirigir o olhar.

– Cof! – Meu tio se engasgou. – Marla! – Ela fez que não ouviu.

– Isso é mágico, minha querida – continuou tia Marla, dirigindo-se a mim. – O que você acha disso?

Minha mãe ressurgiu perto da porta, com os olhos cheios de lágrimas. Eu odiava quando minha mãe ficava chateada. Olhei feio para minha tia e cruzei os braços, para dar ênfase. "Como ela tem coragem?", pensei. Como ela tinha coragem de deixar minha mãe chateada daquele jeito? Óbvio que, na verdade, eu não compreendia por que minha mãe ficara tão incomodada. Só compreendia que havia ficado. E que era culpa da minha tia, disso eu tinha quase certeza. Mostrei a língua para tia Marla, o que só a fez sorrir.

– Você discorda, Alex? – ela perguntou para mim.

– É Alexandra – corrigiu meu pai, dando a última tragada no cigarro e apagando a bituca no cinzeiro no meio da mesa.

Fiz cara feia, mas não respondi.

Tia Marla continuou com os olhos fixos em mim. Senti minha pele começar a arder.

– Você duvida dos poderes da sua mãe, Alex?

Minha mãe continuava parada perto da porta, feito um pilar de sal. A luz vinda da cozinha brilhava em volta dela.

– Números não são mágicos – respondi, com firmeza. Sabia que não era especificamente por causa disso que eu estava irritada. Às vezes, tinha a impressão de que a tensão entre os adultos atingia minha pele feito ácido: não causava uma ferida física, mas ardia mesmo assim. Minha tia deixara minha mãe triste. Ou talvez tenha sido meu pai. Mas eu não era capaz de explicar como, porque as palavras que conhecia na época eram ferramentas inadequadas, não estavam calibradas para tratar do assunto em questão. E isso só me deixava ainda mais brava. Com minha tia, em grande parte. Fechei a cara para me certificar de que ela soubesse disso. – Números – declarei, dando especial ênfase – são números.

Tia Marla absorveu essa informação, obviamente impressionada.

– Concordo – disse ela. Eu me recostei na cadeira e relaxei. Mesmo naquela época, gostava de ganhar. – Mas, justiça seja feita – prosseguiu minha tia –, eu não disse que números são mágicos. Disse que sua mãe é mágica. Uma feiticeira, para ser mais exata, mas digamos simplesmente mágica. É mais fácil. Mas aí é que está, Alex, meu amor. Isso não é nenhuma novidade, e sua mãe não é a única. Todas as mulheres são mágicas. Literalmente, todas nós. É da nossa natureza. É melhor você saber disso desde já.

Meu pai soltou um grunhido incrédulo, e meu tio, que já tinha tomado várias, zurrou feito um burro.

– Olhe se isso não é…

E então, abruptamente, a mesa ficou em silêncio. O som simplesmente morreu na garganta do meu tio. Um simples olhar da minha tia bastou para que as palavras fossem cortadas pela raiz. Olhei para ela, e seus olhos eram dois carvões em brasa. Os nós de arame em volta de seus pulsos ficaram tão quentes que brilhavam, e deixaram marcas de queimadura nas laterais dos braços. Ninguém se mexeu. Ninguém respirou. Meu tio parecia pregado no lugar, como se os olhos de minha tia o tivessem furado no meio e costurado sua boca. Ele estava em poder e à mercê dela. Marla sorriu ao ver que o marido tinha empalidecido. E aí, com um gesto da mão de minha tia, esse momento se foi. Meu tio engoliu o ar.

– O que você estava dizendo, meu amor? – sussurrou minha tia.

As mãos do meu pai tremiam. Os olhos estavam arregalados. Ele não disse nada. Meu tio entornou o copo e foi se arrastando até a porta. Depois, fiquei sabendo que ele foi para o que meu pai chamou de "esbórnia" (só descobri o que isso queria dizer muito tempo depois) e sumiu, sem avisar, por uma semana. Ninguém sentiu falta dele.

. 35 .

À guisa de prefácio

para análise dos vários casos documentados de dragonização em massa na história da humanidade que tento fazer neste artigo, gostaria de abrir um parêntese pessoal, porque acredito que irá nos ajudar a criar a lente através da qual devemos examinar tais eventos.

No fatídico dia de abril de 1955, apesar de eu, pessoalmente, não ter vivenciado o choque de uma dragonização em minha própria família, imediata ou estendida, testemunhei uma dessas transformações – a da sra. Norbert Donahue, esposa de um dos meus colegas. Eu a conheci, originalmente, pelo nome de solteira, anos antes, porque fazia parte da minha turma de residentes no Hospital Universitário Johns Hopkins, onde era conhecida como Dra. Edna Wood. Pouco depois de terminar seu treinamento, abandonou a prática da Medicina para se casar e ter filhos e, sendo assim, deixou o título para trás. No dia da Dragonização em Massa, avistei a sra. Donahue minutos antes de sua transformação, correndo nua pelos corredores, apressada, com a bolsa pendurada no braço esquerdo, feito um pêndulo. "Senhora…", falei, cumprimentando-a com um aceno de cabeça. Ela não parou nem deu sinais de ter me ouvido. Reparei que seu pescoço brilhava, e ela parecia mais alta do que me recordava.

Ela entrou na sala do Dr. Donahue gritando algo incompreensível e saiu aos prantos. Preciso acrescentar que a Dra. Edna Wood era uma das minhas residentes preferidas e, apesar de fazer muitos anos que não conversávamos, fiquei tocado pela sua óbvia agonia. Sendo assim, me aproximei para ver se poderia lhe oferecer algum tipo de consolo ou ajuda. "Dra. Wood", falei. "Quer dizer, sra. Donahue", me corrigi. E, em seguida, soltei um suspiro de assombro. Os dentes dela haviam se alongado e se tornado afiados. Os olhos, antes pequenos e azuis, agora estavam do tamanho de um punho fechado, de um dourado escuro, com pupilas horizontais que lembravam horizontes gêmeos.

Fiquei estupefato. Sabia o que estava acontecendo com ela, claro, já que era bem versado na parca literatura que existia a respeito desse assunto. Mas nunca vira com meus próprios olhos, de tão perto. De fato, poucas pessoas tiveram essa oportunidade e viveram para contar a história. Como eu não sabia se ela seria capaz de falar como ser humano depois que o processo fosse concluído, pensei que seria prudente conduzir uma entrevista in medias res, e comecei a transcrever minhas observações enquanto fazia uma saraivada de perguntas para a sra. Donahue – agora, meu objeto de pesquisa. Essa atividade não foi de todo frutífera, infelizmente. Pedi para o objeto fornecer uma narrativa de sua

*experiência, prestando muita atenção às sensações na área em volta do útero –
porque, naquela época, esse era meu foco primário: eu acreditava que o útero
era o catalisador de tais transformações (só que dados posteriores revelaram que
essa hipótese era infundada). Mas também pedi que ela, caso conseguisse, me
explicasse as funções básicas do corpo, porque seria útil – respiração, visão, dor
nos músculos, todos dados úteis. "A senhora ficou esbaforida, como se tivesse
sido acometida por um fogacho da menopausa? Sentiu náuseas ou contrações
musculares associadas à gravidez e ao parto? A produção de escamas é acompanhada de uma sensação de ardência? A erupção das presas causou sangramento
nas gengivas?"*

*A sra. Donahue não forneceu narrativa nenhuma. Em vez disso, ficou me
encarando por alguns instantes. Depois falou, pontuando cada palavra com uma
respiração gorgolejante: "Tudo... está... simplesmente... muito... PEQUENO...
droga". Sua voz era rouca e ríspida. Ela parou de falar, a pele começou a se
abrir, a coluna vertebral se alongou, rasgando as costas do vestido. Olhou para
a frente de repente e fixou os olhos em mim. Sorriu. "É melhor o senhor correr,
doutor", disse ela.*

E então eu corri.

"Breve história das dragoas", do professor-doutor H. N. Gantz, PhD,
clínico geral.

5

Tem mais uma lembrança que ainda não consigo entender direito. Até hoje. Era uma manhã de sexta-feira no final de fevereiro, quase exatamente dois meses antes de… bem, antes de tudo mudar. Eu tinha 8 anos. Na verdade, 8 anos e sete doze avos, era o que eu dizia para as pessoas, porque era uma criança que se deliciava com a precisão. Lembro-me de estar parada perto da janela olhando os cristais de gelo gravados no vidro, uma explosão de luz e geometria. Já tinha tomado café da manhã, trançado meu cabelo sozinha (estava um tanto orgulhosa disso) e colocado o uniforme da escola. Minha mãe me mandou ir para fora porque queria lavar a louça do café em paz. Ou pelo menos foi isso que ela disse. Na verdade, minha mãe apenas gostava do silêncio, de ter uma área desobstruída onde pudesse costurar, fazer crochê ou tricô e escutar o silêncio. Vez ou outra, eu subia na treliça para espiá-la pela janela. Ficava observando minha mãe sentada, simplesmente fazendo nós e mais nós, cada um deles um quebra-cabeça complexo e intrincado. Minha mãe adorava linhas. Adorava o fato de um único fio ser capaz de se torcer, fazer voltas e formar infinitos desenhos e infinitas possibilidades – universos inteiros podiam ser tramados com um único fio de linha. Ela registrava os diagramas de cada nó em um caderninho – no qual eu era proibida de mexer por conta própria –, com os cálculos correspondentes e as expressões algébricas que definiam como cada vaivém, volta, torção e curva se cruzava, se combinava e se encaixava dentro umas das outras. Eu não compreendia como as equações funcionavam nem o que significavam. Minha mãe prometeu que me explicaria a matemática da coisa qualquer dia desses.

(Só que ela não explicou. É claro que não. Talvez nunca tenha tido a intenção de explicar. Como eu poderia saber quais eram as intenções da minha mãe? Mesmo hoje, depois de tantos anos, é uma lembrança de uma lembrança de uma lembrança – um nó insolúvel e inescrutável por si só.)

Eu só iria para a escola dali a uma hora. Como de costume, esse seria o momento de ficar sentada com meu pai (no geral, em silêncio, enquanto meu pai lia o jornal e eu lia um dos meus livros. Nossa interação costumava ser melhor se nenhum dos dois falasse, o que se manteve conforme fui crescendo), mas meu pai estava fora, em viagem de negócios. Percebi que o lábio inferior da minha mãe tremeu quando disse isso. Eu sabia que não devia perguntar o motivo.

Eu estava usando luvas grossas de um dedo só que minha mãe tricotara para mim. Ambas tinham padrões meticulosos na parte de trás, feitos com os nós dela. Além dos nós na cesta de artesanato e dos nós das minhas luvas, a casa inteira era lotada de cortinas que ela havia feito em crochê, passadeiras feitas à mão nas mesinhas de canto e barrados nos sofás. Minha mãe fazia até nós especiais, que colocava nos bolsos das minhas roupas. Um nó de segurança. Um nó da sorte. Um nó do conhecimento. Um nó para impedir mudanças. Às vezes, falava que os nós eram mágicos. Outras, que eram pura matemática. Na maioria das vezes, contudo, falava que as duas alternativas eram verdadeiras, assim como uma partícula pode ser tanto matéria quanto luz, e ninguém sabe por quê. Eu achava que os nós eram simplesmente uma dessas coisas que mães fazem, como colocar bilhetinhos cheios de corações dentro da lancheira.

Minhas luvas eram de um vermelho bem vivo e contrastavam com o gelo cinzento e o céu ainda mais cinzento. O mês de fevereiro no estado do Wisconsin, às vezes, é assim – um dia mais quente diminui o acúmulo de neve e faz a neve derretida se espalhar pelas ruas e calçadas, depois vem uma rajada gélida e tapa o mundo com gelo. Os montes de neve parcialmente derretidos se transformam em caroços duros e cinzentos e o céu fica tristonho. Desci a escada da frente de casa com todo o cuidado. Minha mãe havia separado minhas botas de borracha amarela, forradas com várias camadas de lã feltrada, mas ainda eram muito grandes para mim – eram botas de segunda mão, que ganhei de outra criança do bairro. Meus pés escorregavam a cada passo que eu dava. Soltei o corrimão e fui deslizando pela calçada congelada. Virei para trás e voltei deslizando.

Eu seria capaz de passar o dia inteiro fazendo isso, pegando impulso, deslizando, me equilibrando e rodopiando, mas um Ford antigo roncou no fim da rua e estacionou na frente da minha casa. Meu coração se animou. Dentro daquele carro estava minha tia, e com ela, Beatrice. Minha prima passava o dia com minha mãe duas vezes por semana; nos outros três, ficava com a babá. Adorava quando ela vinha ficar conosco, mal via a hora de esses dias chegarem, de ver o rostinho dela nos instantes fortuitos antes de ir para a escola e de brincar com ela a tarde inteira quando voltasse. Minha casa tinha mais luz, som e alegria quando Beatrice estava lá. Abri bem os braços e rodopiei loucamente no gelo, torcendo para ela reparar. Na ocasião, minha prima tinha exatamente 9 meses e meio. Eu tinha um calendário no quarto, cujo único propósito era marcar as semanas desde que Beatrice nascera, e uma tabela que documentava as coisas que ela conseguia fazer, junto com suas mudanças de preferência e as coisas de que não gostava. Eu era especialista na minha prima bebê.

Minha tia emergiu do carro com a bebê apoiada no quadril e um cigarro pendurado na boca. O que não era incomum. Ela sempre fumou. Mas, desde que Beatrice nasceu, titia fumava ainda mais. Eu teria perguntado para minha mãe sobre isso, mas supus que era um assunto proibido.

– Oi! – falei, acenando loucamente. Beatrice me respondeu com um gritinho, sacudindo os pezinhos em seu macacão de neve vermelho vivo, de lã, feito pela minha mãe. Ele também tinha nós complicados costurados nas laterais.

Minha tia ergueu os olhos para o céu.

– Cadê sua mãe? – perguntou, e as palavras saíram pesadas, cheias de fumaça. Seu rosto estava cinzento e os olhos, borrados e inchados. Ela ergueu os ombros, girou-os para trás e espichou o pescoço. Enroscou brevemente os dedos na nuca e pressionou os músculos, como se estivessem doendo.

– Está lá dentro – respondi, sem parar de fazer caretas engraçadas para Beatrice. – Lavando a louça. Meu pai está...

– Sim – interrompeu minha tia. Deu a última tragada no cigarro, atirou a bituca no chão e a esmagou com a bota. – Viagem de negócios, acertei? – Ela estava inexpressiva, exceto por um leve retorcer desdenhoso do lábio superior.

Dei de ombros.

– Acho que sim. – Não sabia o que mais podia dizer.

Os olhos da minha tia continuaram focados lá no alto. Naquele momento, imaginei que talvez não gostasse muito do trabalho na oficina mecânica, porque lá só olhava para baixo, para os motores, e não ficava com o olhar fixo no céu abobadado, lá em cima.

– Entre comigo – disse tia Marla. – Preciso que você cuide de Beatrice. Preciso conversar com sua mãe.

Ela não precisou pedir duas vezes. Fui deslizando pela calçada congelada (minha tia não escorregou, já que estava com seus coturnos pesados) e entramos juntas em casa.

O que aconteceu depois, eu ainda não consigo compreender por completo.

Beatrice e eu nos acomodamos na sala, onde minha mãe deixava uma bacia cheia de brinquedos só para ela. Costumava dizer que as duas deveriam vir morar com a gente, já que, até onde eu sabia, meu tio nunca estava em casa. Mas ninguém me dava ouvidos.

Minha tia pôs Beatrice no chão e foi para a cozinha.

– Cadê suas pulseiras? – ouvi minha mãe perguntar.

Seguiu-se um longo silêncio.

– Já eram – respondeu tia Marla, por fim.

Minha mãe não disse nada. Só ficou batendo os pratos por um tempo.

O que não era, nem de longe, tão interessante quanto Beatrice. Deitei de barriga no chão na frente da minha prima e fiz torres de blocos que ela derrubou, soltando um gritinho de prazer. Fizemos isso várias vezes. Beatrice batia os calcanhares no chão. Punha as mãozinhas nas bochechas redondas. Ela era a pessoa de quem eu mais gostava no mundo.

Minha mãe ergueu a voz. Minha tia também.

Fiz uma pilha de blocos. Beatrice derrubou. Estava com baba no queixo. Pegou um dos blocos e mordeu desesperadamente, esparramando os lábios dos dois lados do bloco, dando um sorriso babado.

A voz da minha mãe ficou mais alta. A da minha tia também.

Um copo se espatifou no chão da cozinha. Mamãe gritou. A voz da minha tia ficou mais baixa. Fiz uma pilha de blocos. Beatrice derrubou. A risada dela iluminou a sala.

E aí… *Bom, o mundo ficou estranho.*

As minhas luvas, que estavam no chão, entre Beatrice e eu, começaram a mudar. Diante dos meus olhos, a lã foi se desfazendo e se refazendo de outro modo, se retorcendo delicadamente, feito um cesto de cobras. Eu me afastei, centímetro por centímetro, e sentei sobre minhas mãos. Com medo de encostar no que quer que fosse. Com medo de me mexer. E não eram só as luvas: as cortinas de crochê, as passadeiras de renda e os barrados feitos à mão, todos os nós começaram a se desfazer e a se refazer de outra forma. A luz da manhã atravessou a janela na diagonal e se esparramou pelo chão. Inclinei a cabeça e olhei para as cortinas, espremendo os olhos. As voltas se desfaziam, se desmanchavam e se reorganizavam. Minhas luvas se desfizeram, formaram um amontoado de lã e, em seguida, volta por volta, torção por torção, se refizeram. As mesmas luvas. Desenhos diferentes. Fiquei absolutamente imóvel. Beatrice atirou um bloco em outro, fazendo um barulho terrível. Uivou de tanto dar risada. Bateu os pés no chão. As botinhas que usava, que também foram tricotadas pela minha mãe e tinham desenhos densos e complicados nos dedos, se transformaram por conta própria. Os desenhos ficaram mais densos e complexos, as curvas apertadas formando uma treliça que parecia um cadeado impenetrável. Beatrice não percebeu. Eu não sabia o que estava enxergando, mas prestei atenção mesmo assim. Arquivei cada detalhe para não esquecer.

– JÁ CHEGA! – berrou minha mãe. – Isso simplesmente não vai acontecer!

Minha tia, consegui ouvir, mesmo estando na outra sala, segurou o choro. Fiz uma pilha de blocos. Beatrice derrubou. A luz se esparramou por toda a sala. As cortinas, as toalhas de mesa, minhas luvas e as botinhas da minha prima, que há poucos instantes estavam em completo fluxo de transição, agora estavam estabilizadas e inteiras. Como se nada tivesse acontecido. Os raios de sol diagonais brilharam, de tanto pó que levantou. Eu não tinha imaginado tudo aquilo. Sabia que não. Mas também não podia perguntar nada a respeito. Como alguém encontra palavras para falar de algo assim?

Fiz outra pilha de blocos. Beatrice derrubou. Minha tia, na outra sala, falou:

– Você é minha preferida. E sempre será. Aconteça o que acontecer.

Eu não sabia o que isso queria dizer. Minha mãe não disse nada. Continuou na cozinha. Minha tia saiu e se ajoelhou ao meu lado. Ela me abraçou e encheu o rosto de Beatrice de beijos. Olhou para a janela, seu rosto foi iluminado pela luz solar. Os olhos de tia Marla estavam vermelhos, mas brilhavam tanto que quase pareciam de ouro. Será que sempre foram de ouro? Eu não conseguia me lembrar direito. Depois, ela fez cafuné na gente, saiu de casa e acendeu outro cigarro enquanto entrava no carro. Fiquei observando minha tia da janela. Fiquei observando uma fita de fumaça se enroscar e sair pela porta do motorista – mais parecia o hálito de alguma criatura de conto de fadas. O carro roncou, deu um tranco e estremeceu, depois foi deslizando pela rua e sumiu de vista.

6

O que sabemos é o seguinte:
No dia 25 de abril de 1955, entre as 11h45 da manhã e as 2h30 da tarde, no fuso horário central dos Estados Unidos, 642.987 mulheres norte-americanas – todas esposas e mães – se transformaram em dragoas. Todas ao mesmo tempo. Uma dragonização em massa. A maior da história.

Minha mãe não estava entre essas mulheres, mas minha tia Marla estava. A distribuição da dragonização pelo país foi aleatória e imprevisível. Mães de seis crianças da minha turma do terceiro ano se dragonizaram. No quarto ano, apenas duas crianças perderam suas mães. No segundo, doze. Algumas cidades foram muito atingidas pela dragonização, outras receberam a bênção de permanecer intocadas. Os motivos para tanto permanecem um mistério. Até hoje.

Os fatos, é claro, são irrefutáveis, mas isso não impediu as pessoas de tentar refutá-los. Havia testemunhas oculares, evidências fotográficas, lares e estabelecimentos completamente destruídos, além de nada mais nada menos do que 1.246 casos confirmados de maridos infiéis arrancados dos braços das amantes e devorados ali mesmo, no local, *diante de espectadores perplexos*. Uma dragonização – do suspiro de assombro inicial, passando pela erupção dos dentes, das garras e das asas, até a explosão de velocidade e de fogo – foi registrada em filme de 35 mm, durante a festa de aniversário de uma criança, num quintal de Albany, capital do estado de Nova York. Apenas um dos três noticiários de alcance nacional tentou mostrar o filme, mas as cenas foram logo censuradas pela Comissão Federal de Comunicações, e os veículos levaram uma multa considerável por disseminar imagens obscenas e profanas. Também foram obrigados a suspender as operações durante uma semana inteira, só então obtendo outra vez sua licença, que havia sido cassada. Conjectura-se que outras filmagens dessa natureza existam, mas supõe-se que ou foram confiscadas pelas autoridades locais (e, nesse caso, se perderam para sempre) ou foram simplesmente guardadas em estantes repletas de latas de filmes ou armazenadas em caixas no porão das pessoas (e, a essa altura, devem estar em estado avançado de decomposição). Vergonhosas demais para serem vistas. Inapropriadas demais. São dragões, afinal de contas – maculados, ao que tudo indica, pelo fedor feminino. Tais coisas não são discutidas. É melhor esquecê-las, dizem.

As pessoas são muito capazes de se esquecer das coisas desagradáveis, o que não deixa de ser terrível.

O número 642.987 se tornou fonte de certa preocupação e discussão. Depois de feito um reconhecimento completo das mulheres que se dragonizaram em 25 de abril de 1955 – quem eram, quem eram seus filhos, se os maridos sobreviveram ou não e quem elas devoraram –, procedimento esse encomendado tanto pelo governo dos Estados Unidos quanto pelas Nações Unidas, diversas informações fundamentais permaneceram ostensivamente ausentes. A principal delas foi a seguinte: com o foco de interesse centrado nos eventos pontuais da Dragonização em Massa de 1955, o silêncio em âmbito nacional persistiu em relação às demais dragonizações espontâneas ocorridas antes de 25 de abril e que *continuaram acontecendo depois disso*. Silêncio esse que acarretou censura oficial, listas de ódio, multas, encarceramentos ocasionais, encerramento de publicações científicas e destruição de carreiras.

A maioria das autoridades descarta a possibilidade de que qualquer transformação tenha ocorrido antes do dia 25 de abril de 1955, optando por responder aos ocasionais relatos de possíveis transformações com explicações vagas. Quem falava de dragoas, não raro, era tachado de teórico da conspiração, de louco de pedra ou pior: de provocador cínico. Durante anos, antes da Dragonização em Massa, qualquer ocorrência anômala provocava os governos estaduais e locais a, mais uma vez, distribuir panfletos para reprimir os boatos, ao mesmo tempo que pronunciamentos diários interrompiam a transmissão das rádios e, eventualmente, da televisão, numa tentativa coordenada de controlar o pensamento histérico. E apesar de todas as explicações serem, de fato, *perfeitamente racionais*, nenhuma delas era de todo *satisfatória*.

Considere, por exemplo, a fábrica de munições nos arredores da cidade de Portland, no estado do Oregon, que foi destruída pelo fogo e pelas ondas de choque poucas semanas após o término da Segunda Guerra Mundial. De acordo com os primeiros relatos, a explosão e o incêndio decorrente aconteceram no mesmíssimo dia em que as trabalhadoras da fábrica foram informadas de que logo perderiam o emprego – os homens estavam voltando para casa e se aclimatando novamente, afinal de contas. A nação estava se preparando para voltar ao normal. Ninguém sabe o que aconteceu dentro da fábrica naquele dia: não houve nenhum sobrevivente de que se tenha notícia. Mas, apesar de os cadáveres dos encarregados e supervisores terem sido extraídos dos destroços (em estado lastimável, todos eles, pobres camaradas), nem um único corpo feminino foi encontrado. A explicação oficial foi que as funcionárias estavam muito perto da explosão e foram instantaneamente incineradas, sem sobrar nada que pudesse ser enterrado. Só que isso não explicava os rombos com formato de dragão nas paredes externas. E, claro, não explicava o fato de fazendeiros das imediações terem descrito o que lhes pareceu um vento poderoso, uma explosão de asas e uma revoada do que pareciam ser pássaros enormes, rasgando o céu do oeste do país.

"Fábricas de munições", disseram os relatórios, "são basicamente barris de pólvora. Explosões ocorrem. É óbvio que protocolos de segurança mais apropriados se fazem necessários." A maioria das pessoas aceitou essa explicação, e o mundo seguiu em frente.

Um ano depois, uma jovem esposa estava sentada no banco de um parque na cidade de Kalamazoo, no estado de Michigan, olhando para o céu enquanto os filhos brincavam num parquinho próximo. O marido tinha servido na Europa na condição de oficial durante a Segunda Guerra Mundial. Um homem ríspido, todos diziam. Pouco afeito à vida de civil. Era alvo das fofocas dos vizinhos, que diziam que seu retorno não estava indo nada bem. E aí, um dia, ela deixou a bolsa no chão e simplesmente... sumiu. Outras mães que brincavam com os filhos no mesmo parquinho comentaram que uma sombra tapou o Sol por alguns instantes. Mas, quando ergueram o rosto, já havia sumido. Essas mulheres tremiam ao contar a história, esfregando os braços de forma brusca, lembrando daquele frio súbito e passageiro.

"Nunca foi segredo que ela era avoada", declarou a presidente da principal entidade de caridade local. "A maternidade não combinava com ela. Não nos surpreendeu o fato de ter ido embora." E, mais uma vez, o mundo seguiu em frente.

E havia histórias de noivas – centenas delas, por todo o país – que, no dia do casamento, se trancaram no vestiário da igreja, dizendo estarem em dúvida. Quando as famílias conseguiram arrombar a porta, encontraram o vestido de noiva aos pedaços no chão e um rombo na parede onde antes ficavam as janelas. Consertar igrejas se tornou um negócio em ascensão no país inteiro.

"Noivas", declararam os apresentadores dos noticiários, em tom sugestivo, "às vezes fogem."

E ainda teve o caso das vinte e cinco telefonistas que trabalhavam no turno da noite na Central de Auxílio à Telefonia Feibel-Ross, na região de Manhattan, em Nova York, em 1952. Antes do acontecimento em questão, haviam sido registradas inúmeras reclamações a respeito do comportamento de um certo supervisor noturno, Martin O'Leary. Mais do que um caso de mão boba do chefe – uma insalubridade esperada na época –, tais reclamações eram tão sérias que as autoridades foram chamadas para colher depoimentos e averiguar se algum crime havia de fato sido cometido. Diversas mulheres se submeteram aos exames da polícia e da equipe médica e se dispuseram a ser entrevistadas pelos detetives. No fim, nada aconteceu. Os bondosos homens da lei afagaram as lindas cabecinhas das vítimas e os casos foram encerrados. Martin O'Leary e seu sorriso de predador continuaram em seu devido lugar. E, de acordo com os registros, a companhia disse para as funcionárias apenas se protegerem contra quaisquer avanços, seguindo o exemplo dos ratos mais inteligentes, que sempre sabem como fugir de um gato à espreita para atacá--los. Segundo a empresa, as funcionárias deveriam ser gratas, já que tinham a grande sorte de ter um emprego.

Ninguém sabe exatamente o que aconteceu naquela noite de 1952 – apenas que vinte e cinco pessoas diferentes entraram em contato com a telefonista pedindo para fazer uma chamada a cobrar, mas ouviram em resposta que "A paciência das mulheres tem limite, afinal de contas". Em seguida, a linha ficou muda. O prédio se despedaçou exatamente às 11h13 da noite. Todos os seus tijolos foram esmigalhados um por um. Uma busca pelos escombros localizou os sapatos *oxford* muito bem engraxados de Martin O'Leary, e não muito mais. A pasta dele foi encontrada flutuando no East River quatro dias depois. Qualquer vestígio das telefonistas foi perdido na explosão.

"Explosão de gás", relataram os jornais. "Sem sobreviventes."

Ninguém mencionou o fato de que vinte e cinco pares de *scarpins* engraxados, vinte e cinco bolsas e vinte e cinco vestidos tubinho, de diferentes cores, foram encontrados dispostos com capricho na calçada, logo ao lado da cratera que se formou onde antes havia o prédio. Também havia uma placa, escrita com cinzas no que aparentemente era um pedaço de tampo de escrivaninha que fora jogado fora, com cinzas: VESTIDOS JUSTOS PARA MOÇAS QUE BUSCAM JUSTIÇA. USE ATÉ ESTA VIDA NÃO LHE SERVIR MAIS. Ninguém sabia o que isso significava.

Os casos das garotas da Feibel-Ross, das noivas fugitivas, da dona de casa de Kalamazoo e das trabalhadoras da fábrica de munição foram todos tachados de tragédia. Toda e qualquer evidência de dragonização foi perdida, ignorada ou suprimida. Todo e qualquer questionamento foi descartado. Mesmo diante das consequências da Dragonização em Massa, houve pouco interesse, por parte do governo e da academia, em explorar casos que não faziam parte de tal evento. A Dragonização em Massa ocorreu em 25 de abril de 1955, e 642.987 mulheres (esposas e mães, todas elas) se transformaram: todos os nomes eram conhecidos, foram investigados e registrados, e foi determinado que não poderia haver nem mais uma única transformação. O caso foi encerrado, o livro foi escrito e não havia mais nada a dizer.

A Dragonização em Massa de 1955 se tornou apenas mais um dia fatídico e famigerado – estudado nas escolas, mas com uma distância que foi ficando cada vez maior, tratado com mais antipatia e eufemismos a cada ano. A história se tornou vaga, mal definida e parcamente comentada. O que a tornou esquecível. Os demais casos de dragonização espontânea não deveriam ser comentados.

Era chocante demais. Era vergonhoso demais.

Era, bom, *feminino demais*. As palavras se confundiam, as bochechas ficavam vermelhas, e comentar o assunto se tornou falta de educação. Sendo assim, o mundo fez vista grossa. Era, para quase todo mundo, como qualquer outro assunto tabu – câncer, abortos espontâneos ou menstruação –, dos quais se fala aos cochichos, com insinuações vagas, e se muda de assunto. Ainda.

Apesar de eu ser só uma criança quando a Dragonização em Massa de 1955 ocorreu, passei boa parte da minha vida adulta trabalhando como cientista e pesquisadora acadêmica, e o rigor e a clareza do meu trabalho me deixam impaciente com o obscurecimento causado por eufemismos e tabus sem sentido. Passamos a vida adulta tentando entender as lembranças que trazemos da infância, mas precisamos, ainda assim, nos ater aos fatos, sempre. E os fatos são os seguintes:

Em 25 de abril de 1955, o mundo mudou.

Em 25 de abril de 1955, 642.987 famílias norte-americanas mudaram.

Em 25 de abril de 1955, minha própria família mudou para sempre.

E tenho muito mais coisa a dizer sobre esse assunto.

Do jornal Washington Post, em 23 de janeiro de 1956

Na terça-feira à tarde, uma reunião do secreto Subcomitê de Compensação e Resolução do Congresso se tornou um caos durante alguns instantes depois que um grupo de ativistas, disfarçados de faxineiros e zeladores, invadiu a sala trancada do comitê e se recusou a permitir que os parlamentares saíssem. Como sempre, as resoluções da operação diária do subcomitê não foram divulgadas para o público e nenhuma ata foi elaborada. Nenhum dos integrantes do subcomitê se dispôs a comentar o assunto, e os ativistas presos foram proibidos de falar com a imprensa. O cerco durou nove horas, até que a polícia conseguiu entrar na sala e os invasores foram levados para a prisão sem maiores incidentes. Até o fechamento desta edição, não havia outras informações disponíveis.

[É digno de nota o fato de esta reportagem não ter sido publicada, como era de se esperar, no caderno do Noticiário Nacional, mas na última página do caderno de Moda e Estilo. Sem explicar o porquê.]

7

A Dragonização em Massa de 1955 ocorreu enquanto eu estava na escola. Estávamos fazendo exercícios de divisão longa, até onde me lembro. O diretor apareceu na porta da sala, pálido, com uma expressão tensa. Fez sinal com a cabeça para a professora ir para o corredor e os dois logo saíram. Dava para ouvir os cochichos por baixo da porta, rápidos e entrecortados. Depois de alguns instantes, ambos voltaram para a sala de aula e fecharam as persianas.

– Olhem para os exercícios – disse o diretor. – Não olhem para cima.

Disseram para sermos crianças boazinhas. E *fomos*. Não soltamos nem um pio.

Passamos o resto do dia fazendo divisões longas, exercícios e mais exercícios, até só sobrar um toco do lápis.

Eu me lembro do som das sirenes. Eu me lembro do cheiro da fumaça. Eu me lembro de pegar o ônibus escolar na volta para casa e ver casas ardendo em chamas.

Eu me lembro de ver amplas sombras se movimentando no chão. Todos os adultos diziam para não olharmos para o céu. Tínhamos que ficar olhando para baixo. Como éramos crianças boazinhas, obedecemos.

Quando cheguei em casa, minha mãe me fez um lanchinho e perguntou como foi meu dia. Ela se movimentava de um jeito estranho. O pescoço ficava se contorcendo, feito uma cobra. Os ombros não conseguiam ficar parados. Ela esfregava os braços de um jeito abrupto e erguia os olhos para o céu, sem parar. Eu me lembro que o telefone tocou. E me lembro que minha mãe levou a mão ao peito e a deixou lá por um bom tempo. Deixou o fone cair da outra mão. Levou as duas mãos à boca e apertou com força, como se quisesse impedir a si mesma de gritar. O fone ficou balançando para a frente e para trás, para a frente e para trás, até que acabou parando. Finalmente, depois de respirar fundo algumas vezes, minha mãe se aproximou de onde eu estava sentada. Ajoelhou-se aos meus pés e segurou minhas mãos. Seus olhos estavam dourados. Será que sempre foram dourados? Ela piscou com força e os olhos voltaram ao seu tom acinzentado normal. Tentei me convencer de que havia imaginado tudo aquilo. Mamãe aproximou meus dedos dos seus lábios e beijou todas as juntas, uma por uma.

– A mamãe precisa sair – disse, entre um beijo e outro. – Mas vou voltar. É importante que se lembre disso. Sua mãe sempre vai voltar. Aconteça o que acontecer. – Senti os cantos da boca começarem a se retorcer e a pele da minha testa se franzindo, mas não me permiti fazer careta, mesmo tendo aquela sensação bem conhecida de alfinetada e emaranhado na barriga, que ia subindo devagar até o meu peito. Foi ficando visivelmente mais difícil de respirar. Ninguém nunca falava da época em que minha mãe sumiu de casa e depois voltou, doente e pequena. Nem mesmo tia Marla, que falava de tudo. A lembrança do desaparecimento dela me causava uma sensação que era tanto desagradável de encontrar quanto perigosa de se apegar, mas eu não tinha onde colocá-la, não tinha uma prateleira organizada na minha mente em que essa sensação coubesse. Continuou sendo um assunto proibido e, portanto, inclassificável, ou seja: era obrigada a carregá-la, todos os dias, por mais dolorosa que fosse.

– Ok – falei. Cruzei as mãos em cima do colo e tentei, com todas as forças, não me mexer. Queria que minha mãe pensasse que eu era uma menina boazinha, por mais que eu mesma não tivesse cem por cento de certeza disso.

Ela prendeu o chapéu com um grampo cintilante e abotoou o casaco, seus dedos se atrapalhando um pouco. Antes de sair de casa, sentou-se ao meu lado.

– Me dê sua mão – disse para mim. E eu dei, sem pensar duas vezes.

Os olhos dela estavam arregalados e brilhavam. Dourados, de novo. Tentei me convencer de que sempre foram dourados. Tentei me convencer de que nunca foram cinzas. Eu sentia um pinicar estranho na pele e não sabia a razão. Minha mãe pôs a mão no bolso do avental e tirou um barbante. Enrolou no meu pulso e começou a fazer um nó. Eu inclinei a cabeça.

– É uma pulseira? – perguntei.

Minha mãe sorriu. Seu sorriso brilhava levemente.

– Em certo sentido, sim. Olhe, eu também tenho uma – falou, apontando para o próprio pulso. Um barbante, com três voltas, preso num nó complicado.

– Que nó bonito – falei, porque eu sempre queria elogiar o trabalho da minha mãe.

– Concordo – disse ela. – Nós são especiais. Os matemáticos passam a vida inteira estudando-os. Para fazer um bom nó, é preciso ter presença de espírito, e nós podem agir como uma força inquebrantável num mundo que se quebra e é instável. Por favor, não tire esse nó do pulso.

Eu já queria tirar.

Minha mãe espremeu os olhos e fez uma expressão séria, que era melhor não desafiar.

– Estou falando sério. Não tire esse nó.

Então me mandou fazer a lição de casa e também me deu um maço de papel e uns lápis para eu ficar desenhando até ela voltar. Deu mais um beijo na minha testa, pegou a bolsa e saiu às pressas, e seu corpo estremeceu duas vezes, involuntariamente, antes de ela fechar a porta. Como já tinha feito a lição de casa na escola e não gostava mais de desenhar tanto assim, inventei problemas matemáticos com palavras – aviões decolando, trens saindo da estação, cardumes de peixes que se combinavam, se separavam e alteravam as proporções. Tentei inventar problemas difíceis ao ponto de serem interessantes, mas claros ao ponto de serem solucionáveis. Não olhei para o relógio. Não olhei pela janela para ver se alguém estava chegando. Fiquei com os olhos fixos no papel.

Enfim, quando o Sol começou a baixar no horizonte, minha mãe voltou para casa. Com Beatrice no colo. O cabelo de Beatrice estava coberto de cinzas. Os olhos estavam arregalados, com um ar melancólico, e ela se agarrava à minha mãe com os punhos fechados, segurando-a pelo tecido do vestido.

– Beatrice! – gritei. Abandonei meus papéis e ergui os braços para a pessoa de quem eu mais gostava no mundo. Minha mãe me entregou minha prima, que resistiu, mas acabou aceitando. Olhei além da minha mãe.

– Cadê tia Marla? – perguntei.

Minha mãe ficou com uma expressão vazia.

– Certamente não sei do que você está falando.

Eu sacudi a cabeça, tentando entender.

– Tia Marla. Cadê…

– Essa pessoa não existe – respondeu minha mãe. – Agora, leve sua irmã para a sala e vá brincar. Preciso fazer umas coisas.

– Mas Beatrice não é…

Minha mãe ergueu a mão e respirou fundo, lentamente, pelo nariz.

– *Leve sua irmã…* – falou, bem devagar, medindo a ênfase – …*para a sala e vá brincar.* – Ela fechou os olhos por um instante e respirou fundo pelo nariz. – Por favor – completou. Mais um instante de silêncio. – Não vou explicar de novo.

E não explicou. Minha mãe nos deu as costas, vestiu o avental e começou a fazer o jantar. Beatrice se debateu e acenou. Fez som de peido no meu pescoço.

– Mamãe? – perguntou ela, apontando para a porta.

– Sim, meu amor – respondeu minha mãe, sem prestar muita atenção, já começando a lavar as batatas.

– Mamãe? – repetiu Beatrice, apontando para a janela.

– Sua mamãe está bem aqui. Sempre esteve. – Então lançou um olhar sugestivo para mim. – Vá brincar – falou. – Peça para sua irmã fazer silêncio. Sinto uma dor de cabeça se aproximando. – Minha mãe apertou bem os lábios. Um pequeno silêncio se abateu, parecia que uma única pedrinha havia caído no chão de lajota, delicada, nítida e definitiva. Não se falaria mais nem uma palavra sobre esse assunto.

E, daquele momento em diante, Beatrice era minha irmã. Parecia que minha mãe era capaz de fazer isso simplesmente com a força do pensamento. Ela era minha irmã. Sempre foi minha irmã. Qualquer ideia contrária era claramente ridícula, ou pior, um ato de insubordinação. Não houve discussão nem explicação. Minhas perguntas eram interrompidas, ignoradas ou punidas. As fotos da minha tia sumiram lá de casa. Mamãe montou um berço e um trocador no meu quarto e comunicou que aquilo sempre esteve ali. E foi isso.

A Dragonização em Massa de 1955 ocorreu quando eu tinha 8 anos de idade. Entre esse dia e o dia em que minha mãe morreu, seis anos depois, ela não respondeu a nem uma de minhas perguntas; permaneceu de bico calado até o fim. Quando mamãe punha na cabeça que não ia mais falar de algum assunto, ela sabia levar isso até as últimas consequências.

8

Nós morávamos numa cidadezinha em Wisconsin que ficava mais ou menos a duas horas de carro de Milwaukee, a cidade mais populosa do estado. Os homens que moravam na minha quadra ou trabalhavam na fábrica de papel ou na fábrica de vidro ou trabalhavam para um dos pequenos fabricantes que produziam objetos muito específicos que, uma hora ou outra, acabavam se encaixando em carros, aviões ou trens. Meu pai trabalhava no banco. Em *tempos distantes*, minha mãe também, mas então se casou – coisa que, meu pai não se cansava de dizer, era o principal objetivo da vida dela.

Só que não era. Mesmo naquela época eu sabia que não era. Observei minha tia se tornar, sabe-se lá como, *menos ela mesma* depois que se casou. Rugas de frustração marcaram seu rosto. Ela se tornou pálida e distraída. Trabalhava mais do que antes, por mais tempo, porque agora tinha mais bocas para alimentar, e uma dessas bocas, ao que tudo indicava, estava determinada a afundá-la na pobreza, de tanto beber. Com o casamento, minha tia recebeu a dádiva de Beatrice, mas não muito mais do que isso.

Meus pais pararam de ir à igreja depois que minha tia... bem, depois que minha tia deixou de existir. Nunca entraram com um pedido de ajuda financeira junto ao Fundo das Mães Perdidas, porque exigiria que admitissem que ela existiu, para início de conversa. Pediram para a igreja parar de mencionar o nome de tia Marla na Litania das Mães Desaparecidas, durante a missa anual dedicada a elas, mas a igreja se recusou. Tia Marla era membro da congregação, afinal de contas. Seu nome continuou na lista e, sendo assim, minha mãe saiu pela porta e jurou que nunca voltaria. Durante o restante da primavera e todo aquele verão, os domingos se tornaram um dia de inércia. Não programávamos nada, falávamos pouco, parecia que até a casa segurava a respiração. Até então, nunca me ocorrera que meus pais só iam à missa por insistência da titia. Seria de se pensar que fosse o contrário. Mas, sem tia Marla, minha mãe não tinha motivos para exigir que a família acordasse cedo aos domingos e ficasse apresentável e, sem mamãe exigir, meu pai se contentava em ficar sentado no quintal, lendo o jornal em silêncio.

Oficialmente, ainda éramos membros da congregação. Continuei frequentando a escola paroquiana e minha mãe continuou indo às reuniões da obra de caridade que eram realizadas no porão da igreja, além de ainda aparecer para fazer sopa para os pobres e refeições congeladas para os inválidos. Ainda fornecia sua famosa e linda renda feita à mão para o leilão de Natal. Mas à missa ela não ia, não podia tolerar. Não sem...

Bem. Ninguém saberia dizer.

Além do mais, estávamos nos adaptando a ter uma nova integrante na família, enquanto fingíamos que não tínhamos nenhuma nova integrante e, portanto, não precisávamos nos adaptar. Estávamos nos adaptando à perda da minha tia enquanto também fingíamos que não tinha tia nenhuma. Esse tipo de coisa se torna exaustiva depois de um tempo. E, enquanto minha mãe se ocupava de não dizer nada e de não explicar nada, eu abrigava meus próprios segredos.

Três dias antes do caos da dragonização, minha tia foi jantar lá em casa, e essa seria a última vez. Beatrice e meu tio também foram. Antes de Beatrice virar minha irmã.

(Mas o que estou dizendo? Beatrice sempre foi minha irmã. Nunca deixou de ser minha irmã. Entende? É assim, tão fácil, mentir. Às vezes, é difícil parar.)

Naquela noite específica, já estava ficando tarde, e meu pai e meu tio tinham ido fumar charuto lá fora. Era abril, mas as noites ainda eram bem frias e úmidas. Os dois colocaram casacos de lã, cachecóis grossos e seguraram os charutos. Ficaram tremendo e gargalhando no escuro.

Minha mãe lavou a louça. Estava sempre lavando a louça. Beatrice estava dormindo no moisés, acomodado na sala de estar. Minha tia não costumava ajudar com a louça porque minha mãe sempre reclamava que ela fazia tudo errado.

– Que tal eu aprontar essa menina para ir para a cama? Daí você pode se sentar e tomar uma saideira quando terminar – sugeriu minha tia.

Minha mãe não respondeu, só bateu as panelas. Minha tia entendeu isso como um "sim". Antes de subirmos, ela pegou a bolsa, um saco de lona pesado da época em que trabalhava no Serviço Feminino de Aviação Civil. Pendurou a alça no ombro e subiu a escada comigo. Ficou sentada em silêncio na beirada da minha cama enquanto eu vestia a camisola, escovava os dentes e lavava o rosto. Folheou meus cadernos (a maioria continha problemas matemáticos e desenhos de espaçonaves copiados das revistas em quadrinhos que os meninos da escola liam com avidez, mas que eu não tinha permissão de ter, por motivos que não compreendia). Examinou as construções que eu tinha feito com palitos de picolé e cola (pontes, castelos e uma catapulta) e reparou no cesto de lixo cheio de bonecas enfiado num canto. Eu me ajoelhei no chão diante dela, e tia Marla penteou meu cabelo, depois penteou mais, segurando-o no punho cerrado enquanto tentava domar aquela juba toda que eu tinha nas costas. Mesmo naquela época, desejava ter cabelo curto. Não raro perguntava para minha mãe se podia ter cachos curtinhos como minha tia, mas ela respondia algo sobre meu cabelo ser o que tinha de mais bonito e, em seguida, eu fazia beicinho.

Tia Marla prendeu meu cabelo em duas tranças bem apertadas. Então me fez levantar e olhou bem no meu rosto. Ficamos assim por muito tempo, só nos encarando, enquanto ela, ao que tudo indicava, tentava encontrar o que queria dizer. Eu sabia que não deveria puxar assunto. Sabia que deveria ser vista e não ouvida e que não devia dirigir a palavra a alguém, a menos que a pessoa me dirigisse a palavra. Eu era uma menina que sabia como esperar sua vez. Até que finalmente:

– Sabe… – Ela levou as mãos ao rosto e pressionou os dedos com força nas bochechas rechonchudas. – Quando era pequena, tinha um esconderijo secreto no meu quarto onde eu escondia coisas para minha mãe não ver. Nada de mau, entenda. Eu não era uma criança malvada. Mas tinha coisas que eram *minhas*. Não podia mostrá-las para minha mãe porque eram *só minhas*. Você me entende?

– Não – respondi.

Só que eu entendia. É claro que entendia. Já fazia algum tempo que escondia coisas da minha mãe. Tinha aprendido a tirar uma parte do painel interno do meu armário para esconder coisas no vão entre ele e a parede. Depois colocava o painel de volta, dando a impressão de que nada fora tirado do lugar. Tinha várias coisas escondidas lá dentro. Nada de mau. Eu tampouco era uma criança malvada. Mas guardava um caderno de desenho lá dentro, no qual desenhava retratos pouco lisonjeiros dos meus professores e dos meus pais. Guardava três bilhetes que uma garota que não frequentava mais a minha escola tinha escrito para mim e que me eram importantes de um jeito que eu não conseguia explicar, mas sabia, bem no fundo do meu coração, que minha mãe não iria – *e não poderia* – entender. Eu tinha feito desenhos de mim mesma – de uniforme de general, pilotando um avião, de terno, com corpo de cavalo ou de robô – que também me pareciam tanto subversivos quanto *confidenciais*, por motivos inexplicáveis. Mas, ainda assim, verdadeiros. Eu não estava disposta a mostrá-los para ninguém, nem para minha tia. Tentei fazer cara de nada. Sempre funcionava com a minha mãe.

Os lábios da minha tia se retorceram, esboçando um sorriso.

– Mentirosa – disse ela. Em seguida, me deu um beijo na testa. – Mas eu a amo. A amo muito. Vou lhe dar uma coisa. Não é nada de mau, nada com o que precise se preocupar. Só acho que sua mãe não vai entender. Mas é importante para mim que fique com isso. *Você* me entendeu?

Cruzei as mãos e fiquei me remexendo. Não sabia o que dizer.

Minha tia apertou meu ombro de leve. Depois pôs a mão dentro da bolsa, tirou um maço de cartas – amarradas com um nó particularmente intrincado –, um livreto pequeno, intitulado *Alguns fatos básicos sobre dragoas explicados por um médico*, e um álbum de fotos, em cuja capa havia três mulheres de uniforme se abraçando pela cintura. Minha tia era a do meio. Seu cabelo era comprido naquela época e estava preso num coque que se desfazia facilmente. Estava com a cabeça encostada no ombro de outra mulher. Todas as três pareciam incrivelmente felizes.

Minha tia colocou tudo em cima da minha cama, item por item. Fiquei olhando para aqueles objetos. Ela se levantou e foi até a porta. E parou ali.

– É para eu fazer o que com isso? – perguntei.

Tia Marla deu de ombros.

– Talvez nada. Talvez não haja sentido nisso. Mas, não importa o que acontecer nos próximos dias, quero que isso fique com você. Tem coisas sobre as quais é difícil conversar, e aí o mundo se cala e finge que não é nada. Ou pior, age como se nunca tivesse acontecido. Mas talvez isso seja um erro. Só porque as pessoas não falam de determinado assunto, não quer dizer que é menos verdadeiro ou menos importante.

– A senhora quer que eu leia? – perguntei, fazendo careta para o livreto. Havia dois desenhos na capa. Um de uma forma que eu nunca havia visto na vida, mas agora sei que era o contorno do sistema reprodutor feminino. O outro era o mesmo desenho, mas transformado e preenchido para formar uma cara de dragoa. Embaixo, estava escrito: "Pesquisado e escrito por um médico que deseja permanecer anônimo". Abaixo disso, alguém escrevera: "Também conhecido como Dr. Henry Gantz. Você não me engana, seu velhote". Parecia a letra da minha tia. Eu certamente não sabia quem era aquele tal de Dr. Gantz. De qualquer modo, o livreto não me pareceu muito interessante. – Quer dizer, preciso ler?

Tia Marla sorriu.

– Você que sabe. Pode ler o livro ou ler as cartas, pode ver as fotos ou pode nunca mais olhar para nada disso. Tem uma carta para você, mas também pode ignorar. Você não é obrigada a absolutamente nada. Eu só… – Ela ficou em silêncio por alguns instantes. Seu olhar se dirigiu à janela. Por um segundo, o luar iluminou o rosto da minha tia, e seus olhos refletiram o céu lá fora. Ela me abraçou e me apertou. – Essas coisas são importantes para mim e quero que fiquem num lugar seguro. Você não precisa pensar nelas nunca mais. Não precisa mesmo. Para mim, já basta saber que estão com você. Isso faz sentido?

– Sim – respondi, ainda que não fizesse. Ela me deu mais um abraço, e me dei conta de que o peito e os ombros de minha tia tremiam. Ela se afastou e sorriu, mas seus olhos estavam cheios d'água. Tia Marla não disse mais nada.

Depois disso, fechou a porta. Guardei o livreto, as fotos e o maço de cartas no vão escondido dentro do armário e coloquei o painel de volta.

Eu nunca, *nunca* contei para minha mãe. Mesmo depois das sirenes e dos incêndios. Mesmo depois de ficarmos olhando para o chão enquanto sombras enormes passavam pela calçada. Mesmo depois de as cinzas cobrirem o vestido dela e do cheiro de fumaça impregnar o cabelo de Beatrice. Os tesouros da minha tia continuavam onde estavam – sem serem lidos, sem serem tocados, sem serem mencionados.

Não foi meu primeiro segredo. E não foi o último. Mas foi meu maior segredo. Ainda é.

9

Apesar da aversão de minha mãe a conversar sobre assuntos difíceis, a nação enfrentou um período curto e não muito meticuloso de reconhecimento do que havia ocorrido. O que foi difícil, dada a assumida feminilidade das dragoas e a conexão estabelecida, com certo consenso, entre a Dragonização em Massa com algo de foro tão íntimo quanto a maternidade. O constrangimento, ao que parece, é mais poderoso do que a informação. E a vergonha é inimiga da verdade.

Só que a própria dimensão e os números da Dragonização em Massa de 1955 e o impacto desse acontecimento na população do país, na força de trabalho, na economia e na estrutura familiar exigia, sim, uma conversa em âmbito nacional, ainda que breve, incômoda e não muito precisa. Na escola, após certa relutância do corpo docente, todos nós estudamos um material especial distribuído pelo Departamento de Saúde, Educação e Previdência Social, obrigatório para todas as escolas, tanto públicas quanto privadas. Houve, contudo, muitas e compreensíveis revisões desse material ao longo dos dezoito meses seguintes, sendo exigido, de tempos em tempos, que estudantes de todo o país descartassem os livros didáticos que caíam em desgraça (verdade seja dita: deveríamos queimá-los), que eram substituídos por novos livros com informações mais atualizadas, até que esses também precisavam ser substituídos. Naquelas primeiras semanas caóticas depois da Dragonização em Massa, a irmã Margareta, minha professora do terceiro ano, nos deu a primeira explicação aceita: os dragões tinham ou escapado do inferno ou sido libertados de propósito do Portão do Demônio por forças sinistras da guerra global secreta entre o bem e o mal (russos, supostamente). Tais dragões tinham devorado certo subconjunto das mães da nação por motivos desconhecidos e, é provável, incompreensíveis. Afinal de contas, quem poderia conversar com um dragão? Isso era absurdamente incorreto, claro, mas a maioria das pessoas ainda estava tentando lidar com os acontecimentos daquele dia – prédios em chamas, maridos devorados, casas parcialmente explodidas, crianças sem mãe chorando pelas ruas. Os apresentadores dos noticiários se esforçavam ao máximo para construir uma narrativa, com repórteres pacientes e firmes, mais uma vez, tentando ajudar os Estados Unidos a lidar com situações difíceis. Havia, no Departamento de Saúde, Educação e Previdência Social e até no congresso, quem teria preferido de bom grado que o público acreditasse no que mais tarde foi denominado de "teoria da devoração", já que essa tese descartava a questão do *porquê*. Eu realmente acredito, até hoje (principalmente hoje), que, se o escopo da dragonização não tivesse sido tão amplo, teria havido um esforço mais concentrado para suprimir as notícias e uma campanha mais robusta de disseminação de falsas informações naqueles primeiros dias. Isso, afinal de contas, já havia funcionado antes. Mas é difícil para qualquer sistema de propaganda político-ideológica, por mais avançado que seja, contra-atacar a força de milhões de testemunhas oculares. E é por isso que um conhecimento superficial dos fatos, por mais nebulosos que fossem e, não raro, mal contextualizados, acabou por ganhar espaço.

Quando eu estava no final do quarto ano (pouco mais de um ano depois do evento em si), o noticiário noturno, os livros didáticos e os professores estressados tinham enfim chegado a uma explicação coerente sobre o que de fato tinha acontecido durante a Dragonização em Massa. Especificamente a seguinte: que, um dia, numa tarde normal de abril, exatamente 642.987 mulheres não foram comidas por dragões, como fora informado a princípio. Em vez disso, elas *se transformaram* em dragoas. Todas ao mesmo tempo. *Em massa*. E, depois disso, deixaram tudo para trás: bebês nos carrinhos, assados no forno e roupas por pendurar no varal.

Algumas pessoas foram devoradas durante essas breves horas iniciais, quando as dragoas, ainda estupefatas com a própria transformação e tentando loucamente se aclimatar às necessidades e às modificações de um corpo que havia se tornado tão grande, de reflexos tão aguçados e tão cintilante, talvez tenham exagerado um pouco. Nenhum bebê ou criança foi devorado – apesar de os televangelistas terem alegado e ainda alegarem o contrário. Entretanto, mais de seis mil maridos foram de fato engolidos e outros dezoito mil e poucos sofreram graves queimaduras, causadas pelos incêndios nos prédios onde trabalhavam. Além disso, entre os mortos: 552 obstetras; mais de seis mil pastores, ministros, rabinos, irmãs e padres de diferentes denominações; um sem-número de assistentes sociais que trabalhavam com a juventude; 27 Associações de Pais e Mestres inteiras, em nove estados; e dúzias de gerentes administrativos, encarregados de fábricas, políticos e investigadores de polícia (foi assim que se tornou óbvio que as dragoas são à prova de balas), isso para não falar de uma boa quantidade de professores aposentados e orientadores educacionais.

E aí, do nada, as dragoas foram embora. Muitas foram para as montanhas, principalmente para os Alpes (o turismo nunca mais foi o mesmo). Um grande número fez morada no oceano. Raramente recebiam cobertura da imprensa, com exceção das ocasionais interações com submarinos e estações de radar, já que, ao que parece, as dragoas estavam e continuam determinadas a proteger os agora prósperos agrupamentos de baleias-azuis. Algumas dragoas criaram comunidades em ilhas até então inabitadas, outras se mudaram para a Antártica. Certas dragoas fizeram das selvas seu lar silencioso, e outras, ainda, voaram para os céus e foram explorar o cosmos.

Umas poucas dragoas tentaram manter as aparências, relutantes em abandonar o lar e o marido enquanto as irmãs fugiam voando. Tentaram adaptar os aventais e as luvas de forno, ocuparam-se da roupa suja, de arrumar a cama e de fazer o jantar, até que o esposo voltasse para casa, no fim do dia. O trabalho doméstico, como é de se imaginar, se tornou difícil, porque o corpo tinha aumentado de tamanho, por causa das garras afiadas e pelo fato de que essas dragoas emitiam chamas sempre que soluçavam ou arrotavam. Ainda assim, persistiram, e quando o marido chegava em casa, o recebiam de maquiagem recém-feita, com uma bela refeição caseira e um reticente "Então, querido, como foi seu dia?", como sempre.

Infelizmente, as dragoas que fizeram isso eram, naturalmente, um tipo de esposa que se casa com um tipo de marido que não leva grandes mudanças na rotina numa boa. Os maridos que reagiram à situação xingando e gritando não duraram muito, como era de se esperar. Mesmo assim, uns poucos conseguiram falar baixo, com delicadeza, e disseram para as esposas, num tom de ternura, que entendiam e que venceriam esse e todos os demais desafios que porventura surgissem no casamento, e que ainda eram muito apaixonados por elas. De fato, tais maridos se esforçaram muito. Mas, no fim das contas, suas esposas dragonizadas deixaram de ser afeitas à vida do lar. A vida que viviam não lhes servia mais. Quando menos esperavam, o olhar estava pairando em outros lugares — além dos limites da casa, além dos limites do quintal, além dos limites das tarefas diárias de lavar, passar e manter as aparências. Descobriram que a visão tinha se ampliado ao ponto de conter o céu inteiro — e mais, até. Quanto mais olhavam, mais ansiavam e, quanto mais ansiavam, mais faziam planos. Até que enfim os maridos voltaram para casa certa noite e encontraram o jantar no forno, diversas refeições no *freezer* e bilhetes na mesa de jantar, ainda meio chamuscados, dizendo: "Obrigada por tentar, meu amor. Mas você sabe, tão bem quanto eu que não vai dar certo".

Os maridos procuraram em vão pelas esposas dragonizadas, mas de nada adiantou. Elas não voltariam. Resumindo, a Dragonização em Massa de 1955 foi um desastre de proporções inimagináveis e fez a nação, por um instante, cair de joelhos, abalada, num estado de luto, confusão e tristeza. Poucas eram as pessoas, por todo o país, que não conheciam ao menos uma família afetada. Os Estados Unidos não tinham precedentes para tamanha escala de luto, em âmbito nacional, e, como resultado, todas as reações coordenadas – tanto em nível nacional quanto local e até nas famílias em si – não foram sinceras nem úteis nem gentis. Não tínhamos parâmetros, percebe? Nenhum modelo de funcionamento previamente acordado nem cursos de ação predeterminados. Era uma perda inenarrável, e muitas pessoas optaram por nunca falar sobre ela.

Minha mãe era uma dessas pessoas. Nunca, nem uma única vez, pronunciou o nome da irmã após aquele dia. Nunca. Não voltou a pronunciar o nome do cunhado desaparecido – devorado, de certo. E, claro, nunca comentou a dragonização. Meu pai não via necessidade de falar nada além de "Faça um pouco menos de barulho" ou "Cadê minhas meias, caramba?". E minha mãe também fez questão de vender a TV da família e derramou café "acidentalmente" no rádio. Jogava os jornais no lixo assim que meu pai terminava de ler, e eu não tinha permissão para encostar neles. Minha casa era um lugar desprovido de informações e de explicações. Toda a verdade, todo o contexto, tive que descobrir por conta própria.

10

Existem certas lembranças que carregamos que não são nossas. Ou, talvez, esteja falando de mim mesma. Existem certas lembranças que eu carrego que não são minhas. Isso deveria ser impossível. E, mesmo assim...

Minha tia Marla era, durante a minha infância, uma presença enorme. De coturnos sem salto, era um pouco mais alta do que meu pai e, antes da transformação e subsequente desaparecimento, ocupava um espaço na minha vida maior do que o de qualquer outro adulto. Eu me lembro dela de calças largas e camisa amarrada na cintura, as mãos de dedos compridos tapando os olhos para protegê-los da luz enquanto acompanhava um avião que planava no céu. Ela tinha um maxilar quadrado e largo, os olhos penetrantes. Tinha músculos fortes, mãos rápidas e uma noção apurada de como algo deveria ser montado adequadamente.

Ela me amava e amava Beatrice, mas acho que amava minha mãe acima de tudo. Acho que, talvez, mamãe roubava sem querer o amor da minha tia para si. Ela era a pessoa mais querida no coração de sua irmã mais velha.

Até onde consigo entender, titia quase se dragonizou no trabalho. Passou o dia inteiro sentindo que ia se transformar.

Marla era a única mulher que trabalhava na oficina mecânica. Seu patrão, um homem curvado, de pele manchada e risada nervosa, tentou demiti-la mais de uma dezena de vezes para colocar um homem de família no lugar dela. E, todas as vezes, implorou para Marla voltar, segurando o boné engraxado nas mãos, porque aqueles homens realmente não funcionavam sem ela.

(Além disso, todos sabiam do meu tio. Da sequência de demissões. De seu caso de amor com o copo. Minha tia, decidiram, era um homem de família como qualquer outro.)

No dia da Dragonização em Massa, tia Marla estava sentada numa cadeira de madeira no cantinho do descanso, completamente encurvada, com o peito encostado nas pernas. Segurava os tornozelos bem apertado. Tentava ignorar a sensação. De acordo com testemunhas, ela passou o dia todo com uma foto na mão, até a fotografia ficar amassada e molhada. Era uma foto minha, da minha mãe e de Beatrice sentadas no sofá lá de casa. Normalmente, tia Marla deixava essa foto num porta-retratos azul em sua baia, mas um dos colegas – Earl Kotke, um bêbado, claro, mas um camarada até que bondoso e perspicaz também – disse que viu minha tia tirar a foto do porta-retratos e ficar andando com ela para lá e para cá. Que a viu tirar e guardar a foto no bolso e, às vezes, apertá-la contra o coração. Earl a observou passar o dedão sobre o retrato, sem parar. Sobre cada um dos rostos na foto.

Isso aconteceu muitos e muitos anos antes de eu criar coragem de procurar seus ex-colegas – os que ainda estavam vivos, quer dizer – e indagá-los a respeito do que havia acontecido. Depois de todo esse tempo, era muito difícil para muitos deles traduzir em palavras o luto que sentiam. Estavam com o coração partido demais. Amavam Marla – todo mundo amava. A maioria simplesmente apoiava o rosto nas mãos calejadas e chorava.

Eu transcrevi cada uma dessas conversas. Sou cientista, afinal de contas, e sei que dados são importantes. Os depoimentos são um pouco divergentes e, às vezes, conflitantes, mas o fato central que revelam é o seguinte: por volta de uma da tarde, Marla tirou o uma maleta de ferramentas de baixo de uma picape velha, dispôs as ferramentas no chão com todo o capricho e levou as mãos ao coração por alguns instantes. Em seguida, olhou para o patrão e disse: "Rapazes, podem pegar as ferramentas que quiserem do meu kit. Não vou mais precisar". E aí, saiu porta afora.

Os homens não entenderam nada.

"Pensamos que ela tinha saído por motivos femininos e que ia voltar", foi o que o patrão, Arne Holfenson, contou para o jornal local na única reportagem publicada sobre o assunto. O que Arne me contou anos depois foi: "Vi o olhar dela e rezei, rezei com todas as minhas forças para que Marla voltasse para nós. Mas não voltou. Depois de todo esse tempo, ainda me recrimino por não ter implorado para sua tia ficar. Talvez ela tivesse ficado se tivéssemos pedido. Ou, talvez, tivesse ficado confusa e nos devorado em vez de devorar aquele imbecil do marido dela. De todo modo, gostaria que Marla soubesse que estávamos desesperados para que ela ficasse".

Mesmo hoje, sou capaz de ver minha tia naquele dia. Sou capaz de vê-la decidindo deixar o carro no trabalho, indo a pé para casa. Sou capaz de vê-la parando, observando com apatia uma casa pegar fogo, depois outra, ou o infeliz de um marido correndo pelo pátio, depois pela calçada, com os fundilhos das calças chamuscados e saindo fumaça, enquanto uma dragoa com cara irada o perseguia, voando pelo meio da rua.

Sou capaz de vê-la chegando em casa. Sou capaz de vê-la dispensando a babá e informando, com toda a gentileza, que ela não precisaria mais voltar. Sou capaz de vê-la pegando Beatrice no colo e a embalando até a bebê dormir, inalando o perfume adocicado do couro cabeludo da filha toda vez que beijava sua cabeça.

Eu não estava lá. Óbvio que não. Mas eu vi. E senti. Dentro da minha cabeça. Em sonhos. E naqueles recônditos secretos da minha mente, onde meus olhos às vezes vão parar. Essa lembrança não é minha. E, apesar disso, é.

Nessa lembrança que não é lembrança, vejo minha tia parada perto do berço tirando os dedos dos cachos úmidos de Beatrice, depois fechando a porta do quarto da bebê sem fazer barulho e percorrendo o corredor na ponta dos pés. Eu a vejo parar na sala de estar. Levar as mãos ao coração mais uma vez. Erguer o rosto para a janela. Tirar as botas masculinas. Tirar o macacão. Tirar a roupa de baixo. Tirar a própria pele. Tirar a própria vida. Cumprimentar o marido com garras e dentes afiados e um fogo apurado pouco antes de alçar voo.

Eu amava minha tia. E não tinha como chorar sua morte. E, aí, eu não tinha mais tia. Minha prima bebê, Beatrice… Desculpe. Eu me expressei mal. Minha irmã, sempre foi minha irmã. Não tenho prima, assim como não tenho tia e não tenho nenhum tio que foi devorado.

Percebe? Mentir é fácil. Quando estamos acordados, quer dizer.

Mas, à noite, os sonhos que eu tinha não eram capazes de mentir. Em sonhos e mais sonhos, eu via minha tia dragonizada vivendo com outras dragoas – no mar, nas montanhas, nas selvas ou na lua. Às vezes, sonhava que era uma das dragoas que simplesmente saíram voando e viajaram pelas vastidões do espaço sideral, engolindo o universo com os olhos.

Beatrice não sabia de nada. Minha mãe nunca contou para ela. E, de qualquer modo, não fazia muita diferença. "Beatrice e eu somos irmãs", eu tentava me convencer. "Beatrice e eu somos irmãs", informava a qualquer um que quisesse ouvir.

"Sempre fomos irmãs."

"Sempre seremos irmãs."

"E ponto-final."

BETHESDA, MD
DEPARTAMENTO DE POLÍCIA
DIVISÃO _____ PATRULHA _____
POLICIAL(IS) N. SCOFIELD E B. MARTINEZ
DATA DA OCORRÊNCIA: 15/06/1957 HORÁRIO: 10:25

Os policiais foram enviados para o número 319 da Travessa Marigold para cumprir um mandato expedido no início da manhã. Este policial fez contato com dois indivíduos, um homem e uma mulher, ficando determinado que não eram residentes, e ambos trajavam roupas "beatnik". Os indivíduos tentaram impedir os policiais de entrar no local, mas se evadiram depois de um breve confronto. Ao entrar, o policial observou diversas caixas cheias de documentos espalhadas e muitas prateleiras vazias. Até este momento, se desconhece a quantidade de material que foi apreendida na residência. Seis outros indivíduos jovens, supostamente estudantes, tentaram ficar entre os policiais e as caixas restantes. Este policial, então, entrou em contato com o Dr. Henry Gantz, um médico que costumava trabalhar no Hospital Universitário Johns Hopkins. Ele é, conhecidamente, suspeito contumaz neste departamento e foi entrevistado por policiais diversas vezes. Os policiais informaram o Dr. Gantz do mandato, que permitia que provas fossem apreendidas. Diversos jovens protestaram e pareciam apresentar uma clara ameaça aos policiais, mas a situação foi contornada por outro indivíduo, uma idosa chamada sra. Helen Gyzinska, que se identificou como bibliotecária do estado de Wisconsin, de passagem pelo estado de Maryland. Por ordem da sra. Gyzinska, os jovens se retiraram sem maiores incidentes. Os policiais, então, apreenderam o que havia na casa na categoria de evidência e prenderam o doutor por posse e distribuição de materiais indecentes e obscenos. A bibliotecária se recusou a se retirar do local e os policiais foram obrigados a prendê-la também. Ela abriu mão de seu direito de permanecer calada, dizendo que gostaria que o seguinte ficasse registrado neste boletim de ocorrência, ipsis litteris: "Não há nada de indecente na Biologia, na pesquisa ou em fatos básicos, cavalheiros, e os senhores estão bancando os bobos ao tentar classificar de obscena a busca pela compreensão. A única coisa mais manifestamente obscena é a ignorância deliberada. Prendam a si mesmos".

11

O tempo passou e, quando dei por mim, estava no quinto ano. Minha família se apresentava para o mundo como uma família convencional, nuclear e absolutamente intacta: mãe, pai e duas menininhas.

Ninguém nunca falava sobre minha tia – Marla era um assunto proibido. Em vez disso, admiravam os vestidos finamente detalhados que Beatrice e eu usávamos todos os dias, feitos com amor por minha mãe, e os casaquinhos de crochê que ela bordava à mão. Admiravam a delicadeza e a beleza da mamãe – aquela pele clara, aquela boca vermelha, aquele corpo tão leve que dava a impressão de que qualquer ventinho mais forte poderia levá-la embora. Admiravam seus chapéus enfeitados com renda feita à mão e flores de macramê, seus sapatos bem engraxados. Admiravam meu pai por ser o provedor fiel e confiável da família. Admiravam as calêndulas que minha mãe havia plantado em canteiros perfeitamente retos acompanhando a entrada da casa e as roseiras podadas como primor nas floreiras da janela. Fora de casa, mamãe sorria e meu pai sorria e Beatrice e eu aprendemos a fazer uma expressão radiante, felizes, sem pensar em nada. Meus pais sorriam um para o outro quando estavam dentro de casa. De fato, não me recordo de eles falarem muito. A menos que fosse absolutamente necessário.

O restante do mundo, por sua vez, mudou, de novo. Já se passara um bom tempo desde a Dragonização em Massa, ao ponto de que falar sobre dragoas tivesse se tornado, mais uma vez, algo simplesmente vetado, um assunto fora de questão em qualquer conversa entre pessoas bem-educadas. Isso não valia apenas para a minha casa. Dragoas eram um assunto a ser evitado em qualquer contexto. Era como ir à igreja só de calcinha, falar de menstruação com o carteiro ou tagarelar sobre sexo no rádio. Simplesmente era algo que não se fazia.

Quando ficou claro que a Dragonização em Massa não foi causada por nenhuma força externa sinistra (os russos, o exército vermelho chinês, trotskistas radicais do próprio país que escaparam da pressão das audiências realizadas pelo senador McCarthy e assim por diante), mas foi, na realidade, um processo, ao que tudo indica, biológico de certas mulheres – ainda não estava claro o quanto essas mutações eram disseminadas –, qualquer discussão a respeito de dragoas, dragonização ou das consequências práticas de um mundo pós-dragonizado se tornaram muito mais… bom, vergonhosas. Os adultos ficavam vermelhos quando as crianças erguiam a mão e perguntavam a respeito. A questão das dragoas sumiu de repente do noticiário da noite.

Lá pelo fim de setembro daquele ano, a irmã Santo Estêvão, minha professora, nos comunicou que receberíamos um convidado na aula. Seu nome era Dr. Angus Ferguson e ele tinha uma barba vasta, olhos cinzentos e opacos, e trajava um casaco de lã comprido e pesado, apesar de o dia estar bem quente. O Dr. Ferguson trazia uma maleta de médico numa das mãos e uma pasta de couro bem grande na outra, e logo descobriríamos que essa pasta continha diversos cartazes. Ele fez uma breve reverência para minha professora e nos dirigiu um olhar imperioso, por cima de nossas cabeças, sem nos olhar nos olhos.

Fomos organizados em duas filas, uma de meninas e outra de meninos. Enquanto os meninos eram apresentados ao visitante, as meninas foram leva-das para a sala de economia doméstica, onde deveriam criar organizadores de mesa – um projeto no qual tínhamos que montar caixas resistentes de papelão, forrar com tecido costurado à mão e colocá-las em uma charmosa bandejinha, que servia de suporte. Uma caixa quadrada para clipes de papel, uma caixa comprida e retangular para lápis, uma caixa mais larga para objetos maiores, como tesouras, transferidores e coisas do tipo. Fomos instruídas a fazer dois conjuntos – um para nós mesmas e outro para um "amigo". O amigo, no caso, era um menino da turma. Cada uma de nós recebeu a incumbência de trabalhar para um menino específico, que seria nosso amigo pré-determinado. Não consigo sequer me lembrar qual foi o menino que peguei. Só sei que fiz um trabalho malfeito de propósito.

Quando os meninos terminaram de falar com o visitante, voltamos para a sala de aula e trocamos de lugar com eles. Os meninos ficaram em fila, esperan-do para sair da sala. Todos estavam com a cara vermelha, feito pirulito, e não conseguiam nos olhar nos olhos. Um deles tremia. Outro soltava risadinhas, tapando o rosto com as mãos.

– Agora já basta, cavalheiros – disse o Dr. Ferguson, parado em seu posto diante da classe. Os meninos se acalmaram e começaram a sair em fila.

Supus que também seriam levados para a sala de economia doméstica. Eu estava enganada. Foram levados para o pátio, para gastar energia, disse a irmã Santo Estêvão, quando foi acompanhá-los.

Sentamos em nossos lugares e cruzamos as mãos em cima da carteira, como nos ensinaram. O visitante não disse nada. Ficou esperando nossa professora voltar. Sabíamos que não deveríamos dizer nada sem que nos dirigissem a palavra. Finalmente, a irmã Santo Estêvão, entrou na sala, de supetão.

– Obrigada pela paciência – falou para ele, não para nós. O homem de barba balançou a cabeça para minha professora com ar grave e, em seguida, inclinou os olhos para a turma. – Ah, sim – disse a freira, ficando agitada de novo, de uma hora para a outra. – Senhoritas, o assunto de hoje é saúde da mulher. O Dr. Angus Ferguson é um dos maiores especialistas no assunto na nossa região. Tem uma perspectiva muito especial, já que é tanto doutor em Medicina quanto em Filosofia. Isso vai nos permitir discutir tanto os aspectos práticos do assunto em questão quanto as considerações éticas que todas vocês estão prestes a enfrentar.

A irmã Santo Estêvão, ficou em silêncio por alguns instantes e pigarreou, levando a mão ao véu, por instinto. Franziu o cenho e foi em frente.

– Tenho certeza de que algumas de vocês já ouviram falar das… mudanças. Outras devem estar se perguntando a respeito de outras mudanças.

Ela gaguejou, ficou corada e, em seguida, apenas com força de vontade, dissipou a vermelhidão do rosto por meio da seriedade de sua expressão. Balançou a cabeça com firmeza, seu rosto ganhando outra vez aquela cor de aveia, e tudo no mundo voltou ao normal.

Sentadas na carteira, com as mãos cruzadas em cima da mesa, minhas colegas e eu trocamos olhares perplexos. Não nos pediram para levantar a mão, mas eu tinha perguntas. A confusão se avolumou dentro da sala como gás de escapamento dentro de uma garagem trancada. Se havia algo que tinha aprendido com minha tia, é que isso mata se a gente deixar acumular. Levantei a mão, já que era óbvio que ninguém mais faria isso. A irmã Santo Estêvão, e o convidado barbudo trocaram um olhar austero. Ergui um pouco mais a mão. Minha professora deu de ombros e apontou para mim.

– Sim, Alexandra – disse ela, com uma resignação soturna.

– É Alex – falei.

Ela fechou os olhos por um instante e respirou fundo, dilatando as narinas.

– O que você gostaria de perguntar, Alexandra.

Deveria ter sido uma pergunta, mas ela falou como se fosse uma acusação.

– Bem – pigarreei. – Ouvi dizer que muitas meninas começam a usar implementos quando chegam ao quinto ano. Então estou feliz por finalmente termos chegado ao…

– Basta de perguntas por ora – falou a irmã Santo Estêvão, secamente.

– Mas estava apenas querendo saber que tipo de mudanças vamos discutir. Sabe, o tipo de mudança que as meninas passam quando crescem ou… bem… vamos falar sobre aquele outro tipo de mudança? Do tipo capaz de destruir casas? Porque, a senhora sabe…

– VOCÊ JÁ FALOU O SUFICIENTE! – O rosto da irmã Santo Estêvão, foi ficando vermelho, até chegar ao escarlate. Fiquei esperando que fizesse o sinal da cruz, mas ela não fez. – Qualquer risadinha terá como resultado uma detenção de quatro dias. Qualquer interrupção terá como resultado a suspensão. E qualquer comentário inapropriado – nessa hora, ela dirigiu um olhar bravo na minha direção – exigirá uma reunião imediata com os pais, comigo, com o Dr. Ferguson, com o sr. Alphonse e, possivelmente, com o padre Anderson. – Ela deixou esse comentário ser absorvido. – Se tiverem dúvidas, tirem o terço do bolso, rezem por uma ou duas décadas e pensem muito bem no assunto. Provavelmente, vão se sentir aliviadas por não terem verbalizado esse pensamento tolo que passou por suas cabeças. Não se esqueçam de agradecer à Nossa Senhora por impedi-las, mais uma vez, de fazerem papel de bobas na frente de todo mundo. E agora, doutor? Eu lhe passo a palavra. – Ela então apontou para o pódio e foi para o fundo da sala, pisando firme, imperiosa.

Os cinquenta minutos seguintes passaram como um borrão. Ainda tenho o caderno que usei naquele dia, com todas as anotações que fiz. Mesmo naquela época, eu era ótima aluna. Mesmo naquela época, era ótima nos ditados. Aprendemos muita coisa sobre polinização. "Vocês entendem qual é a relação, obviamente", disse o doutor. Não entendemos.

Aprendemos sobre o processo de germinação das sementes. Sobre o propósito das flores no ciclo de vida das plantas. Sobre as partes íntimas e complexas da flor, os corajosos estames, cujos filamentos ficavam em posição de sentido, feito soldados, e o mundo obscuro dos pistilos, cuja abertura sedutora e grudenta era chamada de "estigma", palavra que, aos meus ouvidos de quinto ano, mais parecia um termo um tanto grosseiro, para ser sincera. Aprendemos sobre as metamorfoses que ocorrem na natureza – de girinos em sapos e de leptocéfalos em enguias, de larvas em joaninhas e de lagartas em borboletas. O Dr. Ferguson nos mostrou desenhos de esqueletos de todo o reino animal, diagramas complexos da rede endócrina e uma única imagem do sistema reprodutor feminino. Pensei na capa do livreto que ainda estava escondido dentro do meu armário, um desenho de um útero e dos ovários sobrepondo o rosto de um dragão. Eu ainda não tinha lido. Não sabia se um dia leria.

O médico fechou os olhos por alguns instantes e ergueu a mão. Muito depois, descobri que, em 1955, ele também encontrou a casa destruída por um dragão quando voltou do trabalho. Também descobri que havia uma mensagem gravada a fogo na porta de sua casa, para quem quisesse ver: CONSIDEREI A POSSIBILIDADE DE COMER VOCÊ, MAS NÃO PODIA CORRER O RISCO DE TER INDIGESTÃO. OBRIGADA POR NADA. Todos fingiram que não viram. A vizinhança inteira desviava o olhar. Mas todo mundo viu.

– Senhoritas, eu lhes faço a seguinte pergunta: será que a borboleta se recorda da vida que teve enquanto era uma lagarta feliz, que se contentava em ficar nas folhas da árvore que a amava? Provavelmente não. Será que o sapo se recorda da vida que teve enquanto era girino, nadando sem quaisquer preocupações nos recônditos silenciosos do pântano, sob a terna e masculina proteção dos sapos sentinelas? Não consigo imaginar que sim. Eles se transformam quer queiram, quer não, e pulam no bico de cruéis falcões e cegonhas. Na verdade, a maioria deles morre. Na Natureza, não se dá muita atenção à duração da vida dos organismos individuais. Além disso, na Natureza, a metamorfose existe como uma força inexorável: lagartas não podem declinar de se transformar, assim como não podem resolver nadar no Canal da Mancha nem participar de uma maratona. Elas ficam à mercê de sua biologia. Com vocês, não é assim. A Ciência permanece, digamos, nebulosa no momento presente. Mas acreditamos, sim, que as mudanças às quais estou me referindo são tanto biológicas quanto intencionais. As evidências parecem sugerir que se trata de uma metamorfose escolhida. E, se este é o caso, e não posso deixar de ressaltar, imploro a vocês, senhoritas, que façam suas escolhas com sabedoria. A maldade existe em diversas formas, afinal de contas. Algumas mais óbvias do que outras. Acho que não precisamos dar espaço a perguntas. Sei que me fiz entender perfeitamente.

Nós não fazíamos ideia do que ele estava falando.

Mais tarde, os meninos voltaram e fizemos a lição de Matemática. Quando levantamos da carteira para ir ao ginásio, Mary Frances Lozinsky, a menina que sentava na carteira ao lado da minha, levantou e se deu conta, em choque e horrorizada, de que toda a parte de trás da saia do uniforme estava manchada de um sangue grosso e escuro. Ela gritou, as meninas sentadas ao lado dela gritaram, e o menino sentado atrás dela se encolheu na cadeira, desmaiado. A irmã Santo Estêvão, foi correndo para o lado de Mary Frances, passou o braço em seu ombro e a tirou da sala, falando baixinho, com delicadeza, enquanto as duas iam saindo. No dia seguinte, Mary Frances estava andando de um jeito esquisito. Não olhava ninguém nos olhos. Comentou sobre um cinto, mas não explicou o que era. No dia depois desse, apareceu com seis espinhas enormes no rosto.

Mary Frances havia mudado. Podíamos ver que ela havia mudado. Mas ainda era Mary Frances e era capaz de se recordar da Mary Frances que era antes disso. Ao contrário da lagarta do Dr. Ferguson, ela se lembrava de si mesma e de sua vida de menina antes da mudança. Sendo assim, o doutor estava enganado a respeito dessa parte. A respeito do que mais estaria enganado? E aí, parecia impossível, mas Mary Frances continuou a mudar. Começou a reclamar das alças do sutiã. Tinha um cheiro diferente. Seu rosto produzia mais espinhas de quando em quando, e, passadas algumas semanas, semicírculos azulados apareceram debaixo dos seus olhos. Começou a usar maquiagem e a ficar de castigo por isso. Desenvolveu uma sombra escura e peluda no lábio superior. Seu corpo ia despontando cada vez mais, até que a blusa do uniforme espichou ao ponto de quase arrebentar, as costuras por um fio. Os meninos iam atrás dela no corredor, feito patinhos tentando acompanhar a mãe.

A cada dia, ela mudava um pouco mais, ficando cada vez menos parecida com a Mary Frances que a gente achava que conhecia e cada vez mais parecida com a Mary Frances que iríamos conhecer. E tínhamos certeza de que ela não havia escolhido nada disso.

12

Depois do choque causado pela metamorfose de Mary Frances, todas as meninas da minha turma e eu ficamos menstruadas pela primeira vez ao longo dos dois anos seguintes, uma por uma. Aprendemos a ficar na expectativa, a levar as colegas para o banheiro quando chegava a hora, a amarrar um casaquinho na cintura de alguém quando a parte de trás da saia começava a ficar manchada. Aprendemos a carregar bolsas e a levar algo extra para ajudar outra menina em caso de necessidade. Carregávamos aspirina e chiclete e, talvez, até uma *nécessaire* com lenços de papel. Cuidávamos umas das outras, mesmo quando não éramos lá tão amigas assim. Todas aprendemos que esse é o tipo de coisa que vai além da amizade – algo mais profundo, mais antigo e importante. Sabíamos que todas as meninas – independentemente de quantas já tinham passado por isso – passariam um tempo em estado de choque quando se transformassem. Por causa da dor dessa transformação. Por causa da vermelhidão e do sangue abundante. Por causa da agressão inexorável, todos os meses, a gente querendo ou não. Sabíamos que tal estado de choque exigia cuidado e compreensão.

Comigo, aconteceu na escola, bem no final do sexto ano. Duas meninas me levaram para o banheiro e ficaram tagarelando e se arrumando, falando baixinho para me tranquilizar, enquanto me ajudavam a me limpar. Essas meninas não eram minhas amigas antes desse dia e tampouco seriam depois. Eu nunca cheguei a me sentar com elas na hora do almoço nem seria convidada para participar da partida diária do jogo dos quatro quadrados. E não me incomodei nada com isso. Tal tipo de interação, e já sabia sem que ninguém precisasse me explicar, era mais profunda, mais antiga e importante do que a amizade. Uma das meninas ficou pressionando um pano úmido gelado no meu rosto, enquanto a outra me mostrava como fazer um cinto improvisado com cadarços e meia para segurar o paninho higiênico e como prender a coisa toda com uma série de nós inteligentes por baixo da roupa. Incomodava, mas parecia razoavelmente seguro.

– Seria bom você contar para a sua mãe quando chegar em casa – disse uma delas, cujo nome era Lydia, enquanto retocava o batom. Como éramos proibidas de usá-lo na escola, ela usava um tom tão próximo da cor dos próprios lábios que nem parecia estar maquiada. Perguntei para Lydia por que, e ela respondeu: – Prática.

– Acho que não vou contar para a minha mãe – falei, sendo franca.

Expliquei que minha mãe era especialista em manter silêncio. Lydia refletiu a respeito.

– Você tem alguma tia? – perguntou. – Ou alguma prima mais velha?

Por um breve instante, quando dei por mim, estava pensando "tia Marla". Quase que instantaneamente, senti um grande nó na garganta e meus olhos arderam. Engoli em seco e fiquei de costas para Lydia, me encolhendo toda. Tia Marla não existia mais, recordei. Ou, pelo menos, aquela tia Marla *de antes* não existia mais. Seus ombros largos já eram. Seus cachos e lábios vermelhos, o jeitão masculino e o riso retumbante já eram. Eu me lembrei de como ela me pegava no colo quando eu era pequena. Das carícias delicadas e ternas de suas mãos calejadas. De seus olhos ficando dourados nos dias anteriores à dragonização. Se o corpo dela havia se transformado e se tornado irreconhecível, pensei, será que Marla ainda era Marla? Será que se lembrou da gente quando se despiu de sua antiga vida e a trocou por outra – cheia de escamas, força, fúria e fogo? Eu não sabia. E, não menos importante, será que eu ainda seria eu quando tivesse meus peitos novos e outras erupções mais desagradáveis? Será que meu corpo ainda seria meu corpo se eu não fosse capaz de controlar o que ele fazia?

– Não – sacudi a cabeça. – Não tenho ninguém. Só minha mãe. E não tem nenhuma chance de conversar com ela sobre nada disso.

Joyce, uma menina muito bonita cuja família acabara de se mudar para Wisconsin, vinda da Califórnia (e que fazia questão de reclamar do frio para qualquer um, sem parar e de um jeito dramático, apesar de já estarmos em meados de abril e o clima estar absolutamente agradável), foi solidária.

– Receio que você não tenha como fugir. Alguém precisa comprar as coisas, afinal. Vai precisar de mais cintos e de paninhos sem fim. Tem coisas que você pode improvisar. Mas, no fim das contas, precisa levar em consideração que terá de lavar roupa e de ter coisas à mão, tanto em casa quanto aqui na escola, e é sua mãe que vai lhe ajudar com isso. Tome. – Ela enfiou a mão na bolsa, que era tão volumosa que seria capaz de conter uma biblioteca inteira se organizada direito. Tirou dela três caixas brancas retangulares com letras azuis nas laterais e me entregou. – Peguei na sala da enfermeira. Achei que seriam mais bem aproveitadas por mim do que por ela, já que a enfermeira só guarda e não distribui, sabe? Posso conseguir mais, mas precisa mesmo encarar essa situação de frente e contar para sua mãe.

– Vou fazer isso – falei. Eu estava zonza e enjoada. Minha barriga doía, minhas costas doíam, e eu queria que aquela experiência terminasse. – Assim que eu chegar em casa. Prometo.

Não fiz nada disso, mas minha mãe descobriu mesmo assim. Quando cheguei em casa naquele dia, encontrei uma pilha de caixas cor de creme em cima da cama, junto com orientações escritas à mão. Não perguntei nada para minha mãe e ela também não disse nada. O que resume mais ou menos como as coisas eram entre nós.

Beatrice examinou uma das caixas, que tinha um escrito azul em letra cursiva na lateral e a silhueta de uma moça de vestido de festa. Ela me olhou desconfiada.

– O que é isso? – perguntou, mostrando a caixa e espremendo os olhos alertas. – É brinquedo? – Beatrice tinha quase 4 anos e queria que tudo fosse brinquedo.

– Não – respondi. Fui mais rude do que costumava ser com ela.

Beatrice se encostou na minha cama e apoiou o queixo em cima das mãos cruzadas.

– É para mim? – perguntou.

Fiz que não e respondi:

– É para meninas grandes.

– Eu *também* sou uma menina grande, que nem você – disse Beatrice. Então subiu na minha cama, depois na minha garupa, ágil feito um esquilo. – Somos as meninas mais grandes que existem – resmungou.

Segurei Beatrice pela cintura e nós duas fomos ao chão, rindo loucamente, o que me permitiu ignorar a cólica forte por um instante.

– Vem me pegar! – gritou ela, e saiu correndo pela porta.

– Já vou! – respondi, também gritando.

Peguei as caixas e as instruções e guardei na prateleira de cima do meu armário, bem à vista. Não precisava esconder algo que minha mãe já sabia. Minha cabeça latejava. Fiquei parada na frente do armário e meus olhos se dirigiram ao painel removível, lá no fundo. De repente, senti tanta saudade da minha tia, com tamanha intensidade, que mais parecia um arpão enfiado em minhas entranhas. Mesmo depois de tanto tempo, eu ainda não havia encostado nas coisas que Marla deixou para mim. Ainda não tinha olhado as fotos dela nem lido nenhuma das cartas, nem mesmo a que escreveu para mim, nem folheado o livreto com o rosto de dragoa na capa. Eu não sabia direito por quê. Às vezes, sonhava que o painel se abria e que tudo o que havia lá dentro caía – os segredos da minha tia, os meus segredos, os segredos da minha mãe e do meu pai se misturavam, ficando à mostra para quem quisesse ver. Todas as vezes eu acordava sem ar, suando e com medo.

Mas agora…

Voltei a olhar para o armário. Eu me ajoelhei no chão e fui me aproximando dele, centímetro por centímetro.

– Alex! – berrou Beatrice, da sala de estar. Levei um susto tão grande que quase me engasguei. – ALEX, PRECISO DE VOCÊ NESTE EXATO MOMENTO!

Lá embaixo, minha mãe a mandou ficar calada.

– Alexandra não está se sentindo muito bem – disse, erguendo levemente a voz. – Deve ficar melhor depois de um banho e, quem sabe, de um cochilo. – Ela aumentou um pouco mais o volume no final da frase para garantir que eu ouvisse. Beatrice começou a soltar gritinhos, e eu sabia que minha mãe tinha pegado minha irmã no colo e a estava balançando, segurando firme. – Beazinha, Beazinha, Beazinha – cantarolou minha mãe. – Vamos para o parque, que tal? – Ouvi o ruído dos passos de Beatrice na sala, e então ela e minha mãe fecharam a porta e me deixaram em paz.

As batidas do meu coração foram desacelerando. Fiquei sentada no chão por um bom tempo, olhando para o armário. Por fim, eu me obriguei a desviar o olhar, fiquei em pé, liguei o chuveiro e voltei para o quarto. Depois tirei o falso painel com todo o cuidado e peguei o maço de cartas que minha tia havia me dado três anos antes. Meus dedos tremiam levemente quando desatei o nó. O papel sussurrou nas minhas mãos. Um por um, fui colocando os envelopes no chão, formando fileiras bem alinhadas. Uma por uma, abri as cartas, colocando cada uma em cima do próprio envelope, alisando o papel com cuidado com as costas da mão. Eu não sabia o que estava procurando. Só queria alguém com quem conversar. Mesmo que essa pessoa não estivesse mais entre nós.

Marla guardava cartas escritas com uma letra linda, cheias de curvas, enviadas por uma mulher chamada Clara, e cartas escritas com uma letra firme, de fôrma, enviadas por uma mulher chamada Jeanne, e cartas com uma letra exuberante, meio infantil, enviadas por uma mulher chamada Edith. Também tinha duas cartas escritas por um homem chamado Dr. Gantz – o mesmo nome que Marla escrevera no livreto, em tom de censura, revelando que ele era o autor anônimo. As cartas do Dr. Gantz eram completamente indecifráveis – nem a assinatura era lá muito legível. Deixei-as de lado. Voltei para o livreto, que tinha várias páginas impressas com uma letra muito pequena. Fazia sentido aquelas cartas ilegíveis e aquele livreto impossível de ler terem sido escritos pela mesma pessoa, de um jeito que me pareceu tanto óbvio quanto irritante. Folheei o livreto, me concentrando apenas nos subtítulos e nas imagens. Graças ao doutor que visitou minha turma do quinto ano, eu tinha uma vaga ideia de como era o sistema reprodutor feminino, mas ainda não entendia por que tinham transformado o útero e os ovários num rosto de dragoa. Os capítulos tinham títulos como "Um direito de nascença, de sangue e de fogo: o destino da Biologia" e "O inexplorado poder da fúria feminina". Também tinha gráficos, tabelas e um número impressionante de palavras em latim. Eu lia muito no sexto ano, mas aquilo estava muito além da minha compreensão.

Passei os dedos na superfície das cartas, minha pele sussurrando pelo papel. Parei na carta que Marla tinha escrito para mim e senti falta de ar. Eu a segurei por alguns instantes, pressionando o dedão contra meu nome escrito pela mão dela. *Alex*. Minha tia nunca me chamou de Alexandra, nem uma única vez, não que eu me lembre. Nunca me passou pela cabeça agradecê-la por isso. A carta ainda estava lacrada. A imagem da minha tia, de repente, preencheu todo o espaço que havia dentro da minha cabeça. Os cachos, a boca vermelha, os macacões surrados e os coturnos pesados, o riso retumbante. Minha tia segurando um bebê do lado esquerdo do quadril e um balde cheio de ferramentas na mão direita. Imaginei tia Marla pegando o papel, com Beatrice adormecida no colo, e escrevendo para se despedir de mim. *Não*, resolvi. Eu não estava preparada para abrir a carta, muito menos para lê-la. Precisava que minha tia me *ajudasse*, mas com certeza não queria que me abandonasse de novo. Resolvi pegar a carta que estava mais perto da minha mão. O papel era frágil, e a letra tinha os traços caprichados de alguém que queria que cada palavra fosse perfeita.

Marla, meu amor, dizia a carta.

Quase aconteceu de novo. Desta vez, enquanto eu estava pilotando. E, ah, que voo foi esse! O mar lá embaixo era de um azul que doía, assim como o céu lá em cima, com seu centro de calor e de chamas. Há um calor e uma chama dentro de mim que crescem mais a cada dia – às vezes, a cada hora. Que parte de mim não está pegando fogo? Meus pensamentos, meu coração, meu corpo, de pensar em você. Eu tinha uma tia que se transformou dessa maneira, sabia? Ninguém na minha família fala disso, mas todo mundo sabe. Você teria gostado dela se a conhecesse. Ela criava pintassilgos em casa para vender. Penas de todas as cores, bem vivas, e belos cantos. Ganhou um bom dinheiro com isso: a maioria das clientes eram donas de casa entediadas, dos melhores bairros da cidade, que só queriam algo bonito e que fosse só delas.

Minha tia, então, ganhava o próprio dinheiro e tinha o poder de gastá-lo como bem entendesse, e o marido não conseguia suportar isso. Certo dia, ela voltou para casa e encontrou um antro de horrores. O marido tinha aberto todas as gaiolas, torcido o pescoço minúsculo de todos os pássaros e deixado seus lindos cadáveres no chão. Jogara pássaros mortos no leito matrimonial dos dois. Uma coisa terrível. Um homem terrível. Minha tia foi chorar para as irmãs, que se compadeceram, mas não ajudaram. Disseram que o marido é o chefe da família. Se não gostava do trabalho dela, para que brigar? Minha mãe usa a mesma lógica para justificar os pecados do meu pai. Por que as mulheres fazem isso umas com as outras? Que tipo de pessoa vira as costas para a própria irmã? Nunca entendi isso. Acho que minha tia tampouco.

Em todo caso, dois dias depois, a casa deles pegou fogo. As autoridades disseram que uma explosão de gás arrancou o telhado e atirou meu tio no chão, quebrando seu pescoço. Sei que não foi nada disso. Sempre acreditei que foi a raiva que fez minha tia se transformar e talvez tenha sido assim mesmo. Mas eu, particularmente, não sinto raiva. Mesmo assim, sinto que essa mudança é inevitável. Desde o primeiro momento em que minha mão encostou na sua e meus lábios encostaram nos seus, só sinto alegria, alegria, alegria, para todo o sempre. É a alegria que me queima agora, e é a alegria que faz minhas costas doerem, ansiando por asas, e é a alegria que me faz querer ser mais do que sou. Mas é o amor que me faz titubear, que me prende a este corpo e a esta vida, para que eu sempre possa voltar voando para você. Minha querida Marla, agora sinto um anseio que me parte ao meio. Não sei por quanto tempo ainda vou durar. Independentemente do que aconteça, Marla, por favor. Sempre espere por mim. Ou venha atrás de mim.

Edith

Fiquei olhando para a carta por um bom tempo. Eu tinha apenas 11 anos. Não tinha nenhum referencial, não tinha como compreender o que estava lendo. E, com certeza, não podia perguntar para a minha mãe. Achei que não estava preparada para ler mais nada. Sentindo-me mais só do que antes de começar a ler, amontoei as cartas, enfiei-as no buraco-esconderijo, coloquei o painel de volta no lugar e fui tomar banho.

13

Não sei bem quando foi que minha mãe resolveu se dedicar a cultivar legumes e verduras. Não tenho nenhuma lembrança vívida de quando isso começou – só que, de repente, a horta *passou a existir*. Tinha canteiros mais altos, trepadeiras, estruturas feitas à mão e um matagal de ervas que soltava um aroma complexo e inebriante, que se impregnava na nossa roupa e chegava quase até o fim da quadra. Meu pai não gostava daquilo. Terra demais, dizia. E abelhas. A horta era desprovida de simetria e de organização. Grama era mais bonito, e havia aquele cortador de grama que custou uma fortuna; por que minha mãe não demonstrava mais gratidão por tê-lo? E, de todo modo, para que essa distração? A casa e a família não bastavam? Mas, como minha mãe nunca pediu permissão, meu pai não podia proibir. Quando alguém se deu conta do que ela estava fazendo, já havia seis fileiras de espigas se erguendo em direção ao céu, montes de batatas, escapos de alho, tomateiros e um emaranhado de flores de abóbora que não parava de crescer. Eu tinha a impressão de que o galpão da horta sempre existiu (será que foi minha própria mãe que o ergueu? Deve ter sido), assim como as touceiras de aspargos e de ruibarbos no pátio lateral.

– Quando você começou com isso? – perguntou meu pai, num sábado de manhã, quando foi lá para fora com copo de uísque, charuto e jornal na mão. Minha mãe lhe entregou uma enxada e pediu para ele capinar os canteiros. Meu pai ficou olhando a enxada por um bom tempo, como se tentasse imaginar como aquilo funcionava. No fim, minha mãe perdeu a paciência e capinou ela mesma os canteiros.

– Já faz tempo que você come coisas dessa horta – falou, sem olhar para o meu pai. – Mas não me surpreende não ter percebido.

Tinha muita coisa que meu pai não percebia. Ele passava cada vez mais tempo no trabalho. Quanto mais eu crescia, menos meu pai ficava em casa. Todos os dias, ele parava na frente da porta aberta de casa e dava um beijo no rosto de cada uma de nós antes de ir trabalhar. Era o único momento em que nos beijava.

Quando os outros podiam ver. E ia assobiando pela rua, a melodia ecoava, ricocheteando na calçada e nas casas, pairava no ar e silenciava no instante em que meu pai virava a esquina. Todos os dias, minha mãe esfregava o chão de casa até quase estragar e servia o jantar pontualmente às 18h15, acompanhado de uma dose de uísque para meu pai, mesmo que ele não viesse.

De todo modo, minha mãe insistia que cultivava a horta, basicamente, por causa de Beatrice. Que, na época, era um furacão de movimento e barulho que precisava de algo para se manter ocupada. Da primavera até o outono, as duas passavam a maior parte do tempo na horta. Minha mãe vestia Beatrice com um macacão que ela mesma havia costurado à mão...

(Precisei recuperar o fôlego: Beatrice ficava tão parecida com minha tia.)

(O que estou dizendo? Eu não tinha tia nenhuma. Nunca tive. Beatrice é minha irmã. Sempre foi minha irmã.)

...e a punha para trabalhar, arrancando um trecho de grama ou dentes-de-leão ou empurrando o carrinho de mão de um lado para outro do pátio. Minha mãe plantou pimentões, tomates, cenouras e feijões. Plantou ervas, berinjelas e abóboras de todos os tipos.

No verão depois do sexto ano, a horta havia se expandido de forma dramática. Minha mãe fez novos canteiros e montou treliças à mão. Fazia conservas sempre e transformava tudo o que conseguia em geleia. Até cenoura. E beterraba. (Ambas, surpreendentemente deliciosas.)

No ano seguinte, quando o sétimo ano estava quase terminando e o verão se descortinou, quase dois terços do pátio de casa já tinham sido lavrados e plantados. Beatrice estava com 5 anos e ainda era pequena. Ainda era um furacão. Ficava andando em ziguezague entre minha mãe e eu, feito um vagalume: pura luz, puro calor e pura velocidade. Minha mãe construiu treliças complicadas para as ervilhas, com nós intrincados em ramos de salgueiro, e bercinhos de macramê para abóboras e melões. Os pepinos cresciam em delicados domos de madeira balsa e tela. Os tomateiros se enroscavam em suportes de madeira firme. Ela espalhou lascas de madeira com o ancinho, formando fileiras perfeitas, e instalou três bancos, caso ficasse cansada. Trabalhava o dia inteiro. A casa sofria um pouco mais a cada verão que se passava. Os ombros da minha mãe ficaram mais largos. A pele ficou bronzeada. O rosto ganhou sardas, o que fazia meu pai torcer o nariz.

– Não deve lhe fazer bem passar o dia inteiro lá fora – disse ele. – E cadê meu almoço?

O almoço estava na geladeira, tapado com um paninho. De novo. Minha mãe disse isso ao meu pai. Que resmungou, falou que comida fria não faz bem para a saúde, e ela o ignorou.

Era um sábado no final de junho e fazia muito calor. A horta estava começando a dar frutos. Ainda estávamos consumindo as geleias, conservas e ervas secas do verão anterior, e eu estava numa idade em que não via sentido em nada daquilo. Será que minha mãe nunca ouvira falar em verdureiro? Por que a gente precisava trabalhar tanto?

Naquele dia, eu me dei conta, com certo incômodo, do fato de que eu suava, e pior, do cheiro do meu suor, de um jeito que nunca havia percebido nos verões anteriores. Certamente já tinha suado, sabia que tinha. Mas nunca ficara envergonhada por isso. O tecido em minhas axilas estava ensopado, assim como as costas da minha blusa e minhas calcinhas. Minha mãe também suava, gotículas cintilantes escorriam pelos seus braços quando revolvia o adubo e levantava as pilhas de ervas daninhas que havia arrancado. O suor se acumulava, formando duas poças perto das clavículas. Fiquei mortificada só de olhar para ela.

Minha mãe tinha passado uma lista de tarefas que eu precisava cumprir antes de ir para a casa da minha amiga, Sonja Blomgren. Até o nome dela me soava empolgante, com aquelas letras mudas que tinham a habilidade de provocar um sorriso só de pronunciá-las. Sonja, Sonja, Sonja. Ela não frequentava minha escola, porque seus avós eram luteranos. Nunca falou dos pais. Nunca contou o que aconteceu com eles. Mas eu tinha meus palpites.

Os avós de Sonja moravam na costa sul do lago superior, uma região menos habitada. Ambos eram artistas e faziam lindas ilustrações para livros infantis, entre outros projetos. Foram morar na nossa cidade pois ficava mais fácil para Sonja ir para a escola, já que ela podia ir a pé sozinha, e porque o avô de Sonja tinha pulmões fracos, que exigiam idas frequentes ao médico. Alugaram uma casa no nosso beco, do outro lado da rua, mais no fim da quadra – sete casas à frente de onde vi uma dragoa pela primeira vez (que permanecia, depois de tantos anos, com as janelas lacradas com tábuas e tomada de mato, servindo de lar apenas para as gerações de galinhas que foram, alegremente, voltando a ser selvagens no que restou do antigo galinheiro e para o ocasional bando de gatos-do-mato que caçavam essas galinhas).

(Sonja me perguntou dessa casa no primeiro dia em que passamos lá em frente juntas. Claro que perguntou – ela não era do tipo que se deixava deter por silêncios que todos aceitavam. Eu não soube o que dizer. Tive vontade de contar da velhinha dos feijões, dos morangos e dos ovos. Tive vontade de contar do calor opressivo, da tempestade que se formava e do *oh!* abafado e assombrado. Tive vontade de contar do silêncio que veio depois e do luto terrível que senti. Em vez disso, falei: "Não faço ideia". Eu pude perceber que ela não acreditou em mim.)

Sonja tinha cabelo loiro quase branco e olhos compridos e afastados, de um castanho escuro que contrastava com a brancura de sua pele. Na maioria dos dias, era a única pessoa com quem tinha vontade de conversar. Eu não sabia o porquê.

Só sabia que tinha vontade de vê-la. Ou que talvez precisasse vê-la. Na verdade, a *necessidade* era palpável e insistente. Eu não tinha palavras para compreendê-la. Não tinha contexto. Apenas precisava ver minha amiga.

Fui me arrastando para completar aquela lista de tarefas interminável, meio boba, imaginando que eu era Sísifo, rolando a pedra morro acima. Minha mãe, que quando eu era pequena passara anos cansada por causa da doença, agora tinha uma energia sem limites. Seu trabalho na horta era incessante, assim como suas expectativas em relação a mim.

– Posso parar agora? – perguntei, agachando na trincheira minúscula que eu havia feito na terra com o dedo, dentro da qual coloquei sementes de cenoura tão pequenas que eram de enlouquecer. Beatrice ficava andando entre os canteiros da horta, anunciando para o mundo que estava se divertindo mais do que qualquer menininha no mundo.

– Sorte sua – resmunguei.

Beatrice, ao que tudo indicava, não reparou no meu mau humor. Pelo contrário: veio na minha direção, chegou bem perto e se agachou, com a bunda apoiada nos calcanhares. Cruzou as mãos em cima dos joelhos e apoiou o queixo nos dedos. Ficou ali por um minuto excepcionalmente longo. Não ergui os olhos. Apenas depositei as sementes minúsculas no buraco na terra, uma por uma, xingando porque ficavam grudadas nos meus dedos. Cerrei os dentes e dilatei as narinas, debruçada sobre minha tarefa, fazendo de tudo para não gritar. Beatrice virou a cabeça, apoiou a lateral do rosto nas mãos e não mudou de posição. Até que enfim:

– O que é isso? – perguntou minha mãe.

Fiz um barulho que ficou entre um grunhido e um gemido e um suspiro.

– Cenoura – resmunguei.

Beatrice se debruçou e olhou para as sementes, espremendo os olhos.

– Não parece cenoura.

Eu tirei uma semente da mão com todo o cuidado e fiz questão de depositá-la com todo o cuidado em seu devido buraco.

– Vai parecer. Sementes podem até parecer silenciosas e sem vida, só um grãozinho. Mas isso é um truque. Elas querem ser outra coisa. Logo, logo, vão romper a pele, brotar e se tornar... *maiores*. – Só de dizer isso fiquei com os braços arrepiados, apesar de o dia estar quente. Pensei na minha tia. Tentei não pensar na minha tia. Não adiantaria nada pensar na minha tia.

– Por que elas fazem isso? – perguntou Beatrice. Ela ficou em pé e subiu no velho toco de árvore. Às vezes, ela se incomodava com o fato de ser pequena.

– Tudo faz isso. Tudo muda. Tudo começa sendo uma coisa e se transforma em outra. Faz parte de estar vivo. Você não é a mesma que era. Eu me lembro de quando você era tão pequena que eu conseguia colocá-la no bolso.

Beatrice refletiu por alguns instantes.

– Eu sou uma semente? – perguntou.

– Talvez – respondi. Comecei a jogar terra em cima das sementes, um pouquinho por vez, tomando o cuidado para não soterrá-las.

– E eu vou me transformar no quê? – perguntou Beatrice.

– Em cenoura – respondi.

– Nananinanão – ela sacudiu a cabeça. – Não vou, não.

– Tá bom. – Terminei de colocar a terra e fiquei em pé. Meus ombros doíam um pouco. – Você vai se transformar em elefante.

Beatrice deu risada. Sequei meu rosto suado e sorri. Era impossível ficar de mau humor quando ela estava rindo.

– Não vou, não! – repetiu, soltando um gritinho. Em seguida, subiu na minha garupa, e fiquei rodopiando com ela até cairmos na grama.

Tirei a lista de tarefas do bolso. Eu ainda tinha que revolver a compostagem e colher as ervilhas. Soltei um suspiro.

– Então tá. Se você não vai se transformar em cenoura nem em elefante, então é óbvio que a única opção possível é você se transformar em…

Fiz uma pausa dramática, mas Beatrice estava impaciente.

– DRAGOA! – gritou, a plenos pulmões. – VOU ME TRANSFORMAR EM DRAGOA! – Então voltou a subir no toco e abriu bem os braços, como se fossem asas.

O efeito foi imediato. Minha mãe, sem dizer uma palavra, ficou em pé, se aproximou, pôs Beatrice debaixo do braço e a levou para dentro de casa. Minha irmã ficou tão chocada que não chorou. Fiquei olhando as duas se afastarem, de costas para mim, boquiaberta.

Eu tinha enterrado essa lembrança. Não sabia o que pensar dela na época. Era algo agudo, instável e perigoso. Eu me lembro do cheiro da terra. Eu me lembro do zumbido das abelhas, que se movimentavam pelo jardim. E me lembro do cacarejar das galinhas selvagens ao longe, onde minha vizinha costumava morar, mas ninguém falava mais dela, como se nunca tivesse existido. Eu me lembro dos gritos dos chapins, empoleirados nos grandes pés olmo que ficavam de guarda diante de todas as casas da minha quadra, e dos cardeais. E de um ou outro corvo. Eu me lembro que me senti muito incomodada – parecia que minha pele estava formigando e se espichando. Frio e calor ao mesmo tempo. Como se meu corpo fosse algo que não me coubesse mais. Uma coisa que deveria ser trocada.

Eu amava minha irmã. Minha prima. Minha irmã. Ela era parecida com minha tia. Eu não tinha tia. E tinha saudade da minha tia. Eu queria ver minha amiga. Minha Sonja. Minha Sonja, Sonja, Sonja. Por motivos que eu não conseguia identificar. Ao pensar nela, minha pele ficou eriçada e meu coração se sobressaltou, bateu rápido, depois devagar, depois rápido de novo, e era tão bom ter uma amiga. Uma amiga.

Mesmo naquela época, mesmo naquele dia, eu sabia que a palavra "amiga" era inadequada tanto em significado quanto em intensidade para explicar o que eu sentia ou o que Sonja era para mim, mas não tinha outro vocabulário para explicar aquilo a mim mesma. Não tinha contexto. Era mais um assunto proibido.

Minha mãe gritou dentro de casa. Beatrice também. Eu queria ir ver Sonja, mas a fúria de minha mãe fez meus pés criarem raízes no chão. Não teria conseguido sair nem se quisesse.

Há momentos em que os ossos da terra dão a impressão de terem se reorganizado sem nossa permissão. Eu sentia uma raiva inexplicável. Nunca tinha sentido raiva até então. Já havia lido a palavra "raiva" nos livros, mas não conhecia essa emoção. Meus ossos estavam fervendo. Minha barriga estava fervendo. Chutei uma pedrinha na grama.

Minha mãe saiu de casa com uma expressão inescrutável. Ficou parada em pé, mais alta do que eu. Parecia estar aumentando de tamanho. O que não devia ser possível. Devo estar confundindo as lembranças. Minha mãe era minúscula. Mas, naquele momento, era bem mais alta do que eu. E seu rosto estava meio escondido pelas sombras.

– Inapropriado – sussurrou.

– Mas mamãe… – comecei a falar.

– Inapropriado – repetiu ela. – Isso não é permitido dentro dessa casa.

– Mas eu nem…

– Quantas vezes terei que repetir? – Ela respirou fundo, pelo nariz. Em seguida, me deu tapa. Um só. Bem na cara. Não doeu, mas foi um choque. Até então, minha mãe nunca havia me batido. Nunca. Fiquei olhando para ela. Boquiaberta. – Inapropriado. Nunca mais permita que isso aconteça.

Mas isso o quê? Beatrice falar de dragões? Ela só tinha 5 anos! Certamente, não queria dizer nada com isso. E eu não tinha feito nada. É claro que minha mãe perceberia que estava sendo insensata. Para mudar de assunto, mostrei minhas fileiras caprichadas de cenouras, cada uma delimitada por um barbante esticado no chão. Só que não. Os nós que seguravam o barbante nas varetas tinham, sabe-se lá como, se desfeito, e o barbante estava aos pedaços. Além disso, os nós que amarravam a treliça de vime das ervilhas haviam se soltado, derrubando as plantas, que formaram uma maçaroca no chão. Tudo, até os apoios que seguravam as abóboras, havia se desmanchado. Até mesmo o nó que eu levava no bolso. Sei disso porque conferi. E notei que minha mãe conferia. Seu rosto foi ficando pálido e tenso. Ela fechou os olhos.

– Bem, ao que tudo indica, temos muito trabalho a fazer.

E foi isso que fizemos. Fui proibida de visitar Sonja naquele dia.

Em 785 d.C.,

um jovem sacerdote de nome Aengus viajou para o vilarejo pesqueiro de Kilpatrick, localizado na ilha de Rathlan, na costa da Irlanda, onde fixou residência na igreja local. Foi o primeiro padre da paróquia do vilarejo que sabia escrever e, sendo assim, tomou para si a responsabilidade de registrar um relato exaustivo da época que passou naquela costa rochosa e intocada. Não era um escritor particularmente capacitado – sua pena variava a esmo entre o gaélico e o latim, com partes em norueguês antigo e galês e, não raro, distorcia essas línguas além do limite da compreensão. Ainda assim, seu relato é vital, porque é o único registro que sobreviveu ao ataque viking às ilhas, assim como à culpa do próprio Aengus nesse desastre.

Durante o tempo em que passou na ilha, Aengus se dedicou ao estudo dos nós – o que não era incomum em comunidades pesqueiras, nas quais tal prática tinha propósitos variados, tanto práticos quanto místicos. Nós formavam as redes de pesca dos aldeões e as cercas para restringir os animais; nós amarravam o cordame e permitiam que os barcos sobrevivessem a tempestades quase que constantes. Os aldeões faziam nós densos na lã dos casacos e das capas pesadas que usavam para ajudar a dispersar a chuva e a aquecê-los enquanto estavam no mar. A magia dos nós era bem conhecida e aceita dentro dos limites da cristandade. Mulheres faziam nós para os homens obterem um melhor resultado na pescaria, para proteger os barcos e para afugentar os tubarões. Faziam nós para ter tempo bom, para fazer o útero gerar, para encontrar o verdadeiro amor e para afugentar os rivais. Cada clã tinha um nó que era sua marca registrada, e era costume as jovens esposas criarem um novo nó, combinando o de seu clã com o do clã do marido, para representar a união das famílias, assim como um nó específico para cada um dos filhos subsequentes. A mulher usava esses nós o tempo todo – em volta da cintura, por baixo da roupa –, e não os desfazia no curso de sua vida.

Diziam que Kilpatrick, na época, era protegido por uma série de dragoas aquáticas que moravam no porto e nas cavernas subterrâneas próximas dele. Tais dragoas eram consideradas parentes, já que todos os anos um número determinado de moças adolescentes se dirigia à água, se transformava nessas criaturas selvagens e sumia em meio às ondas. E jamais voltavam a ser moças. Eram vistas, de quando em quando, brincando na arrebentação ou cuidando dos barcos que pertenciam aos pais, irmãos ou ex-noivos. Cuidavam do mar e mantinham as praias livres de piratas e dos barcos traiçoeiros de gregos, bretões e dos sanguinários dinamarqueses. Bardos louvavam essas dragoas aquáticas em

. 84 .

verso, e as criaturas foram parar nos entalhes feitos em sepulturas e paredes de castelos, assim como nos afrescos da igreja, nas pinturas e iluminuras. Aengus escreve a respeito delas de modo objetivo, do mesmo modo que descreveria detalhes da existência de um pássaro marinho ou de um brejo.

Em uma das entradas de seu diário, um rapaz chamado Maol vem falar com o padre em estado de desespero. Está apaixonado por uma moça e quer fazer dela sua esposa, mas ela se recusa. Os pais dela dizem para Maol que a irmã mais velha da moça entrou no mar e deixou a pele para trás, e que a filha mais nova com certeza seguiria os passos da irmã, ponto-final. Maol chora e bate no próprio peito. Diz para o padre que não pode ter outra esposa, que ela é seu único amor. Se a moça fosse viver nas ondas, ele iria atrás mesmo que isso significasse morte certa. Aengus – alarmado com a segurança e a alma do rapaz, porque com certeza isso significaria passar a eternidade no inferno –, manda Maol para casa e diz para ele que o Senhor irá lhe mostrar a solução. Aengus, então, se volta para a pesquisa que havia feito sobre a prática dos nós. Depois de um mês de sérios estudos (e anotações exaustivas), vai até a casa do rapaz e lhe mostra um nó que, quando amarrado secretamente em volta da moça, impedirá que a transformação ocorra. A moça não conseguirá desfazê-lo, tamanho o poder deste nó.

Funciona. O casal se casa na mesma semana.

O diário de Aengus descreve, na data do casamento, uma moça encantadora, cujos olhos lacrimosos não se fixavam em lugar nenhum, sempre se dirigiam ao mar. O padre ficou impressionado com a inocência dela e com a forma abnegada que aceitou a vida que estava por vir. A notícia de que Aengus salvara Maol da morte certa causada pelo coração partido se espalhou, e os nós do padre se tornaram uma espécie de fenômeno. Homens vinham dos vilarejos de toda a ilha, e até de outras ilhas, na esperança de obter um nó que impedisse transformações. Ou que garantisse a disciplina. Um nó para o silêncio. Um nó para a obediência. Um nó para a docilidade. Um nó para uma atitude sempre alegre. E, sobretudo, um nó para ajudar quem o tivesse a encontrar uma dragoa aquática no mar, capturá-la, abraçá-la e fazê-la se transformar de novo em mulher. Dúzias de homens foram para o mar. Logo, não havia mais escamas cintilantes brincando na água. Não havia mais olhos brilhantes observando o horizonte. Não havia mais mandíbulas grandes e ferozes seguindo os barcos pesqueiros e garantindo sua segurança. O porto, pela primeira vez desde que se fazia registro, ficou sem ser vigiado.

Os vikings atacaram Rathlan em 795. Foi o ataque mais rápido e brutal de que se tem notícia e praticamente destruiu o vilarejo. A aldeia de Kilpatrick foi reduzida a cinzas, incluindo a igreja original e a casinha geminada, onde o padre morava. Quase todas as almas foram perdidas. Por algum milagre, os diários de Aengus sobreviveram. A última entrada foi escrita completamente em latim – um latim sofrível, mas compreensível à sua maneira. Nela, o malfadado padre diz o seguinte:

"Foi soberba, claro que foi soberba, pensar que eu poderia ter o poder de amarrar o que não deve ser amarrado, de alterar o que não deve ser alterado e mudar os sentimentos daqueles que não desejam ter seus sentimentos mudados. Foi minha culpa, minha culpa, minha máxima culpa, e acho que nem Nosso Senhor, que sofre por nós e nos atura, há de aturar minha presença no próximo mundo. Talvez deva ser assim. Devo empregar meus últimos e fugidios instantes neste mundo para confessar meus pecados àqueles contra os quais pequei e implorar seu perdão. Sinto muito, ah cintilantes moças douradas das ondas! Sinto muito, oh moças de dentes e garras, oh moças de músculos e escamas, moças de velocidade, intelecto e poder! Perdoem-me ou não, pouco se me dá. Que meu último e arrependido suspiro seja prova do mal que lhes causei e da terrível audácia dos homens."

"Breve história das dragoas", do professor-doutor H. N. Gantz, PhD, clínico geral.

14

À medida que Beatrice ia crescendo, a agitação de minha mãe também crescia. Parecia que tudo a irritava, mas nada a irritava tanto quanto meu pai.

– Sua filha está falando – dizia ela, quando meu pai parava de prestar atenção de novo.

– Hum? – dizia meu pai.

Quando os dois começaram a brigar? É difícil dizer. Mas, quando aconteceu, deram a impressão que nunca mais iriam parar. Brigavam para saber se meu pai leria uma historinha para Beatrice dormir e brigavam para saber se meu pai me ajudaria a fazer os deveres da escola e brigavam para saber se um cafuné bastava e brigavam para saber se meu pai compareceria aos eventos da escola e brigavam por causa das viagens a trabalho do meu pai, cada vez mais frequentes. Um dia, mamãe começou a dormir no quarto comigo e com Beatrice. Às vezes, deitava na cama de Beatrice e outras, na minha. Mas, normalmente, dormia encolhida no chão, com o rosto virado para a janela, brilhando, refletindo a luz das estrelas.

As pessoas comentaram que a aparência da minha mãe ficava cada vez mais jovem – infantil, até – a cada ano que passava. As mãos ficaram menores. Os pés nadavam nos sapatos. Parecia que, conforme Beatrice e eu crescíamos, minha mãe diminuía. Supus, na época, que era porque ela dormia com a gente no nosso quarto. Que ao fazer isso, sabe-se lá como, ficava cada vez mais parecida conosco. E só fui descobrir o que isso de fato significava quando era tarde demais.

Todas as noites, minha mãe amarrava um pedaço de barbante no nosso pulso – com três voltas e um nó complicado feito no vão entre os dois ossos, bem abaixo da palma da mão. Os nós eram pequenas maravilhas de torcidos, espirais e voltas entrelaçadas. Às vezes, pareciam uma flor. Às vezes, pareciam um punhado de estrelas. Às vezes, pareciam aqueles diagramas dos livros de Física que representam o tempo e o espaço. Mamãe testou cada um desses nós – de diferentes maneiras, formatos e processos. Consultava o caderno dela, lotado de cálculos, diagramas, algoritmos e demonstrações. Consultava a pilha de livros sobre nós, todos cheios de orelhas, sublinhados e rabiscados, com anotações nas margens. Disse que queria encontrar um nó que durasse, pelo menos, por uma semana. Na maioria das vezes, esses nós se desfaziam completamente durante a noite. Eu encontrava barbante no chão, pendurado na cama ou enroscado no cabelo de Beatrice. Era possível encontrar pedaços de barbante em qualquer canto da casa da minha mãe, que já fora imaculada um dia.

– Mamãe – falei certa manhã, porque a irritação estava me dominando. – Precisa mesmo fazer isso? – Eu tinha acordado com barbante dentro da boca, mas ela insistiu em fazer mais um nó em volta do meu pulso. Tentei puxar a mão, mas ela segurou firme, dando um sorriso.

– Nós são lindos, você não acha? – Ela fez três voltas, torceu e deixou por isso mesmo, o que nem de longe respondeu a minha pergunta.

– Sim – respondi. – Mas para que servem? – Minha mãe fez um torcido complicado, seguido de uma série de folhas de trevo, uma dentro da outra. Ficou com a ponta da língua entre os lábios, delicadamente, concentrada. Suas narinas se dilataram. Quando falou, foi mais consigo mesma do que comigo. – Quando minha tataravó emigrou da Irlanda, usava uma faixa em volta da cintura, com o nó de casamento de cada casal da família, das últimas doze gerações. Era uma coisa maravilhosa. – Ela espremeu os olhos enquanto enrolava uma das pontas do barbante em volta da base do nó. Não tinha nenhuma intenção de responder à minha pergunta. Eu não sabia por que tinha me dado ao trabalho de perguntar. E, apesar disso, continuou falando: – Os nós uniam esses casais, entende? E a nova família deles também. Cada volta, cada fio, cada torção se unia para assumir uma forma que resistiria a qualquer calamidade. É impressionante o que um nó é capaz de fazer.

– Prefiro não usar, mãe – falei. – Se não faz diferença para a senhora.

– Você vai usar – disse ela, e seu olhar ficou severo por apenas um segundo. Em seguida, suavizou-se. – Apenas pense que é um nó de amor. – Então, o segurou com o meio do dedão. – Porque eu a amo. – E aí foi até o corredor e subiu a escada.

Olhei para o pulso de Beatrice. O nó dela já havia se desmanchado. Fora finalizado há poucos minutos.

– Bom, esses nós não estão muito bem amarrados, né? – murmurei para minha mãe não ouvir.

Isso não a impediu de tentar fazer mais. Não perguntei novamente sobre os nós depois disso. Também não perguntei por que minha mãe estava dormindo no nosso quarto. Não adiantava fazer perguntas na minha casa. Não havia respostas em nenhum lugar.

Beatrice ia começar a frequentar a escola naquele outono, e minha mãe pegou o cesto de costura e a fita métrica e começou a ajustar, com todo o capricho, os vestidinhos do uniforme que tinham sido meus para o corpinho minúsculo da minha irmã. Sempre fui pequena em comparação com meus colegas, mas Beatrice era minúscula. Leve, rápida e serelepe. Ela se movimentava como se tivesse molas e asas, saltitando de um cômodo para o outro, feito um grilo.

(E ah! A memória faz coisas esquisitas conosco, você não acha? Enquanto Beatrice pulava, vibrava e resistia às tentativas de minha mãe de fazê-la ficar parada no lugar para conseguir costurar, pensei nessa palavra, "grilo". No mesmo instante, quando dei por mim, estava presa – ou melhor, inundada – pela lembrança de mim mesma com 4 anos, parada perto da porta vendo minha tia passar óleo nas cicatrizes de minha mãe enquanto lhe contava a história de Titono. De um amor verdadeiro esquecido, da saúde e da juventude encolhendo, secando, murchando até virar uma casca do que outrora fora. Eu me lembrei do murmurar grave da voz da minha mãe, do cheiro de óleo, perfume e doença. Dos músculos das costas da minha tia se flexionado e distendendo enquanto subia e descia os dedões pelo corpo da minha mãe. Da voz de tia Marla ficando embargada ao pensar em minha mãe sendo um grilo, guardado em seu bolso para sempre. Sacudi a cabeça, tentando expulsar essa lembrança e, mesmo assim, a lembrança persistiu, o passado fez uma volta e se mesclou ao presente, ambos inexoravelmente emaranhados, formando um nó impossível de desatar. Podiam puxar o quanto quisessem que não iria se soltar.)

– Preciso mesmo ir para a escola? – perguntou Beatrice, desanimada.

– Sim – respondeu minha mãe, alinhavando o vestidinho. – E pare de se mexer.

– Mas preciso ir de verdade? – insistiu Beatrice.

– Sim – repetiu mamãe, com alfinetes na boca e o dedão enganchado na cintura de Beatrice, tentando impedir minha irmã de se sacudir. – Todo mundo vai para a escola. É lei. E, pelo amor de Deus, fique parada.

– Estou parada – disse Beatrice, se sacudindo e saltitando. – Estou paradíssima. – E continuou a se mexer.

Seria preciso encurtar uns cinco centímetros do vestidinho e apertar um bom tanto. Não me dei ao trabalho de perguntar por que minha mãe simplesmente não comprava um uniforme novo para Beatrice. Meu pai ganhava um salário excelente e era, como minha mãe costumava dizer, "um bom provedor", mas não gostava que ela gastasse dinheiro com minha irmã.

Era final de agosto e o tempo estava insuportável de tão úmido. As aulas iam começar em menos de duas semanas. Meu pai estava fora, em viagem de negócios, de novo. Minha mãe se recusava a comentar o assunto. Saímos de casa às 2 horas da tarde para ir a uma reunião na escola, regada a limonada, para recepcionar os novos alunos. Beatrice ia conhecer a professora. Era um evento para famílias. O convite foi endereçado ao sr. e à sra. Green, e dizia, em letras garrafais, que a família inteira deveria comparecer.

– E o papai? – perguntei. Eu estava brava. Também não queria ir. Queria ir para a biblioteca, mas ultimamente mamãe me proibia de ir até lá por motivos que não comunicava, e eu não perguntava. Nos anos anteriores, eu tinha permissão para ficar o tempo que quisesse na biblioteca e podia ir e voltar quando bem entendesse. Não era longe de casa, eu conhecia o trajeto, e minha mãe queria incentivar meus interesses. Além disso, ela e a bibliotecária-chefe, uma mulher absurdamente velha chamada sra. Gyzinska, já tinham sido bem amigas – de tempos em tempos, quando menos esperava, as duas estavam num canto da biblioteca, conversando animadas sobre Política, Lógica ou Geometria. Eu havia começado a estudar o conteúdo de Matemática por conta própria, o que era incentivado tanto pela minha mãe quanto pela bibliotecária, e havia uma conversa de que eu poderia ir ainda mais longe – algo relativo à universidade, mas à época eu não sabia ao certo o que era. Gostava da palavra. Gostava de Matemática. Gostava de aprender. E, mais do que tudo, eu simplesmente gostava da biblioteca. Adorava passar os dedos nas lombadas e levar para casa livros que mal era capaz de entender, mas que esperava conseguir um dia. E também sabia que Sonja passava as tardes do fim de semana na biblioteca. Ficava com frio na barriga só de pensar. Era tão bom ter uma amiga.

Mas, ultimamente, a biblioteca vinha se tornando um território cada vez mais proibido. Eu só podia ir acompanhada e nunca tinha permissão para passar muito tempo lá. Ao que tudo indicava, mamãe e a sra. Gyzinska tiveram uma espécie de desentendimento. Ou *minha mãe* teve o tal desentendimento e depois se apegou a alguma combinação de frustração e ressentimento, mas a bibliotecária não dava indícios de perceber, seja lá o que fosse. Cumprimentava-a do mesmo modo que cumprimentava todo mundo: com aquela espécie de benevolência brusca de quem tem muito mais a fazer do que as pessoas imaginam.

No piquenique, fiquei sentada sozinha, afastada, meio emburrada. O nó no meu pulso já estava se desfazendo. E o escondi debaixo da manga do casaquinho para minha mãe não ver. Eu não queria falar com o diretor. Certamente, não queria falar com minhas professoras. Eu queria era ir para a biblioteca. Olhei para minha mãe, que estava isolada das pessoas, bebendo limonada. As outras mães conversavam entre si, assim como os pais, e ficavam passando pelos grupinhos. As freiras pareciam corvos e as não-freiras pareciam pardais, pequenas e marrons. Beatrice correu no meio das outras crianças, um borrão de velocidade, força e cor. Era a mais rápida e a mais ágil de todas. As crianças tinham dificuldade para acompanhar o ritmo dela.

Quando chegou a hora de ir embora, o vestido de Beatrice estava imundo, as tranças, desfeitas, e o cabelo claro formava uma nuvem em volta da cabeça, parecendo uma auréola. Minha mãe soltou um suspiro.

– Bem – disse ela –, pelo menos tentamos. – Já estávamos indo embora quando o diretor apareceu do nada.

– Obrigado por ter vindo, sra. Green – disse o sr. Alphonse. – É uma pena que o *sr.* Green não tenha podido vir também, mas quem sabe na próxima. Estamos muito empolgados para ensinar a sua… filha caçula. – Ele hesitou brevissimamente.

– Verdade – disse minha mãe, com uma expressão impassível. Ela piscou os olhos bem devagar. De repente, o ar em volta dos dois ficou frio e tenso. O sr. Alphonse empalideceu, ficou sem cor. Deu um passo para trás. Minha mãe não saiu do lugar. Simplesmente piscou de novo, bem devagar. Nunca vi uma piscada tão perigosa. O sr. Alphonse pigarreou, nervoso, e encurvou os ombros. Por mais minúscula que fosse minha mãe, parecia que era bem mais alta do que ele. Retorci os lábios entre os dentes e senti os pelos da minha nuca se eriçarem, feito soldados. – Mal consigo acreditar que já chegou a hora – prosseguiu minha mãe, ignorando o constrangimento do diretor. – O tempo voa mesmo, afinal de contas. – Ela deu um sorriso sereno. O sr. Alphonse abriu a boca, como se fosse dizer mais alguma coisa, mas não saiu nada. Minha mãe cruzou as mãos e continuou com uma expressão impassível. E eu me dei conta de que minhas costas tinham começado a suar.

O diretor fez uma série de gestos sem sentido, murmurou algum comentário sobre o clima e depois se afastou. Foi apertar as mãos dos diversos pais e levar tapinhas nas costas, deu uma longa gargalhada, o alívio de estar longe de minha mãe irradiando de seu corpo, feito calor. Eu era capaz de sentir do lugar de onde estava.

Minha mãe não deixou transparecer nenhum sentimento. Continuou onde estava, com as mãos cruzadas, observando o diretor se afastar. Mais uma piscadela vagarosa. E, nos lábios, o mais leve esboçar de um sorriso.

Voltamos para casa a pé, em silêncio. Parei, de repente, quando chegamos à calçada da biblioteca e enfiei as mãos nos bolsos. Olhei para minha mãe. Sonja estava lá dentro. Eu simplesmente era capaz de *sentir*.

– Por favor – falei. – Só um pouquinho. Volto para casa o mais rápido possível.

Mamãe ergueu o queixo, não olhando para mim, mas para a biblioteca em si. A sra. Gyzinska estava parada na porta, conversando com um homem idoso que usava um casaco de lã marrom e calças de lã marrons, apesar de fazer muito calor. Ambos usavam bótons na lapela, mas eu não conseguia ler o que estava escrito. Cumprimentavam as pessoas que se aproximavam, nervosas, das portas da biblioteca, com um olhar que ia de um lado para o outro, como se quisessem se certificar de que não estavam sendo seguidas. Havia um cartaz na porta da biblioteca, escrito REUNIÃO HOJE! Eu não sabia que tipo de reunião era. Minha mãe espremeu os olhos. Vi que ela chamou a atenção da bibliotecária, que a cumprimentou balançando a cabeça e sorrindo.

A expressão da minha mãe era implacável como pedra. Ela fez que não.

– Por favor, mãe – falei.

Minha mãe deu as costas, fazendo o ar gelar ao ponto de eu ser capaz de sentir.

– Hoje não – disse ela. – E certamente, não sozinha. – Então, pegou na mão de Beatrice e foi andando na direção de casa.

Não deu explicações. Eu não pedi. Não faria diferença se tivesse pedido. Enfiei os punhos cerrados nos bolsos e fui atrás, minha petulância pairando atrás de mim feito uma nuvem tempestuosa.

15

Apesar de ser considerado falta de educação falar de dragoas – assim como era falta de educação falar sobre dinheiro, das partes íntimas da mulher ou de certas doenças –, havia indícios de que a Dragonização em Massa de 1955 não havia posto fim à questão. Apesar de terem tentado nos obrigar a acreditar nisso na escola. Apesar de terem chegado a um amplo consenso quanto à narrativa dos eventos e de os noticiários praticamente se recusarem a comentar toda e qualquer dragonização anterior ou posterior – dragonizações extemporâneas, por assim dizer.

Mesmo com tudo isso, mesmo com todos esses tabus culturais e essas interdições implícitas, houve casos de dragonização espontânea que conseguiram superar a reticência da boa educação compulsória e se infiltrar na consciência do público.

No verão de 1957, por exemplo, duas irmãs organizaram uma expedição de duas semanas pela região pantanosa dos Everglades, na Flórida, levando consigo nove escoteiras. Todas as meninas tinham 13 anos de idade e pertenciam a famílias abastadas de Miami. Ambas as guias eram solteiras, sem filhos, mas criavam juntas um sobrinho que ficou sem mãe – filho da terceira irmã, desaparecida em 1955 e sobre a qual nunca mais se falou. Não se comentava esse tipo de coisa, afinal de contas. O sobrinho tinha 15 anos e era um ávido escoteiro. E, apesar de sua participação na expedição não estar completamente de acordo com o regulamento das escoteiras, muitos dos pais das meninas sentiram certo alívio pelo fato de um rapaz tão habilidoso e sadio estar presente para ajudar as moças ao longo daquela viagem tão perigosa.

A tropa não retornou. Equipes de busca vasculharam a reserva e não encontraram nada. Meses depois, um grupo de pescadores que passeava de jangada pelo Parque Nacional Everglades acordou cedo, ao ouvir um berro de pânico vindo do fundo da vegetação mais cerrada. Encontraram um rapaz nu, quase morto de fome, delirando na beira da água. Não havia como dizer por quanto tempo esteve lá sozinho.

– Sumiram! – berrava o rapaz, sem parar. Os gritos foram diminuindo de volume, até alcançarem uma rouquidão dolorosa. – Todas, todas sumiram.

Ele não tinha canoa nem equipamento nem acampamento nem colete salva-vidas nem um trapo sequer – exceto o par de meias que, estranhamente, resolvera usar de luvas. Guardas-florestais tentaram arrancar qualquer informação que pudesse ajudar na busca pelas meninas desaparecidas, mas os olhos do rapaz estavam arregalados e tresloucados, a boca não era capaz de formar frases. Ele foi levado para o hospital, onde permaneceu por mais seis meses, gritando sem parar, chamando a mãe.

Um ano depois, uma equipe de guardas-florestais que estava fazendo o censo anual dos crocodilos encontrou o que acreditaram ser os vestígios do último acampamento das escoteiras, numa área remota, de vegetação densa, bem longe da rota pretendida pela tropa. Os boletins oficiais – um deles acabou chegando às mãos dos jornais – disseram ter sido encontrados uma série de armações de barraca chamuscadas, três canoas bem avariadas e os destroços despedaçados de mais duas, partidas ao meio, como se fossem de papel. Encontraram os banquinhos dobráveis que as meninas tinham feito – todos costurados à mão com fio sintético grosso e bordados com o nome de cada uma delas.

O que *não* foi registrado no relatório oficial, e que só descobri muito tempo depois, foi que cada uma das meninas havia levado um pequeno diário na mochila. Os diários eram, originalmente, um projeto da tropa, e serviriam para alcançar as insígnias de encadernação e artes literárias. Cada uma das meninas se tornou, pelo menos por alguns meses, uma memorialista fiel, registrando com exatidão a data e os acontecimentos do dia em letra pequena e caprichada. Os relatos começam em dezembro de 1953 e continuam até – em todos os diários, sem exceção – o dia 14 de março de 1957. Depois disso, as meninas não escreveram mais nada. Mas desenharam dragoas. Dragoas grandes, dragoas minúsculas. Dragoas destruindo arranha-céus, dragoas nadando com baleias, dragoas dançando em uma cabeça de alfinete e dragoas deslizando por um dos braços da Via Láctea. Dragoas sentadas em suas carteiras, na escola. Dragoas de carro. Dragoas lavando a louça. Dragoas jogando mísseis. Dragoas causando estragos em exércitos, governos ou aulas de economia doméstica. Não havia nenhuma palavra escrita. Nenhuma explicação. Nenhuma declaração de intenção. Apenas dragoas.

Ninguém nunca soube ao certo o que aconteceu com aquelas meninas. Havia especulações, claro, mas as pessoas que as fizeram foram duramente criticadas. Acusadas de falar mal dos mortos. Ou de cair nas garras do pensamento negativo. Algumas até perderam o emprego. A Dragonização em Massa era coisa do passado, afinal de contas, e todo mundo já tinha se cansado do assunto. Era muito mais fácil dizer que as meninas tinham simplesmente desaparecido.

"Que sirva de lição para todos os pais", disseram os apresentadores dos noticiários. E, depois, deixaram o assunto morrer.

Pouco mais de um ano depois, no inverno de 1958, um novo sindicato formado pelas funcionárias negras de uma grande indústria pesqueira no sul do estado do Alabama estava em greve havia vários meses – reivindicando salários justos, melhores condições de segurança no trabalho e o fim das agressões racistas perpetradas pelos supervisores. Os donos da empresa, cansados de aparecer na mídia de forma desfavorável e da vergonhosa persistência do sindicato, contrataram vários ex-policiais e outros homens da região que se sentiam prejudicados para dar uma lição nas grevistas, de forma exemplar. Esperavam mitigar a determinação do sindicato só até incentivar uma resolução mais favorável.

"Quem elas acham que são?", disseram os donos da empresa ao entregar envelopes cheios de dinheiro e prometer imunidade aos homens. "Estamos contando com os senhores para cortar esse probleminha pela raiz."

Era agradável segurar aqueles envelopes volumosos. Os homens disseram que fariam aquilo de graça quando puseram o dinheiro no bolso, sorrindo.

As grevistas tinham bloqueado uma estrada que dava acesso à fábrica com barricadas e barracas, e usavam essas barracas para fazer reuniões estratégicas e círculos de oração, além de centro de distribuição de comida e outros materiais. Uma barraca separada abrigava uma creche improvisada. Havia mesas repletas de pão caseiro e panelas de feijão com molho de tomate, assim como um caldeirão que era constantemente reabastecido de cozido borbulhante, pronto para ser servido em vasilhas, para as pessoas levarem para casa e dar de comer às suas famílias. Havia mulheres nas barracas dia e noite, armadas com tacos, paus, retidão moral e a plena convicção de que a justiça acabaria prevalecendo. Estavam preparadas para ficar em greve para sempre, caso fosse necessário.

Os capangas contratados pela empresa resolveram atacar na véspera de Natal. Teria menos gente, imaginaram. E nada melhor para distrair um bando de mulheres do que uma ceia iminente. Todo mundo sabia disso.

"Vai ser moleza", disseram, rindo, enquanto planejavam o que iriam fazer. "Como tirar doce da boca de um bando de crianças grandes", disseram, enquanto entornavam garrafas de uísque e saíam no meio da noite, falando alto. Esses homens nunca mais foram vistos. Corriam boatos de que houve tiroteio. De que um tremor incomum sacudiu as instalações, derrubou pratos dos armários, crianças da cama e causou estragos nas estradas. Houve quem tenha dito que o tremor foi sentido a uma distância de quase trezentos quilômetros, de Heron Bay até Montgomery.

Na manhã seguinte, as barracas estavam queimadas, as mesas todas viradas e o caldeirão de cozido, pela primeira vez em meses, esfriara. No chão, inúmeros destroços, de garrafas de bebida a rifles partidos ao meio como se fossem gravetos, além de diversos sapatos masculinos espalhados. Tirando isso, o contingente das grevistas foi mantido e aumentou de tamanho. Mulheres dos municípios vizinhos chegaram, ajudaram a limpar o local, a consertar o que fora quebrado e então ficaram de braços dados, formando uma barreira inquebrantável na estrada.

A empresa, por sua vez, negou ter entrado em contato com os homens desaparecidos, negou ter conhecimento dos planos deles, negou a existência dos envelopes, do dinheiro e das promessas e, acima de tudo, negou ter um dia discordado das grevistas, para início de conversa. "Foi um simples caso de falta de comunicação", disseram. Convocaram a imprensa e assinaram novos contratos, com grande fanfarra, e insistiram em tirar fotografias retratando homens brancos sorridentes, de terno fino, magnanimamente apertando as mãos de mulheres negras de macacão de pesca, após terem concordado com todas as exigências das grevistas, que faziam essas reivindicações havia meses. As mulheres não sorriram para as fotos. Ficaram com o rosto levemente erguido, os olhos obscurecidos por um raio de luz repentino.

Depois, em maio de 1959, fregueses de determinado bar de Los Angeles relataram um acontecimento espantoso durante um baile com shows de *drag queens*, que acontecia com certa frequência. Três dançarinas, todas com penteados refinadíssimos, maquiadas e usando figurino, bem no meio do que foi descrito como a melhor apresentação de suas vidas, com todas empetecadas, enfeitadas de cores, brilhos e luzes, despiram a própria pele, já linda, diante de uma plateia abismada. Corpos recém-nascidos de dragoas foram se revelando um por um no palco, e suas escamas multicoloridas brilharam sob a luz dos refletores. Eram, todas as três, tão lindas que a plateia ficou sem ar, coletivamente. Algumas pessoas caíram de joelhos. Muitas choraram. Dado que, naquela época da história, os artistas que se vestiam de mulher eram particularmente adeptos de fazer arte sob circunstâncias difíceis, violentas e, às vezes, fantasiosas, não ocorreu a ninguém interromper a apresentação. A música simplesmente continuou tocando, a dança continuou, e as *drags* dragonizadas não deram um passo em falso. Continuaram a cantar e a dançar, encerrando com um aplauso retumbante e, depois de irem para os bastidores, foram chamadas para voltar ao palco nada mais nada menos do que dez vezes, para receberem mais aplausos, até que saíram estraçalhando o teto cheio de goteiras e sumiram no meio da noite. Os fregueses olharam para cima e ficaram observando as dragoas voarem em formação, os corpos tremeluzentes ficando cada vez menores, uma luminosidade insistente e dura estilhaçando a noite. Até que, enfim, as *drags* dragonizadas brilharam entre as estrelas. Testemunhas relataram que foi a coisa mais linda que elas já viram na vida.

E, finalmente, na véspera de Ano-Novo de 1959, convidados de mais de seiscentas festas diferentes por todo o país relataram uma ou duas transformações, todas bem na hora em que a contagem regressiva para o Ano-Novo começou. Não houve danos nem confusão. Só um suspiro, um estremecimento e um grito de alegria repentino, como se o que antes era pequeno de repente se tornasse *grande*.

Todas alçaram voo. Nenhuma olhou para trás.

E nada disso foi divulgado pelos noticiários. Era, mais uma vez, um assunto proibido. E o mundo continuou olhando para o chão.

16

Sonja e os avós moravam numa casa mágica. Ou, pelo menos, assim me parecia. Antes de se mudarem para lá, a casa era revestida com tabuinhas de madeira branca, com detalhes em cinza e teto preto – era quase invisível naquela quadra. O proprietário era um homem solteiro, deveras desligado, que morava do outro lado da cidade e não dava a mínima para a cor que pintassem ou as reformas que fizessem no imóvel, desde que pagassem o aluguel em dia. Um mês depois de eles terem se mudado, a casa estava transformada: paredes amarelas, cada janela com detalhes de uma cor, flores pintadas na porta. Dentro, havia cômodos pintados com florestas encantadas, com paisagens de bosques noruegueses, com montanhas habitadas por *trolls* escondidos e até com temáticas das margens do lago Superior – que ainda era amado e do qual ainda sentiam saudade. Os avós de Sonja tinham ateliês separados – a avó se apossou da saleta do térreo e o avô transformou a garagem em um espaço com fogão à lenha, chão pintado de cor vibrante, janelões recém-instalados e uma poltrona para ficar pensando. Éramos bem-vindas nesses ateliês para olhar os dois trabalharem. (Um contraste gritante com meu pai, cujo escritório nunca vi na vida. Eu não fazia ideia de como seria olhar meu pai trabalhar.)

Assim como Sonja, os avós tinham olhos castanho-escuros e afastados. Como Sonja, os dois já tiveram cabelo loiro quase branco, mas conforme foram envelhecendo, o cabelo ficou tão branco que dava a impressão de brilhar, deixando à mostra seu couro cabeludo rosado.

Ninguém nunca falou sobre os pais de Sonja, nem uma única vez, de todas as que fui visitá-los. Só havia uma foto deles na casa toda – uma fotografia 5 x 7 cm num porta-retrato qualquer, no canto inferior de uma parede cheia de fotos de família, na cozinha. Sonja nunca comentou nada, e os avós tampouco. Mas eu sabia que eram seus pais. Na foto, Sonja estava de mãos dadas com eles, dando a impressão de ser seu primeiro dia de aula do jardim de infância. Ela sorria de orelha a orelha e tinha perdido um dente. O pai estava de macacão de carpinteiro e segurava um balde cheio de ferramentas. A mãe estava de salto, saia engomada e blazer combinando, o chapéu preso num coque baixo. Ela trabalhava (descobri isso muito tempo depois) como assistente de pesquisa de um professor-doutor em Psicologia da Universidade do Wisconsin, e, pelo jeito, era indispensável. Sonja segurava as mãos dos dois pais, mas percebi que dois dedos se espicharam até chegar à bainha do blazer da mãe, e se agarraram no tecido. O pai olhava com ternura para os cabelos loiros e brilhantes da filha. O olhar da mãe estava dirigido para o céu, com uma expressão de anseio.

Sonja e eu passávamos cada segundo que podíamos juntas, mas preferia muito mais ficar na casa da família Blomgren. Lá, seus avós nos davam papéis, telas e vidros de tinta, nos ensinavam a empurrar o pincel na direção certa e a encontrar o mundo inteiro revelado numa linha que cruza um espaço aberto. Na minha casa, mamãe nos ensinava a fazer tricô e crochê (Sonja se saía melhor do que eu) e a seguir com atenção receitas recortadas das páginas de revistas femininas. Minha mãe adorava Sonja. Beatrice oscilava nos sentimentos que nutria pela minha amiga, indo do mais puro e simples ciúme à ardente devoção, sem muito meio-termo. Sonja contava para Beatrice histórias da Noruega, onde seus avós nasceram (apesar de nenhum dos dois ter qualquer lembrança, porque ambos emigraram quando ainda eram crianças pequenas) e de onde o pai dela era. De fato, foi nas águas entre a Islândia e a Noruega que o barquinho dele foi visto pela última vez, e onde provavelmente está afundado, debaixo das ondas.

– O que ele estava fazendo lá? – perguntei certa vez, esquecendo-me de mim mesma por um instante.

Sonja encostou os dedos nos lábios por um ou dois segundos.

– Foi procurar uma pessoa – respondeu, por fim. E, em seguida, reinou o silêncio.

Sonja também ensinou Beatrice a desenhar, mostrando os elementos do rosto e o truque de fazer o olho preencher o que o lápis sugere. Ela ensinou técnicas para desenhar árvores, pássaros, pequenos mamíferos e até fadas e *trolls*. (Com os quais, notei, minha mãe não tinha problema nenhum. Outra coisa que vale a pena ser notada: sempre que Beatrice tentava desenhar uma dragoa, Sonja amassava o papel e jogava no lixo. "Hoje não, Beazinha", dizia minha amiga. Fazia isso sem emoção, censura ou vergonha. Era simplesmente um fato indiscutível da existência – como ficar molhada quando chove.)

Quando o oitavo ano começou, eu passava os dias de aula contando os minutos para o sino tocar e eu poder ver Sonja de novo. As tarefas na escola eram sofríveis (mas o dever de casa ia bem, e eu ainda estava a quilômetros de distância dos meus colegas). Eu não prestava atenção. Ficava distraída. Desenhava. Escrevia bilhetes para Sonja. Traçava planos para as aventuras nas quais embarcaríamos juntas, um dia. Minhas professoras ficavam furiosas, depois aflitas e, na primeira semana de outubro, meus pais foram chamados.

Só minha mãe compareceu à escola. Ela estava, pelo que me lembro, um pouco pálida. A irmã Angelica, minha professora de Inglês, e o sr. Alphonse, o diretor, sentaram-se na mesa de frente para ela, e eu me sentei numa cadeira longe da mesa, com os braços cruzados sobre o peito, bem apertados, e de cara fechada.

Minha mãe, bendita seja, veio preparada com documentos. Explicou que eu era muito diligente com a lição de casa. Mostrou papéis, projetos e trabalhos que eu tinha concluído durante o mês de setembro, todos com nota 10. Falou das minhas visitas à biblioteca para assistir ao acervo deveras substancioso de palestras filmadas sobre Física e Matemática, dadas por grandes acadêmicos de instituições como Harvard, Oxford e outras universidades distantes. Trouxe até uma carta assinada pela bibliotecária-chefe, confirmando que, no momento, eu estava estudando conjuntos de problemas em livros de Matemática que iam muito além daqueles disponíveis na escola e me recomendando para um programa de estudos que eu não compreendia exatamente – e, para ser franca, minha mãe ainda não havia dito que eu poderia fazê-lo. Apesar disso, mamãe achou importante mostrar para minha professora *naquele dia*. Não comentei nada, mas reparei, sim. Minha mãe mostrou para eles os trabalhos que eu tinha feito fora da aula, usando livros didáticos que tinha obtido por meio da magia do empréstimo interbibliotecas.

– Se ela anda distraída durante a aula – disse minha mãe, com delicadeza –, acho que deveríamos considerar a possibilidade de que minha filha simplesmente fica *entediada* e precisa ser mais desafiada. Tive um problema semelhante quando estava na escola. Eu só tinha 14 anos quando tive permissão para frequentar a universidade e estudar Cálculo, não era muito mais velha do que Alexandra é agora. Quando terminei o Científico, eu já tinha concluído mais da metade do curso de bacharelado em Matemática. Talvez, devêssemos considerar a hipótese de que minha filha siga por esse caminho.

Irmã Angelica e o sr. Alphonse escutaram minha mãe com uma expressão condescendente, como se ouvissem uma criança tentando explicar por que acredita em fadas.

– E qual tem sido a utilidade do seu diploma de Matemática na sua carreira de dona de casa, querida? – perguntou irmã Angelica.

A sala ficou gelada. Os olhos de minha mãe eram duas pedras escuras incrustradas num rosto de mármore. Segurei a respiração, sentindo o nó que eu levava no bolso se afrouxar, só um pouquinho.

– E não estamos falando *especificamente* da *senhora*, sra. Green. É claro que todos temos muito orgulho de suas conquistas. Mas, veja só, elas são parte do problema. Tivemos que parar de divulgar as notas das provas porque os meninos veem sua filha vadiando durante a aula e, mesmo assim, tirando nota máxima, sem pensar *nem um pouco* nos sentimentos deles. Então lhe pergunto: o que se faz com uma menina que tem tão pouca consideração com os outros?

– Tão... pouca... consideração – repetiu minha mãe, bem devagar, como se essas palavras fossem pesos pesados. Tive a impressão de que seus olhos se arregalaram um pouco. E ficaram mais alongados. Ou talvez eu tenha só imaginado. Ela cruzou as mãos e afundou as unhas – que agora eram pontudas e afiadas – na pele das costas da mão.

– E ainda temos isso – declarou a irmã Angelica, com os lábios finos bem espremidos. Era uma pasta repleta de desenhos feitos durante as horas e horas das valorosas tentativas de Sonja de me ensinar a ser uma artista melhor. Eu tinha desenhos de Sonja no sofá, de Sonja sentada numa banqueta e de Sonja parada num campo de flores, com as pontas dos cabelos enroscadas nos dedos. Sonja dançando na água. Sonja no topo da montanha. Sonja planando no céu. Alguns dos meus desenhos eram melhores do que outros, e me faltava o olhar de artista. Mas, mesmo assim, desenhava fielmente, ardentemente, com uma necessidade desesperadora de melhorar, com uma necessidade de registrar tudo o que era encantador, sincero e *verdadeiro*. Fiquei sem ar. Não podia suportar ver meus desenhos nas mãos da irmã Angelica. Não podia suportar que ninguém os visse, ou pior, tocasse neles. Aqueles desenhos eram meus, como nunca outra coisa fora minha, e eram de *foro íntimo*, de um jeito que não conseguia explicar de forma adequada. Eu havia escrito o nome de Sonja neles, experimentando com diferentes tipos de letra, com diferentes estilos. "Sonja", diziam eles. "Sonja, Sonja, Sonja."

Inconscientemente, minha garganta soltou um grito abafado.

– Quem – disse irmã Angelica, dirigindo seu olhar petulante para mim – é *Sonja*?

Eu não me recordo muito do que aconteceu no restante daquela reunião. Minha mente ficou vazia. Meu coração esvaziou. O mundo se tornou enevoado e difuso, estava constrangida e envergonhada, mas não sabia direito por quê. Queria estar na casa de Sonja. Queria que ela estivesse na minha casa. Queria que nós duas estivéssemos num barco, bem, bem longe, navegando em direção a uma praia mais hospitaleira.

Um punho cerrado bateu na mesa, me dando um susto e me fazendo voltar ao momento presente.

– *Você está me ouvindo, mocinha?* – vociferou o sr. Alphonse. As dobras do pescoço dele tremiam de tão alto que falou.

Pulei de susto.

– Quê? – Eu não estava escutando.

O sr. Alphonse suspirou. A irmã Angelica espremeu ainda mais os olhos. Minha mãe ficou com uma expressão vazia, feito um precipício. Eu não fazia ideia do que ela estava pensando.

– Apenas peça desculpas – declarou o sr. Alphonse. – É isso que as pessoas fazem quando sabem que fizeram algo de errado.

Olhei para minha mãe. Ela não esboçou reação. Senti minhas entranhas ficarem quentes. Eu tinha feito algo de errado? Não fazia ideia do quê. Mas era uma criança que respeitava as regras. Uma criança obediente. E odiava causar transtorno.

– Okay? Desculpe – falei, sentindo minha pele ficar corada e meu estômago revirar, mas não sabia por quê. Mesmo assim, meu pedido de desculpas, pelo jeito, satisfez minha professora e meu diretor. Os dois fizeram que sim, de um jeito seco e pesaroso. Mamãe não disse nada. Ficou em pé, pegou minha mão e fomos para casa.

A sra. Everly, nossa vizinha, estava lá cuidando de Beatrice. O que, na verdade, queria dizer que estava sentada na cozinha fumando os cigarros do meu pai e tomando uma dose do uísque dele enquanto Beatrice ouvia rádio na sala. Antes de subirmos os degraus da entrada, minha mãe pegou minha mão e olhou para mim com uma expressão dura.

– Você precisa tomar mais cuidado, minha menina – disse, num tom grave.

– Com o *quê*? – perguntei. Aquela aflição toda da minha mãe, assim, tão de repente, me deixou desconcertada. Eu não conseguia distinguir se isso me deixava brava, com medo ou com vontade de chorar. Talvez fossem todas as três coisas ao mesmo tempo.

Minha mãe respirou fundo e voltou a ficar com uma expressão neutra. Pensei, por um momento, ter visto lágrimas brilharem em seus olhos, mas aí ela piscou e as lágrimas sumiram. Pensei que poderia ter imaginado tudo aquilo. Até que finalmente:

– Existe um limite para o que podemos ter, para o que podemos guardar nesse mundo. Não é uma boa ideia se apegar a coisas que a gente não irá suportar se perder. Isso acaba com a gente, entende? – Ela cruzou as mãos e apoiou o queixo nos dedos. – *Entende?*

– Sim, mãe – respondi.

Eu não entendia. Mas, pelo jeito, minha resposta a satisfez mesmo assim. Ela me deu as costas e entrou em casa.

Três dias depois, meu pai, durante o jantar, mais ou menos entre o uísque e o último cigarro, olhou para o teto e fez algo que nunca fazia durante o jantar. Ele falou:

– O sr. Alphonse foi lá no escritório falar comigo hoje – declarou, sem se dirigir a ninguém especificamente. E aí foi para a saleta terminar de ler o jornal.

Olhei para minha mãe. Ela estava muito pálida. Mas isso não era nada de novo. Ela andava bem pálida ultimamente.

As semanas foram passando e o assunto morreu. Ou melhor: eu achei que o assunto tinha morrido. Esforcei-me ao máximo para dar a impressão de que estava mais interessada na escola. Continuei me esforçando ao máximo nos exercícios, na lição de casa, nos testes e nas provas. Às vezes, encontrava um bilhete no fim dos exercícios, dizendo: "Existe uma diferença entre a excelência acadêmica e simplesmente se exibir" ou alguma variação sobre esse tema. Percebi, sim, que não eram escritos com a letra da minha professora. Eu não tinha como provar, mas tinha quase certeza de que era o sr. Alphonse quem escrevia.

Uma noite, lá pelo final de outubro, o vento ficou mais forte e soprava tanto que achei que ia derrubar a casa. Na manhã seguinte era sábado, faltariam dois dias para o Dia das Bruxas. Corri lá para fora, para ver se tudo continuava em pé, e fiquei na frente dos degraus da entrada por um minuto, aproveitando aquele frio seco do ar e o cheiro quente de folhas úmidas decompondo-se lentamente na luz da manhã. O sol estava da cor da gema de ovo, servido num grande prato azul. As folhas coloridas haviam sido todas arrancadas das árvores de mãos abertas e acolchoavam o chão, formando grandes montes multicoloridos. Peguei o casaco pendurado no gancho da entrada, calcei os sapatos e corri até a casa de Sonja para varrer folhas com o ancinho.

Quando terminamos de varrer o quintal dela, atacamos o quintal da minha casa, cantando a plenos pulmões. O que deu em nós? Os vizinhos espiavam pela cortina, sacudindo a cabeça e chupando os dentes. Ficamos meio abraçadas, com a cabeça inclinada, o rosto quase encostando. Eu não cantava muito bem, mas fui cantando bem alto todas as canções que conhecia, sentindo a melodia vibrar no comprimento dos meus ossos. Sonja tirou o braço do meu ombro, pôs na minha cintura e me abraçou bem apertado. *Era tão bom, tão bom*, pensei, *ter uma amiga*.

Sonja ficou esperando no pátio da frente enquanto fui para os fundos, até o galpão, pegar ancinhos. Voltei correndo, com o coração acelerado de um jeito agradável. A gente tinha um carvalho grande no pátio lateral e dois pés de bordo na frente, ou seja: havia folhas em abundância. Beatrice saiu de casa usando botas de borracha e suéter de crochê. Ela pegava grandes braçadas de folhas e atirava para o ar. Fizemos um amontoado de folhas do tamanho de uma picape Ford.

– Pula nele! – berrou Beatrice, mas começou a espirrar em seguida e minha mãe pediu para ela voltar lá para dentro. Mamãe estava sempre censurando Beatrice por quase pegar alguma doença mortal ou algo assim.

Sonja e eu olhamos para a pilha de folhas. Seu cabelo brilhava no sol de outubro.

– Preparada? – perguntou ela, me dando a mão. A brisa fez os galhos vazios da árvore gemerem e remexeu as folhas no chão, fazendo-as rodopiar e se enroscar nos nossos pés. O ar estava doce e úmido, com um cheiro de maçã, terra e podridão agradável, de tudo que antes era verde se soltando, caindo e se entregando para o chão. Fiquei sem ar e sem palavras. Simplesmente apertei a mão dela e saímos correndo, pulamos e aterrissamos naquela maciez de papel, cor, poeira e luz.

Como devo arquivar uma lembrança dessas? Como posso saber em que prateleira colocar? Ou como classificá-la? Isso me parecia impossível na ocasião e me parece impossível agora.

É assim que eu me lembro: o céu estava tão azul que partiu meu coração, e o mundo tinha cheiro de algo recém-começado. Aterrissamos nas folhas, que se espalharam à nossa volta. Tinha folhas no cabelo claro de Sonja, emoldurando seu rosto. Os galhos vazios seguravam o céu. Eu me lembro dos galhos se enroscando na cabeça dela, feito uma coroa, e Sonja se debruçou em cima de mim, segurou meus braços e disse que eu era prisioneira dela e ah, Sonja, fui sua prisioneira com muito prazer! Eu me lembro de rolar nas folhas, do som sussurrante e farfalhante que faziam debaixo de mim e da pele clara dos braços de Sonja em comparação à terra dos meus, e da delicadeza dos dedos finos de Sonja em comparação com os meus dedos gorduchos e bruscos, e do rosto de Sonja encostado do meu rosto e do cabelo dela encostado no meu cabelo e dos seus lábios roçando nos meus lábios e, ah, Sonja, Sonja, Sonja. E aí ela gritou.

Meu pai, parado perto de nós, tinha agarrado Sonja pelo braço e a obrigou a ficar em pé. Eu me lembro da expressão de Sonja quando foi arrancada dali – um retrato duro e lívido de perplexidade, medo e dor. Tentei segurá-la, mas meu pai foi mais rápido, e minhas mãos se fecharam no vazio.

– Hora de ir embora – disse meu pai.

– Mas... – comecei a dizer.

– Hora de ir embora – repetiu ele, andando a passos largos pelo pátio, com Sonja se arrastando atrás.

E meu pai levou Sonja embora.

Fui proibida de ver Sonja no restante daquele dia. E no seguinte. E longos dias se passaram.

– *Quando?* – supliquei.

– Nunca mais – respondeu meu pai, num tom ríspido e categórico, feito um tapa.

Falei que eu simplesmente iria escondido, mas me informaram que os avós de Sonja tampouco permitiriam que eu a visse.

– Por quê? – perguntei. O recinto girava. Meus olhos ficaram encharcados. Minha respiração ficou rasa e pesada dentro do peito.

– Você vai entender quando crescer – respondeu meu pai, e minha mãe ficou olhando para as próprias mãos.

Meu pai mandou eu ir para o meu quarto.

17

Meus pais me deixaram de castigo por duas semanas. Minha mãe me levava para a escola a pé todas as manhãs e me encontrava na escadaria da entrada no fim do dia. Eu ia me arrastando em silêncio, emburrada, com as mãos nos bolsos e os punhos cerrados. Não olhava para o rosto de mamãe. Ela não tentava olhar para mim nem puxar conversa, o que só me deixava ainda mais brava. Outros alunos do colégio paravam e ficavam olhando a gente passar. Eu era a única que a mãe ia buscar na escola. Estávamos no oitavo ano, afinal de contas. Éramos praticamente adultos. Sabiam que o único motivo para ela fazer uma coisa dessas era eu ter feito algo terrível. Ninguém conseguia imaginar o que poderia ser. E eu continuava sem entender.

Em casa, minha mãe me obrigava a fazer tarefas árduas, sem sentido e fúteis. Esfregar o rejunte. Varrer e tirar o pó do porão. Escovar os detalhes cromados. Polir os talheres de prata que a gente nunca usava – e, sinceramente, que sentido fazia aquilo? Limpar os vidros até ficarem brilhando.

Ela amarrou um nó novo no meu pulso. Desistiu do barbante e optou por um pedaço de cordão de couro, que era mais duro que o barbante e demorava mais para fazer. E também tinha um cheiro esquisito. Franzi o nariz. Era preciso muito esforço e tenacidade para moldar o couro. Eu tinha a impressão de que aquele nó era feito para durar.

– Para que serve? – perguntei para minha mãe.

Ela deu de ombros.

– É só um nó.

– Posso tirar?

– Não.

– Para que serve, então? – perguntei de novo.

– É bonito, você não acha? Olhe, Beatrice também tem um. – Beatrice estava mexendo no nó dela como se estivesse coçando, mas não tirou, apesar de ser óbvio que queria tirar. Se existia alguém no mundo que ela amava mais do que eu, esse alguém era minha mãe.

Nossa mãe, quer dizer.

Mamãe então me ensinou a fazer aquele tipo de nó decorativo e me deu um livro absurdamente velho intitulado *Livro de renda em macramê de Lady Sylvia* (ela tinha um exemplar idêntico só para si, mas estava cheio de anotações, equações, tópicos e papéis escritos à mão enfiados no meio das páginas, e eu era proibida de mexer nele). Também me deu uma cesta cheia de linhas e me fez fazer nós e mais nós, usando os fios de uma pilha que era sempre reabastecida. Eu passava horas e horas, todos os dias, dando voltas, torcendo e puxando.

– Por que estou fazendo isso? – indaguei, quando meus dedos ficaram com bolhas.

– Para manter você no seu lugar – respondeu minha mãe, tranquilamente, sem me olhar nos olhos.

– Eu já *estou* no meu lugar – rosnei, só porque meu pai não estava em casa. – Estou de *castigo*, presa aqui, lembra? Por que está me obrigando a fazer tudo isso?

– Um dia você vai entender.

Eu sabia que isso não era verdade.

Beatrice, sendo Beatrice, fazia de tudo para me distrair e me entreter. Criava dramatizações elaboradas baseadas nas histórias que Sonja havia lhe contado. Elfos das montanhas, *trolls* da floresta e o Fossegrim do rio, que toca violino de um jeito tão melodioso que nenhuma criatura é capaz de resistir à sua música – até as árvores levantam as raízes e saem dançando. Tenho certeza de que minha mãe supunha que essas histórias saíam da própria imaginação de Beatrice – se soubesse sua origem verdadeira, não tenho dúvidas de que daria um fim naquilo. Beatrice contava as histórias com desenhos que havia feito para ilustrar cada trecho. Um *troll* da floresta fugindo com um bebê roubado. O Fossegrim ensinando, a contragosto, uma moça a tocar, mesmo sabendo que isso seria uma maldição – todo mundo que ela amava dançaria até morrer quando a ouvisse encostar o arco nas cordas. Cada história me dava ainda mais saudade de Sonja. Beatrice só estava tentando ajudar – como eu poderia dizer para ela que cada cena dramatizada pesava no meu coração feito uma pedra?

Ela terminou de contar a história com uma reverência e um floreio. Esperou eu bater palmas – bati, ainda que minhas mãos doessem, meu corpo doesse e o mundo inteiro doesse – e então fez mais uma reverência.

– Você está se sentindo melhor? – perguntou, examinando minha expressão. – Eu fiz você se sentir melhor, né? – O rosto dela estava iluminado, com um sorriso desvairado. Sorri também, apesar de não ter vontade.

– Como posso ficar triste se estou com você? – respondi. Era mentira. E a mais absoluta verdade. As duas coisas ao mesmo tempo.

Passadas duas semanas, as restrições foram suspensas. Minha mãe guardou a cesta de linha. Minhas tarefas intermináveis foram reduzidas às tarefas normais que eu já fazia, e voltei a ter permissão para ir andando sozinha para a escola, sem minha mãe a tiracolo.

Pensei em Sonja. Sonhei com Sonja. Não tinha coragem de dizer o nome dela em voz alta, mas minha mãe viu pela minha cara, de todo modo.

– A regra continua valendo – disse, em tom sugestivo, durante o jantar. Meu pai não falou nada. Simplesmente descontou no assado de panela e nas batatas, como se tivessem lhe feito mal.

– Eu sempre obedeço às regras – falei, dirigindo o olhar para o meu colo e cerrando os punhos.

– Alexandra – disse minha mãe.

– Alex – sussurrei.

– A regra continua valendo. – Ela não disse que regra era essa. Óbvio que eu sabia. E tinha toda a intenção de desobedecê-la.

No dia seguinte, depois da escola, fui direto para a casa de Sonja.

E fiquei parada na frente da casa por um bom tempo. Boquiaberta. Acho que não chorei. Tive que me lembrar de respirar e, quando respirei, tive a sensação de que, toda vez que eu inspirava, uma faca me cortava. Toda vez que expirava, era engasgada e sufocada, como alguém prestes a se afogar.

As cores da casa mágica de Sonja haviam sumido. Alguém pintara tudo de branco, e mal pintado. As paredes estavam cheias de caroços e escorridos e as janelas, cheias de pingos. Todas as plantas dos canteiros do jardim, que eram cheios de flores nativas da Noruega – sálvia, dedaleira, botão-de-ouro e quebra-pedra –, tinham sido arrancadas, a terra coberta com lascas de madeira. Tinha uma placa fincada no meio do pátio, as pontas ficavam tremulando de leve com o vento. "ALUGA-SE", era o que estava escrito.

E embaixo, bem na borda da placa, tinha o logotipo do banco do meu pai.

Bem devagar, fui me aproximando da casa. O cheiro da tinta estava tão forte que fiquei enjoada. Eu me encostei na janela, fiz um binóculo com as mãos e espiei lá dentro. As cores, as cenas de floresta e paisagens da Noruega, os trolls e o lago Superior, tudo tinha sido coberto com uma grossa demão de tinta branco-sujo, e Sonja e os avós haviam sumido. Fiquei parada no degrau da entrada por mais de uma hora, meu corpo tremendo, sem querer acreditar. Por fim, voltei cambaleando para casa e me entrincheirei dentro do armário do meu quarto. Não desci para jantar.

Na manhã seguinte, ainda aos prantos, eu me sentei na sala de estar em silêncio, com a pasta da escola pendurada no ombro, contando os minutos que faltavam para a hora de ir para a aula. Beatrice, que não fazia ideia do que estava acontecendo, se sentou do meu lado e pegou minha mão. Minha mãe apareceu e ficou parada na minha frente por um bom tempo.

– Provavelmente, vai ser melhor assim – declarou, por fim. E não me olhou nos olhos.

Ela me entregou o lanche e abriu a porta. Era novembro, com seu frio repentino, de tremer. O tipo de frio que se infiltra até os ossos. O céu estava da cor do pó de giz. Fechei bem o casaco, peguei na mão de Beatrice e fomos andando, encarando a manhã.

Éramos crianças boazinhas. Ficamos olhando para o chão.

Depoimento do Dr. H. N. Gantz perante o
Comitê de Atividades Antiamericanas da Câmara,
12 de março de 1960

PRESIDENTE: O comitê entrará em sessão. Na manhã de hoje, o comitê volta à série de audiências sobre a questão, de vital importância, do uso de passaportes norte-americanos como documento de viagem em prol dos objetivos daqueles que procuram abalar, deturpar e corromper, de qualquer forma, os valores norte-americanos.

SR. ARENS: Dr. Gantz, é do meu conhecimento que o senhor entrou com pedido de passaporte para comparecer a uma conferência científica na cidade comunista de Praga. É verdade?

DR. GANTZ: Sim, senhor, mas devo ressaltar que o comunismo não tem nada a ver com isso. Há muito tempo que esta conferência tem sido sediada em Zurique – ou, para ser mais exato, na Suíça, um país neutro –, mas muitos cientistas de países menos livres do que o nosso não conseguiam comparecer, porque seus países temem sua deserção. Os organizadores da conferência determinaram que seria do interesse da Ciência e da disseminação do conhecimento que o evento fosse sediado num país mais aceitável do ponto de vista de nações... menos livres, em teoria, do que a nossa.

SR. ARENS: Mas seu pedido de passaporte foi negado.

DR. GANTZ: É verdade.
[Nota do transcritor: Transcorrem vários segundos.]

PRESIDENTE: A testemunha está levando um tempo absurdo para concluir seu pensamento.

DR. GANTZ: Bem, não há muito mais o que dizer, há? Entrei com um pedido de passaporte – é uma atitude normal e razoável por parte de um cidadão requerer documentos de viagem para seu próprio governo – e tais documentos me foram negados sem que o dito governo me fornecesse uma explicação adequada. Toda a minha carreira tem sido focada na expansão da Saúde e da

Ciência para o bem de meu país, um ato de patriotismo e amor pelo sistema norte-americano, sentimentos esses que ainda possuo, mesmo agora, apesar de ter sido deposto do cargo que eu ocupava no Instituto Nacional de Saúde, por motivos que, ao que tudo indica, são confidenciais.

SR. ARENS: Sr. presidente, a testemunha está fazendo discurso ideológico e não respondendo à pergunta, pura e simplesmente.

PRESIDENTE: Dr. Gantz, o senhor não é um revolucionário numa barricada. Exijo que o senhor simplesmente responda à pergunta. Chega de discursos, por favor.

DR. GANTZ: Peço desculpas, cavalheiros. Vocês precisam compreender que essa situação abalou minhas estruturas. Meu laboratório foi saqueado, todos os meus alunos e pacientes foram interrogados por autoridades federais – uma pobre mulher foi levada por homens desconhecidos, num carro não identificado, diante dos filhos. Dos filhos, meus senhores. E ficou detida por um dia e meio. Inaceitável. Ninguém forneceu uma explicação lógica para nada disso. O fato de meu passaporte ter sido negado é simplesmente mais uma de uma longa e vergonhosa lista de agressões contra liberdades individuais, perpetradas pelo meu próprio governo, o que me faz questionar o valor e o estado de saúde de nossas liberdades nos Estados Unidos da América.

SR. ARENS: Esta é a terra dos livres, senhor! É melhor demonstrar respeito!

DR. GANTZ: É mesmo? Tem certeza? Não tem lido as notícias? Não apenas cidadãos norte-americanos estão se organizando neste exato momento, em lugares como Little Rock e Greensboro, exigindo que seu país garanta às pessoas negras o mínimo dos direitos básicos garantidos na Constituição, mas este próprio comitê se atrapalhou ao abordar ameaças a essa nação que simplesmente não existem, ao mesmo tempo em que faz vista grossa quando as forças da lei cometem atos que não são apenas ilegais, mas também antiamericanos. Isso está acontecendo em cidades norte-americanas. Está acontecendo em laboratórios norte-americanos. Está acontecendo em universidades e departamentos de serviço social e nos escritórios minúsculos dos grupos dedicados à noção de justiça para todos.

SR. ARENS: Sr. presidente, a testemunha está sendo hostil e beligerante.

PRESIDENTE: Dr. Gantz, é melhor o senhor não se esquecer de onde está.

DR. GANTZ: Sei exatamente onde estou. Estou sentado com alguns dos mesmos homens que encomendaram a pesquisa que fiz sobre o fenômeno da dra...

PRESIDENTE: Dr. Gantz.

DR. GANTZ: Dragonização espontânea, e que subsequentemente destruíram...

PRESIDENTE: Dr. Gantz!

DR. GANTZ: E, por algum motivo, declararam que meu trabalho era tanto inexistente QUANTO confidencial. O que, é claro, é um ataque tanto à razão quanto aos fatos.

PRESIDENTE: DOUTOR, CONTENHA O SEU CLIENTE. E por favor explique a desagradável realidade de ser preso por desacato à Câmara.
[Nota do transcritor: Transcorrem diversos instantes de silêncio.]

SR. ARENS: Dr. Gantz, quando o senhor entrou com seu pedido de passaporte, lhe foi solicitado que assinasse uma declaração juramentada afirmando que o senhor não era nem nunca foi integrante do Partido Comunista, outrossim, que o senhor jamais tentaria entrar para o partido. Também lhe foi pedido para assinar uma declaração juramentada afirmando que o senhor não era, nem nunca foi, integrante do Coletivo de Pesquisa Serpe, outrossim, que o senhor jamais tentaria fazer parte dele. O senhor recorda de ter recebido tais documentos?

DR. GANTZ: Recordo.

SR. ARENS: E, apesar disso, tais documentos, estranhamente, não constavam de seu requerimento de passaporte.

DR. GANTZ: Tais documentos não estavam estranhamente nada. Eu simplesmente optei por não incluí-los.

SR. ARENS: O senhor sabe o que aconteceu com essas declarações juramentadas?

DR. GANTZ: Joguei no lixo.

SR. ARENS: O senhor está admitindo.

DR. GANTZ: Abertamente.

PRESIDENTE: Que fique registrado nos autos que a testemunha admite ter destruído documentos federais.

[Nota do transcritor: Transcorrem vários minutos de silêncio. O advogado da testemunha sussurra, aflito, enquanto a testemunha sacode a cabeça.]

DR. GANTZ: Não sei ao certo ao que se deve tamanho espanto. Os documentos eram meus. Estava escrito, bem no cabeçalho do formulário, de forma bem visível, que eram documentos suplementares. Eu conferi o estatuto e descobri que não tenho obrigação de assiná-los a menos que um tribunal do meu país me obrigue. Como nenhum tribunal estava me obrigando, sabia que estava no meu direito de ignorá-los. Nenhuma lei proíbe de jogar lixo no lixo.

SR. ARENS: O senhor ficará surpreso ao saber que estamos de posse desses mesmos documentos.

DR. GANTZ: Não me surpreende. O senhor não leu meu bilhete?

PRESIDENTE: Que fique registrado nos autos que, por cima da declaração juramentada de inequívoca renúncia ao comunismo, a testemunha escreveu "Tentem outra, seus bunda-moles" e que, portanto, se faz necessária uma acusação adicional de indecência. Como o que o senhor escreveu na outra declaração é considerado confidencial, ela não será vista por este Comitê, mas será, contudo, encaminhada para o Subcomitê de Ameaças Internacionais e Internas para determinar se é ou não uma declaração de guerra.

DR. GANTZ: Isso é ridículo, e os senhores sabem muito bem disso. Este Comitê é uma desgraça e uma piada.

PRESIDENTE: A testemunha é beligerante. Por esse motivo, ordenamos que seja presa por desacato.

18

O inverno se instalou e o mundo inteiro ficou congelado.
E depois, derretido. E depois, inundado. E depois, mais uma vez, tudo foi tomado pelo calor, pelo verde, por brotos ansiosos, flores volumosas e vida em abundância. Estava tão mal-humorada que nem percebi. O verão chegou mais cedo naquele ano e, apesar de ser início de maio, a gente sufocava na sala de aula, suava, empapava o uniforme e terminava todos os dias de rosto vermelho, fedendo, no desespero para que nossa libertação, que seria em junho, chegasse logo. Pelo menos o oitavo ano chegou ao fim, com sua litania de indignidades, mágoas e tédio opressivo. As portas da escola se abriram e saímos em fila da nossa vida do Ginásio, do nosso ser do Ginásio, e ficamos na expectativa de algo novo. O Científico. Ou algo assim. E, mesmo que a mudança não fosse tão grande assim – todo mundo iria para o mesmo lugar, na grande maioria dos casos –, a transição *me pareceu* significativa. Estávamos deixando uma parte de nós para trás. Dava a impressão de que até o céu sentia – estava pesado, na expectativa.

Eu tinha saudade de Sonja. Tinha *tanta* saudade dela. Só de pensar em Sonja, meu peito afundava e meus ossos doíam.

Apesar de eu ter aprendido como ter uma amiga – uma amiga verdadeira e sincera –, esse conhecimento nunca se transferiu para nenhuma das minhas colegas de escola. Não que fossem rudes comigo. Eram apenas... indiferentes. Como eu também era indiferente. Não veria nenhuma delas naquele verão. Não ficaria com saudade delas, nem elas de mim. Falo isso não por autocomiseração, mas simplesmente apontando um fato.

Naquele verão, a horta da minha mãe foi mais produtiva e abundante. Seu canto do cisne – eu me daria conta disso depois. Mamãe passava boa parte dos dias lá fora – usando, percebi, os macacões que foram da minha tia, depois de arrancar o *patch* com o nome dela e cortar as mangas na altura dos ombros, bem como cerca de treze centímetros da barra, para que servissem nela. À noite, tomava banho, colocava as meias de seda, as saias engomadas e deixava o jantar pronto para a hora em que meu pai voltasse para casa. Caso voltasse. Mamãe servia o jantar e o uísque para meu pai mesmo assim.

Eu me lembro de ter reparado que ela começou a fazer mais furos nos cintos, para ficarem do tamanho certo. Eu me lembro de ter reparado na camada grossa de base que ela passava para cobrir as olheiras. Eu me lembro de ter reparado que, apesar de nossos pratos estarem cheios de comida, minha mãe comia cada vez menos. Eu me lembro de ter reparado em tudo isso, mas não sabia o que fazer com essas informações, então, simplesmente arquivei tudo. Eu era criança, egoísta como todas são, tinha certeza da imutabilidade do mundo, como toda criança têm certeza das coisas. Minha mãe era simplesmente minha mãe. A época que ela sumiu e me abandonou foi uma coisa que aconteceu no mundo *daquele tempo*. Na infância, é difícil pensar *naquele tempo*. Na infância, só existe o *agora*.

Eu sentia saudade de Sonja. Escrevi cartas para ela, que enviei para o antigo endereço, com a instrução "FAVOR ENCAMINHAR", na parte de baixo. Escrevi para ela toda semana, durante todo o oitavo ano. No começo de junho, pouco depois de sermos liberados da escola, todas as minhas cartas me foram devolvidas, num maço grande, com as palavras "DEVOLVER PARA O REMETENTE; NÃO HÁ ENDEREÇO PARA ENCAMINHAR" carimbado em cima do nome dela. Os avós de Sonja tinham outro sobrenome e eu não sabia qual era. Eu não tinha como encontrá-la.

Peguei as cartas, embrulhei em papel pardo e fechei com barbante. Escondi o pacote atrás do painel falso do meu armário. Só por garantia.

Naquele verão, minha mãe não raro me pedia para tomar conta de Beatrice quando precisava descansar um pouco – coisa que acontecia com uma frequência cada vez maior. Beatrice, agora com 6 anos, era um terremoto de atividade. Subia nas árvores e pulava dos galhos. Subia na cerca dos fundos e se equilibrava. Subia no telhado da garagem para tomar sol nas telhas. Fazia a treliça das glórias-da-manhã de escada.

Eu procurava por ela no abrigo de tempestade – que ficava no porão –, pelos quintais da vizinhança e até o fim da rua, onde ela simplesmente acabava em um matagal que separava o nosso bairro dos trilhos do trem desativado. Ao fim de cada dia, eu tinha que colocá-la na garupa e arrastá-la para casa, enquanto uivava de entusiasmo, raiva ou alegria. Nem sempre era assim tão fácil distinguir.

Um dia, no início de agosto, Beatrice saiu correndo enquanto eu não estava olhando e tive que procurá-la por horas e horas. Minha mãe não sabia. Estava deitada. Procurei por todos os lados, fiquei irritada durante a primeira hora e desesperada durante a segunda. Eu me odiei por não ter prestado mais atenção. Tentei pensar como iria explicar aquilo para minha mãe.

Finalmente, com dor nos pés e em pânico, andei pelo beco e espiei dentro da lata de lixo de todos os vizinhos, caso ela estivesse se escondendo, dormindo ou coisa pior. E foi aí que ouvi a risada dela. Fui seguindo o som de sua voz e parei de supetão no portão dos fundos da casa de janelas lacradas. Ervas daninhas se enroscavam na cerca e mato emaranhava o antigo jardim. Quase não dava para ver a antiga casa, escondida pela vegetação.

As galinhas selvagens ciscavam no mato. Gatos-do-mato piscavam nas frestas da casa, onde as tábuas haviam caído. E Beatrice estava deitada num matagal de heras, com ramos enroscados nos braços e nas pernas, formando nós de um verde vivo em sua pele melecada.

– O QUE VOCÊ ESTÁ FAZENDO AQUI? – urrei. Pulei por cima da vegetação e caí de joelhos ao lado dela. Beatrice virou a cabeça, piscou algumas vezes e me deu um sorriso inocente.

– Ah, oi, Alex – disse, como se nada no mundo fosse tão normal quanto sumir por horas e tirar uma soneca em um jardim abandonado. Ela arrancou os nós de ramos de hera, aproximou os punhos cerrados do rosto e esfregou os olhos. Bocejou. – Você sabia que aqui tem galinhas?

Eu apoiei a testa nos joelhos e soltei um suspiro.

– Sim, Beatrice. – E fiz que não em seguida. – Eu sabia disso, sim.

– E gatinhos – disse ela, ofegante. – Tem tantos gatinhos.

Como se estivessem esperando pela deixa, dois gatinhos que, ao que tudo indicava, ainda não tinham desmamado, se aproximaram e pararam nos pés dela. Beatrice pegou os dois e ficou passando o nariz no pelo deles até começarem a se debater e a miar. Não estavam acostumados a lidar com pessoas. Beatrice beijou as costas dos gatinhos e colocou os dois no chão com todo o cuidado.

– Também sei que tem gatinhos – falei, com paciência. – Talvez esteja na hora de irmos para casa.

Beatrice ignorou meu comentário.

– Por que a gente não tem gatinhos? Eles podem dormir comigo – completou, provavelmente, para demonstrar que já havia pensado em tudo.

– Papai odeia gatos – expliquei. – É por isso que não podemos ter um gatinho.

– Papai é *malvado*.

Ela bateu o pé e olhou feio. Eu nunca tinha visto Beatrice falar mal do meu pai. Nunca na vida. Mas agora dava a impressão de que queria chutar alguém.

Apertei os lábios por um instante.

– Mamãe não gosta quando falam esse tipo de coisa. – Eu não disse que o que ela havia dito não era verdade. Mas nada passava despercebido por Beatrice. Ela me olhou nos olhos por alguns instantes, depois piscou. Voltou para o jardim, me mostrou onde ficavam os pés de mirtilo e onde as galinhas escondiam os ovos. Ajoelhou-se ao lado do arbusto de fisális, começou a tirar as cascas secas e jogar as frutinhas na boca, uma por uma, rolando-as lá dentro como se fossem bolinhas de gude. E sorriu, de boca cheia.

Como era óbvio que Beatrice não estava com pressa de voltar para casa, eu me sentei ao lado dela. O pátio era uma profusão de cores vivas, com um pano de fundo de um verde vibrante. Tudo o que a velhinha um dia cultivou no jardim havia se metamorfoseado em gerações de descendentes silvestres. As plantas se espalharam, se multiplicaram e se camuflaram com o restante do ambiente. Um matagal de trepadeiras de abóbora se amontoava num canto, cheio de flores amarelas e abóboras de todos os tamanhos, formatos e cores. Os pepinos mais estranhos que já vi na vida serpenteavam parede acima do galinheiro caindo aos pedaços – eram redondos, de um amarelo vivo, com pontinhos verdes escuros. E morangos silvestres, por toda parte. Era impossível passar pela lateral da casa, de tantos arbustos de framboesa que havia.

Beatrice espichou o braço e tentou arrancar um pé de tomilho silvestre, passou a unha no caule e segurou as folhas minúsculas que caíram na mão. O mundo ficou com cheiro de compostagem e vegetação. Duas galinhas tiveram a ousadia de se aproximar e ficaram ciscando o chão, acompanhando cada movimento nosso com um olhar de desconfiança. Um gato ficou observando as duas lá do matagal de abóboras.

– Eu adorei esse lugar – disse Beatrice, dando um bocejo. – A gente deveria vir aqui todos os dias.

– Eu vinha aqui todos os dias – contei. – Quando eu era bem pequena. Aqui morava uma senhorinha, que me dava presentes.

Isso chamou a atenção de Beatrice.

– Que tipo de presente? – perguntou ela.

– Bom – respondi, aproveitando a oportunidade para ajudá-la a se levantar e tomar o caminho de casa. – Presentes de velhinha. Biscoitos, cenoura e ovos. Uma vez, ela me deu uma sacola de ervilhas com flores comestíveis. Que tinham gosto de pimenta.

– Quero provar uma. Ela olhou à sua volta, procurando uma flor comestível.

– Vamos pedir para a mamãe plantar. Só que não sei o nome. Então, eu adorava esse lugar, mas um dia a velhinha foi embora, e eu nunca mais vim aqui.

– Para onde ela foi? – perguntou Beatrice.

Fazia tanto tempo que eu não pensava nisso. O berro do homem. O grito da mulher. Aquele arranhar, a briga, o suspiro de assombro, o *Oh!* e depois o... Sacudi a cabeça. Não queria pensar nisso. Sempre que uma dragoa se infiltrava na minha imaginação, eu me obrigava a não pensar em nada.

– Não sei – respondi. – Ela simplesmente sumiu. Ou talvez só tenha se mudado.

Paramos no portão dos fundos. Beatrice se virou para trás e olhou para o quintal com uma expressão aguçada, de quem procurava alguma coisa.

– Talvez a dragoa saiba onde ela está.

A sensação física que se apoderou de mim ao ouvir as palavras de Beatrice é difícil de descrever, até hoje. E é ainda mais difícil de explicar. Minha pele – dos dedos dos pés ao topo da cabeça – entrou em erupção, a sensação era de picadinhas – e minha visão ficou turva. De repente, eu tinha plena consciência do som das batidas do meu coração. E, na minha cabeça, começaram a aparecer imagens, passando cada vez mais rápido, feito um projetor descontrolado – eu mal conseguia ter noção do que minha mente estava vendo. Espichei o braço e me segurei no portão para não perder o equilíbrio.

– Do que você está falando, sua maluca? – tentei falar baixo e manter um tom calmo. – Não existem mais dragoas. Todas foram embora e não vão voltar. Todo mundo sabe disso. E ninguém sente falta delas. Está escrito naqueles panfletos lá da escola. E os cientistas escrevem isso. Cientistas de verdade, que trabalham para o governo mesmo. Então, só pode ser verdade.

Beatrice franziu o cenho e declarou:

– Bom, tem uma dragoa que mora aqui.

– Não seja inconveniente – censurei, por reflexo. – E afinal, por que você está dizendo isso?

– Bom – ela encolheu os ombros de menininha –, olha ali.

Eu olhei. Uma casa dilapidada com frestas na lateral que mais pareciam dentes faltando na boca. Um galinheiro caído. Um galpão que ainda não caiu porque estava completamente apoiado no tronco de um pé de bordo antiquíssimo.

– Só estou vendo bagunça – falei. – Vamos.

Beatrice não se mexeu.

– Dragoas adoram bagunça. E adoram gatinhos. E galinhas. E que todo mundo se dê bem. Isso elas adoram mais do que tudo.

– Adoram, é? – comentei, duvidando. – Acho que você pode estar falando de si mesma, só isso. No meu entendimento, dragoas preferem assassinatos, caos, pôr fogo na fazenda das pessoas, nas cidades e destruir famílias. Quer dizer, é isso que acontece nas histórias, em todo caso. Anda, vamos voltar. A mamãe vai ficar preocupada.

O que não era verdade. Minha mãe ainda deveria estar dormindo. Ela andava tão cansada ultimamente, e eu estava numa idade em que só sabia ficar irritada. Era autocentrada demais para saber como me preocupar com minha mãe.

– Essas histórias são imbecis – disse Beatrice. – Quem escreve essas histórias de dragoas nunca viu uma. Dragoas gostam de quadros de tarefas, de emprestar suas coisas e de clubes do livro. Todo mundo sabe disso.

– Bom, isso é novidade para mim – falei, já empurrando Beatrice portão afora.

– É verdade – garantiu ela. – E afinal, quem você acha que está cuidando de tudo? Engordando as galinhas, deixando os gatos felizes e afugentando os gaviões?

– Pelo jeito, você pensou em tudo. Não conte suas ideias para ninguém – falei, e Beatrice foi saltitando até o pátio da nossa casa.

E aí, sem saber exatamente por que, eu parei e virei para trás. E olhei mais uma vez para o pátio da velhinha. Que tinha cheiro de temperos, ervas daninhas e flores silvestres, de terra, de madeira podre e gerações e mais gerações de urina de gato. Meu olhar pousou numa fresta na parede – uma parte da lateral, bem embaixo da janela da cozinha, que tinha apodrecido ou caído durante uma tempestade. Dava a impressão que a fresta se abria até o outro lado da parede, dentro da casa, uma janela para a escuridão que bocejava lá dentro. Um par de olhos piscou numa fresta lateral da casa, brilhando no escuro. Inclinei a cabeça. Os olhos piscaram outra vez.

– Vem cá, gatinho – falei.

O gato – eu supus que era um gato – roncou. Fez a parede tremer de leve. Dei um passo à frente.

– Vem, gatinho. Vem dar "oi". – Dei mais um passo. Os olhos piscaram de novo. Eram, me dei conta, muito maiores do que olhos de gato deveriam ser. Mas deveriam ser de gato. Não existiam, simplesmente, gatos maiores do que o normal? E não é fato que os olhos de todos os gatos brilham?

Dei mais um passo à frente. Senti o chão roncar um pouco debaixo dos meus pés. Parecia um ronronar. Ou um motor. Ou alguma outra coisa.

– Você que sabe – falei. Então me virei, me afastei e fechei o portão quebrado antes de sair dali.

19

Mamãe descobriu que o câncer voltara em março, quando eu estava no primeiro ano do Científico. Não nos contou logo de cara. Por ela, nunca teria contado; pretendia, em vez disso, simplesmente sair de fininho um dia, sem avisar. Mas certa noite, em meados de abril, enquanto servia batata assada e ervilha enlatada no nosso prato, ela de repente caiu dura no chão, sangrando pelo nariz e pela boca. Meu pai, que estava em casa naquela noite, levantou num pulo, soltou um grito abafado e no instante seguinte, estava ao lado dela. Ele a pegou no colo e ficou sussurrando, murmurando e fazendo *shhh*, como se fosse a mãe dela e não o marido.

– Ai, meu Deus – choramingou, abraçando-a bem apertado. Eu nunca tinha visto meu pai falar com minha mãe daquele jeito. Ele soltou um grunhido de pânico quando a pegou no colo. – *Ah, não*. Ah, querida. Por que você está tão leve?

A voz do papai estava fraca e embargada, uma casca do que outrora fora.

A cabeça da minha mãe rolava de um lado para o outro, porque ela lutava para não perder a consciência. Meu pai a abraçou bem apertado de novo, depois soltou para examinar o rosto dela, depois abraçou apertado de novo e ficou soltando uns gemidinhos angustiados, que subiam do peito dele por reflexo.

– Por que não me contou que ele tinha voltado? – murmurou com os lábios encostados no pescoço da minha mãe. Ficou sem ar e tossiu. – Ai, meu Deus, por que você não disse nada?

Será que meu pai amava minha mãe? Até hoje, não tenho certeza. Boa parte do tempo, acreditava que não. Mas, naquele momento, quando tentei arquivá-lo na memória, quando tentei observar pelo tempo necessário para conseguir tomar nota, acho que... sim. Acho que, naquele momento, quando a abraçou, quando a carregou no colo, papai amava mamãe profundamente. Fiquei ali parada, feito uma boba, olhando para ele. Beatrice se aproximou e pegou minha mão. Fomos com os dois até a porta e paramos ao chegar na soleira, sem conseguir nos mexer.

Meu pai colocou minha mãe no banco do carona com uma ternura e um cuidado que eu nunca o tinha visto demonstrar e nunca mais vi. Fez cafuné no cabelo dela, acariciou o rosto e deu um beijo na testa antes de fechar a porta. Bateu nos bolsos e, de repente, ficou com uma expressão alarmada. Virou para mim, que estava na porta de casa, com os olhos arregalados, enlouquecidos de súplica.

– *Chaves!* – gritou, dirigindo-se a mim.

Cambaleei para trás, corri para dentro de casa, achei as chaves e corri lá para fora com elas. Meu pai já estava sentado no banco do motorista, segurando a mão da minha mãe. De olhos vermelhos. Os lábios apertados, formando uma linha dolorosa. A respiração descompassada, ofegando toda vez que inspirava.

– Alexandra – disse ele. Não me dei o trabalho de corrigi-lo. – Cuide da sua… – Meu pai engoliu em seco e sacudiu a cabeça. – Cuide da pequenina. Não sei quanto vamos demorar. – Mamãe pressionou os lábios com os dedos, e eles estavam pálidos, cor de bétula. Mandou um beijo, e tive a impressão de que, só de fazer isso, ela ficou exausta, como se cada suspiro fosse um esforço tremendo. Minhas mãos ficaram dormentes, meu rosto ficou dormente e o mundo me pareceu dormente. Minha mãe estava tão doente, me dei conta, com um susto tremendo. Há quanto tempo estava doente? Como é que eu nunca havia reparado? Por que ninguém me contou?

– Quando vocês vão voltar? – consegui perguntar. Olhando para minha mãe, não para meu pai.

– Tranque a casa e já vá pensando no café da manhã – respondeu meu pai. – É bem possível que vocês fiquem sozinhas por um tempo.

– Mamãe? – falei, com a voz trêmula. Ou talvez fosse o chão debaixo dos meus pés que estivesse tremendo. Talvez o mundo inteiro estivesse sendo sacudido. Quando eu era criança, minha mãe sumiu. E os adultos que faziam parte da minha vida não me explicaram, não me tranquilizaram, não me deram nenhum contexto que me permitisse compreender minha situação. Eu era criança, entende? Era para ser bem-educada e obediente. Olhar para o chão. Eu não precisava saber de nada. E eles ficaram torcendo para que me esquecesse. – Mamãe? – repeti. Estiquei o braço para dentro do carro, por cima do meu pai.

– Eu vou ficar bem – disse ela.

Meu pai deu um tapa na minha mão, deu partida no carro e saiu a toda velocidade pela rua.

Senti uma coisa subindo pelo meu pulso. Olhei para baixo e vi que o nó que segurava o cordão de couro havia se soltado. Fiquei parada ali, feito uma boba, vendo o cordão afrouxar, se abrir e cair no chão. Peguei-o de volta e o recoloquei. Olhei para o final da rua, procurando o carro dos meus pais, mas o carro já tinha sumido. Nem meu pai nem minha mãe voltaram para casa naquela noite. Nem na próxima. Cinco noites, foi o tempo que Beatrice e eu ficamos sozinhas em casa. Os médicos disseram que não podiam fazer muita coisa além de aliviar o sofrimento dela.

Mamãe ficou no hospital até falecer, no dia 5 de junho de 1961. Beatrice e eu íamos visitá-la todos os dias depois da escola, enquanto meu pai estava no trabalho. Ficávamos ao lado dela, fazendo a lição de casa em silêncio ou lendo nossos livros e desenhando, até as enfermeiras nos expulsarem, às 5 horas da tarde. Então íamos a pé para casa. Eu fazia o jantar. E fazia a limpeza. Meu pai ficava no trabalho e voltava cada dia mais tarde. Às vezes, só voltava para casa de manhã, já de banho tomado e arrumado para trabalhar. Pagava o mercado local para entregar comida e manter a despensa abastecida. Não fazia o café da manhã (era eu que fazia), não preparava o lanche para a gente levar para a escola (eu que fazia também). Só dava um tapinha na nossa cabeça, como se fôssemos dois labradores, e falava para a gente se comportar, rezar e obedecer às professoras. E aí dava as costas e saía, assobiando a caminho do trabalho.

Quando perguntei por que meu pai nunca ia visitá-la no hospital, minha mãe disse que ele vinha todos os dias, na hora do almoço. Mas eu nunca vi. Até onde sei, a única vez que meu pai foi ao hospital foi quando ficou com ela naquelas primeiras cinco noites. E depois disso, nunca mais foi. Às vezes, depois de todos esses anos, tento ser compreensiva, sim. Talvez meu pai não suportasse ir ao hospital. Talvez doesse demais ver minha mãe se esvaindo. Talvez papai não tenha sido educado para ser um homem forte. Talvez a amasse tanto que não podia perdê-la. Talvez tudo isso fosse verdade, e qualquer outra caracterização que eu tenha feito dele que seja… mais óbvia e menos tolerante… talvez também seja verdade. E talvez seja assim com todos nós – nossa melhor versão, nossa pior versão e nossas múltiplas versões medíocres existindo simultaneamente em uma alma que contém multidões. Em todo caso, percebi que as enfermeiras apertavam os lábios toda vez que ouviam minha mãe falar da suposta bondade do meu pai. Eu amava minha mãe, mas sabia que não podia acreditar nela.

Durante semanas, deitei ao lado dela na cama do hospital, aninhada no que ainda restava de seu corpo – mãos geladas, pés gelados, face encovada e esmaecida onde antes havia bochechas. Minha mãe estava leve como cinzas. Estava sendo soprada, dispersa. Beatrice ficava deitada no meio de nós duas por um tempo, mas acabava se encolhendo numa cadeira e dormia profundamente. Minha irmã era uma coisinha minúscula. Puro calor compactado, pura energia em potencial e possibilidades escondidas, feito um ovo. Mamãe costumava dizer que a menininha cabia no bolso dela. E, toda vez que dizia isso, sua voz ficava embargada.

No dia em que morreu, naqueles últimos instantes, minha mãe me pediu para ler o poema de Alfred Tennyson sobre Titono. Isso não era incomum, porque ela já tinha me pedido para ler esse poema quase todos os dias durante o tempo em que ficou hospitalizada. Eu não sabia que, desta vez, seria diferente. Não sabia que essa vez seria a última. Como poderia saber? A mão da minha mãe foi se encostando na minha. Os olhos dela eram duas nuvens opacas.

– Leia de novo – pediu ela. A voz estava tão fraca, tão seca e leve, parecia o casulo de uma cigarra que havia voado há muito tempo.

Mamãe não precisou me dizer o que ler. Eu já sabia. Um livro caindo aos pedaços de poemas de Alfred Tennyson ficava na mesinha de cabeceira, com um marcador naquela página. Eu o abri. Beatrice roncava na cadeira ao lado da minha, de bochechas vermelhas e boca aberta. Até o ronco dela era adorável. Pigarreei.

"As árvores apodrecem, apodrecem e morrem", li.

"A névoa deita seu fardo no chão, aos prantos."

Minha mãe abriu a boca e suspirou. Continuei lendo.

"O homem vem, ara o solo e nele se enterra."

Minha mãe gemeu de leve.

"E, passados muitos verões, falece o cisne."

O poema continuava. Titono, ao que me parecia, se deu mal. Os deuses são egoístas. E indiferentes. É mesmo uma crueldade obrigar alguém que já está pronto para morrer a viver, arrancar de alguém seu descanso eterno e a suposta recompensa. E, mesmo assim… Se ao menos eu pudesse ter feito um passe de mágica de deusa e fazer minha mãe viver para sempre – ainda que isso significasse que ela encolheria e murcharia, ainda que significasse que ficaria do tamanho de um grilo. Se pudesse abraçá-la bem apertado pelo resto da minha vida. Se eu pudesse tê-la comigo, até hoje. É claro que sei que isso não seria justo. Mas estaria mentindo se dissesse que não faria.

Fiquei observando minha mãe. Ela não se mexeu por muito tempo depois de eu terminar de ler. Comecei a entrar em pânico.

Respire, pensei, me dirigindo a ela, como se meus pensamentos significassem alguma coisa.

Respire, mamãe, por favor, por favor, respire.

Fiquei observando o peito dela e coloquei a mão na frente de sua boca, procurando evidências de alguma movimentação de ar. De repente, minha mãe respirou fundo, soltou um suspiro engasgado e segurou minha mão.

Os dedos dela estavam gelados. Ela olhou bem para mim, mas eu não sabia dizer o quanto estava de fato enxergando. Seus olhos eram borrões enevoados.

– Ei, mãe – falei. Minha voz saiu absurdamente aguda. Uma voz de criança. – Quer que eu leia o poema de novo?

– Pare – respondeu, rouca. Os dedos ficaram em cima do cordão de couro com nós, em volta do meu pulso. Ela beliscou o nó.

Eu não sabia com o que devia parar.

– Você precisa de remédio? – perguntei.

– Pare – repetiu minha mãe.

Então levantou a outra mão da cama, alguns centímetros, e, em seguida, a soltou em cima dos lençóis, como se aquele esforço fosse insuportável. Eu peguei a mão dela e segurei as duas entre as minhas. Os dedos de mamãe se enroscaram nos meus e apertaram o máximo que ela conseguiu, que não foi muito.

– Okay, mamãe. Vou parar. – Eu ainda não sabia o que ela queria dizer. Mas, pelo jeito, só o fato de eu ter dito isso surtiu efeito. Minha mãe relaxou visivelmente e suspirou um pouco.

– Eu também poderia ter conseguido, sabe? – Os olhos dela ficavam indo de um lado para o outro. Eu tinha quase certeza de que minha mãe não conseguia me enxergar.

– Poderia ter conseguido o quê? – perguntei. As mãos dela estavam tão geladas.

– Eu também poderia ter conseguido. Qualquer uma de nós poderia. Eu optei… – Mamãe respirou fundo, mas não disse mais nada. Fiquei esperando ela respirar de novo, fiquei esperando ela terminar a frase. Esperei por muito tempo. E aí, os dedos dela se abriram e ela me soltou, ela soltou…

Ela respirou mais uma vez e depois não respirou nunca mais.

O quarto de hospital tinha quatro camas, duas delas vagas. Uma estava ocupada por uma mulher velha que, naquele momento, dormia profundamente. Beatrice estava dormindo. Minha mãe estava morta. E eu era a única pessoa acordada. Tinha gente andando para lá e para cá no corredor, mas não chamei ninguém. Não tinha palavras para explicar o que tinha acabado de acontecer. Eu não tinha nenhum referencial para entender minha situação. Como a gente fala da morte da própria mãe? Eu não consegui. Era inenarrável.

Fui até a cadeira, peguei Beatrice no colo e fiquei assim com ela por um bom tempo, com o calor denso de seu corpinho irradiando na minha pele, aquecendo meus ossos. Minha mãe estava tão imóvel e ficava mais gelada a cada minuto que passava. Não chamei a enfermeira. Não chamei meu pai. Em vez disso, pensei na minha tia. Eu não pensava nela há muito tempo. Mas imaginei Marla entrando correndo naquele quarto, religando minha mãe, como religava carros velhos. Imaginei minha tia socando os médicos que não nos ajudaram. Imaginei titia voando até a lateral do hospital, arrebentando a janela, espalhando cacos por todo lado, os olhos brilhando feito rubis, as escamas de dragão formando um contraste cintilante com a luz fraca do hospital, os músculos saltando em seu corpo flexível. Um assombro de luz, de calor e de intelecto violento. Fiquei sem ar só de pensar.

Mas aí sacudi a cabeça. Tia Marla não ia aparecer. Claro que não. Ninguém em seu juízo perfeito achava que as dragoas voltariam um dia. Dragões nunca voltam. Era uma daquelas verdades óbvias. Mas... Quando dei por mim, estava olhando para a janela, mesmo assim.

Beatrice não acordou. Só suspirou e murmurou, adormecida, o calor do corpo dela me aquecendo como se eu estivesse segurando o fogo de Prometeu nos braços, levando-o em segurança para casa depois de roubá-lo do céu e antes de a ira se abater.

Exatamente um mês após mamãe falecer, meu pai nos acordou, Beatrice e eu, mais cedo e mandou a gente se arrumar. Depois nos levou até a sala. Era muito cedo. Tinha uma mulher sentada no sofá. Ela usava um roupão bem largo, que, apesar disso, mal cobria a barriga, redonda e distendida. A mulher era bem diferente da minha mãe. Era muito alta, de cabelo loiro, seios fartos e coxas avantajadas. De batom vermelho, igual ao de Marla. Estava encostada no braço do sofá, o queixo apoiado no punho cerrado. Eu me lembro de que a pele dela se amontoava e estremecia em volta de cada junta dos dedos, confundindo-se com os volumes do rosto. Ela era linda, assim como comida em abundância é uma coisa linda. Meu pai olhava para aquela mulher com avidez. Minha mãe era frágil e gelada, como aquela camada de geada que se forma nas janelas durante o inverno. Aquela mulher era bem diferente da minha mãe.

— Meninas — disse meu pai. — Lembram-se da srta. Olson? — A mulher deu um meio-sorriso.

É claro que a gente não se lembrava. A srta. Olson era a secretária do meu pai e, talvez, pudéssemos tê-la conhecido, se não fôssemos proibidas de visitar o papai no trabalho. Mas não chegamos a conhecê-la. Já tínhamos ouvido o nome dela, claro, em cochichos tensos e furiosos vindos do quarto dos meus pais.

— Prazer em vê-la, Alexandra — disse ela. — Seu pai fala muito bem de você.

A srta. Olson não disse nada para Beatrice. Peguei na mão da minha irmã. Esperei por uma explicação. Que não veio.

Meu pai acenou com o chapéu, falou para a srta. Olson que voltaria logo (eu deveria ter reparado que ele não disse que *nós* voltaríamos logo) e nos levou para visitar o túmulo da minha mãe. Ficamos lá por um bom tempo, meu pai e eu sentados no banco, Beatrice andando no meio da grama e nos canteiros de flores, tentando fazer os esquilos comerem uma noz na mão dela. Uma hora, Beatrice desistiu e se ajoelhou ao lado da lápide da minha mãe, colocou uma tira de papel em cima do nome dela, pegou um giz de cera sem aquele papelzinho em volta e cobriu a tira de cor, fazendo o nome de minha mãe surgir em relevo.

BERTHA GREEN, estava escrito no papel. Quando dei por mim, estava dizendo o nome de minha mãe, sem emitir som, pronunciando entre os dentes e a língua. Até então, eu nunca dissera o nome dela em voz alta. O nome dela era simplesmente "mãe". O que mais fora roubado dela, pensei, além do nome?

Não voltamos para casa depois disso. Meu pai nos levou, Beatrice e eu, para um pequeno apartamento a três quadras da escola primária que minha irmã frequentava, a uma curta distância da minha escola secundária, dava para ir de bicicleta. Não disse nada quando parou o carro. Não disse nada quando fez sinal para a gente entrar e subir a escada. O apartamento ficava no terceiro andar. Tinha um mercadinho polonês no térreo do prédio, ao lado do escritório de um contador, que atendia exclusivamente clientes que falavam polonês. Descobri isso depois. Eu não consegui ler nenhuma das placas. Dois homens levavam caixas para dentro do apartamento e traziam outras, levavam para dentro e traziam outras. Em algumas das caixas, estava escrito "meninas" do lado de fora. Em outra, estava escrito "livros". Tinha uma escrito "cozinha". Tinha uma escrito "papéis". Os homens levaram uma cama para o quarto minúsculo – pouco maior do que um armário. E enfiaram uma cômoda lá dentro. Levaram minha escrivaninha lá para cima.

Fiquei olhando para o meu pai. Eu estava sem palavras. Por onde começar? Beatrice pegou minha mão e ficou esperando, um certo entusiasmo tranquilo irradiando de seu corpo, como se aquele fosse um dia normal.

– É para colocar a outra onde? – perguntaram os homens, levando uma segunda cama lá para cima.

Meu pai olhou e respondeu:

– Ali no canto, acho eu.

Os homens colocaram a cama no canto e não demorou para ela também ficar cheia de caixas. Tinha uma caixa da loja Sears com material para montar um conjunto de mesa e cadeiras e um manual de instruções. Eu nunca tinha

. 126 .

montado nada na vida. Fiquei olhando com atenção para a caixa e percebi que tinha uma etiqueta na lateral, com o nosso endereço. Fora enviada pelo correio para a nossa casa. A data de postagem era de dois meses antes. Há quanto tempo meu pai estava planejando aquilo?

Beatrice não disse nada. Eu não disse nada. Meu pai não deu nenhuma explicação. Não forneceu nenhum contexto. Deixou os fatos falarem por si.

Tinha uma caixa escrito "Beatrice". Tinha uma caixa escrito "roupas de cama". Tinha uma caixa escrito "inverno". Tinha duas caixas de comida. Tinha quatro abajures e uma pilha de toalhas.

Ele pagou os homens, que foram embora. A pia pingava, o refrigerador roncava e, no corredor do prédio, um homem e uma mulher gritavam um com o outro. Meu pai olhou para o relógio.

– Bem – disse ele, batendo nos bolsos e pegando as chaves. – Lar, doce lar, como dizem. Espero que vocês gostem. – Ficou em silêncio por alguns instantes e completou: – Não saiu barato.

Tinha cara de barato, pensei.

– Cadê as suas caixas, papai? – perguntou Beatrice. Minha irmã olhou para meu pai, e sua expressão não deixava transparecer nem um pingo de ansiedade. Ela não tinha motivos para não confiar em alguém. – Onde você vai dormir?

Eu tive a sensação de que havia engolido uma pedra.

Meu pai pigarreou. Finalmente me olhou nos olhos e disse:

– É claro que vocês entendem.

Eu não entendi e falei isso para ele. Meus ouvidos começaram a zumbir.

– Bem – disse meu pai, dando um passo para trás, na direção da porta –, temos um bebê a caminho, afinal de contas. É preciso levar isso em consideração. Todos temos que fazer nossa parte e assim por diante. E, de todo modo, Alexandra, você se revelou ser mais do que capaz. Realmente não entendo qual é o problema. – Mais um passo.

Fiquei sem ar. De repente, meu pai parecia muito distante, parecia que eu o estava vendo através de um telescópio ao contrário. Parecia que o chão, que todo o recinto estava inclinado em um ângulo esquisito, balançando para trás e para a frente. Senti meu estômago revirar, como se eu estivesse a bordo de um barco, enjoada. Fechei os olhos e tentei me recompor.

– Não me diga que esse é o seu plano, pai – falei, com a voz estranhamente engasgada. Eu não conseguia engolir. – Não sou capaz de cuidar de uma casa sozinha. Nem de criar uma criança. – *Óbvio que não*, eu tinha vontade de gritar. – Quer dizer, e os meus estudos?

Meu pai virou a cara. Olhou para o teto, cheio de pregos e rachaduras. Olhou para os próprios sapatos. Seu olhar pousou nos balcões e nos armários da cozinha minúscula – que estavam imundos. Ele retorceu os lábios de desgosto. Ficamos parados, ele, Beatrice e eu, no apartamento. Que era pequeno, com janelas estreitas, que davam para a rua. Eu me lembro do ruído de uma porta se abrindo, rangendo e fechando com uma batida terrível. Eu me lembro do som de passos no corredor. E me lembro do cheiro forte de gordura que vinha de outro apartamento. Meus pensamentos começaram a ficar a mil por hora. De onde viria o dinheiro? Como a gente iria comer? Onde eu iria *estudar*? Quem iria cuidar de nós? *Ninguém.* Meu pai queria que eu fizesse aquilo tudo sozinha. Eu não tinha *ninguém.* Quis me sentar, mas não tinha nenhuma cadeira.

– Sua mãe fez isso. Sem que ninguém precisasse ensinar. Sua… vocês sabem. A irmã da sua mãe também fez isso depois que seus avós morreram, terminou de criar sua mãe por conta própria. Não é tão difícil assim. Qualquer um consegue. É só… a natureza, entende? – Meu pai olhou para o relógio de novo. As caixas permaneceram fechadas. Ele não pretendia nos ajudar a guardar as coisas. – Vocês têm, como dizem, instintos para esse tipo de coisa.

– A mamãe era *adulta* quando eu nasci. – Fiquei olhando para ele. – Tinha ido para a faculdade e tudo mais. Além disso, minha mãe tinha o senhor. E minha… – Mesmo naquele momento, eu não tinha coragem de dizer "tia Marla", de tão acostumada que eu estava a mentir sobre aquele assunto. Sacudi a cabeça. – Ela também era adulta. Não posso fazer isso sozinha, pai. *Eu tenho 15 anos.*

– Você é muito madura. Todo mundo fala isso. – Ele olhou para o relógio.

Fui para trás, como se tivesse sido atingida por uma ventania forte.

– E os meus estudos, pai? Sou a melhor da turma. Estou fazendo outros cursos, fora da escola. Eu *amo* estudar. Eu amo aprender. E, um dia, vou fazer faculdade e…

Meu pai enrugou os lábios, como se estivesse com a boca cheia de vinagre.

– Ninguém precisa de diploma universitário para limpar a privada nem para pôr o jantar em cima da mesa. E cuidar de uma criança que passa boa parte do dia na escola não pode ser tão difícil assim. Eu falava isso o tempo todo para sua mãe. Ela fazia todas aquelas coisas de casa, aquelas coisas para a família, completamente sozinha, mesmo quando estava com câncer. Doente do jeito que estava, não que você já tenha levado isso em consideração. Sério, é tão difícil assim? – Ele pigarreou, e olhou para a janela, para o céu.

Por um instante breve e louco, imaginei o céu cheio de dragoas. Casas pegando fogo. Prédios pegando fogo. Homens sendo engolidos inteiros. Imaginei a Dragonização em Massa acontecendo toda de novo, só que maior desta vez – em cada cidade, cada vilarejo, cada quadra, asas escuras, mandíbulas afiadas e escamas cintilantes tomando o céu. Eu me imaginei livre, leve e solta, uma explosão de calor, raiva e frustração. Meus ossos estavam fervendo. Minha pele estava repuxada. Parecia que o ar dos meus pulmões fervilhava.

Não, tentei me convencer. Fechei os olhos e tentei expulsar aquela visão. Tentei me obrigar a esquecer. Há uma certa liberdade no esquecimento, afinal de contas. O que já aconteceu não tem importância. Não existiam mais dragoas. Elas não iriam voltar. Todo mundo sabia disso. Tentei desacelerar minha respiração e acalmar meus pensamentos. Tapei o rosto com as mãos, pressionei a pele com os dedos, só por um instante, tentando me recompor.

Virei para o meu pai e me recusei a desviar o olhar, desafiando-o a me encarar nos olhos. Ele deu dois passos para trás, na direção da porta. Ficou parado, apoiado nos calcanhares. Deu mais um passo em direção à porta.

Sacudi a cabeça, não conseguia acreditar.

– Não posso fazer tudo isso sozinha, pai – falei. Eu não era de chorar, nem quando era pequena. Mas quase chorei nesse momento. Cerrei os dentes e fiz cara de paisagem.

– Você não vai estar sozinha. Vou passar aqui todos os dias para ver como você está e como está se saindo. E vai receber todo o dinheiro que precisar para cuidar da casa.

– Promete? – Fiquei sem ar. Beatrice espichou o braço, pegou na barra da minha blusa e cerrou o punho. Segurou bem apertado. Não falou nada.

– Prometo – disse meu pai. Com uma voz fraca e vaga, feito fumaça. Isso não me tranquilizou.

Ele apertou minha mão, como se fôssemos parceiros de negócios e não pai e filha. Saiu e fechou a porta. Meu pai era um mentiroso. Eu fiquei sozinha. Ele não apareceu nem uma única vez para ver como a gente estava.

Só a última promessa era verdadeira. Minha mesada mensal era generosa e vinha sempre em dia, depositada automaticamente numa conta em meu nome. Ele pagava o aluguel do apartamento com uma quantia vultosa, uma vez por ano, com uma gorjetinha para o proprietário, pela discrição. Criou fundos separados no banco em que trabalhava, um para cada uma, no nosso nome, para pagar a mensalidade da escola e as contas. Encarregou funcionários de cuidar dessas contas para não precisar se incomodar com isso. E, apesar de ter continuado a ligar quase todo domingo para trocarmos um "oi" constrangido e ele dizer para Beatrice e eu sermos meninas boazinhas, não vi meu pai, nem de relance, por quase três anos. Ele só aparecia no apartamento para deixar algum pacote, sacola, correspondência ou caixa de alimentos na porta, enquanto eu estava na escola.

Eu quase me esqueci do formato do rosto do meu pai. Mas eu sabia exatamente qual era a cara do dinheiro dele.

O Moinho Pinsley,

em Herefordshire, na Inglaterra, foi construído em 1675 para ser um moinho de milho. Foi adaptado em 1744 para funcionar como planta de beneficiamento de algodão de última geração, sendo uma das primeiras aplicações industriais das revolucionárias máquinas de fiar criadas por John Wyatt. O sr. Wyatt, mais conhecido por suas tentativas de escrever poemas do que por suas tentativas de ser engenheiro, projetou essa máquina de fiar para ser operada por oito mulas, um touro, um rio corrente e aproximadamente 220 mulheres e meninas muito jovens – algumas de 12 anos de idade – para ajustar o maquinário, já que elas conseguiam subir e entrar em um espaço diminuto quando as engrenagens travavam.

O sr. Wyatt ostentava para os amigos da taverna que seu segredo para produzir o tecido mais fino disponível no mercado era a pureza e a beleza das meninas que trabalhavam em sua fábrica. Exigia que se vestissem completamente de branco e lavassem as roupas com cal todos os domingos para remover a sujeira do pecado. Elas moravam nas proximidades, num dormitório sem janelas a meia légua de distância da fábrica, onde a supervisora lia a Bíblia para elas todas as noites, para que soubessem o que acontece com moças direitas que se deixam influenciar e caem em desgraça. Aos 18 anos, eram mandadas embora, antes que o rosto começasse a embrutecer e a beleza começasse a desvanecer – para onde eram mandadas, ninguém sabia. Ou, se sabia, não falava.

Ninguém na cidade vira as meninas – o sr. Wyatt nunca permitiu. Providenciava para que fossem levadas até a fábrica em carroças cobertas, vindas dos confins da Escócia e dos recônditos do País de Gales. Corria à boca pequena que havia até algumas garotas pagãs irlandesas entre elas. Todo mundo queria avistar as meninas, mas o sr. Wyatt despachava os curiosos que apareciam na porta e mandava a polícia prender os rapazes enxeridos que tentavam se infiltrar no dormitório. Corriam boatos, entretanto, de que algumas pessoas haviam visto o rosto das meninas espiando nos poços de ventilação que ficavam perto do topo do edifício. Rostos brancos como algodão, as bocas manchadas de índigo, porque, de vez em quando, passavam nos lábios os dedos sujos da tinta que tingia os fios.

"Princesas na torre", diziam os homens na taverna, "fazendo tecidos dignos de um rei." Se essas palavras eram dos próprios homens ou citações das odes floreadas que o sr. Wyatt escrevia em homenagem às meninas – não raro, bêbado –, não se sabe até hoje. Em todo caso, o local se tornou alvo de controvérsia depois que os incêndios ocorreram.

O primeiro incêndio foi em 1754. Destruiu apenas parte do prédio, e a supervisora conseguiu tirar a maioria das meninas dali, sãs e salvas. O incêndio provocou um pequeno desabamento na parede frontal, que chamuscou o gesso e derrubou algumas dependências externas (apesar de ninguém conseguir entender porquê, dado que incêndios raramente derrubam coisas), também causando alguns danos a uma das máquinas – especificamente, uma das famosas máquinas de fiar do sr. Wyatt. O policial, em seu boletim de ocorrência, escreveu: "A ilustre máquina construída pelo sr. Wyatt, tanto à mão quanto em pensamento, ficou afundada no meio do lugar, parecia que uma górgona ou um troll havia passado por ali e achado que era um bom lugar para sentar. É uma pena que uma criação tão nobre tenha que ser descartada, reduzida a destroços enxovalhados". O sr. Wyatt, quase – mas não completamente – arruinado financeiramente, foi para a taverna, gritando e falando de dragoas. Depois de diversas doses calmantes de bebida forte, escreveu, para todos ali reunidos, um poema épico contando a história de um homem de negócios habilidoso que resistiu bravamente à monstruosidade da natureza, com as espadas da indústria e do maquinário auxiliando o seu eventual triunfo. Muitos homens presentes na taverna choraram quando ele concluiu o poema.

Naquela noite, o policial tomou vários depoimentos para corroborar a história, de pessoas que moravam perto do dormitório e poderiam ter ouvido, que relataram sons de chicotadas e lamúrias das moças. Mas ninguém pôde ajudá-las porque, como sempre, as portas estavam trancadas.

Nos dois anos seguintes, diversos outros incêndios danificaram o prédio ou as máquinas, e cada um desses incidentes ensejou uma nova ode bêbada – se para deleite dos fregueses ou para espantar credores, ninguém saberia dizer. Os últimos incêndios gêmeos aconteceram no meio da noite. De acordo com os registros do vilarejo, um fogo monstruoso devorou o dormitório das meninas e, depois, naquela mesma noite, um segundo incêndio assolou o moinho. Ambas as construções ficaram completamente destruídas. As meninas, todas, sem exceção, foram perdidas. A supervisora conseguiu sobreviver, mas sua dignidade pagou caro por isso – ela foi vista, enquanto a brigada de incêndio corria para o local levando baldes d'água, atravessando a cidade nua em pelo. Supôs-se, claro, que suas roupas haviam sido queimadas no incêndio, mas a pele, curiosamente, não estava queimada. Em todo caso, a supervisora passou o resto da vida trancada num hospício, porque não conseguia parar de falar, delirante, em dragoas. O sr. Wyatt, durante as inquirições do processo de bancarrota, também alegou ter sido prejudicado por dragoas. Mas, dado que se dedicava à carreira de poeta, o comentário foi ignorado, confundido com uma mera metáfora.

Em sua cela na prisão, o sr. Wyatt escreveu mais um poema épico contando a história de um bravo engenheiro que tentou, sozinho, subjugar a natureza bestial que se escondia dentro das moças e moldá-las de acordo com as exigências da cristandade – para que fossem castas, trabalhadoras, obedientes e boas pessoas. E, apesar de seus esforços incansáveis, a natureza monstruosa venceu. O poema conquistou poucos leitores e não encantou nenhum crítico. Afinal de contas, ironizou o jornal: "Os delírios de um endividado são tão vazios quanto sua carteira e, desprovidos de valor e de relevância, são facilmente esquecidos". O sr. Wyatt morreu na prisão. Foi enterrado sob uma cruz simples de madeira, que foi reduzida a cinzas por um vândalo desconhecido vários meses depois.

"Breve história das dragoas", do professor-doutor H. N. Gantz, PhD, clínico geral.

20

Como posso explicar os dois anos seguintes? Sinceramente, é difícil me lembrar de tudo. Ou mesmo de boa parte. Quando tento, só consigo ver um redemoinho de roupa suja, livros didáticos, louça suja, listas, cartas e preocupações de tirar o fôlego. Cuidei de Beatrice. Li histórias para ela à noite. Lavei suas roupas, dei banho, passei os lençóis e penteei o cabelo dela. Medi a febre, dei remédio e fiquei preocupada quando ela estava doente. Garanti que minha irmã continuasse na escola. Fiz fichas de estudo, conferi a lição de casa e ensinei a estudar para os ditados. Aprendi a cozinhar e alimentei Beatrice. Garanti a segurança dela. Beatrice era a primeira e a última coisa em que eu pensava, e fazia parte da maioria dos meus pensamentos entre essas duas coisas, todos os dias, sem exceção. Beatrice era meu mundo.

Eu me certificava de que ela chegasse na escola todos os dias, limpa, penteada, com as roupas remendadas, passadas e sem manchas, os sapatos limpos e engraxados e no horário. Meu pai deixou bem claro que eu não deveria chamar a atenção para nossa incomum situação de moradia. Ele não queria que ninguém fizesse perguntas nem bisbilhotasse. Pendurei cortinas e nunca ouvia o rádio muito alto. Treinei Beatrice para falar baixo e não incomodar os vizinhos. Estudava constantemente, não raro ficava acordada até bem depois da meia-noite, depois que Beatrice dormia. Estudava com afinco para as provas enquanto lavava roupas na lavanderia automática. Fiz cursos extracurriculares por correspondência na universidade graças a um programa de extensão da biblioteca, que me permitiu ir contando créditos da faculdade enquanto ainda estava no Científico.

Porque não dei bola para o que meu pai disse. Eu *ia* fazer faculdade, independentemente do que acontecesse. E mais do que isso também. Quanto mais eu mergulhava na Matemática, na Química e na Física, mais me tornava *mais do que eu mesma*. O mundo se tornava mais do que ele mesmo. Para mim, na ocasião, aprender era como me alimentar – e eu estava faminta.

A sra. Gyzinska, bibliotecária-chefe e ex-amiga da minha mãe, desenvolveu um interesse especial por mim e me convenceu a me matricular no curso universitário por correspondência e a não abandoná-lo, o que me deu a oportunidade de estudar Matemática, História e Física avançadas por conta própria, na biblioteca, com professores da universidade guiando meu desenvolvimento por correspondência. A sra. Gyzinska sempre me dizia que tinha grandes expectativas em relação ao meu futuro, o que me fazia ter grandes expectativas em relação ao meu futuro, mesmo a contragosto. Ela me mostrava fotos de universidades do mundo todo e me entregou folhetos sobre bolsas de estudo e cursos especiais. A sra. Gyzinska ministrou minhas provas, me deu acesso a palestras filmadas em 35 mm – que eu assistia na sala de audiovisual – e fazia questão de que tivesse todo material de que precisava para cada aula em questão, na sessão de livros de referência.

Meu pai combinou com o mercado local de deixar uma caixa de mantimentos e artigos de armarinho no saguão do nosso prédio todos os sábados pela manhã, antes do café da manhã. Disse para o dono do mercado que aquilo fazia parte de uma ação filantrópica, porque nós precisávamos de "caridade". Meu pai sabia que, se eu fosse ao mercado sozinha com muita frequência, as pessoas iam começar a desconfiar, a fazer perguntas e, às vezes, essas perguntas seriam dirigidas a ele, e isso o constrangeria. Eu não ligava. Era mais uma coisa que podia ser riscada da minha interminável lista de tarefas, ou seja: ganhava uma hora por semana para estudar.

É impressionante a facilidade com que a gente se acostuma com uma situação impossível. Como o pavor e o pânico podem começar a parecer bem conhecidos, até comuns. Meu pai ligava todos os domingos às 9 horas da manhã. Ele me disse que não era para correr atrás dos rapazes, porque ninguém ama uma moça oferecida. Como não estava nem um pouco interessada em rapazes, não foi um problema. Ele me disse para fazer curso de taquigrafia e datilografia para poder ter um emprego bem remunerado quando terminasse o Científico. Meu pai me disse para continuar sendo uma boa moça, para ele poder continuar tendo orgulho de mim. E não dizia nada além de um breve "oi" para Beatrice. Que não dava indícios de se importar com isso. Tinha outras crianças no prédio, e partidas épicas de pega-pega no beco. E, afinal de contas, falar com um adulto do qual você mal se lembra se torna chato depois de um tempo. Ela saía correndo pelo corredor.

Fazia o que bem entendia, minha Beatrice. Eu não via sentido em tentar reprimi-la. Ela corria mais rápido, subia mais alto e gritava mais alto do que qualquer um na vizinhança. E também era atenciosa, esforçada e gentil, e seu boletim sempre vinha excelente. Supus que não tinha nada com o que me preocupar.

E é por isso que fiquei surpresa quando, duas semanas antes de eu começar o último ano do Científico, fui, mais uma vez, convocada a comparecer à sala do diretor, desta vez por um erro que, aparentemente, Beatrice cometeu. Eu não fazia ideia do que ela tinha feito. Mas, dado que tínhamos sido chamadas antes mesmo de as aulas começarem, sabia que seria algo sério.

– Que tal você me contar o que fez antes de irmos? – falei, lendo a carta do sr. Alphonse pela quinta vez. – Só para a gente poder começar a combinar a história que vamos contar desde já.

Beatrice sacudiu a cabeça e estendeu as mãos vazias.

– Eu não faço ideia, Alex. Não faço mesmo. – Eu não tinha muita certeza de que isso era verdade. Ela tomou o leite com goles grandes e fez careta, porque escorreu um pouco pelo queixo, ou seja: o leite tinha azedado de novo. Esvaziei o copo e pensei que não podia esquecer de pegar leite no mercado quando voltasse. Imaginei que o dono do mercado poderia estar nos mandando comida fora do prazo de validade de propósito e embolsando a diferença. Também imaginei que poderia fazer isso a mando de meu pai, que queria gastar menos com nosso sustento. As duas alternativas me pareciam plausíveis.

Sentei-me ao lado dela na mesa da cozinha e apertei a testa com a palma da mão, tentando estancar uma dor de cabeça crescente. Soltei um suspiro.

– Como pode você não ter ideia, Beatrice? Com certeza, deve ter alguns palpites. – Eu estava irritada. Tinha coisa demais para fazer. Ainda não tinha terminado a lição de casa de verão (todo mês de junho, os professores passavam cada vez mais trabalhos, o que nos fazia pensar por que se davam o trabalho de dar férias de verão, para início de conversa) e meus cursos por correspondência já haviam começado. Eu tinha que escrever as redações para me candidatar a uma vaga nas universidades, uma perspectiva que me deixava tão ansiosa que só sentia vontade de deitar. O que iria acontecer conosco no ano que vem? Como daria conta de Beatrice? Eu não fazia a menor ideia. A única coisa que eu queria, mais do que tudo, era continuar estudando, engolir o universo inteiro com meu cérebro. Só de pensar na possibilidade de não continuar os estudos, ficava com a sensação de ser partida ao meio.

– Não tenho, Alex. Juro que não. Acho que ele simplesmente não gosta de mim. – Os meninos da família Sasu berravam lá fora. Eram seis filhos. Moravam no apartamento do outro lado do beco e todos faziam qualquer coisa que Beatrice pedisse. Ela adorava mandar nos garotos. Olhou para mim desesperada e pediu "por favor", sem emitir som.

Fiz que não.

– Preciso mesmo ir? – perguntou ela, com as mãos enfiadas no cabelo bagunçado. – De repente, você pode ir sozinha e me dizer pelo que preciso me desculpar, e aí posso escrever uma carta.

– Se eu tiver que ir, você *definitivamente* tem que ir. Não vou falar com aquele homem sozinha. – Beatrice fez beicinho, mas pude perceber que era puro fingimento.

Mandei Beatrice colocar o vestido de marinheira que mamãe tinha feito – um vestido que fora pensado e feito para mim, quando eu era bem mais nova do que Beatrice, mas que ainda cabia nela. Pensei que a reunião transcorreria de um modo muito melhor se Beatrice estivesse vestida como criança, com uma aparência absolutamente adorável. Era um truque baixo, mas não liguei de lançar mão dele.

Não era a primeira vez que era obrigada a voltar à minha antiga escola primária. Sendo a responsável extraoficial de Beatrice, eu era obrigada a passar pela porta daquele prédio mais vezes do que gostaria – nos concertos de Natal, nas competições de ortografia e quando Beatrice interpretou uma ovelha na peça da escola. Toda vez que eu fazia isso, fazia questão de estar o mais apresentável possível. Sem nenhuma mancha visível na roupa, de blusa passada. Esfregava um pouco de manteiga nos sapatos, para brilharem de leve. Usava casaquinhos dos quais tinha tirado todas as bolinhas, com capricho e meticulosamente, na noite anterior. Como sempre, esfregava o rosto até a pele brilhar e prendia o cabelo – que agora era curto na parte de trás e cacheado atrás das orelhas – com uma faixa. Isso me fazia parecer mais nova do que realmente era, e o fato de eu ser, como minha mãe, baixinha e magra, não ajudava. Nunca seria bonita como minha mãe, mas nós duas tínhamos quase o mesmo tipo físico. Ombros estreitos. Pulsos finos. O cordão de couro que minha mãe fizera com nós e amarrara no meu pulso anos atrás ficara tão frouxo que mal parava na minha mão. Isso me irritava, mas continuei usando, pela lembrança. Eu gostaria de ser alta e corpulenta, como tia Marla. Gostaria de poder tomar conta do ambiente, pôr o mundo nos ombros ou olhar para ele de baixo para cima, dependendo da necessidade da situação. Minha tia, melhor do que qualquer pessoa que eu conheci na vida, sabia como tomar conta de um ambiente.

(Que boba eu sou, tive que repetir inúmeras vezes para me convencer. É claro que eu não tinha tia nenhuma. Ela nunca existiu. Beatrice era minha irmã. Sempre foi apenas minha irmã. Eu me agarrava a isso como se fosse uma boia salva-vidas em águas revoltas. A mentira que minha mãe contou era a única coisa que me mantinha com a cabeça fora d'água.)

Minhas antigas professoras sorriram quando me viram. Ou melhor, algumas sorriram. Perguntaram onde estava meu pai, mas a curiosidade delas não chegava ao ponto da insistência. Quando eu era pequena, minha mãe é que interagia com a escola, nunca meu pai. E agora, no caso de Beatrice, era eu.

– Eu tinha certeza de que ele viria hoje – comentava uma professora. – Mas é a *peça de Natal*! – Ou conferências. Ou a apresentação do coral. Ou a missa de fim de ano.

"Viagem de negócios", era a minha resposta.

"Meu pai trabalha demais, bendito seja. Eu faço de tudo para ajudar."

"Ele jamais diria, claro, mas fica tão chateado por minha mãe não estar mais entre nós."

"Está um pouco gripado, a senhora sabe como é. Mas sempre estou disposta a ajudar."

– Bem – comentavam as professoras –, você é uma boa irmã. Ouso dizer que uma menina da sua idade iria preferir sair com as amigas. Ou, quem sabe, fazer um programa com um de seus admiradores. Com qual rapaz você está namorando ultimamente? Ou é muito difícil escolher só um?

Essa pergunta eu respondi com um sorriso vago, já me afastando para encontrar meu assento. Tinham a intenção de ser gentis, tenho certeza. Mas, sinceramente, eu não tinha amigas. E, certamente, não tinha namorado nenhum. Quem tem tempo para isso? Tinha que pensar nos meus estudos. E considerar o meu futuro. E tinha que cuidar de Beatrice. Eu cozinhava para ela, limpava suas roupas, me certificava de que fizesse a lição de casa e a levava para a biblioteca, todos os sábados. Cuidava dela quando estava doente. Beatrice era meu universo. Nossa vida se resumia a nós duas. Beatrice e eu, conquistadoras do mundo.

Só que aquela visita não incluiria interações tão positivas. Aquela visita era disciplinar. Eu tinha sido convocada, por carta, a comparecer à escola – ou, para me ater absolutamente aos fatos, meu *pai* tinha sido convocado.

"Caro sr. Green", dizia a carta. "Fiz várias tentativas de entrar em contato com o senhor, mas nem sua esposa nem sua secretária acharam por bem transmitir o recado. Exijo uma reunião para falar de sua filha Beatrice, a respeito do comportamento dela em sala de aula. Insisto que essa reunião ocorra antes do início das aulas. Caso contrário, terei que suspendê-la do Colégio Santa Agnes até que tal reunião ocorra. Por favor, entre em contato com a secretaria da escola e tome as medidas necessárias."

Já que toda a correspondência relativa à escola era entregue na casa do meu pai (ninguém sabia do nosso estranho combinado do apartamento, claro), não vi a carta do diretor logo de início. Meu pai colocou na caixa de correspondência do apartamento, já aberta, com um recado rabiscado de qualquer jeito na frente do envelope.

"Espero que você cuide disso", dizia o recado.

Eu liguei imediatamente, e a reunião foi marcada para a quarta-feira antes das aulas começarem.

– Mas seu pai também irá comparecer? – perguntou a secretária. – É de suma importância que o sr. Alphonse fale com ele.

– Claro – menti. – Meu pai não perderia essa reunião por nada.

O estado de Wisconsin é impiedoso no final de agosto. Os dias são escaldantes e as noites fervilham. Nem mesmo o vento trazia algum alívio. Beatrice e eu fomos andando lentamente até o colégio Santa Agnes, parando em qualquer trechinho de sombra disponível. O ar estava denso, quente e úmido. Nossos corpos tentavam suar, mas não adiantava muito – nada evapora numa sauna. As paredes de tijolos da escola brilhavam no calor.

– Anda – falei.

Subi a escadaria da escola da forma mais deliberada e determinada possível. Beatrice foi subindo aos pulinhos, sem se abalar com o calor. E, quando se entediou com isso, tentou subir os degraus pulando em um pé só. Errou um dos degraus, foi ao chão e caiu na gargalhada.

– Dá para você se concentrar? – censurei. – É *sério*.

Beatrice inclinou a cabeça.

– Sério como? – perguntou ela. – Pensei que você tinha dito que era bobagem.

– É melhor você não falar isso em voz alta. – Soltei um suspiro e sentei do lado dela. – Tem certeza de que não sabe o porquê dessa reunião? Esse comportamento que deixou todo mundo tão perturbado? Cartas, recados urgentes e tudo mais.

Beatrice deu de ombros. Parecia estar sinceramente perplexa.

– Não sei mesmo, Alex. Eu achei que fosse uma boa aluna. Quer dizer, quase sempre. Às vezes, chamam a minha atenção, mas isso acontece com todo mundo. Talvez todo mundo tenha que ir para a sala do diretor.

Dei um tapinha nas costas dela e um beijo no alto da cabeça.

– Não se preocupe, Bea. Tenho certeza de que não é nada. Venha. – Estendi a mão para ela e passamos pela porta.

O prédio da escola tinha cheiro de desinfetante, lustra-móveis, naftalina, poeira do verão e adultos suados. Espirrei. Nossos passos ecoaram no chão de lajota. Os professores estavam em suas salas, arejando o espaço, preparando o material ou empurrando carrinhos entre o almoxarifado e a biblioteca, depois voltando para o corredor. Segurei a mão de Beatrice bem apertado enquanto percorríamos o corredor comprido que levava à secretaria. A secretária – uma mulher muito idosa que se chamava sra. Magin – espremeu os olhos para mim, por baixo dos óculos.

– Ah – falou, visivelmente nem um pouco impressionada. – É você. – Olhou para Beatrice, depois para mim. – Onde está seu pai?

Eu já sabia o que responder.

– Em uma reunião – declarei, com a maior delicadeza. – Pediu que eu anotasse tudo e contasse para ele. Disse que virá correndo se a reunião terminar antes do previsto, e torço para que isso aconteça. Minha madrasta teria vindo, mas o bebê está doente. – Nas várias desculpas que eu tinha que dar, o bebê ficava doente com frequência. Esse bebê que, acho eu, era meu irmão, e eu nunca havia visto. Esse bebê tinha um irmão mais velho, que eu também nunca havia visto.

A sra. Magin espremeu os olhos.

– A carta foi bem específica. – Ela olhou feio para Beatrice. – Essa menina... – Dirigiu o olhar para mim. – Certos comportamentos são intoleráveis. E inapropriados. O pai precisa intervir.

– E ele vai intervir – falei. – Sempre intervém. Mas, como a senhora bem sabe, meu pai nunca teve a intenção de se tornar viúvo, assim como Beatrice e eu nunca optamos por ser órfãs de mãe. Mas nos esforçamos ao máximo para encarar as adversidades da vida com determinação e elegância, como aprendemos, por meio da bela educação que recebemos nesta escola maravilhosa.

Era o que eu sempre dizia e, àquela altura, a frase já estava ficando um pouco desgastada, admito, mas com certeza dava conta do recado. As pessoas, ao que tudo indicava, gostavam de me dizer que eu era *muito corajosa*. E então dei um sorriso para a sra. Magin, torcendo para que fosse um sorriso convincente e nobre.

A secretária apertou bem os lábios, e o batom acentuou as rugas, feito um acordeão cor-de-rosa. Tamborilou os dedos na mesa. Percebeu que eu estava mentindo.

– Bem – disse ela, com uma doçura mordaz. – Todo mundo adora uma órfã corajosa. Por que vocês não se sentam? – Então apontou, com a unha pintada de rosa, para um banco duro na lateral da sala e voltou a ler sua revista.

Sentamos, e Beatrice não parava quieta. Eu tinha tentado domar os fiozinhos rebeldes do cabelo dela prendendo-os no meio das tranças de raiz, mas boa parte já tinha escapado e formando uma nuvem ao redor da cabeça, mais parecendo uma auréola de fogo agora. Tirei o caderno de desenho dela da bolsa e um lápis, só para mantê-la ocupada.

O sr. Alphonse estava atrasado, o que era incomum. O diretor era obsessivamente pontual. E esperava que as criancinhas que estudavam em sua escola também fossem. Tentei relaxar, mas meus olhos se dirigiram ao relógio e marcaram o tempo.

Beatrice ficou mexendo no bordado da barra do vestido. De libélulas, originalmente bordadas em dourado e tons iridescentes de vermelho, rosa e verde, porque eu adorava libélulas quando era pequena, e minha mãe queria me fazer feliz. Do mesmo modo que fez com todos os demais vestidos que costurou para mim, assim que deixaram de servir, ela lavou com todo o capricho, passou, embrulhou em papel de seda com galinhos de alecrim seco e colocou numa caixa com todas as outras roupas que eu tinha usado naquele ano – todas feitas à mão, todas com nós especiais no bolso, todas com algum detalhe bordado num canto, nas mangas ou por toda a peça, porque minha mãe adorava beleza e queria que a beleza estivesse por toda parte. Agora, minhas roupas vinham das lojas de segunda mão (eu ainda não tivera coragem de usar nenhuma das roupas que foram de minha mãe), e não havia muita beleza em nenhuma delas. Sempre fiz Beatrice usar as roupas que minha mãe fez para mim, todas tiradas das caixas que ficavam no porão da nossa antiga casa, marcadas com a letra caprichada da minha mãe: "Alexandra, 7 anos". "Alexandra, 8 anos." Meu pai foi mandando essas caixas pelo correio, uma por uma, no aniversário correspondente de Beatrice, com um cartão que simplesmente dizia "Muitas felicidades". Não tinha nem o nome de Beatrice. E ele não lhe dava mais nem um outro presente.

Beatrice ficava mexendo no bordado com uma mão e desenhava com a outra, enquanto esperávamos o sr. Alphonse chegar. A irmã Santo Estêvão, o Mártir, falecera no ano anterior, e a freira que ficou no lugar dela como coordenadora, a irmã Teresa, tinha sido professora de Beatrice no jardim de infância. Todo mundo adorava a irmã Teresa, o que me fez suspeitar que promovê-la a coordenadora não tinha sido ideia do sr. Alphonse. As freiras, afinal de contas, às vezes fazem o que bem entendem.

– Fique quieta – falei, para Beatrice.

Até que enfim, ouvi o sr. Alphonse e a irmã Teresa vindo pelo corredor. Com passos rápidos e afoitos, conversando em voz baixa e tensa.

– Certamente não será difícil encontrar uma substituta. Vocês são tantas – ouvi o sr. Alphonse dizer.

– Freiras não dão em árvores, *Leonard* – retrucou irmã Teresa. – *Sinceramente...*

Freiras não têm obrigação de empregar o tratamento formal quando se dirigem a homens que não são do clero. Eu já havia testemunhado isso antes. E gostei, sim, de ouvir. Ouvi os passos da irmã – pés pequenos, de sapatos confortáveis – guinchando.

O sr. Alphonse entrou e foi direto falar com a sra. Magin. Apoiou as mãos na mesa e se abaixou.

– Houve outro... incidente – declarou.

A sra. Magin não disse nada. Lançou um olhar sugestivo na minha direção, como se quisesse avisar, discretamente, que havia crianças na sala, mas o sr. Alphonse não entendeu a indireta.

– Na sala dos professores. Ela ainda está lá. Ou pelo menos estava quando saí. E perdemos uma janela, mas até agora só isso. Ligue para os bombeiros. Não há nada pegando fogo, mas eles vão querer ser notificados mesmo assim.

– Beatrice Green está aqui com a irmã – a sra. Magin foi logo dizendo, antes que ele continuasse a falar.

O sr. Alphonse ficou imóvel por um instante, então se virou de repente e olhou para nós. Ainda estava com o rosto bem vermelho, mas sabia como comunicar aos outros que estava no controle da situação. Deu um passo na nossa direção e ficou à espreita, de forma agressiva.

– Onde está seu pai – disse, sem ponto de interrogação.

– Trabalhando – respondi. – Ele anda tão ocupado ultimamente, e não conseguiu sair do banco. Mas não se preocupe. Estou com meu bloco de taquigrafia e sou excelente no quesito anotações. – Na escola, todas as meninas tinham que fazer treinamento de secretária, assim como aulas de economia doméstica. E era verdade: sabia fazer anotações precisas, extremamente rápido, que reproduziam exatamente o que havia sido dito. É uma habilidade, devo admitir, que se revelou útil ao longo de toda a minha vida, apesar de eu ter reclamado de ter sido obrigada a fazer essas aulas na época.

– Minha carta foi muito clara...

Fiz que sim, com um ar solidário.

– Foi, *sim* – concordei. – O senhor tem *toda a razão*. E *é claro* que meu pai *deveria* estar aqui. Ele mesmo lhe diria isso. Se estivesse aqui. Mas, infelizmente, receio que não foi possível vir hoje. Ninguém está mais decepcionado do que ele. Podemos começar? – Peguei a caneta e o bloco para demonstrar que eu estava pronta.

– Oi, sr. Alphonse! – disse Beatrice, alegremente. Ela ficou sentada, feliz e contente, na beirada da cadeira, com as mãos cruzadas no colo, na maior tranquilidade. Beatrice nunca foi de ter medo da presença de adultos. Mesmo quando tinha feito algo de errado. Principalmente quando tinha feito algo de errado. – A irmã Teresa também vai participar?

A sra. Magin ficou sentada, com os dedos pairando sobre o telefone. Olhou para o diretor com ar de ansiedade.

– Devo chamá-la, senhor diretor? – perguntou, lançando mais um olhar sugestivo na nossa direção.

– Claro, claro – grunhiu o sr. Alphonse. – Diga para a irmã Teresa que não vamos esperá-la para começar a reunião. Por aqui.

Ele nos fez entrar em sua sala e fechou a porta com o calcanhar.

Existem diferentes tipos de homem nesse mundo, descobri desde aquela reunião. O sr. Alphonse, por exemplo, era do tipo que colocava cadeiras de pernas curtas para as visitas na frente da mesa, ao passo que regulava a própria cadeira o mais alto possível. Acredito que achava que isso lhe daria um ar de autoridade. Eu achava – e ainda acho – que isso lhe dava um ar ridículo. E, pior ainda, lhe dava um ar intimidador. Ajudei Beatrice a se sentar na cadeira, e ao fazer isso, fiz questão de puxar a cadeira dela para trás e a minha, para a frente – só um pouquinho, meio inclinado. Eu me sentei bem empertigada na beirada da cadeira, com as costas retas e o queixo inclinado, e usei meu corpo para absorver o olhar feio e perpétuo do sr. Alphonse, desviando-o de Beatrice. A raiva que eu sentia daquela situação, percebi, era estranhamente tranquilizante. Respirei fundo pelo nariz, bem devagar, dei um sorriso afável e afiei a língua.

O sr. Alphonse ficou sentado em silêncio por um instante, com o queixo apoiado nos dedos unidos. Ficou esperando eu falar alguma coisa. Não quis lhe dar essa satisfação. Eu era filha da minha mãe, afinal de contas. Sabia esperar. Finalmente:

– Por acaso Beatrice confessou para você o motivo dessa reunião? Por acaso contou o que fez? – A sirene de um caminhão de bombeiros uivou ao longe e foi chegando mais perto. O olho do sr. Alphonse começou a repuxar.

– Acho que ela não sabe qual é o motivo desta reunião – respondi.

– Isso é impossível – insistiu o sr. Alphonse. Os ligamentos do pescoço dele ficaram levemente inchados. – Fui bem claro com sua irmã no último dia de aula. Ela sabe, mas não quer falar, o que, francamente, é típico. Passei *o verão inteiro* tentando marcar essa reunião. Onde, pergunto de novo, está seu pai?

Pus as mãos no joelho, uma em cima da outra. Pisquei os olhos bem devagar, de forma deliberada, como minha mãe fazia. Virei para minha irmã e perguntei:

– Você sabe do que se trata?

– Não! – respondeu Beatrice, alegremente.

– Muito bem, então. Acho que podemos descartar que houve má intenção, já que Beatrice sequer se lembra do que se trata. Que alívio! – Bati a caneta no caderno algumas vezes para mostrar que a questão estava muito bem resolvida.

Outra sirene fez coro com a primeira, e depois uma terceira. A sra. Magin, que estava na outra sala, soltou um suspiro alto de assombro e, em seguida, ouviu-se um barulho abrupto, de algo batendo. Parecia que uma cadeira tinha sido derrubada no chão.

– Irmã Claire. *Irmã Claire! Hoje não! Respire fundo e se acalme, por favor.* – Ouvimos o som de passos correndo e a pancada seca de uma porta se fechando com uma batida.

Olhei para o sr. Alphonse e franzi o cenho.

– Isso não é da sua conta – disse ele, cerrando os dentes ostensivamente. Ele respirou fundo de novo, parecia estar com dificuldade de manter a compostura. Finalmente, pegou uma pasta dentro da gaveta. Que era grossa, repleta de papéis levemente amassados. E atirou em cima da mesa, com um estrondo.

– A senhorita sabe o que é isso? – indagou ele. Uma das sirenes parou de soar ali perto. Pude ouvir homens gritando.

– Não faço ideia – respondi.

– Sua irmã tem feito *desenhos inapropriados* durante as aulas. Esses *desenhos inapropriados* foram feitos com papel da escola, usando materiais da escola. Ela também incomodou as professoras, incomodou os demais alunos e, o mais grave de tudo, ela degradou e corrompeu a si mesma ao permitir que seu cérebro se atenha a ideias às quais, claramente, não deveria se ater. – O sr. Alphonse olhou bem feio para nós duas. Olhei para Beatrice, de sobrancelhas erguidas. Ela reagiu arqueando as sobrancelhas também, só que de confusão, sem nem um pingo de insubordinação. Beatrice, apesar de sempre ultrapassar limites, não tinha um pingo de petulância.

Voltei-me para o sr. Alphonse e falei:

– Talvez ajude se o senhor disser exatamente o que ela anda desenhando. Confesso que nós duas estamos sem entender. – Fiquei esperando ele abrir a pasta. Ele não o fez.

O diretor cruzou os braços.

– Bem – falou, todo empertigado –, não sei se quero dizer. Há damas no recinto. – Suas bochechas ficaram coradas.

Interessante, pensei.

– Foram… palavrões? – sugeri.

– Eu não escrevo palavrões – protestou Beatrice. – Nem sei escrever a maioria dos palavrões.

Algo bateu no corredor. Dois carrinhos, pensei. Várias vozes falavam rápido, enroscando-se umas por cima das outras. Eu conseguia distinguir uma voz feminina, mas não conseguia entender o que dizia, num tom que parecia de súplica. As bochechas do sr. Alphonse começaram a ficar coradas de novo.

– Olhe – falei. – Parece que está acontecendo alguma coisa que o senhor precisa resolver. Talvez o senhor deva sair por um instante. Pode ser uma boa ideia Beatrice e eu conversarmos a sós. Assim, poderemos tratar dessa questão problemática só eu e ela.

O sr. Alphonse fez que sim e foi para o corredor, saindo da sala sem dizer mais nem uma palavra. Olhei para Beatrice, que deu de ombros. Eu também dei de ombros. Fora da sala e pelo corredor, a voz do sr. Alphonse retumbava – com o quê, eu não fazia ideia. Peguei a pasta e pus no colo. E a abri.

Existem certos momentos na vida de uma pessoa, acho eu, em que tudo muda. Relacionamentos. Futuros. Comunidades. Talvez, o mundo inteiro, até.

O tempo, na nossa experiência, é linear. Mas, na verdade, o tempo também é circular. É como um pedaço de linha, em que cada ponta do fio se retorce e se enrosca por cima da outra – um nó complicado e complexo, em que cada parte não pode ser vista fora do contexto das outras. Tudo toca todo o resto. Tudo afeta todo o resto. Cada volta, cada dobra, cada torção interage com as demais. Tudo está conectado e tudo é uma coisa só.

Mas, de quando em quando, certas experiências cortam todos os demais instantes, separando-os – coisas pontuais e bem distintas, que marcam a diferença entre o Antes e o Depois. Esses instantes são específicos, separados do nó. Separados até do fio. Não podem ser puxados nem desfeitos. Não podem ser torcidos para formar algo belo, intrincado ou decorativo. Não interagem de forma contínua com a trama de uma vida. São feitos de outra substância, completamente diferente. Não estão presos no tempo e estão fora de sincronia com os padrões e processos dessa vida. Tive muitas dessas experiências. O instante em que vi uma dragoa pela primeira vez, no jardim da velhinha, por exemplo. O instante em que os nós feitos pela minha mãe se desfizeram por conta própria. O instante em que Beatrice se tornou minha irmã. O instante em que meu pai levou Sonja embora de casa. O instante em que minha mãe soltou aquele único e último suspiro e aí ficou absolutamente imóvel.

E, depois, aquela reunião na sala do sr. Alphonse. Antes desse instante, tudo sempre se resumiu a mim e a Beatrice, juntas nesse mundo. Éramos uma só mente, um só propósito, um só coração. Éramos nós duas, juntas, em tudo. Beatrice era minha irmã. Beatrice é minha irmã. Beatrice sempre será minha irmã.

Mas, naquele instante… ela era …outra coisa.

Comecei a folhear os papéis dentro da pasta. O primeiro era o desenho de uma casa, dividida em quatro cômodos. Cozinha no térreo e o que me pareceu ser uma sala de estar. No andar de cima, tinha um quarto com um homem e uma mulher em pé, um ao lado do outro, olhando em direções contrárias, e um quarto com uma pessoa menor e outra menor ainda, sentadas no chão entre uma cama e um berço, uma de cada lado. E, em cima do telhado, tinha uma dragoa.

– Ah, sim – disse Beatrice. Não estava envergonhada. Olhou para o desenho da dragoa como se fosse o desenho de algo qualquer – um sapato, talvez. Ou uma árvore. A dragoa era grande e vermelha. Dava a impressão que os olhos brilhavam de leve. Ela a desenhou com precisão e capricho. Passou um *bom tempo* fazendo aquela dragoa.

Senti um calor na pele, apesar de achar imbecil aquela aversão geral às dragoas. Era só uma coisa que aconteceu. Não havia motivos para ter vergonha disso. Mesmo assim… não gostei de olhar para o desenho. Não gostei da atenção que Beatrice tinha dedicado a ele. Era *vergonhoso* demais. *Feminino* demais. Fiquei envergonhada de maneiras que não seria capaz de explicar. Parecia que minha irmã havia desenhado seios à mostra. Ou paninhos higiênicos sujos.

– Fui eu que desenhei – disse ela, alegremente.

– Imaginei – falei, com a voz rouca e a boca seca. Fechei os olhos por um segundo para não ver aquela imagem.

– E o Ralphie fez um barulho grosseiro e a Inez começou a chorar e a irmã Claire me fez ficar de castigo no canto.

Absorvi essa informação.

– Entendi – falei.

Virei a folha. Vi o desenho de uma dragoa em cima de um ônibus escolar.

Virei a folha. Vi o desenho de uma dragoa fazendo um piquenique na floresta.

Virei a folha. Vi o desenho de uma dragoa em cima do palco, de tutu de bailarina.

Virei a folha. Vi o desenho de uma dragoa dentro de uma jaula, no zoológico.

– Quer ver meu desenho preferido? – perguntou Beatrice. Eu estava atônita. Como era possível ela não estar constrangida? Tive que me segurar para não sair correndo da sala.

– Não, obrigada – respondi, quase num sussurro.

Beatrice fez careta. Encostou a mão no meu rosto e franziu o cenho, preocupada.

– Alex? Não quero que fique brava comigo.

Inclinei a cabeça para trás e fiquei olhando para o teto, tentando organizar meus pensamentos.

– Você sabe por que esses desenhos foram confiscados?

Ela ergueu as mãos até a altura dos ombros, com as palmas viradas para cima e inclinadas para a frente.

– Minha professora disse que não são apropriados – respondeu, num tom objetivo. Fiquei observando Beatrice obrigar os músculos do rosto a formarem uma fachada de docilidade. Olhou para o chão e cruzou as mãos, mas reparei que o olhar, de vez em quando, se erguia, como se quisesse ver a minha reação. Supus que era exatamente assim que ela se comportava na escola. Não era para menos que ficava de castigo.

– Você sabe o que isso quer dizer? – tentei esclarecer. – Você sabe o que "não é apropriado" quer dizer?

– Não? – respondeu ela, com um sorriso esperançoso.

– Ah, *fala sério* – falei, num tom ríspido.

Beatrice se encolheu na cadeira e cruzou os braços. Ela sabia muito bem o que "não é apropriado" queria dizer. Beatrice era inteligente. Então por que estava bancando a burra?

Virei a folha. Uma dragoa consertando um carro. Uma dragoa na praia. Uma dragoa de mãos dadas com uma fila de crianças, andando na rua. Uma dragoa dormindo numa cama normal. Uma dragoa tomando sopa.

– A irmã Claire a deixou de castigo toda vez que você fez esses desenhos?

– A maioria das vezes. Ela me obriga a ir para o cantinho ou me faz escrever frases ou diz que vai ligar para o papai.

– E ela *ligou* para o papai?

– Não sei. – Beatrice virou a cabeça para a parede, como se ali tivesse uma janela. Só que, em vez da janela, o sr. Alphonse tinha pendurado um cartaz anticomunista, que retratava homens disputando queda de braço com autoridades soviéticas, com chamas atrás deles e as palavras ANTES NA TUMBA DO QUE COMUNA escritas na parte de cima. O sr. Alphonse encarava a maioria das coisas como possíveis ameaças comunistas. Talvez até os desenhos de Beatrice.

E eu estava prestes a consolá-la. Estava prestes a me ajoelhar na frente dela, a segurar suas mãos e dizer que tudo ia ficar bem. Eu estava prestes a cochichar, em tom de confidência, e debochar do sr. Alphonse e dar muita risada.

Em vez disso, virei a folha.

E, em vez de um desenho, vi um papel todo escrito. Os próximos dez papéis eram simplesmente preenchidos com texto. Em diferentes estilos de letra cursiva e de fôrma. Diferentes cores. Diferentes tamanhos. As mesmas palavras.

Sou uma dragoa. *SOU UMA DRAGOA.*

Sou uma dragoa.

Sou Uma Dragoa. *Sou uma dragoa.* SOU UMA DRAGOA.

Uma dragoa. **Uma Dragoa. UMA DRAGOA.**

Fiquei zonza. Com calor no rosto. Senti a pele pinicar e o suor escorrer pelas minhas costas. Até a sala começou a se estreitar um pouco. Fui baixando até o chão, me sentindo profundamente tonta. Eu me segurei, me agarrando no assento da cadeira com uma mão e na mesa do sr. Alphonse com a outra. Tentei respirar, mas era difícil.

– Alex? – falou Beatrice, com a voz muito fraca. – Alex, o que foi?

Hoje, óbvio, sei que o que estava vivenciando naquele momento era um ataque de pânico. Eu não conhecia esse termo naquela época, não conhecia esse contexto. Só sabia que meu coração batia acelerado, que a sala se estreitava à nossa volta e que comecei a respirar com dificuldade, de um jeito estranho. Aqueles papéis no meu colo tinham um peso irracional, e eu tinha a sensação de que meu peito fora transformado em chumbo. Eu só sabia que as palavras escritas naquele papel – e o pior, o *desejo* contido naquelas palavras – eram *perigosas*. Engoli em seco e me segurei para não vomitar. Virei a pilha de papéis para baixo e dei um soco na mesa.

Beatrice pulou de susto. E, em seguida, ficou absolutamente imóvel. Ela nunca teve medo de mim. Nunca até então. Mas agora estava com medo. Eu conseguia ver esse medo, duro e furioso, estampado em seu rosto. Não podia arrancar aquele instante dela. Mais um Antes e Depois.

Eu me lembrei da minha tia passando o braço na cintura da minha mãe quando ela voltou do hospital pela primeira vez, levando-a delicadamente até o quarto. Eu me lembrei da minha tia cuidando da minha mãe e dando comida para ela. Massageando sua pele. Cuidando dela a cada instante. E mesmo assim... minha tia não se deu ao trabalho de ficar. Abandonou seu corpo, abandonou sua vida e nos *abandonou*. E aí minha mãe ficou sozinha. E aí minha mãe morreu. E agora nós estávamos sozinhas.

Não era por acaso que minha mãe não queria ouvir falar em dragoas.

"Você", disse uma vozinha fraca e trêmula vinda do fundo do meu ser, à medida que essa lembrança foi se assomando na minha cabeça. "Você nos deixou. Você nos abandonou." Eu não sabia a quem essa voz se dirigia. À minha mãe. Ao meu pai. À minha tia Marla. A todos os três, talvez. Uma raiva que eu não sabia que era capaz de sentir fervilhou dentro de mim. Conseguia sentir minha pele começar a borbulhar de raiva.

O ar dentro da sala ficou carregado.

– Alex? – disse Beatrice, timidamente. Enfiei a pasta e todos os papéis na minha bolsa e virei para minha irmã, enlouquecida. Eu não conhecia o que estava sentindo naquele exato momento. Mas era algo quente, afiado e *maldoso*.

– *Inapropriado* – sussurrei.

"Não me abandone", falou uma voz dentro de mim, bem lá no fundo. Eu a ignorei. Não pensei a respeito. Fingi que não existia.

– Mas…

– Inapropriado. – Meu tom era agressivo e pesado.

"Por favor, não me abandone. Você não pode me abandonar. Eu só tenho você e você só tem a mim."

– Mas Alex…

– Não é verdade, isso que você escreveu. – Fiquei em pé. Andei de um lado para o outro da sala. Tinha a sensação de que mal cabia no meu próprio corpo. Não sabia exatamente o que estava me incomodando. Só que eu estava *incomodada*.

– Eu sei, mas…

– Nunca, *jamais* será verdade – meu tom foi severo, ríspido e brusco. Atingiu Beatrice feito um tapa. – *Não pode* ser verdade.

Beatrice começou a chorar.

– Alex, eu não queria…

Eu a peguei pela mão e saímos da sala. Queria castigá-la. Queria repri-mi-la. Queria rebobinar o tempo para nunca mais ter que me sentir daquela maneira de novo. Bati a porta com um estrondo, e a sra. Magin quase pulou da cadeira. Lancei um olhar gelado para ela.

– Ele ainda não voltou – gaguejou a secretária, mas eu ergui a mão.

– Por favor, diga ao sr. Alphonse que vi o bastante e que concordo plena-mente. Esse comportamento não irá se repetir. Avise que vou dar um fim nisso. – Lancei um olhar fulminante para Beatrice. – *Desde já.* – Beatrice começou a chorar de soluçar. Eu ignorei. – Isso nunca mais irá se repetir.

– Mas acho que você não deveria…

– Não fico mais nem um segundo neste lugar. – Fui até a porta e saí corredor afora, arrastando Beatrice.

– Cuidado! – gritou a sra. Magin, mas eu mal ouvi. No corredor, pessoas falavam rapidamente, e um semicírculo de bombeiros bloqueava a porta da sala dos professores. Mal os vi. Levei Beatrice até a entrada e saímos da escuridão daquela escola primária. Fomos para a luz.

21

Eu me senti mal, óbvio. Nunca tive um comportamento tão parecido com o da minha mãe quanto naquele momento. Quase tive a sensação de que era a voz dela que saía pela minha boca.

Depois de passarmos mais de uma hora em lados opostos do nosso pequeno apartamento, emburradas e em silêncio, Beatrice e eu fomos chegando a um meio-termo. Minha raiva dera lugar à tristeza e ao cansaço. Eu me sentei no chão e segurei a mão dela.

– Desculpe – falei.

– Desculpe – disse ela.

Eu não falei exatamente pelo que estava me desculpando, nem ela. Eu não tinha os termos necessários para compreender meus próprios sentimentos. Beatrice encostou a cabeça no meu colo. Minha perna ficou úmida na mesma hora, das lágrimas dela.

– Por favor, Alex, podemos fazer as pazes? – perguntou. – Nunca mais vou fazer nada de errado. Prometo.

Eu já havia jogado os desenhos no lixo, mas todas aquelas imagens permaneceram arquivadas na minha memória. E não conseguia desviar o olhar. *Não pode ser*, tentei me convencer, repetindo essa frase sem parar, com um incômodo profundo, visceral e persistente. Eu não conseguia compreender aquilo, Beatrice tampouco.

Com cuidado, eu a fiz se sentar, olhei nos olhos dela, segurei suas mãos e apertei de leve. Beijei as juntas dos dedos dela, uma por uma.

– Eu só tenho você e você só tem a mim – falei.

– Eu só tenho você e você só tem a mim – repetiu ela. Era nosso mantra, a única coisa verdadeira.

– Beatrice e Alex, donas do mundo. – Ela deu um sorriso e me abraçou. E, por um instante, tudo estava bem. Ou até que bem.

Para compensar, troquei o jantar por um piquenique e fomos para o parque.

Era uma daquelas noites do final do verão, puro verde-escuro e amarelo. O cheiro de arnica tomava conta das alamedas e dos bosques verdejantes, pairando no ar lentamente, deixando todo mundo de olho vermelho e nariz escorrendo. Os pássaros se reuniam, fazendo grandes conferências nos carvalhos e olmos, traçando seus planos migratórios no calor do verão. Àquela hora, o vento soprava só ao ponto de tornar a umidade suportável, e é claro que isso era uma promessa de tempestade iminente. Nuvens escuras se assomaram no horizonte. A tempestade cairia, pensei, depois do entardecer.

– Olha como estou correndo rápido, Alex! – gritou Beatrice, saindo em disparada pelo campo. – Olha que rápido! – E ela corria rápido mesmo – um borrão de calor, movimento e possibilidades. Beatrice era impossível de ser reprimida, era o instante de mudança, quando a energia em potencial se torna poder cinético. Eu tinha pena das professoras dela. Não fazia ideia se sequer era possível obrigar uma criança dessas a ficar na fila, com as outras crianças dóceis, ou sentada na carteira, com as outras crianças apáticas. Como se ensina divisão longa para um furacão? E, apesar disso, ao que tudo indicava, as professoras ensinavam. E, apesar disso... aqueles papéis me fizeram parar para pensar.

"Sou uma dragoa", declararam.

"Não, não é", insistiu meu coração.

"Sou uma dragoa." Sacudi a cabeça quando pensei nisso. Beatrice, apesar de estar longe de ser uma criança perfeita, era uma criança absolutamente sincera. Não teria escrito aquelas palavras a menos que tivesse plena convicção de que eram verdadeiras.

"Não. Não, não pode." Era uma agulha fincada no meu coração. Eu não conseguia explicar. Eu *precisava* dela. Beatrice era minha irmã. Beatrice e eu estávamos sozinhas no mundo. Minha mãe tinha uma irmã, e aí a irmã dela sumiu. E não voltou. E minha mãe, apesar de ter marido e apesar de ter filhas, morreu sozinha. Será que eu também ficaria sozinha?

Expulsei esse pensamento. Beatrice era Beatrice e sempre seria Beatrice. Eu e ela formávamos uma família, e isso era tudo. Tudo aquilo iria passar. Fiquei observando-a correr, seus pés mal encostavam na grama. O sol do fim de tarde estava baixo no horizonte e ardia ao redor dela, a luz atingia sua pele, fazendo-a brilhar – amarelo, laranja, dourado. O cabelo frisado dela cintilava, uma nuvem de fiozinhos soltos e nós flutuando acima da cabeça. Ela abriu os braços, como se fossem asas.

"Eu sou uma dragoa", escreveu Beatrice.

– Beatrice? – chamei, minha voz de repente ficando tensa de pânico. – *Beatrice!*

Ela parou, deu uma pirueta num pé só, fez uma pose e deu um sorriso.

Eu estava tremendo. E, apesar do calor, minha pele suava frio.

– Vem comer, Beazinha – falei, me obrigando a relaxar. Servi nosso piquenique em cima do cobertor.

Ela veio e nós duas comemos sanduíches deitadas de costas, olhando para o céu. Não falamos nada. Depois de um tempo, Beatrice esticou a mão e ficou retorcendo delicadamente um dos cachos das minhas orelhas, enrolando meu cabelo nos dedos.

– Eu só tenho você e você só tem a mim – disse ela. – Certo, Alex?

Eu cobri sua mão com a minha e apertei.

– Eu só tenho você e você só tem a mim – falei.

Era a única coisa verdadeira.

Depois, quando fui até a sede do parque lavar as mãos, vi um folheto pregado em um poste de luz. Que tinha uma dragoa desenhada. Era uma reprodução de um desenho antigo – parecia uma xilogravura medieval. A dragoa tinha asas de morcego, um pescoço meio de cobra e estava com a cauda enrolada em volta de uma torre. PENSA QUE ACABOU? estava escrito na parte de cima. E, na parte de baixo, estava escrito PENSE DE NOVO. E aí, embaixo disso, em letras bem pequenas, estava escrito COLETIVO DE PESQUISA SERPE: SABEMOS DE TUDO QUE NÃO QUEREM TE CONTAR.

Olhei para o folheto por um bom tempo. Eu já tinha ouvido falar dessa organização, mas não conseguia me lembrar de onde.

– O que é isso, Alex? – gritou Beatrice, lá dos balanços. Ela dobrava e esticava as pernas, dobrava e esticava as pernas, que brilhavam na luz do fim da tarde. As nuvens de tempestade agora estavam mais próximas, e eu sabia que era melhor voltarmos para casa logo.

– Nada, querida! – gritei. – Continue brincando.

Estiquei a mão, arranquei o folheto e amassei. Joguei o papel no chão e não olhei para trás.

No dia seguinte, enquanto preparava o café da manhã, dobrava roupas, remendava roupas, fazia faxina e listas do que Beatrice ia precisar para voltar às aulas e do que eu ia precisar para voltar às aulas, além de listas intermináveis do que iríamos precisar e de como passaríamos aquele dia, liguei o rádio só para me distrair um pouquinho. Beatrice ainda estava dormindo. Ela roncava, de boca aberta, num emaranhado de cobertores, o cabelo ruivo esparramado, parecendo chamas. Ela era tudo o que eu tinha. Eu a amava tanto que fiquei sem ar. Estendi seu uniforme, as meias que precisavam ser cerzidas, os casaquinhos que precisam ser remendados e o rádio começou a dar o noticiário. Parei de supetão quando o locutor mencionou o Colégio Santa Agnes.

"Bombeiros foram chamados à escola primária Santa Agnes ontem por causa de um acúmulo de substâncias gasosas nos canos do lavabo da sala dos professores, que causou uma pequena explosão, espatifando uma janela. Duas professoras, ambas freiras, ficaram levemente feridas. Ambas entrarão com pedido de aposentadoria precoce para não prejudicar o ano letivo. O diretor fez uma declaração, abre aspas: 'Espero que essa declaração ponha fim a todo e qualquer boato infundado. Vários teóricos da conspiração e indivíduos subversivos têm tentado entrar nas dependências do colégio para fundamentar suas alegações ridículas. Se voltarem a pôr os pés no terreno da escola, irei alertar as autoridades. Não há nada para ver – nada de estranho – no colégio Santa Agnes'."

Não era a voz do sr. Alphonse. Era a voz do locutor lendo as palavras do sr. Alphonse. Mas eu era capaz de ouvir aquele tirolês retumbante do diretor em cada frase. *Por quê?*, pensei. E por que o sr. Alphonse ficou com o rosto tão vermelho lá na sala dele?

Sacudi a cabeça. Não me adiantaria de nada ficar questionando. Eu tinha tanto o que fazer. As aulas logo iriam começar. Precisava cuidar de Beatrice. Tinha que colocar comida na mesa, fazer a lição de casa e, sabe-se lá como, fazer planos para… Sacudi a cabeça de novo. Era difícil pensar no futuro. Meu futuro depois que me formasse no Científico era uma grande lacuna. O que ia acontecer conosco? Como eu poderia continuar criando Beatrice e, ao mesmo, continuar meus estudos? Sabia que precisava ter essas duas coisas. E sabia que ambas eram *necessárias*, mas como isso ia funcionar era um mistério. Eu não tinha contexto nem para começar a imaginar. Eu não tinha nenhuma informação. Era um buraco no universo, onde a verdade deveria estar, onde minha vida deveria estar. E, francamente, eu estava com medo.

Quando eu era pequena, nos mandaram ficar olhando para o chão. Nos mandaram não perguntar a respeito das casas que pegaram fogo. Nos mandaram esquecer. E éramos crianças boazinhas. Obedecíamos às regras.

E agora me dou conta de que há certa liberdade no esquecimento. Ou, pelo menos, algo que dá uma sensação de liberdade. Há certa liberdade em não fazer perguntas. Há certa liberdade em não carregar o fardo de informações desagradáveis.

E, às vezes, a gente precisa se apegar a qualquer liberdade que está ao nosso alcance.

À esta altura

do artigo, sinto que chegou a hora de fazer uma confissão: eu já fiz parte de um grupo de pesquisadores, cientistas, médicos e bibliotecários que, por muito tempo, trabalhou em segredo e na clandestinidade, chamado Coletivo de Pesquisa Serpe. O trabalho científico conduzido por esse grupo permaneceu, por motivos legais, inacessível ao restante da comunidade científica. Nossos achados eram discutidos e analisados nas sombras e, portanto, impedidos de lançar luz às vergonhosas polêmicas que dizem respeito a outros aspectos da Biologia, da Ciência reprodutiva, da Psicologia e da Aeronáutica. O silenciamento ou obscurecimento de qualquer aspecto da natureza – devido a tabus culturais, medo ou melindres, de um modo geral – prejudica a Ciência. Não me arrependo do trabalho que desenvolvi com esse grupo nem dos avanços que fizemos. Eu me arrependo, sim, do fato de que toda e qualquer pesquisa que divulgávamos tivesse que ser feita em segredo e de forma anônima, o que impediu nossos achados de assumirem seu lugar nas discussões mais abrangentes da comunidade científica.

No outono de 1948, publiquei um opúsculo intitulado Alguns fatos básicos sobre dragoas explicados por um médico. *Foi publicado anonimamente, como sempre fazíamos. Mas, devido às aplicações concretas e universais desses achados, fiz de tudo para disseminar as informações ao máximo, sem as devidas precauções que costumávamos tomar e fora de nossa habitual rede de contatos. Isso foi feito sem a permissão do coletivo, o que ocasionou um racha. Os dados empíricos que coletei sobre dragoas para esse projeto eram um tanto incidentais – um conjunto inesperado de achados, resultante da pesquisa que conduzi com um grupo de pilotas do Serviço Feminino de Aviação Civil no início da Segunda Guerra Mundial, que foi financiado pelo Exército dos Estados Unidos. O assunto que fui originalmente encarregado de investigar não eram as dragoas – óbvio que não! Os militares mal tinham coragem de mencionar a existência de mulheres recrutas, que dirá discutir algo tão delicado e indecente quanto dragoas. Em vez desse assunto, eu deveria monitorar a fisiologia das pilotas, provavelmente como um falso pretexto para impedi-las, de uma vez por todas, de servir às forças armadas. (Tocante a isso, meus superiores ficaram decepcionados. Não encontrei evidências que pudessem proibir as mulheres de integrar as forças armadas. Meus objetos de pesquisa se saíam muito bem.) A pesquisa científica, contudo, é uma criatura curiosa. Qualquer pesquisador digno do título dirá que nossos achados raramente são os fatos que pretendíamos comprovar. Um bom cientista deve permanecer curioso, de mente aberta, humilde e, acima de tudo, se ater aos dados e aos fatos.*

As mulheres que estudei eram jovens, saudáveis e resilientes. Faíscas cintilantes, todas elas. Pilotavam seus aviões de um modo que alarmava seus superiores – isso para não falar de seus colegas homens. Saudavam o céu todas as manhãs e olhavam para ele com pesar ao cair da tarde, quando voltavam para seus alojamentos. Fazia apenas um mês que eu estava realizando essa pesquisa quando, de uma hora para a outra, uma das mulheres se dragonizou – uma moça de 19 anos, natural do estado de Iowa, chamada Stella. Sua dragonização foi deveras condizente com os demais casos documentados ao longo dos anos pelo CPS. Ao que tudo indica, ela se transformou num momento de raiva. Quatro aviadores morreram instantaneamente. Um quinto homem – um mecânico idoso de nome Cal – foi a única testemunha. Ele disse ter visto os homens cercarem Stella. Classificou essa atitude como "importunação". Ouviu a moça gritar, pedindo que a deixassem em paz, e foi correndo na direção dela, na esperança de ajudá-la. Mas então viu a moça se transformar, em meio a uma terrível explosão. A explosão foi tão forte que Cal foi jogado cerca de seis metros para trás. O chão tremeu, como se estivesse sendo bombardeado. Os homens foram despedaçados. Não ficou claro se a transformação e a subsequente morte dos aviadores foi intencional. O mecânico acreditava que não. Quando a dragoa deu por si, percebeu que Cal estava olhando para ela, se borrando de medo. Deu um tapinha na cabeça do mecânico e saiu voando.

As duas dragonizações seguintes foram mais atípicas. Uma ocorreu enquanto a mulher em questão estava pilotando um avião. Eu estava me comunicando com ela por rádio, recolhendo dados a cada quinze minutos, de sua respiração, transpiração, visão, audição, precisão verbal e raciocínio cognitivo. As respostas dadas pela pilota, como registra meu diário de pesquisa, eram notáveis no sentido de demonstrar um aumento de intensidade consistente, ao longo do tempo, das sensações de otimismo, empolgação e uma estranha e feroz alegria. Depois de duas horas de voo, fazendo um trajeto longo e oval ao redor da base, ela parou e disse: "Desculpe, doutor. É simplesmente… maravilhoso demais aqui em cima. Tudo é simplesmente… maravilhoso demais". Perguntei o que a moça queria dizer com isso, e minha pergunta foi respondida pelo ruído de acionamento da liberação de emergência e da pilota sendo ejetada da aeronave. Temendo pelo pior, corremos lá para fora, esperando ver uma chuva de destroços. Em vez disso, vimos que ela havia desligado o motor quando ainda era humana e, em forma de dragoa, segurou a aeronave com as garras, abriu as asas e estava trazendo o avião de volta para a base. Era um espécime impressionante – verde-escuro, com a parte de baixo da barriga dourada e de um tamanho impressionante. Brilhava tanto que era difícil olhar diretamente para ela. Normalmente, a política do exército era de atirar em dragoas assim que fossem avistadas (não que isso adiantasse muito e, não raro, acabava causando mortes por fogo amigo, já que as balas ricocheteavam), mas aquilo era tão extraordinário que os soldados simplesmente ficaram olhando, perplexos, a dragoa colocar o avião na pista com todo o cuidado, parar por um instante e alçar voo. Eu me lembro muito bem da cena: o questionamento caótico, os homens correndo de um lado para o outro e um grupo de recrutas da SFAC parado lá fora, em fila, com o rosto iluminado pelo sol da manhã, olhando para cima.

A dragonização seguinte ocorreu uma semana depois. Esse incidente é um pouco mais delicado de relatar, e devo fazer isso de um modo mais oblíquo. Duas recrutas da SFAC que participavam do estudo eram bem amigas. Unha e carne, como se diz. Nunca vi uma sem a outra. A devoção entre as duas era um fato óbvio. De irmãs, entende? Mas mais próximas que irmãs. Uma intimidade que – bem, talvez até isso seja demais. O que posso dizer é o seguinte: eu vi essas recrutas na terça-feira, durante nossos exames de rotina, quando recolhi as informações de peso, batimentos cardíacos, temperatura basal e pressão arterial das duas. Tirei sangue para examinar posteriormente, perguntei a respeito do estado mental delas, perguntei a respeito da regularidade do ciclo menstrual e examinei a vista das duas. O estado de saúde de ambas era o mesmo da semana anterior, mas percebi, sim, que uma delas – uma moça chamada Edith – estava com os batimentos acelerados. Registrei o fato, em caso de sinal de infecção. As duas se retiraram da minha sala e saíram sozinhas da base. Era o dia de folga de ambas, elas haviam preparado um piquenique, pegado dois cobertores e queriam ficar a sós. Mais tarde, só uma delas voltou, uma mulher chamada Marla. Eu a entrevistei, apesar do luto tremendo. Seu testemunho não é completamente útil, uma vez que contém todas as marcas de uma mulher que sofreu uma perda devastadora. Revelarei, contudo, que, em seu relatório, ela disse: "Edith estava feliz. Estava tão feliz. Não podia ser reprimida". Por que Edith se dragonizou? Ainda não sei ao certo. Os dados permanecem sendo inconsistentes e pouco claros. Depois disso, as pilotas foram temporariamente proibidas de voar e de sair da base por diversos meses, por razões de segurança, e teriam permanecido sem permissão para sair da base caso a necessidade de pilotos qualificados não tivesse suplantado tais preocupações. Quanto à minha pesquisa, foi cancelada no dia seguinte, e o exército me despachou de volta para casa.

O exército me comunicou que meus achados eram confidenciais e que todo o meu material seria confiscado. O único motivo para eu ter ficado com qualquer registro desse estudo é o fato de que, a vida toda, eu tive o hábito de sempre fazer dois conjuntos de anotações e cópias exatas de tudo – e porque os homens que saquearam meu local de trabalho não reviraram tudo. Tanto o Instituto Nacional de Saúde quanto a universidade onde trabalhava tinham uma visão desfavorável da minha pesquisa sobre dragonização e me incentivaram a desistir dela em favor de propósitos mais importantes – e menos vergonhosos. O CPS me proibiu de tentar disseminar meus achados, alegando que isso poderia pôr o coletivo em risco. Mas eu não concordei. Minha pesquisa demonstrou que as dragonizações eram bem mais comuns do que as pessoas pensavam – e estavam se tornando mais frequentes. Publiquei Alguns fatos básicos sobre dragoas explicados por um médico naquele mesmo ano. Mandei cópias do opúsculo para todas as faculdades de Medicina do país e de toda a Europa. A publicação foi banida e censurada quase que instantaneamente.

Eu não teria como saber o que o destino reservava para esse país, nem teria como saber o que iríamos enfrentar em 1955. Sei, sim, que nossa única esperança, o único modo de enfrentarmos essa e qualquer outra calamidade, é um retorno com devoção ao questionamento, à pesquisa, à observação e à busca de conclusões. Devemos ser servos dos dados e escravos dos fatos. Realmente acredito que a Ciência é a única esperança da humanidade. E é na Ciência que acredito, hoje e sempre.

"Breve história das dragoas", do professor-doutor H. N. Gantz, PhD, clínico geral.

22

As aulas voltaram, com sua litania de indignidades.

Só *mais um ano*, tentei me convencer, mas fiquei sem ar só de pensar nisso. Estava indo a toda velocidade para a beira do precipício, sem ter ideia do que esperava por mim quando eu chegasse lá. Uma ponte, uma escada, uma série de cordas e picaretas? O vazio do espaço? Fracasso na certa? Ou, quem sabe, até um par de asas...

Eu me livrei dessa ideia. Preocupação não lava a louça, como dizia minha mãe. E, certamente, não iria me ajudar a enfrentar aquele ano.

No primeiro dia de aula, levei Beatrice para a escola a pé. Ela reclamou, dizendo que já tinha idade para ir sozinha, mas insisti e, apesar do protesto inicial, foi segurando minha mão durante todo o trajeto, como sempre fazia, enquanto eu equilibrava e levava a bicicleta com a outra mão. O sr. Alphonse estava nos esperando na escadaria do Colégio Santa Agnes, com os braços cruzados sobre o peito, a postura rígida, o rosto estranhamente inchado e avermelhado. Beatrice, em homenagem ao primeiro dia de aula, estava tão limpinha que praticamente brilhava no escuro. Eu tinha deixado a blusa e as meias soquete de molho com bórax e água sanitária e pendurado para secar no sol. Com brilhantina de homem, domei os cachos e os fiozinhos rebeldes, ataquei os nós com pente fino e prendi o cabelo dela no cabresto, fazendo duas tranças de raiz bem apertadas, tão perto da cabeça que a pele do couro cabeludo ficava à mostra, em relevo. Ninguém iria me acusar de negligenciar a aparência de Beatrice nem de deixar nada escapar. Ninguém teria motivos para querer investigar nossas estranhas condições de moradia – sem adultos, sem orientação, sem um par de mãos a mais. Nosso pequeno universo. Era melhor que ninguém soubesse.

À medida que nos aproximávamos da escola, Beatrice foi soltando minha mão, virou a esquina saltitando e continuou saltitando até a entrada, empolgada, como sempre, para ver os amigos e as professoras. Parou de supetão quando viu o sr. Alphonse. Eu, contudo, já esperava por isso e estava preparada. Pus a mão no ombro de Beatrice e fiquei entre minha irmã e o diretor. Tirei o envelope do bolso. Virei de frente para Beatrice e pisquei de um jeito que só ela conseguiria ver.

– Bem, Beatrice – falei, bem séria –, espero que você vá direto falar com a irmã Claire e entregue essa carta pedindo desculpas. – Ergui a mão, como se ela fosse protestar. – Nada de reclamações! – Dei mais uma piscadela secreta – Ande logo!

Beatrice pegou o envelope – que, verdade seja dita, de fato continha uma carta pedindo desculpas, escrita sob pressão, comigo atrás dela, no dia seguinte à reunião que tivemos na escola – e subiu a escadaria aos pulos, tomando cuidado para não cruzar o olhar com o diretor. O alívio de não ter que falar com o sr. Alphonse irradiava do corpo dela em ondas. Beatrice sumiu pelas portas abertas. Olhei para o sr. Alphonse, copiando a pose dele, com os braços cruzados e o queixo erguido – só porque sabia que isso iria incomodá-lo. Ele franziu o cenho. Eu lhe dei o que, assim torci, foi um sorriso convincente.

– Beatrice escreveu um pedido honesto de desculpas, de livre e espontânea vontade, demonstrando um desejo sincero de deixar o passado para trás e se redimir pelo mal que fez – falei. – O senhor tinha razão, sr. Alphonse, e devo lhe agradecer por chamar minha atenção a esse respeito. Meu pai também lhe agradece e diz isso constantemente. – Eu havia ensaiado, óbvio. – É um novo ano e um novo começo. Fico feliz que tenhamos chegado a um consenso.

O sr. Alphonse estava com uma cara péssima. Tinha olheiras e a pele, apesar de ainda estar avermelhada, era, de modo geral, cor de aveia. As calças sociais estavam largas, apesar de a barriga estar saltada por cima do cinto. Pensei que o diretor poderia estar doente. Ele franziu o cenho e deu um passo em minha direção.

Olhei para o relógio.

– Se o senhor me dá licença, eu não gostaria de chegar atrasada ao primeiro dia de aula. – Então lhe dei as costas, peguei a pasta da escola e subi na bicicleta.

– Insisto que o seu pai retorne minhas ligações e compareça ao meu gabinete – disse ele. – É de suma…

– Bom primeiro dia de aula, sr. Alphonse! – falei, já indo embora, pedalando.

– Ainda não encerramos esse assunto, srta. Green!

Isso veremos, pensei com meus botões, percebendo, com um susto, que minha própria voz, dentro da minha cabeça, estava ficando cada vez mais parecida com a da minha mãe.

Cheguei à escola em tempo de ir direto para o banheiro feminino. Fiquei sentada dentro da cabine por cerca de dez minutos, com a bunda empoleirada na beira da privada, a testa encostada nos joelhos, me engasgando na nuvem de laquê deixada pelas meninas que estiveram lá antes de mim. Eu inspirava e expirava, apoiando as mãos nas paredes – não exatamente gostando de ter aquele último momento para ficar sozinha em silêncio, mas com certeza aproveitando. Soltei um suspiro, fiquei em pé, sequei o suor do rosto e das axilas com um punhado de papel higiênico, pus o uniforme, tirei os tênis e calcei as sapatilhas. Fiquei parada, só respirando, por um minuto, tentando me recompor. Dava para ouvir os outros alunos gritando e dando risada do lado de fora.

(*Eu já tive uma amiga.* Quando dei por mim, era isso que estava pensando. Ela morava em uma casa mágica. Sacudi a cabeça, tentando expulsar a imagem do rosto de Sonja. Foi tão legal ter uma amiga. Mas agora isso já tinha passado. Eu não precisava de amigas – eu tinha Beatrice. E tinha as tarefas da escola. E as tarefas além das tarefas da escola. Eu tinha tanto a aprender. Tinha que me concentrar no presente. Não adiantava nada fazer perguntas.)

Lavei as mãos e fui para o corredor, passando pelos grupinhos de meninos encostados nos escaninhos e por grupos de meninas andando lado a lado, sempre em bandos. Segurei os livros perto do peito e fiquei de cabeça baixa até chegar à secretaria. Como nos anos anteriores, haviam enviado a tabela com meus horários para a casa do meu pai e, sendo assim, precisei ir de novo à secretaria e mentir, dizendo que tinha perdido a tabela de horários (*Até parece que eu perderia alguma coisa*, pensei, contrariada), e pegar uma cópia.

Continuei olhando para o chão quando entrei. A lista dos alunos de destaque ainda estava colada ao lado da porta. Meu nome deveria ser o primeiro. Todo mundo sabia disso. Só que eu era a sétima da lista. "Uma falha administrativa", foi o que o diretor me informou na ocasião. "Vamos consertar assim que possível." Mas jamais consertaram.

A mulher que cuidava da secretaria, uma freira idosa chamada irmã Kevin, deu um sorriso alegre quando eu cheguei.

– Alexandra! – disse ela. – Mas que surpresa agradável! – Se a freira, com aqueles olhos brilhantes e aquele rosto que mais parecia uma maçã murcha, não estivesse usando hábito, poderia ser confundida com um daqueles *trolls* dos livros de história de Sonja, que ela me mostrou quando éramos crianças. (E, só de pensar nisso, fiquei sem ar e meus olhos arderam. Respirei fundo para me acalmar e obriguei esse pensamento a ir embora.)

– Bom dia, irmã – respondi, com a voz subitamente embargada. Pigarreei. – Lamento informar que extraviei minha tabela de horários. Será que a senhora conseguiria uma cópia?

– Passamos a manhã inteira falando de você, sabia? – disse ela, pegando uma ficha já preenchida à mão com os meus horários. Pelo jeito, a irmã já esperava por isso. – Tenho certeza de que suas orelhas estavam fervendo. – A irmã Kevin bateu as mãos e deu um sorriso radiante. Eu já tinha ouvido isso quando ela era professora. Era meio brava, cheia de exigências, grandiloquência, decepção e gritos. Era difícil de imaginar. Agora ela era toda sorrisos, com um entusiasmo infinito.

– Meus ouvidos vão bem, obrigada, irmã. – Olhei para a tabela de horários e franzi o cenho. – Desculpe, acho que houve algum engano. – Devolvi a ficha para ela. – Diz aqui que eu terei aula de Cálculo, mas não deveria ter. Já fiz esse curso por correspondência, no nono ano. Eu já acumulei créditos na universidade. – Ela não pegou a ficha. Simplesmente permaneceu com aquela expressão radiante. – Tirei dez. E fui a melhor aluna da turma. O professor me mandou uma carta, dando os parabéns e tudo. Na primavera, falei com a irmã Frances...

– Que não é mais diretora, querida – disse a irmã Kevin, com toda a delicadeza. – Aceita uma bala? – Ela me ofereceu um vidro cheio de doces. Fiz que não.

– Não é? – Isso era novidade para mim. – Desde quando? – Tive que me corrigir. Não adiantaria nada ser impertinente. – Quer dizer, estou surpresa. Ninguém falou nada ano passado. Ela se aposentou? – Eu espremi os olhos, tentando adivinhar a idade da irmã Frances. Eu tinha dificuldade de adivinhar a idade da maioria das pessoas, das freiras, mais ainda.

A irmã Kevin pegou uma balinha de limão e colocou na boca.

– Não. Ela simplesmente, sabe, deixou o ninho, como dizem. Abriu as asas. Quer dizer, as pernas. Ela sempre quis viajar, menina querida, então resolvemos não impedir. – Ela fechou os olhos e ficou rolando a balinha de limão dentro da boca. Dava para ouvir a bala batendo nos molares da freira. Aquilo não fazia nenhum sentido.

– Ela vai voltar?

A irmã Kevin sorriu, e seus ombros sacudiram de leve.

– Quem há de dizer, na verdade? Tem certeza de que não quer uma bala? – Fiz que não. – Nesse meio-tempo, o sr. Alphonse, do Colégio Santa Agnes, assumirá as funções de diretor das duas escolas até a diocese indicar uma substituta. – Ela apertou os lábios por um instante e completou: – É muita coisa para um homem só. Tomara que ele não morra de tanto trabalhar, coitadinho.

. 160 .

Que ótimo. Soltei um suspiro. Coloquei a ficha de horários em cima da mesa e apontei para onde estava escrito "cálculo".

– Mas eu já fiz esse curso, a senhora entende? No nono ano. E depois estudei Cálculo multivariável e, depois, estudei Matemática discreta, e agora estou estudando Álgebra linear e Probabilidade, na universidade. Esses cursos são bem difíceis, e a irmã Frances e eu combinamos que seria bom para mim ter um período livre para estudar.

– A irmã Frances não está aqui, querida – disse ela, num tom condescendente.

– Eu sei – falei, tentando segurar minha frustração. – Mas veja, ela já disse. Nós *combinamos*. A irmã Frances assinou a autorização e tudo. – Fiquei em silêncio por um instante. – De caneta – completei, vergonhosamente.

– A irmã Frances não está aqui, querida – repetiu a irmã Kevin, sem mudar de tom ou de expressão.

Aquilo não ia me levar a lugar nenhum. Resolvi falar com o professor.

– Obrigada, irmã Kevin. É sempre um prazer revê-la.

– Ah, o prazer é meu! – disse ela, me mandando um beijo. Dei as costas para ir embora. – Ai! Estava todo mundo falando de você sem parar hoje de manhã! Tantas opiniões! Aquela sua amiga passou por aqui com pilhas e mais pilhas de informações e panfletos. Fez todo mundo pegar um, querendo ou não! Ela é mesmo uma força da natureza! Tem altas expectativas para o seu futuro, querida. "O céu é o limite", disse ela, o que me deu uma vontade de rir… Imagine só, ser limitada pelo céu! – Ela deu uma risadinha.

Às vezes, a irmã Kevin me dava um pouco de dor de cabeça.

– Como? Quem passou aqui? – perguntei.

– Aquela sua amiga bibliotecária, sabe? "Essa não corta caminho, não mesmo", disse ela. Só vai ficar feliz se você for parar na torre de mármore mais alta que já existiu. Você será nosso pequeno rei-filósofo. Ou rainha, acho eu. A querida da Helen. Sempre foi de intimidar os outros quando era normalista. É bom saber que certas coisas nunca mudam!

Ela pôs mais uma balinha de limão na boca. Depois mais uma. Que ficaram rolando, mais parecendo um torneio de bolinhas de gude. A irmã Kevin tentou dar um sorriso encaroçado.

Eu não sabia o que dizer sobre nada daquilo.

– Obrigada, irmã – falei.

Minha cabeça girava, mas resolvi ignorar. Tinha planos de ir para a biblioteca depois da aula, independentemente disso. Quem sabe a sra. Gyzinska pudesse me explicar os devaneios da irmã Kevin mais tarde.

Lá pelo terceiro período, compreendi por que fui colocada na aula de Cálculo. Eu não apenas era a única menina, mas o professor, o sr. Reynolds, nunca havia ensinado Cálculo antes e não estudava isso desde a faculdade. Ao final da aula, ele tinha me pedido para ir até a lousa nada mais nada menos do que nove vezes, para explicar um problema simples atrás do outro, e me pediu para corrigir os testes de todo mundo. Ele também me pediu para fazer a chamada, responder a perguntas e apagar a lousa depois que todo mundo fosse embora. Tentei explicar minha situação ao final da aula, mas o sr. Reynolds não quis ouvir.

– Curso por correspondência *não é a mesma coisa* do que aprender em sala de aula – falou, melindrado. – Achei que você era inteligente ao ponto de saber disso. – Então apontou para o canto da sala e perguntou: – Você se importa de esvaziar a lixeira antes de ir embora?

– Mas eu fiz a mesma prova que as pessoas fazem na universidade. Que cai mais conteúdo do que vamos aprender aqui. Esses meninos todos terão que refazer esse curso na faculdade, mas eu não. E, senhor... o senhor acabou de me ver explicar esses conceitos, mesmo depois de passar mais de um ano sem estudá-los. É óbvio que eu aprendi. Isso me parece uma perda de tempo.

– Estudar – declarou ele, empertigado – *nunca* é perda de tempo. Eu lhe vejo amanhã, na aula. Espero que a senhorita estude tanto quanto os meninos. Não receberá tratamento especial.

Perguntei de novo e a resposta foi "não". Perguntei se podia simplesmente ser monitora dele – era isso que o sr. Reynolds queria, de todo modo –, pois assim eu poderia ser útil, mas ainda teria tempo para estudar enquanto todo mundo resolvia os exercícios. A resposta continuou sendo "não". Saí da sala bufando de frustração.

Depois disso, o dia não ficou melhor.

Voltei para casa a pé, com uma nuvem escura pairando na minha cabeça, levando minha bicicleta com uma mão e listando em pensamento o que precisava fazer antes de ir para a cama naquela noite. Eu precisava alimentar e entreter Beatrice. Ela devia ter lição de casa. A pia precisava ser consertada de novo e não adiantava pedir para o proprietário fazer isso. Graças a alguns livros de referência bem úteis e a um conjunto de ferramentas velhas, mas até que boas, que me foi dado pelo gentil faxineiro da biblioteca quando ele ganhou novas, àquela altura eu tinha um conhecimento rudimentar de como consertar canos ou privadas, como soldar um fio e consertar um circuito, como montar, usando parafusos para unir as tábuas, uma estante bem funcional – apesar de, admito, não particularmente bonita –, e assim por diante. Eu sabia como encontrar os canos na parede, que medidas de segurança tomar quando mexia com eletricidade e o que fazer quando o refrigerador parava de funcionar.

Eu precisava fazer o jantar.

Eu tinha lição de casa para terminar.

Eu tinha um trabalho para escrever.

Eu tinha exercícios de Matemática para terminar e leituras para fazer, dos meus cursos por correspondência. E a sra. Gyzinska havia me dito que tinha chegado a hora de começar a preparar os documentos e redações para me candidatar a uma vaga nas universidades. Meu estômago embrulhou só de pensar. Como eu ia fazer tudo isso? E Beatrice? O que ia acontecer?

Beatrice já estava em casa, tinha jogado a pasta da escola no primeiro degrau da escadaria do prédio. Entre o nosso edifício e o do lado, tinha um quintal estreito e um jardinzinho nos fundos, que saía no beco. Beatrice, duas meninas e seis meninos vieram correndo. Davam voltas no prédio e sumiam do outro lado. Ninguém reparou na minha presença. Beatrice estava com um objeto na mão – dois pedaços de madeira, um comprido e um curto, que tinham sido amarrados juntos na diagonal, com barbante no cabo, formando uma espada de madeira improvisada.

– Preparem-se para encontrar a morte, seus salafrários! – berrou Beatrice, e as outras crianças responderam com gritinhos.

Eles deram a volta de novo. Ergui a mão, e as crianças pararam de supetão, com o rosto vermelho, ofegantes.

– Oi, Alex – disse Beatrice.

– Vamos para a biblioteca – falei. – Entre e pegue suas coisas.

– *Agora*? – choramingou ela. – Não neste exato momento. Eu tive que ficar na escola *o dia todo*.

Eu também, mas não falei isso. Soltei um suspiro. A biblioteca talvez pudesse esperar. Beatrice, que pela manhã estava com uma limpeza cintilante, agora estava uma mixórdia.

– Tudo bem. Brinque, se é isso que você quer, mas não por muito tempo. Preciso passar na biblioteca de todo jeito. Tenho que pegar umas coisas. Você pode ficar mais um pouquinho com seus amigos, se quiser. Mas entre quando eu chamar. Vamos jantar mais cedo.

Não precisei dizer mais nada.

– AVANTE! – berrou Beatrice, e as outras crianças berraram com ela, deram a volta no prédio de novo e sumiram de vista.

Peguei a mochila dela e subi a escada devagar. Quase desmaiei na minha cama, que ficava no canto da sala e também fazia as vezes de sofá durante o dia. Aqueci o frango gratinado no forno, fiz arroz, fatiei rabanetes e pepinos e pus na lateral do prato. Organizei o que precisava para estudar depois que Beatrice fosse dormir e pus o que precisaria levar para a biblioteca na bolsa. Fiz uma lista, risquei coisas, lembrei-me da pia quebrada, pus na lista, e me lembrei que Beatrice certamente precisaria tomar banho, pus isso na lista. Olhei para o relógio. As horas que restavam não seriam suficientes.

O telefone tocou. Levei um susto. O telefone nunca tocava, a não ser quando meu pai ligava, aos domingos. Quando ele se lembrava de ligar aos domingos. O que era cada vez mais raro. Quase não atendi.

Peguei o fone e fiquei ouvindo o silêncio por um instante. Aí ouvi meu pai tossir.

– Pai? – Ele tossiu de novo. E voltou a tossir. – Pai, é o senhor?

Ele soltou um grunhido impaciente. Definitivamente, era meu pai.

– Que bom que o senhor ligou. Sabe que não é domingo? Quer dizer, não que eu ache ruim.

Até que enfim:

– O sr. Alphonse passou aqui em casa hoje. Esqueci o quanto detesto esse homem.

"Ainda não encerramos esse assunto", tinha dito o sr. Alphonse.

A ansiedade mordeu minha nuca. Tentei expulsá-la massageando.

– E foi uma visita de cortesia? – perguntei.

Meu pai ignorou a pergunta.

– Ele ligou para o banco e ficou sabendo que eu estava em casa, acamado. – Meu pai tossiu, soltou um palavrão e tossiu de novo.

– O senhor está bem, pai?

– Isso não é da sua conta. – Ele pigarreou. – Então, ele veio aqui na mesma hora, sem ser convidado. Ficou indagando onde você e… – Meu pai ficou em silêncio por um instante. – Bem, ele queria que nós três conversássemos sobre alguma coisa maldita. Chateou minha esposa. Você entende o transtorno que isso me causa. Esperava que você resolvesse esse tipo de coisa. Estou contando com você para manter essa criança na linha. Sua mãe iria querer que fosse assim.

Eu conseguia sentir minhas bochechas ficando quentes. Cerrei o punho e encostei os nós dos dedos nas paredes. Sabia que não adiantaria nada ficar brava, e apesar disso… fechei os olhos e respirei fundo, tentando, com todas as forças, abafar aquele calor que crescia no meu peito. Uma sirene ecoou lá fora. Isso vinha acontecendo muito ultimamente. Teve aquele incêndio no Colégio Santa Agnes, um incêndio na loja Disso & Daquilo e um incêndio em um elevador de grãos, a cerca de 25 quilômetros da cidade. E num asilo para idosos na cidade universitária de Eau Claire. E depois num bar qualquer na fronteira de Wisconsin com o estado de Minnesota. Todos foram controlados rapidamente. Os incêndios foram mencionados no noticiário, mas sem nenhum destaque.

– Eu entendo o seu transtorno, pai. Lamento que a sua... – Parei alguns instantes para pensar. – Lamento que sua esposa tenha ficado chateada. Qual é o nome dela mesmo?

– Não seja impertinente.

– Desculpe, pai.

Mais uma sirene. Fazia calor demais dentro do apartamento. Na biblioteca não estaria muito melhor, mas pelo menos o porão estaria fresquinho e eu conseguiria trabalhar. Cada minuto em que trabalhava, estudava, escrevia, fazia testes, calculava ou tentava transformar, pacientemente, expressões matemáticas complexas em nós elegantes e caprichados – desde que eu estivesse fazendo *alguma coisa* –, dava à minha cabeça uma trégua de ter que me preocupar com o que estava por vir. No ano que vem. Outro mundo. Quais eram os planos do meu pai? Tive medo de perguntar.

– Olhe, não faço ideia do porquê o sr. Alphonse sentiu necessidade de ir até a sua casa e falar com o senhor. Eu resolvi a situação. Beatrice estava desenhando muito em vez de estudar. Ela pediu desculpas e agora está tudo resolvido.

– Ele disse que você foi insolente.

– Não fiz nada nem parecido com isso.

– Ele não gosta do seu cabelo curto. Você sabe o que dizem das moças de cabelo curto.

Fiz uma careta.

– Que elas gastam menos dinheiro com laquê?

– *Impertinente!* – censurou meu pai, de novo.

– Peço desculpas pela impertinência – falei. – Pai, escute. Não se preocupe mais com isso. Está resolvido. Eu resolvi. *Sempre* resolvi esse tipo de coisa. E, de todo modo, vou me formar esse ano. Com louvor, ao que tudo indica. Ou seja: talvez devêssemos falar a respeito do que vai acontecer quando eu...

Meu pai tossiu de novo.

– Você vai mesmo insistir nesse assunto? Poderia começar a trabalhar agora, ter uma carreira. O diploma do Científico é só um pedaço de papel. Coisa para meninos universitários. E não passa disso. Se quer saber, é muito mais importante que os homens das indústrias vejam o que você é capaz de fazer e ter um emprego decente. Não há um escritório nos Estados Unidos que não ficaria nas nuvens de ter uma moça como você sentada numa das mesas. De todo modo, como logo vai se casar, não faz muita diferença, no fim das contas.

Casar? Meu estômago ficou embrulhado só de pensar. Com quem meu pai achava que estava falando?

– Pai, isso não vem ao caso. E isso está nos meus planos. Estou no meio do...
– Sabe, acabei de ter uma reunião com o cara que é dono da estação de rádio e comentei de você com ele. Ele pode te contratar para ser secretária, se quiser. É só pedir.
– *Como?* Pai, não tenho nem treinamento para ser secretária. As pessoas são contratadas para isso depois de terem feito o curso de secretariado. E elas têm diploma do Científico, não apenas um *pedaço de papel*. Sinceramente. Além do mais, vou me candidatar...

Meu pai me interrompeu de novo.
– Ele é um homem bom. E é um bom emprego. E é um pássaro na mão: seria tolice desperdiçar essa oportunidade. Mas, com sua mãe enfiando todo tipo de tolice na sua cabeça, é difícil saber o que você vai fazer. Que importância tem um pedaço de papel quando um patrão quer contratar moças jovens e bonitas, imaturas demais para saber o que querem, e sai distribuindo oportunidades como se fossem balas? – Meu pai não explicou o que queria dizer com isso. Mas adivinhei. – É como furar a fila. Meu palpite é que vai estar mandando no lugar dentro de um mês, com a cabeça que tem. Você deveria pensar nisso.

Respirei fundo e tentei organizar meus pensamentos. Aquilo não estava indo nada bem. Meu pai teve mais um acesso de tosse. Esperei que passasse.
– Eu estou *pensando*, pai, em tirar diploma de...

Mais uma vez, ele me interrompeu.
– Bem, foi bom ouvir sua voz, Alexandra, mas preciso desligar. – Ele tossiu pela última vez, um ataque agudo e com catarro. – Seja uma boa moça. Continue sendo uma boa moça. Não me faça passar vergonha. Pense no que sua mãe gostaria e não a decepcione.
– Não vou decepcioná-la – falei, mas meu pai já tinha desligado e não me ouviu.

Dois dias depois, chegou uma carta do meu pai. Sem carimbo do correio e sem selo. Foi simplesmente passada por debaixo da porta do nosso apartamento e ficou ali, no chão. Será que meu pai tinha passado e se recusado a dar "oi"? Será que tinha entregado a carta ao proprietário, só para não precisar nos ver? Não sei qual das duas alternativas era pior.

Querida Alexandra, dizia a carta.
Percebi uma pergunta implícita na sua puxação de saco quando conversamos aquele dia, e parece que você não entendeu direito. Pensei ter deixado

muito claro o que penso a respeito de moças cursarem a universidade. Mas, já que ainda impera uma certa confusão, permita-me esclarecer:

Não, não vou financiar, ajudar nem apoiar de forma alguma nenhuma tentativa sua de cursar o Ensino Superior depois do Científico. Não pretendo sustentar nenhuma de vocês duas depois que você se formar, em junho, já que acredito que é mais do que capaz de fazer isso por conta própria. Terminar seus estudos e se formar é o que sua mãe gostaria. Então, sim, em respeito à memória dela, vou apoiar isso até o fim, com relutância, por mais arbitrário que seja esse marco. O apartamento está pago até o final de agosto, quando terá sua própria renda e poderá assumir esse compromisso. Tenho sido mais do que generoso, guardadas as devidas proporções. Fiz uma promessa para sua mãe em relação à sua "irmã" e me orgulho de tê-la cumprido, mesmo sabendo que eu e você discordamos em relação aos meus métodos. Você vai entender quando for mais velha. Tenho uma nova família, afinal de contas, e precisei fazer certas concessões.

Tenho orgulho de você, Alexandra. Certamente já deve saber disso. Sei que sua mãe também teria orgulho. Desejo tudo de melhor quando você se formar.

Com meus cumprimentos,
Seu pai

Eu li. Li de novo. Amassei o papel e joguei no lixo.
Bem, pensei com meus botões. *Então é isso.*

Um dia antes

da Dragonização em Massa de 1955, um grupo de 25 estudantes abastadas do curso de Literatura da Faculdade Vassar pegou o trem para Manhattan e se dirigiu à quadra onde ficava o prédio da Central de Auxílio à Telefonia Feibel-Ross.

Não contaram para ninguém aonde iam. Tampouco há indícios de que tenham planejado esse passeio com antecedência. Tanto professores quanto alunos que não faziam parte desse grupo de 25 pessoas foram entrevistados e todos relatam o mesmo fenômeno – que cada uma das estudantes, ou no meio da aula ou na biblioteca ou no meio do treino de hóquei de grama, simplesmente se levantou exatamente às 9h35 e saiu sem dizer uma palavra. As 25 pessoas foram em massa para a rua principal e se dirigiram à estação de trem de Poughkeepsie, onde embarcaram no trem das 11h25 para Manhattan.

As alunas da Vassar se reuniram na calçada, de frente para o terreno baldio. Posicionaram-se com a postura ereta, olhos límpidos e pés firmes no chão. Tinham passado a vida inteira em escolas de elite, escolas de etiqueta, aulas particulares, aulas de balé, recitais de piano e palestras sobre História da Arte treinando para serem mulheres de valor, como as mães. Ficaram paradas em silêncio diante do espaço vazio onde antes havia o prédio da Feibel-Ross – mais um buraco no universo. Estavam com uma expressão radiante, relataram as testemunhas, e lindas. Todas, ao mesmo tempo, ergueram os olhos para o céu. E aí, todas ao mesmo tempo e todas em uma fila longa e organizada, pegaram os cadernos e começaram a desenhar.

Ninguém deu muita atenção. O terreno do Edifício Feibel-Ross era uma coisa que chamava a atenção no mau sentido, feito um dente faltando no meio da boca. Era um vazio que falava alto. As pessoas apressavam o passo e olhavam para baixo. Ninguém percebia que estava fazendo isso.

As alunas da Vassar ficaram ali a tarde inteira. Desenharam sem parar, até bem depois de o sol se pôr. As pessoas se lembrariam disso depois, mas não conseguiam, nem por decreto, explicar por que esse detalhe era importante. Por que a presença das alunas – paradas, completamente imóveis, em fila na sarjeta, com o rosto voltado para os cadernos, concentradas e consternadas, ou voltado para o céu, com uma expressão que poderia ser interpretada como de expectativa, preocupação ou da mais pura alegria, dependendo de quem viu – era notável. Ou por que só repararam nisso quando era tarde demais.

Na manhã seguinte, bem cedo, antes de a Dragonização em Massa ter início, pessoas de todos os bairros de Manhattan encontraram – jogados em bancos de *parques, em escadarias do metrô e nas sarjetas – desenhos de mulheres. Milhares deles, espalhados pelas ruas. Que o vento levou até o para-brisa dos carros, feito folhas outonais, que entravam rodopiando nas janelas dos arranha-céus, feito pássaros. Mulheres de roupa social. Mulheres de roupão. Mulheres de casaco. Mulheres operando máquinas. Mulheres dirigindo. Mulheres arando. Mulheres de roupa de baixo e nuas. Mulheres na praia. Mulheres de vestido de noiva e em leito de núpcias. Mulheres com bebês no colo. Ou inchadas, com outros bebês no ventre. Ou limpando o nariz. Mulheres na escadaria de escolas. Mulheres dando adeus. Os desenhos estavam por toda parte.*

Ninguém sabia o que aquilo significava.

E, de quando em quando, aparecia uma folha de papel sem nada desenhado. Apenas uma frase, escrita com uma letra encantadora: "Os Martin O'Leary do mundo terão o que merecem".

Ninguém sabia o que isso significava, tampouco.

As moças da Vassar não chegaram a embarcar no trem naquela noite e não voltaram para o dormitório. Mães donas de casa ligaram em pânico para a polícia e para os familiares e notificaram os jornais. As moças não voltaram. Normalmente, isso teria saído no noticiário noturno do dia seguinte, claro, mas não saiu. O país viu suas mães se transformarem em massa em uma demonstração de raiva, violência e fogo. De repente, havia outras coisas a se pensar. E, sendo assim, todo mundo se esqueceu das moças da Vassar.

Quase todo mundo.

"Breve história das dragoas", do professor-doutor H. N. Gantz, PhD, clínico geral.

23

Ao longo do mês seguinte, comecei a encontrar folhetos minúsculos em lugares estranhos. Presos na portinha da caixa de correio, grudados com fita adesiva em um suporte para bicicletas, jogados na escadaria da escola. Tinham mais ou menos o tamanho da palma da minha mão.

ATENDIMENTO GRATUITO PARA PESSOAS CURIOSAS
Tem sintomas que não consegue explicar?
Uma sensação de que o lado de dentro é maior do que o lado de fora?
Nossos CLÍNICOS têm a resposta.
Oferecemos HONESTIDADE em vez de mentiras,
INFORMAÇÃO em vez de OFUSCAÇÃO.
Não há necessidade de marcar consulta.

Parei antes de abrir a porta do meu apartamento, porque reparei num cartão grudado no vidro. Tirei para ver se tinha endereço no verso, mas o cartão foi arrancado da minha mão pelo sr. Watt, o proprietário. Era um homem baixinho, com faixas de calvície, restando apenas alguns frágeis fiozinhos pendurados aleatoriamente em seu couro cabeludo cheio de sardas. Pareciam plumas num filhote de passarinho enrugado. Ele tinha um rosto retorcido, barba por fazer e estava sempre de cara amarrada.

— Se eu lhe pegar olhando para esse lixo de novo, vou contar para o seu pai. — Ele fazia ameaças constantes de contar coisas para o meu pai. Até onde eu sabia, o sr. Watt nunca havia contado nada.

Cruzei os braços.

— Não faço ideia do que o senhor está falando. Estava simplesmente grudado aqui na porta. O que eu deveria fazer com isso? Pensei que foi *o senhor* quem tinha colocado aqui. — Eu não tinha pensado nisso, mas não gostei do tom dele.

– *Umpf*. Esses malucos que vêm de fora com suas ideias malucas. Mais liberais do estado de Madison, se quer saber. Ou coisa pior. – Sua expressão ficou soturna. – *Californianos*. Bem, não na minha cidade, não mesmo.

Então ficou olhando para a rua, como se, naquele exato momento, hordas de caminhões lotados de *hippies* da Costa Leste dos Estados Unidos estivessem tomando conta da nossa cidade.

Ele rasgou o cartão em pedacinhos e pôs no bolso.

– Mas o senhor ao menos sabe do que se trata? Vivo encontrando esses cartões, pela cidade inteira.

– *Num vô dizê* nada. Mandei um bilhete para o seu pai sobre aquela sua menina. Que está aprontando de novo. É a última coisa que eu precisava! Dê um jeito nela ou pode encontrar outro lugar para morar.

Era uma ameaça vazia, eu sabia disso, mas me perturbou mesmo assim. O sr. Watt me empurrou e desceu as escadas até o apartamento dele.

Sacudi a cabeça.

"Atendimento para pessoas curiosas."

Eu tinha que admitir: fiquei meio curiosa.

No dia seguinte, na aula de Francês, três meninas da fileira da frente leram três cartões – todos levemente diferentes, mas anunciando o mesmo atendimento. Bati no ombro da mais próxima – uma garota alta chamada Emeline, que prendia o cabelo num coque alto, para exibir o pescoço comprido, e mostrava o anel de noivado que acabara de ganhar para todo mundo que chegasse perto. Ela nunca usava maquiagem – isso era proibido –, mas sua pele sempre dava a impressão de brilhar.

– Com licença – falei.

– Sim – ela virou seu brilho na minha direção, estendendo a mão com um belo floreio para me mostrar o anel –, é de verdade, caso esteja em dúvida. – E deu um sorriso condescendente.

– Como? – falei. – Na verdade, eu não estava… Estou curiosa com esses cartões. Por acaso tem um endereço?

A garota sentada ao lado dela, Marie-Louise – acho que era esse o nome dela –, espiou por cima do ombro de Emeline e revirou os olhos.

– Eles não podem simplesmente fazer propaganda desse tipo de coisa – explicou. – É assim que acabam mandando esses lugares fecharem as portas, sabe? – Ela olhou por cima do ombro e completou: – *O governo*.

– Por que o governo mandaria fechar as portas desses lugares? – perguntei. A irmã Leonie entrou na sala. Ela era uma coisinha minúscula, o rosto mais parecia uma noz, com olhos pequenos e cinzentos que brilhavam como duas moedas novinhas em folha. Os sapatos da freira guincharam quando ela se dirigiu à lousa. A irmã Leonie precisava usar uma vara comprida, com um pano na ponta, para conseguir apagar até lá em cima.

Marie-Louise foi logo pegando os cartões e enfiando no bolso.

– Use a cabeça – sussurrou ela. – Por que não mandariam? Mas, se realmente está curiosa, suspeito que logo vai saber mais.

– Como? – perguntei.

Marie-Louise não disse nada. Só encostou o indicador na boca, dando a entender que era segredo.

A irmã Leonie se virou.

– *Silence, s'il vous plaît* – disse, mas não de um jeito ríspido.

Abrimos o livro.

Quando me dei conta, setembro foi liquidado e outubro se instalou, com suas cores vibrantes, seus céus claros e ventos fortes. Beatrice se comportou na escola e voltava para casa com comentários elogiosos nos trabalhos, e todos os dias eu soltava um suspiro de alívio. Desenhar dragoas talvez tivesse sido só uma fase.

Beatrice não reclamava quando eu a levava para a biblioteca e passava horas e horas lá, quase todos os dias. Eu a deixava fazer tudo o que minha mãe me proibiu de fazer. Deixei minha irmã ver de tudo e ler o que bem entendesse. Elogiei a curiosidade dela. A sra. Gyzinska tinha vários assistentes que davam uma olhada em Beatrice, que às vezes a levavam para a sala das crianças para fazer artesanato, e ela voltava para casa usando coroas extravagantes cheias de purpurina, pulseiras cintilantes revestidas de papel-alumínio ou um par de asas de cores vibrantes. (As asas, joguei fora. Beatrice era criança: eu esperava que ela fosse esquecer. E me odiava por isso.)

Eu, por outro lado, não conversava com ninguém na escola. Ficava calada, olhando para o chão. Estava acostumada a ficar sozinha. Mais de uma vez pensei ter visto Sonja de relance. Sentada sozinha numa mesa do refeitório, ou parada perto de alguma porta. Nunca era ela. Mas, toda vez, sentia meu coração se partir, bem de leve. Eu tive uma amiga um dia. Mas meu pai a levou embora, arrastando-a pelo braço. Essa história não parava por aí, mas pairava a poucos milímetros além do meu alcance, logo ali, imaterial, feito fumaça. Tentei expulsá-la dos meus pensamentos. Não adiantava nada se ater ao passado, afinal de contas. Há uma certa liberdade no esquecimento. Ou, pelo menos, era essa a história que eu contava para mim mesma na época.

No primeiro sábado de outubro, Beatrice e eu fomos a pé até a biblioteca. Minhas costas se curvavam sob o peso dos livros em minha pasta, e Beatrice corria na frente. De braços abertos, como se fossem asas.

– Estou voando, Alex! – gritou ela. – Estou voando de verdade!

As mãos de Beatrice flutuavam lindamente, como as de uma bailarina. Com um pulo, subiu num muro de concreto e com outro pulo, desceu. Em qualquer outra ocasião, eu teria tirado um tempinho para admirar a força, a agilidade e a delicadeza dela. Mas, naquele dia específico, estava me sentindo sobrecarregada e com medo. *Como vou dar conta de tudo isso?*, me perguntei pela milésima vez naquele dia. *O que será de nós ano que vem?*, matutava. Tinha a sensação de que, a cada pergunta, mais uma pedra se somava às que eu tinha nas costas. Comecei a andar com uma corcunda permanente.

– Menininhas não voam – falei.

Beatrice parou e olhou feio para mim.

– Por que você sempre tem que estragar tudo? – perguntou, fazendo beicinho.

Eu não tinha tempo para aquilo.

– Não estou estragando nada. É a Ciência. Menininhas não voam. Elas andam, igualzinho às meninas grandes.

Não falamos mais nada até chegarmos à escadaria da biblioteca.

A biblioteca da nossa cidade foi construída nos anos 1890 pelo sr. Carnegie, magnata e filantropo, e depois foi expandida nos anos 1930. A sra. Gyzinska, que já era bibliotecária-chefe naquela época, também tinha mexido seus pauzinhos, e o Pelotão de Preservação Civil mandou dois artistas para pintar murais na parte infantil e no gabinete de leitura – cenas de floresta ricas em detalhes, com criaturas da floresta passeando por árvores de copa vasta e cheia de folhas, bem como fadas, duendes ou *trolls* saindo de esconderijos muito bem pensados. Também tinha um teto cheio de galáxias e estrelas nas estantes de Ciências. A sra. Gyzinska tinha… contatos incomuns para uma bibliotecária de cidade pequena. Ela assumiu o posto quando era bem jovem e simplesmente não largou. Para nossa sorte. Era a construção mais bonita da cidade. Dava a impressão de que todos os caminhos levavam à biblioteca.

Beatrice entrou saltitando e acenou alegremente para o bibliotecário-assistente.

– Oi, sr. Burrows! – falou, um pouco alto demais, mas ele não chamou sua atenção por isso. Beatrice bateu os braços. – O senhor gostou das minhas asas? Hoje eu sou…

– *Uma menininha* – falei, por reflexo, também mais alto do que pretendia.

– Hoje ela é uma menininha. Assim como em qualquer outro dia. – Lembrei da minha mãe de macacão arrastando Beatrice para dentro de casa quando ela dizia algo errado. Fiz careta, expulsando essa lembrança.

Beatrice olhou feio para mim. O sr. Burrows, que tinha se abaixado, deu um sorriso amarelo, mas foi discretamente erguendo o corpo. Ele era, boa parte do tempo, um rapaz inabalável.

– Tudo seu é lindo, Beatrice – comentou, tentando ser diplomático. – Com ou sem asas. Aliás, chegaram uns materiais novos na biblioteca, na sala de artesanato, e eu ando louco para experimentar. – Uma mentira descarada, mas eu não falei nada. – Talvez a gente possa fazer um par de asas para sua irmã. Ou para mim. Será que bibliotecários podem ter asas? Talvez todo mundo devesse ter asas.

– Alex não precisa de asas. – Beatrice foi caminhando de lado até o sr. Burrows e pegou na mão dele. – Ela só caminha. Feito uma imbecil. – Beatrice olhou feio para mim de novo, mas dava para ver que fora temporariamente apaziguada. E foi saltitando até a escadaria dos fundos.

Eu me dirigi às estantes.

Já estava trabalhando há bem mais de duas horas quando a sra. Gyzinska se aproximou da mesa onde eu me debruçava sob um conjunto de problemas especialmente vexatórios.

Desde que minha mãe faleceu, comecei a passar cada vez mais tempo na biblioteca, e a sra. Gyzinska fazia questão de vir sentar comigo. Às vezes, para conversar, mas normalmente ficava apenas sentada por um bom tempo, sem dizer nada, cuidando com cuidado da papelada da biblioteca ou apenas lendo um livro. Eu gostava disso. Pode parecer estranho, mas gostava do fato de não ter que me explicar. Eu gostava do fato de não ter que conversar, mas também de não estar sozinha. De quando em quando, ela ia comigo até o jardim dos fundos da biblioteca e conversávamos por um bom tempo sobre Matemática, Química ou Jane Austen. Eu gostava da companhia dela.

Nunca cheguei a contar da nossa situação de moradia para a sra. Gyzinska. Ela com certeza sabia que eu era a responsável por Beatrice. Indagava com frequência a respeito do bem-estar do meu pai e da minha madrasta, e eu sempre respondia "Eles estão bem, obrigada por perguntar", mesmo que, na verdade, eu não fizesse a menor ideia. E, todas as vezes, a sra. Gyzinska apertava bem os lábios, numa expressão séria.

– Bem – ela sempre dizia –, pelo menos, estão com saúde.

O que era algo estranho de se dizer. Nunca comentei. Nós simplesmente deixávamos isso pairar entre nós, intocado.

Não tirei os olhos dos problemas quando ela se aproximou da minha mesa. Como sempre, a sra. Gyzinska não disse nada. Ela obedecia de forma fastidiosa à regra do silêncio entre as estantes. Bateu com as juntas dos dedos inchados na velha mesa de carvalho para chamar minha atenção. Fez sinal para eu ir atrás dela e foi em direção à sala dos fundos. Apesar dos ombros encurvados e das dores na coluna, apesar de mancar levemente da perna esquerda, a bibliotecária ainda andava rápido. Tive que apertar o passo para acompanhá-la.

A sra. Gyzinska era muito velha (era difícil para mim dizer, na verdade, quão velha ela era) e fora viúva boa parte da vida. Quando jovem, conseguiu uma bolsa de estudos para cursar uma universidade de prestígio na Costa Leste e fugiu para se casar com o jovem herdeiro de uma família proeminente (indo contra os desejos dos pais dele). De família rica e tradicional, como dizem (o tipo de riqueza que tem até fuso horário próprio). E aí o marido morreu jovem, pouco depois de os dois se casarem, em circunstâncias constrangedoras. Nunca descobri que circunstâncias foram essas, exatamente, só que a família se aproveitou disso para impedir a sra. Gyzinska de herdar a parte da fortuna da família que cabia ao marido. Para silenciá-la, lhe deram um fundo pequeno, mas rentável, capaz de garantir uma vida confortável, bem como uma conta separada, muito mais polpuda, para financiar qualquer organização que a sra. Gyzinska tivesse interesse em se dedicar, sabendo que a filantropia abriria mais portas – e portas maiores – para a ex-nora do que um diploma universitário jamais poderia. Foi por causa do poder econômico dessa família – que não tinha nenhuma conexão com a minha cidadezinha no estado do Wisconsin – que tínhamos um sistema de bibliotecas que contava com tanto financiamento e era tão excelente. Todo mundo na cidade sabia dessa história, e todo mundo fingia que era um grande segredo. A sra. Gyzinska se tornou bibliotecária-chefe e comissária-chefe do sistema de bibliotecas do condado quando tinha apenas 24 anos e prezou pela excelência da biblioteca até o dia em que morreu.

Quando entramos na sala, a bibliotecária fechou a porta e mandou eu me sentar na mesa comprida que, normalmente, era utilizada para organizar os livros ou colar lombadas rachadas. Foi até o canto e serviu duas canecas de café bem quente – que queimou minha boca, mas gostei mesmo assim. Ela queria me mostrar uns livros, porque tinha comprado várias coisas para a sessão de livros de referência. Comecei a folheá-los, afoita. A sra. Gyzinska ficou me observando, bebericando o café lentamente. A pele dela se amontoava suavemente, feito pétalas, e seus olhos eram pequenos, vivos e aguçados. Estava com uma pilha de envelopes no colo e me mostrou.

Meu estômago embrulhou de leve.

– Tomei a liberdade – falou, bem devagar – de solicitar as informações no seu nome. – Ela foi soltando os envelopes em cima da mesa, um por um. O papel sussurrava em contato com mais papel, como o som do vento batendo nas árvores. Fiquei olhando para os envelopes. – São requerimentos de bolsa de estudos. Você é uma boa candidata. O fato de ser mulher vai pesar contra você, receio, porque o mundo permanece em seu atual estado, mas suas conquistas falam por si. Sei que todos os professores que dão aula nos programas por correspondência... Se algum deles não quiser escrever uma carta de recomendação para você, deixe comigo, que eu resolvo. São poucos os que não me devem um grande favor. Posso sugerir que preencha seu nome como Alex e simplesmente... esqueça de ticar todas as caixinhas que possam identificar que você é mulher, deixe que eles se resolvam.

– Eu teria feito isso de qualquer modo – falei. Desde que comecei com os cursos por correspondência, meus professores me conheciam por Alex, não por Alexandra. E me enviavam avaliações repletas de elogios. Até hoje, não sei ao certo se alguns deles teriam feito isso se soubessem que as avaliações eram para Alexandra.

Eu me obriguei a dar uma olhada nos envelopes e obriguei meu rosto a manter uma expressão neutra. Mas, o tempo todo, a ansiedade apertava minhas entranhas, feito um torniquete. Minha visão ficou um pouco borrada e senti o suor começar a brotar na nuca. E Beatrice? Como ia conseguir fazer tudo aquilo? Eu não sabia e não podia falar isso em voz alta. A sra. Gyzinska, pelo jeito, me ouviu mesmo assim. Mudou de posição na cadeira, e as pernas do móvel rangeram. Pigarreei e olhei de novo para os envelopes. Percebi que ela havia colocado o envelope da universidade em que se formou por cima. Imaginei que o lugar devia parecer um castelo, todo coberto de heras.

Devolvi esse envelope para ela.

– Essa não dá – falei, apática. – Mesmo que eu passasse, não tem como.

A sra. Gyzinska ficou me olhando em silêncio. Tomou um gole de café. Não perguntou nada.

O silêncio reinou, até eu não aguentar mais.

– Quer dizer – falei –, eu agradeço. Agradeço muito. E, definitivamente, vou fazer faculdade. É só que... – Deixei a frase no ar.

Ela pôs a caneca em cima da mesa. Estava com uma expressão tranquila e agradável. Não me pareceu nem um pouco constrangida.

Engoli em seco e tentei de novo.

– É tão longe. E, onde quer que eu vá, tenho que levar Beatrice comigo. Então...

Mais um silêncio interminável.

– Beatrice não vai morar *aqui* – disse a sra. Gyzinska, por fim. – Com o seu pai e a sua madrasta. É isso que você quer dizer. – Ela uniu as pontas dos dedos e apoiou o queixo sobre eles. – A família dela...

– Sou eu – falei. Olhei para minhas próprias mãos. – Somos só Beatrice e eu, nós duas. É assim que sempre vai ser. Meu pai não tem o menor interesse que eu faça faculdade e já deixou isso bem claro, e quer que a gente se vire sozinha. É um desafio e tanto, mas será um desafio ainda maior numa universidade de gente rica. Se é que a senhora me entende. Lá não tem muita gente na minha situação. Fica difícil imaginar que seriam capazes de compreender, que dirá prover um alojamento para mim, nessas circunstâncias.

A expressão da sra. Gyzinska se abateu de leve, mas aí ficou implacável como sempre.

– Bem – disse ela, sacudindo as mãos, como se não fosse nada –, receio que tenha razão. Não tem importância. Em todo caso, a carta de recomendação que eu já escrevi para você vai servir tanto na Universidade do Wisconsin quanto em qualquer outro lugar. Também tenho uma influência considerável por lá. A questão, claro, é como podemos convencê-los a permitir que você nas acomodações para pessoas casadas e famílias, já que, afinal de contas, você e Beatrice são uma família, em vez de ter que encontrar um lugar para ficar numa cidade que não conhece e com recursos limitados. Ninguém deveria fazer isso sozinha. Muito menos uma... – Nessa hora, ela apertou os lábios. – ...uma Matemática.

Ela fez careta. A sra. Gyzinska gostaria que eu estudasse Filosofia, acho eu.

De repente, fez um barulho de água lá fora. Olhei pela janela e vi Beatrice e o sr. Burrows chapinhando na lama com botas de borracha. Ele segurava um suporte cheio de tubos de ensaio e ela, uma seringa comprida.

– Agora, veja bem – pude ouvi-lo explicando –, precisamos tomar muito cuidado e prestar atenção de onde exatamente queremos tirar nossas amostras, porque assim poderemos... Ai, Beatrice, isso é o contrário do que eu... Ah, céus.

A sra. Gyzinska revirou os olhos.

– É por isso que nunca tive filhos – comentou, sacudindo a cabeça. Depois se lembrou de que eu estava ali, se recompôs e deu uns tapinhas na minha mão. – Não tenho o seu talento – completou, tentando ser diplomática.

Soltei um suspiro e apoiei a testa nas costas da mão.

– Não sei se tenho esse talento – falei. Era tanta coisa. Era tanta, tanta coisa.

Abri meu livro e comecei a ler. Não queria ser grosseira, apenas tinha muito trabalho a fazer. E um tempo curto e precioso para isso. Tentei acalmar o redemoinho de pensamentos ansiosos que se emaranhavam dentro da minha cabeça. Só a ideia de parar de estudar já me parecia o fim do mundo. Quem eu era, afinal de contas, sem a clareza da Matemática? Sem teoremas, equações, ângulos e variáveis? Sem medidas exatas e análises racionais? Pensei na minha mãe, no câncer que a comia por dentro. Na minha imaginação, seu tumor parecia uma dragoa. Eu me imaginei de armadura, como um cavaleiro. Imaginei que entrava nas profundezas do corpo da minha mãe – procurava, encontrava, apontava e matava o tumor. Sublinhei trechos e fiz notas nas margens do meu livro com tanta força que quase rasguei o papel.

A sra. Gyzinska não se mexeu. Ficou ali sentada por um bom tempo.

Beatrice continuou chapinhando na lama, com o sr. Burrows atrás, todo atrapalhado. Ela gritou de tanto rir.

A sra. Gyzinska inclinou a cabeça para a esquerda.

– Ela é indomável, essa sua Beatrice.

Não respondi. O que poderia ser dito? Ela era indomável porque eu não a educava bem? Talvez, mas achava que não. Beatrice sempre foi ela mesma.

– Fale-me da mãe dela – disse a sra. Gyzinska, delicadamente.

Levantei a cabeça de supetão.

– Nossa mãe morreu – falei. As palavras saíram rápidas e em sequência, feito um tapa.

A sra. Gyzinska ficou em silêncio por um instante.

– Eu quis dizer… – Ela parou para pensar. – Eu quis dizer da outra mãe dela – completou, com uma voz que era praticamente um suspiro.

Ficamos sem falar nada por um bom tempo. Tive plena consciência da descarga de sangue em minhas veias, do zumbido em meus ouvidos. Cada vez que eu respirava, sentia o calor do meu corpo começar a aumentar, até que fiquei com medo de pegar fogo. Cerrei bem os punhos e afundei as unhas na parte de dentro das mãos até sangrar.

Como nos lembramos dos instantes em que desmoronamos? O tempo não passa da mesma maneira quando ficamos assustados, frustrados ou furiosos. Os instantes se sobrepõem e se separam, feito um nó que se desfaz de dentro para fora. O que aconteceu naquele instante é um emaranhado. Passei anos tentando desatar o fio da memória, deixá-lo sem nós, mas isso é impossível. O que sei é que minha reação à pergunta da sra. Gyzinska foi rápida, desafiadora e passou completamente dos limites. Eu me lembro de ter levantado a voz. E me lembro de ter atirado um livro numa parede coberta de avisos. Eu me lembro do cheiro de cola no meu nariz, do som que as pernas da cadeira de madeira fizeram ao arranhar as tábuas do chão, e de ter batido as mãos na mesa. E me lembro da sra. Gyzinska com as mãos no colo, a cabeça levemente inclinada para a esquerda, o rosto levemente enrugado olhando para mim com um ar de curiosidade plácida, sem qualquer traço de raiva – o que me deixou ainda mais com raiva. Eu me lembro de ter saído pisando firme em direção às estantes e de ter batido a porta. E me lembro de ter ficado com vergonha de mim mesma.

De fato, é da vergonha que mais me lembro.

De repente, enquanto eu fervia de raiva e soltava palavrões, enquanto colocava a pasta nas costas e saía pisando firme da sala, fui inundada por lembranças. Lembranças da minha mãe. Lembranças da minha tia. Que vieram à tona rápido, densas e afiadas, feito uma agressão. Eu me lembro de pensar na mesa de jantar da minha casa – os adultos constrangidos, minha tia elogiando minha mãe, falando sobre seus talentos e conquistas, e minha mãe desconversando.

Minha mãe não se dragonizou – mas será que poderia ter se dragonizado?

Minha tia se dragonizou – mas e se não tivesse se dragonizado? E se ela tivesse ficado, e se Beatrice e eu pudéssemos ter morado com ela depois que minha mãe morreu, com seu jeitão de homem, seu sorrisão? Com suas mãos hábeis e comentários pertinentes?

Eu estava com raiva. Estava com tanta raiva. Da minha mãe. Do câncer que ela teve. Do meu pai, por ter nos abandonado. E eu estava com raiva da minha tia. Por ter abandonado minha mãe. Por ter abandonado Beatrice. Por ter me abandonado. Porque eu precisava dela.

Fui subindo a escadaria e a sra. Gyzinska veio atrás. Ela dava a impressão de estar calma e sem pressa, apesar de se movimentar rapidamente, acompanhando meus passos. Isso também me deixou furiosa.

– Beatrice não tem mãe – falei, sem virar para trás. – Eu não tenho mãe. Eu só tenho Beatrice, e ela só tem a mim.

Não foi só isso que eu disse. Sei que disse mais do que isso. Coisas maldosas. Coisas ditas com ódio. Eu não me lembro de quase nada. E me lembro de ter chamado a sra. Gyzinska de velha coroca, de bisbilhoteira e de chata esnobenta. Eu nunca tinha pensado isso dela e acredito que tampouco pensei naquele momento. Eu só disse isso para ser maldosa. Apesar de a sra. Gyzinska acreditar em mim. Talvez até me amasse. Minha pasta ficava batendo na minha cintura. Eu precisava encontrar Beatrice.

– Eu só estou dizendo… – ela começou a falar.

– Não há nada a dizer. – Quase cuspi. Corri pela biblioteca, procurando minha irmã.

– Só sinto que vale a pena falar… – arriscou a sra. Gyzinska, acompanhando meus passos apesar da idade e das pernas curtas.

– Beatrice! – chamei. Bem alto, apesar de estarmos na biblioteca.

– …que certo contato é uma possibilidade. Você entende o que estou dizendo? Sua tia, seja em que forma estiver, poderia…

– Cadê essa menina? – Eu urrei. As pessoas que estavam na biblioteca olharam.

– Você vai precisar de toda a ajuda que puder conseguir. Em qualquer... forma. Então, vale a pena...

– BEATRICE! – gritei.

Eles não estavam na seção infantil. Olhei pela janela. Não estavam mais lá fora. Girei nos calcanhares e fui correndo para a sala de artesanato.

A sra. Gyzinska era *tão velha*. E, mesmo assim, continuou tentando ficar na minha frente, me ultrapassando enquanto eu corria no meio das estantes. Mães pegaram os filhos pequenos pela mão e saíram da minha frente.

– É difícil falar disso, eu lhe garanto, dada a situação ridícula em que nossa cultura nos coloca. Basta dizer, contudo, que *existem* pesquisadores que estão estudando com paciência, cuidado e, infelizmente, em segredo, esse tipo de situação. Não é fácil. O Congresso tem investigado todo mundo com fervor ultimamente. Em todo caso, existe a possibilidade de ter opções. Você me entende? Existe um precedente, Alex, *um precedente*. É isso que estou tentando lhe dizer.

Eu a ignorei, desci correndo as escadas e encontrei Beatrice com guache até os cotovelos.

– Venha – falei. – Vamos embora.

– Mas eu acabei de começar! – ela protestou, colocando as mãos na cara de desalento e deixando duas grandes impressões de mão nas bochechas, uma vermelha e uma azul.

– Vá se limpar – falei, ríspida. Olhei feio para o sr. Burrows. – O senhor pode ajudar, por favor? – O bibliotecário, inabalável como sempre, levou Beatrice até a pia.

– Mas! – disse ela, mas nem tentou completar a frase.

– Alex, você pode, por favor, me *escutar*? – A sra. Gyzinska arfava atrás de mim.

Eu não sabia por que estava com tanta raiva. Pensei na minha tia parada no meio da própria casa destruída por uma dragoa. Pensei no *quanto* quis que ela aparecesse no quarto de hospital da minha mãe. Para vingá-la. Para nos vingar. Uma força elementar de raiva, violência e fúria justiceira. Eu sentia calor na pele. Sentia calor nos ossos. Fazia *calor demais* na biblioteca.

– Pegue suas coisas – falei para Beatrice.

A sra. Gyzinska se recompôs. Cruzou as mãos, apoiou-as calmamente na barriga saliente e respirou fundo. Até a calma dela me deixava furiosa, pelo jeito.

– Essa biblioteca é sua, Alex, minha querida. Sempre foi e sempre será. Peço desculpas por ter a chateado. Mas penso, sim, contudo, que você pode ter interesse em ler parte desta pesquisa. Tenho os escritos aqui, se quiser dar uma olhada. Foi cortada, entende? Cancelada pela mesma entidade que a financiou. Posso colocá-la em contato com alguns dos cientistas que estão pesquisando isso, se estiver interessada. Mas precisa entender que o que aconteceu nos Estados Unidos não foi o primeiro evento desse tipo. Esse é um fenômeno bem conhecido. E é importante ressaltar *que nem todas as dragoas ficam sumidas para sempre*.

– Nem todas o quê? – perguntou Beatrice, que tinha se aproximado da sra. Gyzinska, toda saltitante, para lhe dar um abraço, como sempre fazia.

– As dragoas, claro, querida.

De repente, me senti fincada no chão. Sem ar. Sem tempo nem movimentos, feito uma borboleta fincada em um painel, com uma agulha atravessada no tórax. O que é a raiva, aliás? O que a raiva faz? Minha mãe não era uma pessoa dada à raiva. Ou, pelo menos, não acho que era. Minha tia tinha tanta raiva que acabou sendo demais para o seu corpo. Destruiu sua casa, engoliu o marido e deixou uma família despedaçada para trás. Eu não queria isso, mas não sabia o que fazer com a minha raiva. Senti o mundo tremer, senti minha pele queimar e soltei um vulcão de palavras que bateram nos meus dentes ao sair da minha boca.

Não me lembro o que eu disse. Só que foram palavras cruéis. Só que fizeram o pobre do sr. Burrows ficar muito vermelho, depois falar: "Chega desse linguajar!". Só que fizeram Beatrice chorar.

Peguei minha irmã pela mão e saí da biblioteca.

Ela não falou comigo durante todo o trajeto até em casa.

24

Essa raiva, de onde veio? Não fui criada para ser uma pessoa raivosa. E, apesar disso...

Enquanto voltava para casa a pé, minha raiva não se dissipou. Se enrolou dentro de mim, feito uma mola, tentando se soltar.

Estava quente para o início de outubro, e as folhas estavam apenas começando a mudar de cor, pinceladas de vermelho maçã do amor ou dourado escuro brotando em meio ao verde. Passamos por uma casa que tinha uma árvore no início do quintal, carregada de maçãs, e uma placa escrito POR FAVOR, PEGUE. Nós duas a ignoramos, apesar de costumarmos não fazermos isso. Beatrice não queria me dar a mão. Andava um pouquinho à frente de mim, com passos lentos e perplexos.

Fiquei esperando ela dizer alguma coisa. Alguma coisa em tom de acusação. Alguma coisa em tom de raiva. Alguma coisa em tom de reprovação. Qualquer coisa. Eu me lembrei da expressão da minha mãe quando vinha nos repreender por termos saído da linha. E me lembrei da expressão da minha mãe no momento do tapa. Quando o medo se torna raiva? Quando a raiva se torna medo? Ou será que eram a mesma coisa?

– Beatrice? – Titubeei. Ela apertou o passo. – Beatrice, eu...

Beatrice simplesmente se afastou ainda mais de mim. Como, de todo modo, eu não sabia direito o que queria dizer, apenas deixei morrer o assunto. Minha raiva não passou. Mudou de lugar e se acomodou. Foi se enroscando pela minha barriga e formando uma espiral em volta de cada um dos meus ossos.

Andamos em silêncio até em casa. Beatrice era uma boa menina. Ficou olhando para o chão. Eu também, por hábito. E mesmo assim... Eu tinha que me segurar para não olhar cada vez mais para cima. Parecia que meu olhar, de alguma maneira, era atraído pelo magnetismo do céu.

Por volta da meia-noite, bem depois de Beatrice e eu termos jantado e de eu tê-la levado para a cama, emburrada, e bem depois de ter ouvido o início de seus roncos, que duravam a noite inteira, no outro cômodo, fiquei em pé, calcei as botas, pus o casaco nas costas e saí. Deixei um bilhete para minha irmã no aparador da entrada, só para garantir. E tranquei a porta.

Tenho vergonha de admitir que essa não foi a primeira vez que saí à noite, deixando Beatrice sozinha em casa. Mesmo ela sendo tão novinha. E se Beatrice acordasse? E se alguém entrasse no nosso apartamento? No que eu estava pensando? Se tivesse filhos hoje, não faria isso, nem em um milhão de anos. Mas eu era adolescente e displicente, como todo adolescente. E impulsiva, como todo adolescente. E impaciente. Desde o início das aulas, minha impaciência tinha aumentado – parecia uma espécie de coceira, como se meu corpo não coubesse mais na minha pele. O mundo era uma peça de roupa incômoda, de tecido duro, costuras ásperas e uma etiqueta que não dá trégua. Eu só queria despir aquela coisa toda, mas substituí-la pelo *quê*? Eu ainda não sabia ao certo.

Virei na rua Spencer e fui andando em direção ao rio. Naquela época, a beira do rio do lado da cidade era uma mistura de fábricas abandonadas e terrenos baldios, programados para se tornarem indústrias algum dia. Era um lugar à espera e silencioso. Do outro lado do rio tinha um amplo brejo de *cranberries*, pontuado, de quando em quando, por pequenos trechos de salgueiros emaranhados. No verão, o brejo coaxava, com as vozes guturais dos sapos que cantavam sua luxúria, sua esperança e seus anseios na escuridão. Agora, contudo, estava em silêncio, tirando o sussurrar do vento que passava pelo o mato do charco e o gemido dos galhos de salgueiro na brisa incessante.

As freiras diziam que a gente devia tomar cuidado com aquele lugar. "Nunca vão sozinhas até o rio", diziam. Havia homens lá, afinal de contas, escondendo-se nas sombras e morando nos canais. Bêbados. Andarilhos. Vagabundos que não conseguem encontrar emprego porque não têm habilidade ou caráter. *Beatniks* com suas ideias antiamericanas e sua devoção lasciva à poesia, a fumar um cigarro atrás do outro e ao jazz. (Parênteses: nenhum *beatnik* foi de fato avistado nesta região do estado de Wisconsin em 1963, mas todo mundo sabia que, se um dia algum *aparecesse*, *provavelmente* seria encontrado perto do rio.) Mas eu adorava ficar perto do rio. Ainda adoro. As ruínas do antigo moinho de papel, de quando a fábrica ainda não tinha se mudado mais para adiante, continuavam de pé, gigantes e caindo aos pedaços, cobertas de pássaros. Chegaram a falar em transformar o lugar num parque, mas os amantes da indústria não podiam suportar a ideia de que o rio ficasse desprovido das noções masculinas de produtividade. Era melhor esperar, disseram, caso outro capitão da indústria aparecesse e quisesse utilizar aquele espaço. Sendo assim, a construção permaneceu, existindo apenas como refúgio de martas, raposas e nuvens negras de corvos. Fui contornando a beirada do terreno e andei até o muro contra enchentes. Normalmente, não tinha ninguém ali. De quando em quando, eu via um grupo de alunos da Universidade do Wisconsin pegando amostras da água ou do solo ou observando o céu noturno com seus telescópios.

Fui acompanhando o muro até chegar a um ponto onde tinha uma escadaria que levava ao rio. Ao que tudo indica, não havia mais ninguém ali, o que foi um alívio. Eu me sentei na metade da escadaria, me apoiei nos cotovelos e fiquei olhando para a escuridão. O charco e o brejo de *cranberries* do outro lado eram invisíveis. Até o rio fluía e ondulava na escuridão. Como as luzes da cidade atrás de mim eram bloqueadas pela antiga fábrica, que era enorme, o céu noturno se abriu, e as estrelas, uma a uma, foram se anunciando.

"A região do rio é perigosa."

"Moças que andam sozinhas correm perigo."

Talvez tivessem razão. Ainda assim, era bom ficar naquele silêncio. E era bom ficar sozinha. E era bom *não ser reprimida*, como um pássaro deve se sentir quando se dá conta de que aquela coisa que o prendia não passava de uma casca de ovo – delicada e frágil, apenas esperando para ser despedaçada.

Eu estava com raiva, mas, me dei conta disso com um susto, não era da sra. Gyzinska. Então de quem eu *estava* com raiva? Eu não sabia nem por onde começar.

Alguma coisa se mexeu no brejo do outro lado do rio. Alguma coisa grande no emaranhado de bétulas. Não dava para ver, mas supus que deveria ser uma vaca que tinha fugido de alguma das fazendas, que não ficavam muito longe da cidade, mas também poderia ser um cervo ou um alce. Seja lá o que fosse, se arrastava pelo lodo com passos pesados. Eu me apoiei nos cotovelos e olhei para cima. Estava frio e ficava cada vez mais frio, o vento fustigou minha pele. Mas as estrelas brilhavam com força e nitidez lá em cima, uma claridade agressiva. A vergonha que eu sentia do meu comportamento naquele dia se instalou em meu peito feito um peso pesado. Eu resmunguei, alto.

– *Psss* – disse uma voz ao longe, à minha esquerda. – Você vai assustá-la.

Levantei depressa, soltando um grito.

– *Shhh* – disse a voz. Espremi os olhos na escuridão. A menos de dez metros, tinha um homem sentado num banquinho dobrável, em uma mesa minúscula, apenas um retângulo, pouco maior do que o colo dele, com pernas também dobráveis. Ele segurava um aparelho que lembrava um binóculo, mas era maior, mais pesado e precisava ficar apoiado num suporte em cima da mesa. O homem também tinha um bloco de taquigrafia aberto diante de si e uma pequena lanterna de bolso. Olhava através daqueles binóculos estranhos. Anotava coisas sem parar.

Eu não sabia como reagir. Será que estava interrompendo o homem ou ele é que estava me interrompendo?

– Perdão? – falei, por fim.

Ele sacudiu a mão, dando a entender que não foi nada.

– Imagine – sussurrou. – Acho que ela não ouviu você.

Olhei ao meu redor. Não vi mais nada. Claro que, há pouco, também não tinha visto o *homem*.

– Ela? – perguntei.

Ele apontou para o outro lado do rio. As bétulas tremulavam. Eu ainda conseguia ouvir o som daqueles passos pesados e molhados no lodo.

– Ali – sinalizou ele. A lua estava fraca, mas a pouca luz que irradiava era refletida pela água. O homem era muito velho. Usava um suéter grosso e, pelo que pude ver, um casaco militar. O boné de inverno estava puxado para baixo, tapando suas orelhas. – Ela não é linda?

Espremi os olhos de novo.

– Não vejo nada. É algum animal?

– É um animal como eu e você – murmurou ele. Então sublinhou o que estava escrevendo e, em seguida, se endireitou no banco, virou e ficou de frente para mim. – Mil desculpas – falou, dando um sorriso. – Que grosseria a minha. Eu me chamo Henry. Dr. Henry Gantz.

De onde conheço esse nome?

– Olá – falei, ignorando a pulga atrás da orelha. – Eu me chamo Alex. – E não lhe disse meu sobrenome.

O sorriso do homem ficou mais largo.

– Ah! Claro! A órfã. Ouvi falar de você. Você é muito elogiada por todos os bibliotecários. O dia inteiro, não param de me contar histórias sobre a garota brilhante que tem um futuro ainda mais brilhante. – Ele ficou em silêncio por um instante e completou: – Suponho que tenham razão, mas preciso de dados para verificar tais hipóteses.

– Ah – falei. – Obrigada?

– Não tem de quê. – Nessa hora, o homem deu um sorriso indulgente. – Eles me acolheram, esses bibliotecários. E sua biblioteca também, creio eu. E me deram espaço para realizar minha pesquisa. Eu também sou meio órfão, mas do tipo científico. E sou órfão político também, creio eu, mas essa já é outra história.

Eu não sabia o que nada daquilo significava, mas fiquei meio mordida por ter sido chamada de "órfã" – apesar de, do ponto de vista funcional, até que era verdade. Em sua origem, isso eu sabia, a palavra significava "desprovido", um fato que arquivei depois de ter aprendido na escola. E apesar de ser uma palavra até que exata – perdi minha mãe, afinal de contas, meu pai era ausente, eu tinha uma tia que não existia mais e tinha que fazer tudo sozinha, então "desprovida" basicamente resumia a situação –, pelo menos eu tinha Beatrice. E ela tinha a mim.

Enfiei as mãos nos bolsos para aquecê-las.

– Acho que "órfã" não é uma palavra muito lisonjeira – eu comentei, empertigada.

O homem pode até ter me ouvido, mas não deu nenhum sinal disso.

– Também fiquei sabendo do seu pequeno ataque de raiva hoje, na biblioteca. – Ele deu uma risadinha. – Todos estão falando *disso* também.

A vergonha fervilhou em meu estômago. Eu ia ter que me desculpar com a sra. Gyzinska. E com o sr. Burrows também, provavelmente. Mas ainda não era a hora. Resolvi mudar de assunto.

– O senhor trabalha na biblioteca? – Dei um passo na direção do homem, tentando ver melhor o rosto dele. Não o conhecia. – Nunca lhe vi lá.

– Mais ou menos – respondeu ele, anotando alguma coisa no bloco de taquigrafia. – E não fico surpreso com o fato de você não me reconhecer. Eu faço o meu *trabalho* na biblioteca, se é que me entende. Graças à generosidade da querida sra. Gyzinska. Deus abençoe essa mulher. O mundo não a merece. Mas não fico andando por aí em público com muita frequência. É melhor ser discreto no trabalho que faço, entende? É por isso que meu escritório fica meio fora de mão. Eu tomo conta do lugar depois que a biblioteca fecha. Mas isso não é tão ruim assim para aqueles de nós que têm a curiosidade como profissão.

Fiquei parada ali, em silêncio, por um bom tempo. O doutor não reparou que eu estava tentando entender o que ele disse. Olhou através daquela geringonça e fez mais anotações. Tive vontade de espiar o que ele estava escrevendo.

– Então… o senhor é professor universitário? – perguntei.

– Em *priscas eras*, já fui – respondeu ele, com um dos olhos grudados na lente do aparelho. – Na época em que me chamavam mesmo de "doutor". Chique, não é? *Dr. Gantz*. Agora só me chamam de "velho". – Ele anotou uma palavra e sublinhou, com um traço firme.

– O senhor provavelmente ainda pode se apresentar como doutor. Se isso lhe deixa feliz. Até onde sei, quando uma pessoa se torna doutor, vira doutor para sempre, certo? – Admito que eu não fazia ideia de como isso funcionava.

Ele ignorou meu comentário.

– Por favor. Fale baixo. Não quero que você a assuste. – Olhei para o outro lado do rio. Tudo aquilo por causa de uma vaca?

– O que lhe faz pensar que é uma fêmea? – perguntei. Mas aí me senti boba pela pergunta: todas as fazendas que criavam gado de leite que eu já vira na vida só tinham fêmeas. Os machos só eram trazidos de vez em quando, de caminhão, quando chegava a hora de obrigar todas as vacas a se tornarem mães. É claro que era uma fêmea.

O doutor virou a página e começou a escrever de novo.

– Bem, esta é uma ótima pergunta! Muito astuta! É bem verdade que a maioria é fêmea. Mas, justiça seja feita, não todos. Só que essa é uma visão controversa, e não há muito consenso a esse respeito graças à falta de debate científico e do estrangulamento da comunidade pensante, mas não vou nem começar a falar desse assunto! – Ele engoliu uma risada, como se essa fosse uma piada interna entre nós dois. Eu não fazia ideia do que o Dr. Gantz estava falando. – Respondendo à sua pergunta, sei que esta é uma fêmea porque estou observando há horas. Que criatura fascinante. Muito velha. Esse tipo de coisa demora muito mais quando são velhas, o que vale para quase tudo, sendo sincero, mas você ainda terá muitos anos pela frente até ter que aprender isso. Em todo caso, o ritmo lento é uma dádiva, na verdade, fantástico para minha pesquisa. Muitas oportunidades de observação.

Ele era um homem estranho. Perturbador. Parecia conversar com seus botões e não de fato comigo. Perdi a vontade de ficar lá.

– Bem, prazer em conhecê-lo. Preciso ir embora. – E acenei para ele.

O homem tirou os olhos do bloco.

– Ah, mas já? Precisa mesmo ir? Se ficar, poderá vê-la alçando voo. É incrível vê-las usarem as asas pela primeira vez.

Fiquei sem cor.

– *Asas?* – perguntei. O rio gorgolejou, o brejo arrotou e o vento sacudiu o mato e as árvores. Estremeci. Ouvi um suspiro vindo de algum lugar, mas não consegui distinguir de onde. Um animal? Ou seria só o vento exalando através das janelas sem vidro da construção atrás de nós? – Ah. É um pássaro? Estava fazendo tanto barulho que eu achei que deveria ser uma v... – Eu não queria revelar o que eu tinha pensado. Por que uma vaca estaria no brejo de *cranberries*? Não queria que o Dr. Gantz achasse que eu era boba. – Então, um pássaro, o senhor disse. – Eu não estava causando uma impressão muito boa.

Ele ficou em silêncio por um bom tempo, os lábios levemente retorcidos para o lado.

– Claro – respondeu. E anotou alguma coisa. – Um *pássaro*. – Seu tom de voz era apático. – Tenha uma noite maravilhosa. – Então voltou a olhar através do binóculo e começou a desenhar alguma coisa, sem olhar para o papel. Eu dei as costas e fui embora sem dizer uma palavra.

Enfiei as mãos nos bolsos, tendo plena consciência de que nossa conversa chegara a um fim abrupto e constrangedor. Fui me afastando na escuridão.

De onde eu conhecia aquele sobrenome? *Gantz*. Não era muito comum. Vasculhei meu cérebro, repassando nomes de colegas de sala e professores. Autor de algum livro didático, quem sabe. Quem mais? E afinal, me perguntei, por que um pássaro velho estaria usando as asas pela primeira vez? Subi a escadaria que dava na rua Spencer. A lua pairava sobre as árvores, bem baixa, sua luz fraca projetando sombras compridas que se espichavam no chão. Folhas secas se espalhavam pela calçada enquanto eu caminhava. Parei, olhei para o céu e fiquei maravilhada com as estrelas, com a escuridão, com o silêncio da noite, com o luar fraco e com a amplitude do brejo. Vi a silhueta de um par de asas se erguendo acima das bétulas e planando, cada vez mais alto – uma sombra escura em contraste com aqueles pontos de luz. Usando as asas pela primeira vez. *Que boazinha*, foi o que pensei quando me dei conta, então dei as costas e fui andando para casa.

Foi só muito tempo depois eu entendi que aquele era o maior pássaro que já tinha visto na vida. Sacudi a cabeça. *Estava escuro, devo ter me enganado.*

25

No dia 15 de abril de 1947 (oito anos antes da Dragonização em Massa), cinco professores universitários e uma bibliotecária foram convocados, por meio de intimação emitida pelo Congresso, para testemunhar diante do Comitê de Atividades Antiamericanas da Câmara. Ou, mais especificamente, para testemunhar diante de um subcomitê de um subcomitê do CAAC. Tanto o nome do subcomitê quanto do sub-subcomitê – assim como os nomes dos congressistas que faziam parte de ambos – eram sigilosos na época e permanecem desconhecidos e provavelmente incognoscíveis, perdidos num mar de informações censuradas. O depoimento também permanece confidencial, apesar dos esforços atuais de historiadores e pesquisadores para compreender as estratégias empregadas para abafar e silenciar a Ciência nos anos anteriores à Dragonização em Massa e na década subsequente.

O sub-subcomitê tinha a pretensão de que essas audiências fossem um acontecimento sigiloso. As próprias intimações foram entregues sob condição de sigilo, e os seis indivíduos foram submetidos a uma ordem de silêncio por meio de mandado judicial. Essa ordem foi amplamente respeitada pelos cinco professores universitários. A bibliotecária, entretanto, a ignorou por completo e, apesar de os maiores veículos de imprensa terem se recusado a entrar em contato com essa bibliotecária, por medo de irem parar na lista proibida, ela concedeu entrevistas, de bom grado, a vários jornais clandestinos dedicados ao socialismo, à justiça racial e à igualdade de gênero – *Cultura Proletária*, *O Libertador*, *La Fuerza*, *Diário do Trabalhador*, para citar alguns. A bibliotecária fez isso sabendo que poderia ir parar na cadeia por desacato ao Congresso, mas também sabendo que, de todo modo, a maioria dos congressistas não se dava ao trabalho de ler as publicações da imprensa clandestina e que essas entrevistas só seriam publicadas depois que ela voltasse para casa, no estado de Wisconsin.

Depois do testemunho à portas fechadas, quatro integrantes do sub-subcomitê expressaram sua frustração com o fato de não terem conseguido obter informações capazes de ligar o grupo a "esforços mais amplos e globais para subverter nossos valores", o que, é claro, foi interpretado como sinônimo de comunismo. Um integrante disse, em *off*: "Eu só sei que ficamos um tempão ouvindo e não escutamos nada de relevante, tirando a sensação de tomar umas palmadas de uma porcaria de bibliotecária". Não se sabe exatamente ao que o parlamentar estava se referindo. Nem a quem.

Dos seis indivíduos entrevistados, três foram obrigados a evocar a Quinta Emenda, que garante ao cidadão o direito de não fornecer provas que o incriminem, para não terem que revelar nomes de colegas, e foram sentenciados a uma pena de três a quatro anos de prisão. Todos os cinco professores universitários foram demitidos dos cargos que ocupavam nas universidades e condenados ao ostracismo pela comunidade acadêmica depois disso.

Correram boatos de que todos foram contratados em funções ligadas à biblioteca. Na mesma biblioteca.

Quanto à bibliotecária, um senador específico de Wisconsin ensejou grandes esforços para demiti-la do cargo, mas tais esforços foram infrutíferos: acontece que a bibliotecária em questão era a maior financiadora de sua própria biblioteca, e administrava um investimento de alto rendimento que mantinha não apenas a riqueza da organização, mas também garantia verbas generosas para serem distribuídas regularmente a outros distritos mais necessitados. A bibliotecária era, ao que tudo indicava, intocável. Não precisou encarar nenhuma penalidade nem foi para a prisão. Simplesmente voltou para a biblioteca.

E, no que dependesse das regras e dos processos do Congresso, sua identidade nunca teria sido revelada. Só sabemos o nome dela graças à imprensa clandestina (e ao compromisso assumido pela biblioteca onde ela trabalhava de catalogar, preservar, guardar e garantir o acesso a esses jornais): Helen Gyzinska.

Eu não sabia nada disso naquela época. A sra. Gyzinska não era do tipo de pessoa que fica falando tudo o que sabe, nem se vangloriando de suas relevantes contribuições para causas variadas. Simplesmente fazia o que tinha que fazer e não comentava muito a respeito. Só fiquei sabendo disso depois que ela faleceu.

A quantos cientistas clandestinos a sra. Gyzinska dera abrigo? Quantos pesquisadores da lista proibida ela financiou em segredo? Assim como nestas linhas que escrevo, o impacto causado pela sra. Gyzinska na preservação e continuidade da Ciência, incentivando contatos entre pesquisadores do mundo todo, relacionando o que se sabia e incentivando as perguntas que estavam sendo feitas, ainda não foi revelado nem descoberto – a teia de sua influência era ampla e variada, intrincada e complexa.

Não é um jeito ruim de viver a vida, na verdade.

26

Fiquei longe da biblioteca por uma semana inteira após o meu ataque de raiva. E, por conseguinte, fiquei mais irritadiça. Sentia tanta falta da biblioteca. Levei Beatrice para a escola de cara fechada, xinguei um menino na aula de Cálculo que reclamou da própria nota no questionário, eviscerei uma menina por me dizer que eu ficaria mais bonita se deixasse o cabelo crescer e mandei minha professora de Literatura ir sentar numa tachinha. Não sei exatamente por quê, mas isso me rendeu uma ida à sala do diretor.

Nem liguei, porque achei que ia encontrar a irmã Kevin. No lugar dela, dei de cara com uma mulher sentada à mesa com uma expressão atarantada e um bóton escrito "Voluntária" pregado no suéter.

– Olá – falei. – Mandaram que eu viesse para cá devido ao mau comportamento. A irmã Kevin está?

A voluntária estava com cara de choro.

– Não – respondeu ela. – A irmã Kevin não aparece há dias. Tenho certeza de que está, sabe... fazendo algo que as freiras fazem. Dando comida para os pobres ou coisa assim. Só se esqueceu de nos avisar. Não há nada com que se preocupar. Mas eu bem que gostaria que a irmã Kevin tivesse me deixado algumas orientações. Não sei como nada funciona aqui!

Senti um aperto de ansiedade na barriga. Eu gostava da irmã Kevin.

– Ela está bem?

– É claro que está. Você a conhece. Ela simplesmente é... *avoada*. – A mulher ficou remexendo nas gavetas da mesa. – Tem um formulário que eu deveria preencher, simplesmente tenho certeza disso. Por que ninguém me deixou orientações?

– Talvez a senhora deva perguntar ao diretor – sugeri. Nós duas nos viramos para a porta fechada da sala do sr. Alphonse. Ele estava lá dentro, gritando com alguém pelo telefone. A voluntária ficou pálida. Fiz uma careta.

– Ou eu poderia... simplesmente voltar para a sala? – sugeri.

A mulher fez que sim, com uma expressão de gratidão.

– Sim, acho mesmo que seria melhor assim. Seja lá o que tenha feito, não faça de novo!

– Prometo.

A cada dia que passava, eu me arrependia mais do meu comportamento na biblioteca e ficava mais amargurada. Eu teria uma prova trimestral dentro de poucos dias, e precisaria fazê-la na sala de audiovisual, sob a vigilância da sra. Gyzinska. Ela precisava assinar a prova quando eu terminasse e carimbá-la com seu carimbo da universidade. Uma hora eu teria que voltar lá.

A cada dia que passava, eu tinha mais perguntas. *Como ela sabia?* Da minha tia. Da minha situação. De tudo. *Como ela sabia?* E o que quis dizer com "precedentes"?

Tentei expulsar esse pensamento. Não havia resposta para as minhas perguntas.

Todos os dias, eu estudava e trabalhava. Dava comida para Beatrice, dava banho em Beatrice, ajudava-a com a lição de casa, lia histórias para Beatrice, exigia que fosse dormir sempre na mesma hora. Eu tinha trabalhos para escrever, romances para analisar, livros para ler, exercícios para terminar e teorias científicas para decorar. Todos os dias, acordávamos e recomeçávamos tudo de novo. Ninguém viria nos ajudar. Estávamos completamente por conta própria.

No sábado seguinte, à noite, fiz arroz com feijão enlatado e salsichas cortadas ao meio. Descongelei espinafre e misturei com creme de cogumelos. Beatrice ia odiar tudo isso, mas comida é comida. E aí saí para procurá-la.

No beco tinha uma lixeira grande que os três prédios usavam. Estava sempre cheia e fedida. Chamei Beatrice.

– Já vou! – gritou ela, lá de longe.

Tinha um folheto grudado com fita adesiva na lixeira.

VOCÊ TEM PERGUNTAS, estava escrito. NÓS TEMOS RESPOSTAS. COLETIVO DE PESQUISA SERPE. Sem fotos. Sem símbolos. Sem número de telefone. Aquilo estava começando a me irritar, na verdade. Arranquei o folheto e enfiei no bolso.

Beatrice se despediu dos amigos aos gritos e virou a esquina correndo, corada e imunda. Ficamos nos encarando por um bom tempo, sem dizer nada. Eu odiava aquilo. Odiava aquele estranhamento entre nós duas.

– O jantar está no forno – comuniquei, dando as costas e voltando para o apartamento. Beatrice veio atrás. Eu queria dizer alguma coisa. Mas não sabia o que dizer. Subimos a escada em silêncio. Fiquei parada diante da porta do apartamento por mais tempo do que seria necessário. Eu não conseguia me obrigar a entrar. Eu não sabia por quê. Beatrice segurou minha mão.

– Alex? – chamou, com a voz fraca. Eu não havia lhe contado das minhas preocupações, é claro. Ela era só uma menininha. E merecia ser uma menininha. Obriguei meu rosto a dar um sorriso. Apertei de leve a mão dela. – Você está brava comigo?

Entrei no apartamento, fechei a porta, sentei no chão e convidei Beatrice para sentar no meu colo. Não precisei pedir duas vezes. Eu a abracei bem apertado. Ela era uma coisinha tão minúscula – um grilo, praticamente. Fiquei imaginando que a carregava dentro do bolso e, do nada, pensar nisso se tornou insuportável.

– Não estou brava – falei. – Nunca fico brava. Exagerei e fiz papel de boba, só isso.

– Por quê? – perguntou ela.

O que eu poderia dizer? Queria contar a verdade, mas não sabia por onde começar. Talvez, pelo fato de minha mãe ter me obrigado a mentir, a mentir e a mentir, nossa família foi construída com base numa mentira e, uma hora, quase passamos a acreditar nela. Beatrice era minha irmã. Eu não tinha tia nenhuma. Não falamos de dragoas. Minha mãe tinha falecido, mas suas regras *ainda valiam*. E, francamente, eu me sentia à vontade de continuar vivendo de acordo com as regras dela. E segura.

– Não sei – respondi, o que era uma resposta praticamente exata. – Eu a amo – completei, o que era a mais pura verdade.

Beatrice encostou a cabeça no meu ombro. Eu só tinha Beatrice, e ela só tinha a mim. Não havia outra família além dessa.

"É tão difícil assim?", foi a pergunta que meu pai me fez.

"É muito difícil", era a resposta. Ele não fazia a menor ideia.

Mais tarde, eu me permiti a liberdade de me perder no meu trabalho. Era uma sensação profundamente agradável – fora do tempo, fora do espaço, fora até de *mim mesma*. Beatrice respirava no outro cômodo, a pia pingava e, no corredor, dois homens gritavam, as vozes abafadas pelas paredes. Nada disso tinha importância. Cada problema, cada demonstração era um universo por si só – equilibrado, intrincado e completo. Terminei de resolver os exercícios com uma onda de profunda satisfação. Eu seria capaz de estudar a noite inteira, sem me cansar.

Uma batida na porta me fez voltar para o mundo ao meu redor. Tomei um susto, feito um tapa na cara. Quase gritei. Olhei para o relógio: meia-noite e meia. Já era tão tarde, passou tão rápido. E quem estaria batendo à minha porta a uma hora dessas?

Meu coração chacoalhou, minha pele ficou arrepiada. Meu pai havia dito para tomar cuidado com homens estranhos, mas também foi logo falando que eu não era bonita como minha mãe, ou seja, não teria que me preocupar tanto com isso, segundo ele. Mesmo assim, me deu um taco de beisebol e me falou para deixá-lo perto da porta, só por garantia. Não fiz isso – Beatrice teria usado o taco para quebrar alguma vidraça durante um ataque de birra, eu tinha quase certeza –, mas guardei, sim, em cima do refrigerador, e fui pegá-lo. Fiquei parada perto da porta, sem destrancá-la.

– Quem é? – perguntei, agarrada no taco, tentando me sentir mais corajosa do que realmente era.

– É a sra. Gyzinska – respondeu a voz do outro lado.

A sala rodopiou por um instante.

– Como?

– É a sra. Gyzinska – repetiu ela. – Agora, abra essa porta e me deixe entrar. Seu vizinho está me olhando por uma fresta na porta e lamento informar que não gostei da cara dele. Talvez alguém deva avisá-lo de que ninguém gosta de bisbilhoteiros. – Fez-se um silêncio, depois ouvi o som de uma porta se fechando e sendo trancada em algum ponto do corredor. A sra. Gyzinska tinha razão a respeito do sr. Hanson. Ele era esquisito.

Eu ainda estava com a mão em cima da fechadura. Ainda não tinha aberto a porta.

– Mas… – comecei a dizer. Engoli em seco. – Como a senhora sabe onde eu moro? – Nem mesmo as escolas que Beatrice e eu frequentávamos sabiam nosso endereço. Toda a nossa correspondência ia para a casa do meu pai.

– Sou bibliotecária – respondeu ela, curta e grossa. – Esse tipo de coisa faz parte do trabalho. Abra logo a porta.

E eu abri.

Meu apartamento, preciso explicar, era minúsculo. Tinha um cômodo principal, que servia para quase tudo, e um quarto minúsculo nos fundos. O quarto era pouco maior do que um armário – tinha uma janela pequena e nele só cabiam a cama de Beatrice de um lado e um varão de armário do outro. Nossa cômoda ficava no cômodo principal, que tinha seis metros de uma parede à outra, com um arremedo de cozinha na lateral. Uma mesa cromada com duas cadeiras ocupava o centro da sala, e as paredes eram cheias de prateleiras, a maioria das quais eu mesma tinha feito com madeira descartada e tijolos velhos, presos com braçadeiras que eu mesma tinha feito na aula de metalúrgica, quando eu era a única menina na aula de metalúrgica.

Pus água para ferver, porque era isso que minha mãe teria feito, e peguei duas xícaras com saquinhos de chá Lipton dentro. Minha mãe também teria servido cubinhos de açúcar e gomos de limão, mas eu não tinha e, sendo assim, tomamos o chá franzindo o nariz. A sra. Gyzinska não havia dito nada desde que entrara, nem eu. Pendurei o casaco dela em silêncio, e ela se sentou à mesa em silêncio, e eu preparei o chá em silêncio, e nós nos sentamos, uma de frente para a outra, tomando o chá em silêncio.

Até que enfim:

– Desculpe, querida – começou ela – pelo que aconteceu semana passada. Sinto muito por não ter vindo antes. Fiquei esperando você aparecer na biblioteca. Peço desculpas. Eu deveria ter sido mais... – A sra. Gyzinska ficou pensando por um bom tempo. Beatrice roncava alto no outro cômodo, uma onda delicada e marulhante. – Nos meus dias de juventude, eu sabia como puxar um assunto de maneira mais delicada. Sabia escutar tanto o que era dito quanto o que não era dito. É uma habilidade que já me foi muito útil, e receio que esteja um pouco enferrujada. Minha longa carreira me permitiu pisar firme em vez de pisar com delicadeza e, pelo jeito, desta vez, eu pisei firme bem no seu calo. – Dito isso, ela cruzou as mãos, apoiou o queixo nos dedos e ficou olhando intensamente para mim. – Eu não queria chateá-la, Alex, não queria mesmo. E parte meu coração saber que o fiz.

E aí ficamos em silêncio de novo.

Olhei para as minhas mãos. O fogão a gás sussurrou e a chaleira roncou.

– Olhe, eu nem sempre fui a velhinha briguenta que vive na biblioteca, mas tenho certeza de que você tem essa impressão. Eu a entendo, Alex, pelo menos um pouquinho, porque já fui bem parecida. Tinha só 13 anos quando minha professora falou aos meus pais imigrantes que eu precisava fazer faculdade, e então o padre local fez uma vaquinha e lá fui eu. Eu não sabia no que estava me metendo, mas fiz a prova de qualificação e gabaritei, e você fará a mesma coisa. Não havia dúvidas de que eu merecia estar lá e não havia dúvidas de que poderia ser mais inteligente e ir mais longe do qualquer um que só estava ali por causa da riqueza do vovô. – A sra. Gyzinska fez uma careta só de pensar nas pessoas que fizeram faculdade com ela, pelo jeito. – Apesar disso, eu precisava que alguém me ajudasse a chegar lá. Uma das minhas professoras da escola de Podunk conhecia esse mundo e sabia que não seria fácil, porque as portas das torres de marfim não se abrem automaticamente para filhas de trabalhadores rurais pobres. – Ela fechou os olhos por um momento e respirou fundo, bem devagar, pelo nariz. – Minha professora sabia dar valor às oportunidades, fez aquela oportunidade acontecer e a entregou de bandeja para mim. Eu confiava nela. Meus pais confiavam nela. Não raro penso no que poderia ter acontecido se não tivéssemos confiado. – A sra. Gyzinska tomou um gole de chá e completou: – Preciso que você confie em mim, Alex. Preciso que confie em mim. E eu sei que é pedir demais.

Beatrice, que estava sonhando no outro cômodo, soltou um suspiro, roncou e se virou na cama. A cama rangeu. Espichei o pescoço, fiquei de orelhas em pé e a sra. Gyzinska me observou enquanto eu observava. Beatrice voltou ao ronco suave e eu relaxei.

– Sua situação, claro, é diferente. É muito mais complicada. Você tem uma prima que é sua irmã que é sua filha. Sei que não é assim que vê as coisas, mas é um fato.

Eu sacudi a cabeça.

– Tenho uma irmã. Minha mãe morreu. Meu pai faz o que pode.

A sra. Gyzinska fez pouco caso dessa afirmação, sacudindo a mão e dando uma risada debochada.

– Você teve uma mãe que quase perdeu quando era bem pequena e que quase foi embora de novo durante a dragonização. Ah, não faça essa cara de choque. É uma questão de biologia, só isso. As borboletas têm nojo de lagartas? Não. Claro que não. A aversão que as pessoas têm dessa coisa toda não faz sentido. E, obviamente, sei de tudo a respeito do que aconteceu. Sou bibliotecária, pelo amor de Deus. É minha função catalogar informações. Você perdeu sua mãe para sempre, provavelmente no pior momento para perder a mãe na vida de qualquer pessoa. Não foi culpa dela, ela fez tudo o que estava ao seu alcance, mas aconteceu, e você ficou sozinha e abandonada. E tem um pai que abdicou de sua responsabilidade para com uma adolescente, o que é a coisa mais baixa que um homem pode fazer. E o único motivo para eu não ter entrado em contato com o serviço social, pode acreditar, cheguei a pensar nisso, é porque não podia suportar a ideia de ser a pessoa responsável por separar você de Beatrice. Essa é uma possibilidade real caso eles sejam envolvidos, e seria uma verdadeira calamidade. Não vou permitir que isso aconteça.

Olhei para o livro que estava estudando. Era um livro da biblioteca, só para consulta, mas a sra. Gyzinska permitiu que eu o retirasse e ficasse com ele o ano todo. "Sei que você vai cuidar dele", falou. "E, de todo modo, sei onde você mora", completou, dando uma piscadela. Na ocasião, supus que estava falando da casa do meu pai. Há quanto tempo será que a sra. Gyzinska sabia?

Meus pensamentos rodopiaram, se emaranharam e ficaram imóveis. O que se diz em uma situação dessa? Qual é a resposta? Minha mãe sempre sabia o que dizer – ela sabia ser inabalável, manter a compostura e falar sempre com exatidão. Sacudi a cabeça, completamente sem palavras. Tinha a sensação de que eu era os destroços silenciosos de uma casa depois de um tornado tê-la despedaçado e a deixado para trás. Eu não tinha pontos para ligar, nada fazia sentido, não havia como impor ordem naquele caos. Mas precisava dizer alguma coisa.

– A senhora gostaria de comer alguma coisa? – consegui falar, depois de um bom tempo.

A sra. Gyzinska deu um sorriso.

– Não, querida. Mas obrigada. Ainda temos muito o que conversar, mas não vou forçar a barra neste momento. Vou tocar no assunto das dragoas de novo, então se prepare… E, sim, sei que isso a incomoda e talvez também lhe dê uma certa raiva. É compreensível, depois de tudo o que passou. Mas quero que entenda que seus sentimentos são complicados por fatores culturais. Fatores esses, verdade seja dita, que são um tanto ridículos. Certas pessoas têm problemas com as mulheres, e infelizmente muitas dessas pessoas também são mulheres. Isso se deve a algo chamado patriarcado, e tenho certeza de que esse termo não é discutido na escola que você frequenta, mas isso não impede o patriarcado de ser um obstáculo desnecessário e opressivo, do qual é melhor se livrar o mais cedo possível. A questão é a seguinte: estou trabalhando por você. E por Beatrice. Estou tentando encontrar uma solução para você poder continuar os estudos, coisa que precisa indiscutivelmente acontecer, assim como busco uma maneira de preservar a sua família. E acho que posso ter encontrado uma saída. Vou me dedicar a isso agora. Apenas saiba disso: as coisas estão em andamento. Estamos prestes a testemunhar algo importante. E ninguém comenta isso no noticiário. Mas vão comentar.

Ela deu um tapinha de leve na minha mão e ficou em pé. Fiquei em pé também.

– Eu… – Minha garganta doía. Tentei engolir, mas parecia que estava engolindo areia. – Eu só quero… – Meus olhos estavam ardendo.

A sra. Gyzinska colocou o chapéu e enfiou os braços no casaco cor-de-rosa de lã felpuda.

– Você não precisa dizer nada, querida. Apenas confie em mim.

Coloquei as mãos na testa para impedir meus pensamentos de começarem a girar.

– Eu sinto muito, mesmo assim – falei. Não conseguia encará-la. Fiquei olhando para os sapatos dela. Que eram marrons, de couro, com cadarços amarrados com capricho e saltos bem firmes. – Eu… eu não fico com raiva. – Sacudi a cabeça. – Não costumo ficar com raiva. Mas, ultimamente… – As palavras morreram ali.

A sra. Gyzinska segurou meu rosto delicadamente e inclinou minha cabeça para cima, para me obrigar a olhá-la nos olhos. Que tinham um brilho estranho.

– A raiva é uma coisa engraçada. E faz coisas engraçadas conosco quando não a colocamos para fora. Aconselho você a refletir sobre o seguinte: quem se beneficia, minha querida, quando se obriga a não sentir raiva? – Ela inclinou a cabeça e olhou para mim tão fixamente que achei que era capaz de enxergar até os meus ossos. Então arqueou as sobrancelhas e completou: – Óbvio que não é você.

Empalideci. Nunca havia pensado dessa maneira. Ela deu uma olhada na sala.

– Veja só onde está morando. Pense no que estão pedindo para você fazer. Não sente raiva? Que inferno! Eu sinto raiva por você. Vou ficar fora da cidade por um tempo, preciso ver algumas pessoas e preciso ter algumas conversas. O sr. Burrows vai ministrar suas provas enquanto eu estiver fora. Tenho mais coisas a dizer sobre esse assunto, mas você tem aula amanhã de manhã. Como não tem ninguém para lhe dizer que está na hora de ir para a cama, vou lhe dizer isso neste exato momento. Precisa se cuidar. O mundo está mudando e precisa que você esteja bem. Vá para a cama. Durma um pouco. E comece a olhar *para cima*. O céu está repleto de possibilidades. Você não está tão sozinha quanto pensa.

Ela bateu de leve no meu rosto, deu as costas e saiu pela porta. Fiquei parada no meio da sala por um bom tempo. O relógio tiquetaqueava. O refrigerador roncava. Em algum ponto, nos subterrâneos do prédio, canos batiam. Ouvi o barulho da porta do carro da sra. Gyzinska lá fora e o ronco do motor quando ele se afastou.

Depois fiz o que me mandaram fazer: fui para baixo das cobertas e peguei no sono antes mesmo de me deitar.

27

O inverno chegou antes da hora naquele ano. Na manhã do dia 11 de outubro, o céu ficou cinza, o vento soprou e a neve caiu, formando grandes montes no chão. Os fazendeiros ficaram em pânico, as plantações estavam arruinadas. O frio se infiltrou fundo no chão, e nossas botas guinchavam ao pisar na neve compactada e no gelo cinzento. Beatrice e eu enfiamos meias velhas nas frestas em volta das janelas e eu fiz panelas e mais panelas de sopa. Chegávamos à escola todos os dias embrulhadas em camadas e mais camadas de cachecóis, com o rosto duro de frio.

Liguei para o meu pai pedindo mais dinheiro para comprar um casaco, botas e calças de neve novas para Beatrice, já que as roupas de inverno não lhe cabiam mais. Além disso, nossas luvas, que eu guardava na caixa de inverno na despensa do prédio, tinham sofrido um ataque de traças. Meu pai me deu minha mesada, é claro, e tínhamos dinheiro suficiente para emergências, mas casacos custam caro. Assim como botas.

Disquei o número. Infelizmente, minha madrasta atendeu.

– Seu pai não está – disse ela. Um bebê e uma criança pequena gritavam ao fundo. Meus irmãos, que eu ainda não conhecia pessoalmente. Até escrever estas linhas, continuo sem conhecê-los pessoalmente. Algumas mágoas demoram a passar.

– Ah – respondi. – Qual é o melhor horário para eu conseguir falar com ele?

Eu tinha falado de amenidades com minha madrasta pelo telefone apenas uma meia dúzia de vezes, mas já tinha aprendido que não adiantava muito deixar recado.

– Difícil dizer – respondeu ela, com um tom apático. – Talvez seja melhor você dizer para mim o que quer.

Fiquei em silêncio. Mal conseguia me lembrar do rosto dela. Aquela mulher já tinha sido secretária. A secretária do meu pai. Imaginei uma mulher de *tailleur*, de cabelo amarelo preso num coque baixo bem firme, com os dedos sujos de tinta e saltos altos que faziam barulho ao pisar no chão, para que as pessoas sempre soubessem se ela estava indo ou voltando. Imaginei meias de seda, blusa passada e a curva da sobrancelha arrancada à pinça com esmero, para acentuar os olhos. Pensei que aquela mulher não deveria mais ser assim. Morava na casa da minha mãe e cozinhava na cozinha da minha mãe e, provavelmente, devia ter arrancado a horta da minha mãe para plantar algo bobo, como petúnias ou grama. Eu sabia que ela dormia na cama da minha mãe. Tirando isso, não sabia mais nada a respeito daquela mulher. Nunca tinha achado isso estranho, até aquele exato momento.

– Okay – respondi. Os gritos do bebê ficaram mais estridentes e a criança pequena abriu a garganta e desatou a chorar, parecendo uma sirene. Resolvi falar rápido. – Normalmente, quando aparecem despesas inesperadas, eu aviso o papai e ele manda um dinheirinho extra pelo correio.

– Ah. *Manda, é?* – falou minha madrasta, num tom de ódio silencioso. Alguma coisa se espatifou ao fundo, mas ela não deu indícios de ter se abalado. Fiquei ouvindo a respiração da mulher, lenta e chiada, como um pneu furado.

Continuei falando num tom leve.

– Sim – respondi. – Beatrice está usando o casaco e as botas do ano passado. De dois anos atrás, na verdade. E ambos não servem mais. Vou precisar comprar um casaco e uma bota novos. Será que o papai poderia mandar o dinheirinho extra para me ajudar com isso?

Ou, quem sabe, podia dar as caras e trazer o dinheiro, pensei, amargurada. Pessoalmente, como prometeu.

– Não sei se será possível – respondeu minha madrasta.

– Por que não? – perguntei.

– Sabe... – disse ela, mudando de assunto. E então ficou calada, um som sibilante marcava o silêncio entre nós, feito uma brisa passando por um campo de grãos. – Aqui tem várias caixas de coisas que eram da sua mãe. Roupas, casacos e sapatos. Nada me serve: sua mãe era do tamanho de uma criança, afinal de contas. E tem os livros dela também. Tantos... – Mais um silêncio. Mais um chiado entredentes. – De Matemática. – Dava quase para ver a cara de nojo dela. – Por que você não passa aqui hoje à tarde para pegar?

Segurei o fone no ouvido por mais um ou dois segundos. Naquele momento, eu tinha me esquecido completamente do dinheiro.

– As... coisas... que eram... da minha mãe – falei, tentando entender. – Quantas caixas?

– Cinco ou seis. Acho que algumas devem ser suas também. Não olhei direito. E talvez também tenha coisas da sua... – Mais um silêncio. – ...da sua amiguinha.

– Beatrice – insisti. – Minha irmã?

– Isso.

Ela também sabe, pensei. *Claro que sabe. Quem mais será que sabe?* Minha madrasta tossiu.

– Eu tentei levar tudo para o brechó, mas seu pai me impediu. – Mais um sopro chiado. Será que era a respiração dela? Imaginei minha madrasta dilatando as narinas. – Ele disse que achava que essas caixas deveriam ficar com você, quando estivesse se virando mais sozinha. Quando deixasse de ser um fardo para... os outros. – Mais um sopro. Eu me dei conta de que minha madrasta deveria estar fumando um cigarro. Minha mãe nunca fumou. Minha tia fumava, mas não o tempo todo e nunca dentro de casa. Ela fez aquele ruído de novo e deu para ouvir algo crepitando no meio. O bebê continuou chorando. – De todo modo, você precisa de coisas, e me parece tolice comprar coisas novas sendo que temos coisas para você bem aqui no porão, e preciso vagar esse espaço. Então, simplesmente conto com sua visita hoje à tarde.

– *Espere!* – Meus pensamentos estavam a mil. Pensei quanto tempo levaria para ir até o outro lado da cidade a pé, na neve. E voltar carregando tudo. Calculei os horários e fiz que não com a cabeça. Como eu ia conseguir dar um jeito em tudo aquilo? – É que... – falei. – Como eu vou trazer tudo isso para cá? A senhora tem carro?

Mais um sopro comprido.

– Não – respondeu ela, dando uma risada sem graça. – Seu pai não me deixa dirigir. Não é coisa de mulher, ao que parece. Mas os trenós que eram de vocês também estão aqui no porão. E temos corda. Você é uma menina inteligente. Tem inclinações mecânicas, pelo que ouvi dizer. Seus professores ligam para cá o tempo todo e me contam. Tenho certeza de que dará um jeito.

Soltei um suspiro de assombro. Ligam? E ela desligou.

Fiquei parada ao lado do telefone por um bom tempo, os pelos da minha nuca arrepiados, alarmados. Minha madrasta andava conversando com meus professores. O que será que falava para eles?

Beatrice e eu chegamos pouco depois da uma da tarde. Eu tinha esperanças de que, àquela hora, meu pai já tivesse voltado para casa. Não sei bem por quê. Talvez, em parte, eu tivesse esperanças de que ele tivesse bom senso, mas por que eu pensaria uma coisa dessas? Meu pai não era um homem de bom senso. Batemos na porta. Beatrice pulou na ponta dos pés.

– Eu me lembro dessa casa! – disse ela.

– Lembra? – perguntei, sem pensar. Quando eu era pequena e minha mãe sumiu, minha tia e meu pai simplesmente não comentavam o assunto. Esperavam que eu fosse me esquecer. E não esqueci, óbvio que não... Mas, sendo bem sincera, às vezes eu *esquecia*. Passava dias inteiros sem pensar na minha mãe. É um fato que agora me parece espantoso: quanto mais velha eu fico, mais me dou conta de que não consigo passar uma hora sequer sem pensar nela pelo menos uma vez.

A porta se abriu e minha madrasta ficou parada na entrada. Eu esperava vê-la toda arrumada, como minha mãe sempre estava. Só que não. Apesar de já estarmos no período da tarde, ela ainda estava de robe – que era de um tecido brilhoso, com flores bordadas e amarrado na cintura, bem apertado. Ao vê-la ali, parada, pela primeira vez, pude reparar que era alta – talvez até mais alta do que tia Marla – e bem voluptuosa. Ela tinha rolos no cabelo loiro artificial, que estava tapado com um lenço transparente. Cruzou os braços em cima do peito avantajado e olhou para mim e Beatrice com ar de superioridade, como uma deusa antiga olharia do alto de sua montanha para os acólitos que se comportaram mal. Ela também era bonita, apesar de estar fazendo cara de nojo.

Beatrice, apesar do entusiasmo que demonstrara até então, ficou tímida de repente. Foi para trás de mim e se segurou no meu casaco.

– Meu pai está? – perguntei. De repente, achei que não seria seguro Beatrice e eu entrarmos naquela casa e ficarmos a sós com aquela mulher hostil. Titubeei.

– Não – respondeu ela, me dando as costas e entrando. – Viagem de negócios.

– E as crianças? Nossos... – Eu não sabia do que chamá-los. Meus irmãos? Meus meios-irmãos? Não tinha certeza.

Minha madrasta nem olhou para trás.

– Levei os dois para a casa da minha mãe – disse ela. – Não tenho nenhuma intenção de permitir que conheçam os meninos pessoalmente.

Segurei a mão de Beatrice. A sala estava bem diferente do que era antes. As cortinas das janelas e os trilhos de mesa de crochê feitos pela minha mãe haviam sumido, assim como as fotos na parede, de nós quatro rindo, fingindo ser uma família feliz. Também havia sumido a foto dos pais da minha mãe na frente da antiga casa da fazenda que tinham, usando suas melhores roupas.

A mobília estava diferente e as paredes tinham sido revestidas com um papel estampado, do qual não gostei muito.

– Bem – disse minha madrasta –, vamos lá pegar suas coisas. Não tenho o dia todo.

Falei para Beatrice se sentar no sofá para ler os gibis que ela havia trazido e me dirigi ao porão. Que estava mais bolorento do que eu me lembrava. Dava a impressão de que ninguém varria nem arejava aquele lugar há muito tempo. As caixas eram pesadas, mas não grandes demais nem tinham formatos difíceis de carregar. Cinco ao todo. Todas tinham o nome da minha mãe escrito, com a letra do meu pai, parcialmente encoberto por rabiscos feitos em canetinha, por cima.

– É só isso? – perguntei.

– Sim – respondeu ela, sem me olhar nos olhos. – Espero que não esteja contando com a minha ajuda. Minhas costas não aguentam.

– Eu não estava – respondi, com o máximo de gentileza que consegui. – Sou pequena, como minha mãe, mas também sou forte como ela.

– Não sei se você deveria querer ser igual à sua mãe – disparou a mulher. E subiu a escada, me deixando sozinha para carregar aquelas caixas todas. Vi nossos trenós: os dois eram feitos de ripas de madeira, com lâminas de metal. Se eu desse o mais leve para Beatrice, conseguiríamos chegar em casa. Encontrei um frasco de óleo mineral e um pano, e passei nas lâminas para que deslizassem na neve com mais facilidade. Na minha cabeça, fiz um planejamento rápido de como empilhar as caixas, dos nós que usaria e pus as mãos na massa. Carreguei os trenós até lá fora. Subi a escada e fui trazendo as caixas, uma por uma, depois amarrei todas nos trenós.

Voltei para a sala, já de casaco, com a pasta a tiracolo. Beatrice estava concentrada em seus gibis. Minha madrasta estava sentada na frente dela, lendo uma revista. Se Beatrice e eu não tivéssemos sido expulsas, se tivessem permitido que a gente fizesse parte da família, as coisas talvez fossem assim. Minha madrasta e Beatrice viraram a página ao mesmo tempo, as duas inclinaram a cabeça para a esquerda. Fiquei imaginando se aquilo teria dado certo. Talvez a alegria de Beatrice tivesse diminuído um pouco da raiva da minha madrasta. Talvez uma casa cheia de crianças tivesse amolecido meu pai. Talvez... Mas aí, minha madrasta tirou os olhos da revista, viu que eu estava olhando, e a rispidez voltou.

Talvez não, concluí.

Eu me dei conta, com uma dor repentina e inexplicável, que aquela poderia ser a última vez que eu entrava naquela casa. Minha respiração estremeceu por um instante e fiz de tudo para acalmá-la. De repente, quando dei por mim, estava rodeada de lembranças. Minha mãe de macacão. Minha mãe de vestido bordado. Minha mãe jogando cartas com minha tia na mesa, as duas com a cabeça inclinada para trás, dando risada. Minha mãe nua na cama, minha tia passando óleo nos ferimentos (duas marcas de mordida onde antes havia os seios; os resquícios, de um vermelho brilhante, das queimaduras ocasionadas pelo tratamento; sei, obviamente, que não foi um monstro que causou esses ferimentos nela, mas ah!, a memória é uma coisa engraçada). Minha mãe entrando em casa cambaleando quando voltou do hospital. Minha mãe inconsciente, sangrando no chão. Minha mãe estava por todos os cantos daquela casa. E também...

Soltei um suspiro de assombro.

Minha tia. A última vez que a vi.

– Ahn... – comecei a falar. – Tem problema eu dar uma olhada no meu antigo quarto?

Ela me pediu para guardar seus tesouros secretos. Ela perguntou se eu tinha um esconderijo.

Minha madrasta fechou a cara.

– Para quê?

Minha mãe nunca descobriu.

Enfiei as mãos nos bolsos para não ficar me mexendo de nervosa.

– Só para dar uma olhada – respondi, tentando fazer uma expressão neutra. Vazia. Igualzinha à da minha mãe. Girei nos calcanhares de um jeito que, assim torci, parecesse despreocupado.

Minha madrasta enfiou a revista embaixo do braço.

– Pode ir – disse, saindo da sala e se dirigindo à escada. Ela continuou falando sem se virar para mim. – Não esperem que eu acompanhe vocês até a porta. Vou tomar banho. Os sábados deveriam ser um dia só para mim, sabe?

Como se aquilo tudo tivesse sido ideia minha. Como se eu estivesse abusando da boa vontade dela. Minha madrasta virou no alto da escada, entrou no banheiro e fechou a porta. Fiquei esperando até ouvir as torneiras se abrirem. Corri lá para cima. Beatrice não veio atrás de mim. Acho que ela não tirou os olhos do gibi nem uma única vez.

Estava bem diferente do que era, o meu quarto. As nuvens que minha mãe pintara tinham sumido, assim como o cartaz antigo para incentivar mulheres a se alistarem na marinha durante a Segunda Guerra, escrito "Entre na onda", que ganhei da minha tia. O tom de lavanda claro das paredes também tinha sumido. Foi substituído por paredes brancas, lascadas e sujas pelas brincadeiras brutas dos meninos arteiros, e tinha brinquedos espalhados por todo lado.

Abri o armário e me ajoelhei no chão.

O painel solto continuava solto. Pus a mão no buraco e tirei o que havia lá dentro: vários cadernos, diversos desenhos, um álbum de gravuras encadernado à mão, que Sonja me dera há muito tempo, o livreto dragonístico e o maço de cartas que minha tia me dera. Não olhei nada daquilo. Não me demorei. Só enfiei tudo na bolsa, coloquei o painel no lugar e saí correndo escada abaixo.

Minha madrasta já tinha se refugiado no banheiro, com suas torneiras retumbantes. Beatrice tirou os olhos do gibi.

– Nosso quarto está igual? – perguntou.

– Não – respondi.

Ela apertou os lábios.

– Então não quero ver.

– Você não precisa ver, Bea.

Ela olhou em volta. Tudo estava mais encardido do que antes. E mais feio. Eu nunca tinha me dado conta de que minha mãe havia dedicado tanto cuidado àquela casa, do quanto *dela mesma* havia em cada pedacinho, mas a falta dela naquele espaço era palpável.

Beatrice e eu voltamos para casa a pé, na neve, puxando o peso das lembranças da minha mãe.

[O Cardeal Diário, *19 de novembro de 1963*]

AUTORIDADES FEDERAIS REALIZAM BUSCA
E APREENSÃO EM CLÍNICA UNIVERSITÁRIA

Nesta segunda-feira, as autoridades administrativas do campus de Madison da Universidade do Wisconsin continuaram se negando a comentar a operação de busca e apreensão no Centro de Saúde Estudantil durante o fim de semana. Testemunhas relatam terem visto várias caminhonetes pararem na rua e dezenas de policiais federais e um punhado de agentes da polícia estadual entrarem no prédio, na manhã de sábado, bem cedo. Ultimamente, a clínica vinha sendo alvo de investigações por distribuir aos estudantes informações fora do escopo de sua missão e foi autuada pelo estado nos últimos anos por diversas acusações de indecência, atentado ao pudor, prática ilícita da Medicina e calúnia. A clínica recorreu de cada uma dessas ações impetradas pelo estado e conseguiu que os vereddos fossem revertidos pelas cortes ou que as acusações fossem retiradas. A operação de sábado, ao que tudo indica, é a primeira de muitas, assim como a aparente coordenação de promotores do estado e federais para levá-la a cabo.

Nossos repórteres solicitaram comentários sobre o assunto para representantes do gabinete do governador, do Departamento de Saúde do estado, do departamento do xerife do condado de Dane e dos departamentos regionais do FBI e da Polícia Federal, mas ninguém havia respondido até o fechamento desta edição. O porta-voz do delegado do Departamento de Polícia de Madison, contudo, divulgou a seguinte declaração: "Que sirva de recado para qualquer um que queira montar uma unidade médica temporária e ilegal, essas chamadas 'clínicas para pessoas curiosas'. Parem o que estão fazendo. Estamos de olho em vocês. E estamos dispostos a processar cada um de vocês, antes que corrompam mais algum jovem desavisado".

28

Levou um bom tempo. Mas, lentamente, fui arrumando as coisas que eram da minha mãe. Passei cada vestido, desamassei cada chapéu, deixei as meias de seda para arejar. Deixei as luvas de molho e lavei cada lenço à mão. Passei horas, todas as noites, estudando os nós feitos pela minha mãe, a matemática de cada torção e de cada espiral, a lógica subjacente à progressão das voltas concêntricas. Os nós apareciam nas rendas feitas à mão, nos complicados desenhos interligados do bordado inglês que ela havia costurado, enfeitando a lateral das saias com uma faixa, e nos trançados excessivamente intrincados que fazia em faixas de cintura e cintos. Havia um significado, disso eu tinha certeza, para a obsessão que minha mãe tinha pelos nós, uma crença sincera em seu âmago. Mas não conseguia descobrir qual era, por mais que me esforçasse.

Encontrei o caderno em que minha mãe registrava diagramas e equações e a pilha de livros com anotações dela. Mesmo naquela época, parecia que mamãe estava reunindo evidências para provar uma hipótese que não chegou a descrever por escrito. Eu não sabia qual fora o raciocínio dela. Eu não sabia qual era o ponto de vista dela. Minha mãe continuou sendo uma esfinge, como sempre. Eu só sabia que aquilo era lindo. Tudo aquilo era tão, tão lindo. A morte dela foi um abismo em minha vida, um buraco que se abriu no universo onde mamãe deveria estar.

Lentamente, fui embrulhando cada coisa em papel de seda, pendurando nos fundos do armário ou separando para vender uma hora ou outra. Encontrei quase todas as roupas de inverno que precisava nas caixas escrito "Alexandra", e o que faltou consegui comprar com o dinheiro da venda de alguns dos vestidos mais elegantes da minha mãe, que levei para o brechó local, que trabalhava com peças em consignação.

Estávamos tranquilas por ora. Eu não conseguia pensar em como a gente ia se virar no futuro, que continuou sendo impossível de imaginar ou planejar. Só podíamos viver um dia de cada vez. Meu pai praticamente parou de ligar, e só tive notícias dele no final de dezembro. Dele, só ganhávamos mesada e silêncio. Fiquei contente, de início. Mas, depois de um tempo, isso se tornou apenas estranho. Eu não esperava sentir saudade do meu pai. Liguei para a casa dele várias vezes, mas ninguém atendeu. Ele ligou quatro dias antes do Natal. Mal conseguiu dizer "oi", de tanto que tossia.

— Pai? — falei, em resposta ao ataque explosivo de tosse do outro lado da linha. — É o senhor?

— Claro que sou eu — latiu meu pai. — Quem mais tem te ligado neste telefone que eu pago? — Ele tossiu de novo. — Na verdade, essa é uma pergunta pertinente. Para quem *você* tem ligado? Não quero que se aproveite dessa situação para tomar péssimas decisões e humilhar sua família.

— É bom ouvir sua voz também — retruquei. — Ninguém atende quando ligo para a sua casa. Está tudo bem? — Tentei falar sem nenhum pingo de petulância. Tentei esconder aquela necessidade crescente que havia dentro de mim, tão enorme que ameaçava engolir a Terra inteira. Meu pai me disse que eu não estaria sozinha. Ele mentiu.

— Que pergunta é essa? *Claro* que está tudo bem. Por que diabos não estaria? — Ele engoliu em seco diversas vezes, bem alto. Torci para que estivesse bebendo água por causa da tosse, mas sabia que provavelmente não era isso.

Beatrice estava brincando lá fora, construindo fortes de neve com as crianças do bairro. Ela tinha lição de casa para fazer e as notas haviam baixado, mas não tive coragem de pedir que voltasse para casa. Finalmente, não me aguentei.

— O senhor tem algum plano para o Natal, pai? Por acaso vamos ver o senhor? — Nem sei por que fiz essa pergunta. A gente nunca via meu pai.

Ele ignorou a pergunta.

— Encontrei seu professor de Cálculo no clube — disse, e eu sabia que ele queria dizer "bar".

— Encontrou, é? — falei, num tom neutro. — Ele contou ao senhor que eu nem deveria estar fazendo essa aula? Que só estou sendo usada como mão de obra não remunerada? Sinceramente, deveriam me pagar um salário.

— É indelicado moças falarem de dinheiro — declarou meu pai. — Sua mãe deveria ter lhe ensinado isso. — Então, soltou uma risada pouco espontânea, que mais pareceu um deboche. — Você sempre foi inteligente demais para o meu gosto. Mesmo quando era pequena. Seu professor me informou que escreveu uma carta de recomendação para você poder cursar a universidade. Sob pressão, suponho. Sabe o que eu acho de você continuar os estudos. Perda de tempo. Desperdício de dinheiro. Já está pronta para ser uma cidadã produtiva neste exato momento, faça a sua parte para ajudar a grande economia norte-americana. Além do mais, é assim que as moças arranjam um bom marido, e não é isso que você quer? É tolice esperar demais e perder a oportunidade. Não sei por que torce o nariz para isso. Por que insiste em se achar tão importante. Pedi para sua mãe não encher sua cabeça com essas ideias ridículas, mas ela era outra que não gostava de ouvir.

Mordi o lábio para me impedir de falar. Respirei fundo, bem devagar, pelo nariz.

– Bem, essa conversa foi muito agradável. Mais alguma coisa, pai? Ou talvez eu deva lhe chamar de sr. Green?

– *Impertinente* – respondeu meu pai, e sua voz foi abafada por outra onda de tosse. Fiquei esperando passar, por um bom tempo. Até que enfim: – Não posso fazê-la mudar de ideia, suponho.

– Em relação aos estudos? Não. – Eu já tinha enviado os documentos. Já tinha entrado com pedidos de bolsa de estudos. Agora, só me restava esperar. – Acontece que eu gosto mais de Matemática do que de casamento. – *Igualzinho à minha mãe*, tive vontade de dizer. Mas não disse.

Meu pai tossiu de novo.

– Aquela bibliotecária passou por aqui. No meu *escritório* e tudo. Nunca fui com a cara dela.

– A sra. Gyzinska?

– Acho que é essa mesmo. Ela tem uma tendência de meter o nariz onde não é chamada. Sempre teve. Quando sua mãe ficou doente pela primeira vez, essa mulher insuportável apareceu no hospital e ficou azucrinando e atazanando as enfermeiras até deixarem ela ficar no quarto todos os dias, e aí enchia a cabeça da sua pobre mãe de bobagens. Depois de um tempo, as enfermeiras me ligaram para reclamar que sua mãe não parava de recitar poemas, tudo graças a essa maldita bibliotecária. Tive que ligar para o chefe delas, que pôs um fim nisso.

– Poemas? – perguntei. A sala girou. Eu me apoiei na parede. – "As árvores apodrecem" – recitei. – "As árvores apodrecem, apodrecem e morrem."

– Vejo que ela também conseguiu se enfiar na sua cabeça.

Eu era capaz de enxergar o rosto da minha mãe na minha imaginação, transformando-se, de fase em fase. Minha mãe antes da doença, toda sorrisos e corada. Minha mãe quando voltou para casa *com defeito*. Minha mãe queimada de sol e forte, na horta. Minha mãe com o rosto retorcido de raiva e aquele tapa duro e certeiro. Minha mãe com nuvens cinzentas nos olhos e faces encovadas. Minha mãe encolhendo, se esvaindo. Uma casca de grilo sendo levada pelo vento.

Recitei:

Vossa sombra rosada, de frio me banha, frio
Como de vossas luzes, como de meus pés murchos,
Sobre vosso luminoso átrio, quando vapores
Sobem, na penumbra dos campos em meio às casas
Dos bem-afortunados homens que têm o poder de morrer,
E nos montes verdejantes, de mortos ainda mais afortunados.
Liberta-me e devolve-me à terra.

– Odeio esse poema – declarou meu pai.

– A mamãe adorava – falei. Fechei os olhos. – Ela também me pedia para recitar. Lá no hospital, antes de morrer. Todos os dias, sem parar.

Eu não admitiria para o meu pai, nem nessa ocasião nem nunca, mas eu concordava com ele. Também odiava esse poema.

Ele ficou em silêncio por um bom tempo.

– Bem, isso era típico dela. – Mais uma engolida em seco. Depois mais outra. – Estou ligando porque, ao contrário do que deve pensar, Alexandra, eu me importo com você, sim. O país inteiro está começando a perder a cabeça. Negros fazendo protestos nos balcões das lanchonetes e nas escolas do Sul, caos no Capitólio, marchas contra a guerra pelos direitos civis, aqueles bandidos dos sindicatos sabotando negócios rentáveis, rebelião naqueles bares de... você sabe... daquele tipo de cara, lá em Nova York, e mocinhas decentes enfiando na cabeça que podem começar a fazer o que bem entenderem sem pensar na família nem no futuro. E outras coisas. Coisas piores. Coisas das quais não posso nem falar e das quais você não deveria falar. Nosso país corre o risco de perder a cabeça. Os malucos estão aqui agora, nesta cidade, na nossa cidade, com seus panfletos, suas reuniões clandestinas e suas sociedades secretas. E aí marchas, rebeliões e caos total. Está acontecendo neste exato momento. E você precisa se proteger.

– Pai, você ouviu o que está dizendo? Isso é loucura. Não teve nenhuma marcha perto daqui. Nenhuma. Eu teria visto. Nem rebeliões. Quem anda lhe dizendo essas coisas não faz ideia...

– Olhe – disse ele. Seu tom ficou ríspido e desesperado. – Certas ideias são perigosas, okay? E alguns conceitos viram a vida das pessoas de pernas para o ar. Famílias são destruídas. Tentamos manter tudo isso longe de você, sua mãe e eu. Combinamos que era mais seguro você ser inocente. E gostaria que já tivesse encontrado um bom homem e estivesse noiva. Seria um grande alívio, francamente, se eu soubesse que você está bem encaminhada. Falei para a sua mãe que ela deveria lhe amansar, prepará-la para o casamento, mas ela nunca me deu ouvidos. Achei que se responsabilizar por um lar lhe faria bem.

Que isso a obrigaria a olhar para o chão, uma forma de ensaiar para ter um bom futuro, um futuro garantido. Mas não, aquela bibliotecária encheu sua cabeça de Matemática, universidade e outras porcarias. E agora, aqui estamos nós.

Eu estava zonza. Fui me abaixando até sentar nos calcanhares e o fio do telefone ficar bem espichado.

– Não sei o que o senhor espera que eu faça.

Ele soltou um suspiro.

– Não saia de casa depois de escurecer. E fique longe daquela mulher da biblioteca. Ela tem uma história que você não é capaz nem de imaginar. Ouvi dizer que até J. Edgar Hoover, do FBI, tem medo dela.

– Ninguém tem medo de velhinhas, pai. Não seja ridículo.

– Você é tão ingênua... Ouça o que seu pai está dizendo. Ouça o que seus professores dizem. Não fale com desconhecidos. Não vou estar aqui para sempre, para proteger vocês, sabia?

Mordi o lábio. Ele não nos protegia. Será que sabia que estava mentindo ou achava que eu não ia perceber? Não sei se fazia alguma diferença. Mesmo assim, meu pai tinha deixado o aluguel do apartamento pago até agosto, as compras do mercado continuavam chegando todos os domingos, minha mesada era depositada no banco pontualmente, e eu é que não ia correr o risco de perder esse dinheiro.

– Tá certo, pai.

– Fico feliz por conseguirmos ter essa conversa, Alexandra.

– É Alex – falei. E desliguei o telefone.

Será que elas poderiam retornar?

De uma perspectiva científica, a resposta é óbvia. Não é incomum um organismo retornar para o nascedouro, como é o caso do salmão do Pacífico Noroeste, ou para o local onde completou sua metamorfose, como é o caso do lagarto-de-chifres. Por que não poderia acontecer a mesma coisa com as dragoas? O fato de não testemunharmos uma volta em massa das mulheres que se dragonizaram não serve de parâmetro para saber se testemunharemos ou não esse retorno um dia. De fato, é a partir do folclore e de sua contínua e oblíqua – e, não raro, amedrontada – contenda com as histórias de suas filhas dragonizadas tanto tempo atrás que tiramos pistas de que, em algumas ocasiões, elas voltaram. Seria a narrativa arturiana da batalha entre o dragão vermelho e o dragão branco nas profundezas do Castelo de Uther Pendragon uma mera interpretação errônea da discussão entre duas tias briguentas? Tendo a achar que sim. Seria Vishap, da mitologia armênia, que viveu por décadas e décadas no alto do Monte Ararate com sua prole de filhos (tanto dragões quanto humanos), meramente uma mãe dedicada e uma mãe adotiva, que criou um lar para seus entes queridos? É difícil dizer. Mas, ao concluir esse artigo, preciso fazer um breve alerta aos meus colegas, aos meus superiores, ao Congresso dos Estados Unidos e ao meu país: ninguém se beneficia fechando os olhos nem parando de pensar. Há tanto que ainda não compreendemos e há muito trabalho a ser feito. Quando enfrentamos o trauma, o luto e o medo coletivos que tomaram conta desta nação no dia em que vimos milhares de mulheres se despirem da própria pele e se transformarem em criaturas de dentes e garras, de calor e violência, houve uma pressão inexorável para fingirmos que não vimos, para nos recusarmos a falar do ocorrido e esquecer. Esquecer era muito mais fácil. Mas, sem perguntas, não há como existir conhecimento. O que o rio faz quando o salmão retorna? Ele cria uma comporta e bloqueia a entrada? O que a árvore faz quando a borboleta volta para a folha onde um dia foi ovo, um dia foi larva, um dia foi crisálida? Treme de medo ou recebe essa andarilha de braços abertos? Sendo assim, o que uma cidade deveria fazer quando a mãe que um dia fugiu voando pelo céu, num grito de raiva e fogo, resolve voltar? O que essa nação fará caso todas elas voltem para casa?

"Breve história dos dragões", do professor-doutor H. N. Gantz, PhD, clínico geral.

29

A manhã do dia 23 de março de 1964 começou como qualquer outra: Beatrice pulou na minha cama e ficou me sacudindo para que eu acordasse, até nós duas cairmos no chão.

– Você está atrasada! Está atrasada! Você está atrasada! – cantarolou. Bem alto. Pus o dedo nos lábios para lembrá-la de que precisávamos falar baixo. Eram apenas 5 horas da manhã, e as paredes do nosso apartamento eram finas.

– Atrasada para o quê? – perguntei, bocejando.

– Para o grande dia! – grasnou Beatrice. – Você está atrasada para o grande dia! – Ela ficou rodopiando pela sala.

Esfreguei o rosto. Cinco da manhã era uma hora tão boa quanto qualquer outra para começar o dia. Eu não tinha conseguido terminar dois dos exercícios e precisava enviá-los pelo correio até sexta-feira.

– Tudo bem – falei. – Vá vestir o uniforme e lavar o rosto. Vou preparar o café da manhã.

Depois de comermos ovos mexidos com torrada e de eu ter tomado um café solúvel, fiz Beatrice vestir um guarda-pó de pintura por cima do uniforme e mandei que ela fosse fazer alguma coisa no cantinho da arte, enquanto eu terminava o dever de Física.

Lá fora, soou uma sirene. Fiz uma terceira caneca de café para mim, terminei a lição, pus os selos no envelope e fui me arrumar para a escola.

Beatrice grudou a cara na janela. O céu estava vermelho e dourado.

– Hoje é o dia! – gritou, para todo mundo ouvir. – Hoje é o dia!

– Do que você está falando? – disparei, sem pensar, enquanto caçava um par de meias limpas. Beatrice não respondeu.

Lá fora, as garras do inverno estavam apenas começando a se retrair. Montes de neve, que antes eram enormes e tomavam conta de todas as calçadas, feito passos de montanha instáveis, à beira da avalanche, agora estavam derretendo, formando poças enormes e escuras por todas as ruas. Todo mundo usava galochas pesadas para ir e voltar da escola, que eram trocadas por sapatilhas assim que chegávamos. Eu ia empurrando a bicicleta e Beatrice ia saltitando.

– Hoje é o dia! Hoje é o dia! – cantarolava ela, a plenos pulmões.

Estava começando a ficar irritada. Chegamos à escola de Beatrice. Eu me agachei para afivelar de novo as botas dela e recolocar os passadores que seguravam seu cabelo acima das têmporas. Era um gesto inútil. Lá pelo meio-dia, ela estaria um ninho de ratos.

– Estou tão feliz! – Beatrice me deu um abraço apertado. – Eu a amo tanto, Alex. Que dia maravilhoso! – Ela ergueu o rosto em direção ao céu, depois foi subindo a escadaria aos pulinhos e entrou na escola sem olhar para trás.

– Sua esquisita – falei, sorrindo, mesmo a contragosto. Fiquei sem ar de repente. Eu a amava *tanto*. E, de quando em quando, esse amor era tão premente que me atacava justo quando eu tinha baixado a guarda, me nocauteando. Independentemente do que fosse acontecer quando me formasse, pensei, isso teria que incluir Beatrice e eu. Beatrice e eu contra o mundo.

Subi na bicicleta e fui pedalando, desviando das poças grandes e escuras, deixando um rastro de ondas grandes, compridas e fracas no meu encalço.

Quando cheguei, todos fomos para nossas respectivas salas de aula, e o sistema de som transmitiu o mesmo comunicado que, no último mês, tinha sido transmitido todos os dias: "Qualquer... ahn... avistamento incomum ou boato deve ser comunicado imediatamente às autoridades". Ninguém levava aquilo a sério. Para nós, era igual àqueles alertas lúgubres que falavam de supostos espiões russos, àquelas propagandas de abrigos pré-fabricados contra precipitações nucleares e àqueles treinamentos de segurança em caso de bombardeio aéreo. Já tínhamos idade para saber que aqueles cartazes que alertavam sobre a loucura causada pela maconha eram pura mentira e que muitas das moças que ficavam sozinhas com rapazes dentro de carros conseguiam tirar a mesma média nas notas e continuar tendo prestígio na escola. Tinha muita falsidade nesse mundo e, pelo jeito, um grande percentual dessa falsidade era divulgada nos corredores e anunciada pelo sistema de som da escola. Eu ignorava.

A irmã Leonie, minha professora de Francês, bateu na mesa com um livro, chamando nossa atenção em francês.

– *Oui, ma soeur* – respondemos, dóceis.

Teve outro aviso na metade do terceiro período. Eu não ouvi. Meu sutiã coçava e minhas costas doíam. Eu não sabia muito bem por quê.

O sino tocou e fui para a aula de Cálculo. O sr. Reynolds fechou a cara quando entrei pela porta.

– Você está atrasada! – disse ele. Eu não estava. Mas era assim que me cumprimentava, na maioria dos dias. O que queria dizer era: "Eu precisei da sua ajuda em algum momento mais cedo e você não se materializou".

Eu já ia retrucar, mas o sino começou a tocar e não parou. Treinamento de segurança em caso de ataque aéreo. O sr. Reynolds quase pulou de susto, e sua expressão se transformou rapidamente de alarmada para exasperada.

– Mas faça-me o favor… – disse, frustrado, atirando um caderno na mesa. – Acabamos de fazer um treinamento desses. – Ele olhou feio para mim, como se fosse culpa minha, sabe-se lá por quê. – Esses rapazes precisam se preparar para o exame estadual. Minha reputação está em jogo.

Que reputação?, pensei, sendo petulante. Abri a porta e vi vários alunos indo em fila para o corredor.

– Vocês sabem o que fazer! – gritavam os professores, e todos foram se sentando no chão com as costas para a parede, um livro em cima da cabeça.

O sr. Reynolds orientou os meninos da minha turma a fazerem a mesma coisa. Eu não me sentei. Achei que tinha algo de errado com aquele treinamento. De repente, tive plena consciência da distância que me separava de Beatrice. Tentei ignorar o aperto de ansiedade que senti no estômago.

– Então? – disse o sr. Reynolds, apontando para o chão.

– Desculpe, professor. Só preciso de um minutinho – falei, mostrando a ele minhas mãos vazias. – Eu me esqueci do meu livro. – Voltei correndo para a sala de aula e olhei pela janela.

Não havia nenhum caminhão de bombeiros na frente da escola, mas dava para ouvir as sirenes vindo, de longe. O que era estranho. Normalmente, eram os bombeiros que chegavam antes e disparavam o alarme, para começo de conversa, e aí andavam pelos corredores, dando dicas para as crianças dos melhores modos de usar um livro didático de Biologia para proteger um crânio humano da aniquilação nuclear. A maioria conseguia fazer isso com cara de paisagem. Em todo caso, era algo programado. E aquilo não me parecia nada programado. Se não eram os bombeiros que estavam aplicando os protocolos em caso de ataque aéreo, quem era? Será que era um ataque aéreo de fato? Eu, com certeza, não ouvi nenhum avião.

O caminhão de bombeiros finalmente chegou, seguido por um segundo, e ambos pararam, cantando pneu. Os bombeiros foram saindo, mas não entraram na escola. Em vez disso, se reuniram na calçada, numa formação ombro largo a ombro largo, e olharam para o alto do prédio. Um homem apontou. Eles estavam boquiabertos.

– Alexandra! – gritou meu professor.

– Um minutinho! – berrei de volta, mas não me mexi.

Os bombeiros estavam olhando fixamente para o alto, uns dois andares acima da janela pela qual eu espiava. E aí foram erguendo a cabeça, todos ao mesmo tempo, cada vez mais, e começaram a acompanhar um arco que se formava lentamente lá em cima. Levou alguns instantes para aquilo que eles estavam olhando entrar no meu campo de visão e, mesmo depois disso, não consegui ver direito. Era algo grande. Que voava. Seja lá o que fosse, sua superfície refletia a luz solar e brilhava tanto que tive que espremer os olhos, e não consegui olhar diretamente, apenas distinguir a silhueta de relance. Aquilo voava muito baixo para ser um avião. E, de todo modo, estava no telhado da escola antes. Não estava?

Os bombeiros gritaram, liberando o local. O sino tocou, todo mundo ficou em pé e voltou para a sala, em fila. Eu não saí de perto da janela.

– Alexandra? – chamou meu professor.

Fiquei olhando os bombeiros voltarem aos seus caminhões.

– Alexandra, acho que você ia entregar as provas corrigidas, certo?

Mais sirenes. O caminhão foi a toda velocidade para a parte oeste da cidade. Duas viaturas da polícia viraram a esquina, cantando pneu, e foram atrás, com as luzes ligadas.

– Alexandra, você está me ouvindo? Esses alunos têm dúvidas em relação às provas.

Sempre nos disseram para sermos crianças boazinhas. Sempre fui uma criança boazinha. Sempre obedeci. Mas agora… Virei e olhei para a turma. Todos os meninos olhavam para mim com uma expressão de choque estampada naqueles rostos bobos. O sr. Reynolds me entregou o manual do professor, como se fosse um salva-vidas. Apontou para a pilha de provas em cima da mesa.

– Vamos – disse ele.

Certa vez, quando eu era bem pequena, minha mãe me ensinou a fazer cara de paisagem. A apagar a cara de louca, triste ou decepcionada. "Nem muito afoita, nem muito feliz, nem muito nada. Apenas agradável. E inabalável. A gente consegue fazer muita coisa com uma expressão agradável. Ninguém interrompe e ninguém se ofende. Assim, querida." E então me mostrou. Fiz cara de paisagem.

– Claro, sr. Reynolds – falei, educadamente, apesar da vontade de atear fogo nele. – Não precisa se preocupar.

E entreguei as provas. Os meninos que gostaram de suas notas tentaram sorrir para mim. Os meninos cujas notas eram vergonhosas tentaram descontar sua frustração me constrangendo, respondendo aos meus comentários na prova com comentários inconvenientes. Não adiantou. Não funcionou. Fiz cara de paisagem. Quando a última prova pousou na última carteira, fui até a lousa e escrevi três problemas que, literalmente, todos os meninos da turma entenderam errado. E não eram tão difíceis assim. Só eram complicados. Eu sabia que o sr. Reynolds não era capaz de resolvê-los sem consultar o manual do professor.

– Sr. Reynolds – falei, afetuosamente –, agora o senhor se encarrega, se não se importa, e agradeço muito se puder me dar uma licença para sair da aula por escrito. Receio que precise ir à enfermaria.

Eu não precisava de fato. Estava me sentindo muito bem. Mas o constrangimento do professor fez a mentira valer a pena. Ele abriu a boca e não disse nada, fechou em seguida e pigarreou. Tentou de novo:

– Tem certeza? – perguntou.

– Absoluta – respondi. Então completei, falando mais baixo: – Coisa de mulher.

A cor se esvaiu do rosto dele. Parecia que ia desmaiar. Minha expressão permaneceu neutra, por pura teimosia, como se tivesse sido esculpida na lateral de uma montanha, igual aos presidentes dos Estados Unidos no Monte Rushmore. Seria eu o objeto imóvel ou a força incontrolável? Talvez fosse as duas coisas. Talvez fosse isso que a gente aprendia com nossas mães.

– Só um instante – disse o sr. Reynolds.

Não precisei de muito para convencer a enfermeira de que estava doente e precisava voltar para casa. Não precisei nem terminar a frase.

– Ah, claro que você está doente! Olhe só para você! Tão pálida! Tão magrinha! – lamentou ela. – E essas olheiras. Pobrezinha! – Devo admitir que essa doeu um pouco. Bom, eu não tinha uma boa noite de sono há meses. Fiz que sim, com um movimento fraco, fingi que liguei para o meu pai e falei para a enfermeira que esperaria ele vir me buscar lá fora.

– Só preciso de um pouco de sol… – comecei a dizer. E foi o suficiente. Ela começou a me empurrar para fora da sala e falou que um pouquinho de base e de *rouge* faria maravilhas por mim e que eu não precisava me preocupar em ser advertida por isso, porque seria um segredinho só nosso. Eu agradeci, saí da escola correndo, peguei minha bicicleta e fui pedalando pela rua, na mesma direção…

Bom, eu não tinha certeza de nada. Mas sabia que tinha algo no telhado, que algo tinha levantado voo, traçando uma curva no céu, e que algo fez aqueles bombeiros coçarem a cabeça. Eu não ia pensar "dragoa". Eu não ia pensar nada. Eu já me via como cientista, e não podem existir suposições na Ciência: apenas perguntas, dados e mais perguntas. Eu manteria a mente aberta, uma atitude imparcial, simplesmente registraria minhas observações e me ateria aos fatos. Pedalei o mais rápido que pude, indo atrás dos dados.

30

Avistei o objeto voador na rua Sycamore e fui atrás dele, pelo parque e pela Sétima Avenida, até o objeto pousar, primeiro no telhado de uma casa, depois no quintal da frente, onde se acomodou. Uma casa na rua Chestnut. A rua onde eu morava.

A casa onde eu morava. Onde eu pretendia nunca mais voltar. E, contudo, lá estava eu. E, contudo, lá estava ela. Uma dragoa.

Estava sentada no quintal da frente com a bunda no chão, a cauda enrolada no corpo feito um cachecol, remexendo na bolsa. Desci da bicicleta e a larguei no chão.

Ela, a dragoa, bem... ela era... *enorme*. Mas a palavra "enorme" não chega nem perto de traduzir a *experiência* de estar na presença daquela dragoa, nem a sensação de sua enormidade. Ela alterava o ar à sua volta. Tive a impressão de que o chão tremia sob meus pés. Ondas de calor emanavam da pele da criatura, dissolvendo o que ainda restava da neve, empapando a grama. Ela havia se sentado numa das espreguiçadeiras de madeira, só que o móvel não era capaz de sustentar seu peso. Havia lascas de madeira pintada de azul esparramadas debaixo do traseiro grande e da cauda comprida e enroscada da dragoa. As escamas eram pretas e verdes, salpicadas de prata. Não dava para dizer que ela brilhava; parecia mais é que tinha se apossado da luz, permitindo que essa luz brilhasse e vibrasse nas escamas cintilantes que cobriam seu corpo enorme como a dragoa bem entendesse.

Ela baixou a cabeça. Inclinou o queixo levemente para a esquerda. Ficou me olhando nos olhos.

A dragoa era minha tia. Tive certeza antes mesmo de ela abrir a boca. Tive certeza no instante em que ouvi a sirene do treinamento de segurança em caso de ataque aéreo e aquele comunicado ridículo no sistema de som da escola. Tive certeza no instante em que vi aquela sombra gigante se esparramando, quando a dragoa levantou voo sem ser vista. Tive certeza de que era ela que andava assombrando os sonhos de Beatrice. É claro que era minha tia.

Pigarreei. A dragoa balançou a cabeça. Soltou a bolsa, que caiu no chão. Levou as patas dianteiras ao coração.

– Alex – minha tia começou a dizer. Sua voz ficou embargada. Seus olhos enormes estavam cheios de lágrimas.

Eu não sabia que dragoas falavam. E não sabia que se recordavam de quem eram antes de se transformar. Eu não sabia que andavam de bolsa e reconheciam pessoas da família nem que podiam chorar. Cerrei os dentes, sentindo as bochechas cada vez mais quentes. Se tudo aquilo era verdade, *por onde ela andou esse tempo todo, droga?*

– Alex – disse tia Marla, secando as lágrimas. Uma tentativa de sorriso com os dentes afiados. – Sou eu, querida.

Minha cabeça girava.

– A senhora chegou tarde demais – falei. E soltei um suspiro de assombro. Eu não esperava tais palavras, tampouco tive consciência de ter pensado ou sentido uma coisa dessas. Comecei a tremer e a sentir aquela ardência nos olhos, de lágrimas não derramadas, lágrimas de luto, de perda e de frustração, entrando em erupção nos meus olhos. Minha visão ficou borrada. A raiva que eu sentia me aqueceu até o fundo dos ossos.

– E… e a sua mãe? – ela gaguejou. Os olhos grandes de dragoa estavam entreabertos. Minha tia entrelaçou as garras, como se estivesse rezando.

– Morreu – respondi, entredentes.

A dragoa afundou o rosto nas patas e apertou o próprio crânio com as garras. Começou a chorar de soluçar. As lágrimas explodiam em tufos de vapor no mesmo instante em que encostavam no chão. O corpo dela tremeu e o chão vibrou através dos meus pés.

– Quando? – perguntou ela, sem erguer a cabeça.

– Faz tempo. – Quase cuspi essas palavras. – Em junho vai fazer três anos.

– Eu deveria ter adivinhado – choramingou a dragoa. – Eu deveria ter sentido.

– Concordo – falei, num tom que era puro veneno e pura alfinetada.

Se aquela dragoa esperava piedade, estava chorando na frente da adolescente errada. Estiquei o braço e peguei uma pedra de tamanho considerável na trilha de cascalho que dava para a entrada da casa. Atirei na barriga da dragoa. A pedra bateu e caiu. E ela, pelo jeito, nem percebeu.

– Você foi embora e nos deixou aqui! – gritei. – Foi embora e deixou minha mãe sozinha. Foi embora e deixou todas nós sozinhas. Você nos abandonou, e para quê? – Minha voz ficou embargada e eu tinha certeza de que os vizinhos estavam ouvindo, mas resolvi não dar bola.

– Ela deveria ter vindo conosco. – As lágrimas de dragoa da minha tia continuaram escorrendo, grandes baldes ferventes saíam dos seus olhos compridos e se esparramavam pela entrada da casa. Nuvens de vapor se formaram no pátio, unindo-se e formando uma só nuvem, branca e densa, que nos garantia um mínimo de privacidade. – Talvez, se ela tivesse vindo, não teria morrido. Quando vi que só você e Beatrice moravam naquele apartamentinho, torci... bem... torci para que sua mãe tivesse ido atrás de nós, depois do ocorrido.

– Ela *nunca* me abandonaria. Nem eu nem Beatrice. *Nunca*. Nem se vivesse mil vidas. Minha mãe nos amava e cuidou de nós duas. Ela se apegou a cada dia de vida. Minha mãe foi mais mãe da minha irmã do que você foi. Foi a única mãe que Beatrice conheceu na vida.

Minha tia mudou de posição, apoiou-se nas patas traseiras e endireitou as costas, na direção do céu. A parte debaixo das asas era vermelha. Os dentes afiados feito agulhas brilhavam como se fossem de ouro.

– Isso não é verdade – disse ela. Seus olhos compridos me observaram com atenção. Tive a sensação de que eram capazes de me enxergar por dentro. – Você também tem sido mãe dela. Posso sentir o cheiro de Beatrice em você. Você a abraçou, alimentou e amou. Ensinou o certo e o errado. Lavou as mãos dela e leu histórias para ela dormir. Não foi? Beatrice é sua, e você é dela.

– Beatrice é minha irmã – falei, automaticamente.

– Conversa fiada – retrucou minha tia. – Você pode até não ser a mãe dela. Mas é mãe dela. Isso é fato.

Sirenes se aproximaram. Estavam chegando perto. Olhei para trás e vi um par de olhos espiando pela cortina na casa de um dos vizinhos, olhos espremidos, para enxergar através daquela nuvem baixa. A sra. Knightly, se não me falha a memória. Nunca gostei dela.

– Preciso sair voando – disse minha tia. – Vou voltar. Diga a Beatrice que já volto. – Ela aproximou a pata cheia de garras da boca traiçoeira e me mandou um beijinho. E aí levantou voo, causando um tremor tão forte na calçada que eu quase perdi o equilíbrio.

– NÃO PRECISA SE DAR AO TRABALHO! – berrei. – NÃO PRECISAMOS DE VOCÊ! NÃO QUEREMOS OLHAR PARA A SUA CARA! ESTAMOS PERFEITAMENTE BEM SOZINHAS!

– VEREMOS! – berrou minha tia, planando sobre a copa das árvores. As escamas cintilavam, reluziam e brilhavam. E então, ela sumiu.

Fiquei sentada nos degraus da frente da casa do meu pai por um bom tempo. Bati na porta e toquei a campainha. Ninguém atendeu. As cortinas estavam fechadas. E a casa parecia... estéril, de certa forma. Ou melhor: não exatamente estéril, mas em inércia. Sem vida. Não havia nenhum brinquedo no pátio. Nenhum desenho pendurado com fita adesiva nas janelas. Nada que indicasse que havia crianças morando ali.

Eu não estava com muita vontade de falar com minha madrasta. Mas, quando dei por mim, estava com vontade de falar *com alguém*.

Do outro lado da rua, a sra. Knightly continuou bisbilhotando pela cortina. Ela era a senhora que chamava a minha atenção quando minhas meias até o joelho estavam abaixadas, quando me via limpar o nariz com as costas da mão e quando me via dar um empurrão em algum menino da vizinhança que tinha debochado de Beatrice. Eu não sabia qual era a opinião da sra. Knightly a respeito das dragoas, mas certamente sabia a opinião dela sobre mim. Não demoraria muito para ela ligar para o meu pai, lá no banco. Não demoraria muito para o meu pai chegar.

Dez minutos, pelo jeito. Ele parou na entrada de casa e jogou a pasta no chão.

Eu não o via desde aquele dia em que fomos morar no apartamento. Meu pai parecia... era difícil dizer. Parecia um desenho que fora parcialmente apagado. Os contornos de seu corpo estavam borrados e desbotados. Quase não tinha cabelo – será que já era calvo antes? Eu não conseguia me lembrar. O rosto estava cinzento.

– Alexandra – disse ele. A voz também estava desbotando.

– É Alex – corrigi. – O senhor sabia...

– Quando você se deu conta de que era ela?

– Agorinha mesmo. Ela estava sentada bem ali. – Apontei para a espregui-çadeira quebrada. – Vi uma coisa voando por cima das casas e a segui até aqui.

Meu pai franziu o cenho.

– Você não deve ter visto o jornal. Tinha uma fotografia de Marla. Semana passada. Publicaram uma errata e um pedido de desculpas no dia seguinte. Falaram que era mentira, o que, é claro, é uma bobagem. Eu a reconheci na mesma hora. Não sei como. A foto estava sem foco, tirada de longe, mas era ela. – Meu pai dirigiu o olhar para os destroços da cadeira quebrada e para a grama encharcada dentro de uma cratera de neve derretida. – Então ela veio para cá, é? – Eu fiz que sim. Ele também. – Faz sentido. Ela gostava mais daqui do que da própria casa triste.

Não falamos nada por um bom tempo. Meu pai afundou o queixo no pescoço. Os lábios dele estavam ressecados. Na minha lembrança, meu pai era muito maior. Será que havia encolhido? Até os ombros estavam menores, mal conseguiam segurar o peso da camisa amarrotada. Ele pigarreou.

– Quer entrar?

Não respondi, mas fiquei em pé. Ele abriu a porta e fez sinal para eu entrar.

A casa estava uma bagunça. Muito pior do que quando estive ali, em outubro. Todas as superfícies estavam empoeiradas e os encardidos se insinuavam nas frestas. O ar estava parado, embolorado, e o lixo precisava ser tirado. Boa parte dos móveis também tinha sumido. Não havia quase nada nas paredes, só pregos sem nada e retângulos de poeira, demarcando onde antes havia fotos emolduradas.

– E sua nova esposa? – perguntei.

– Foi embora. Os meninos também. Estão morando na casa da mãe dela. Foi melhor assim.

– Entendi – falei. Não perguntei há quanto tempo. Meu pai poderia ter nos chamado para voltar para casa, mas não o fez. Em vez disso, estava pagando por aquela casa e por outro apartamento e, provavelmente, sustentando a esposa também. Tentei não permitir que isso me magoasse. Respirei fundo e fiz cara de paisagem. Não ia permitir que ele me visse chateada.

– Cerveja? – perguntou meu pai, como se eu fosse um homem.

Eu empalideci.

– Não bebo, pai.

– Que bom. Vou tomar uma coisinha mais forte. – Ele fez sinal para eu me sentar à mesa, que estava grudenta, tapada com pedaços de papel, e voltou com um copo alto cheio de uísque, sem nada para mim.

Tinha teias de aranha nos cantos. As janelas estavam muito encardidas. Alguns maridos foram devorados no dia da Dragonização em Massa. Outros, como o meu pai, simplesmente foram se esvaindo. Dirigi meu olhar para a porta.

– Você já se decidiu em relação àquele emprego que eu comentei? – perguntou, pondo a mão no bolso e tirando um maço de cigarros.

– Eu já falei, pai. Vou fazer faculdade.

A risada que ele deu parecia o zurro de um burro.

– Com que dinheiro? – perguntou, soltando a fumaça da primeira tragada pela boca.

– Vou dar um jeito. – Cruzei os braços e encostei as costas na cadeira. – De todo modo, não é deste assunto que estamos tratando. Minha tia voltou. E é uma dragoa.

– *Alexandra!* – Meu pai ergueu as mãos, olhou para o lado e de repente ficou com vergonha de me olhar nos olhos. – Isso não é problema meu. – A cara dele ficou vermelha.

– É, sim – insisti. – Querendo ou não, legalmente, você é pai de Beatrice. E meu também, óbvio. E aquela dragoa está rondando. E diz que vai voltar. Isso não o incomoda? E se ela nos ferir? Ou coisa pior?

Não cheguei a deixar claro o que eu queria dizer com "coisa pior". Pensei nos desenhos de Beatrice. Dragoas por todos os lados. Meu pai não diria nada se Beatrice... *se transformasse*. Se ela alçasse voo e nunca mais voltasse. *Mas seria o fim do mundo para mim*. Fechei os olhos por um instante, fazendo de tudo para não chorar.

– Bem, isso seria triste, óbvio. – Ele tomou mais um gole de uísque. – Vocês são... sabe? Importantes. – Mais um gole. – Você pode até não acreditar em mim, mas me preocupo com você, Alexandra. E com a sua, *ahn*, Beatrice. – Então pôs o copo em cima da mesa. E não olhou para mim.

Ficamos ali sentados por um bom tempo, sem dizer nada. Revirei os olhos.

– Bom, pai, foi divertido. Quem sabe a gente se encontre de novo daqui a alguns anos. – Fiquei em pé. Ele pôs uma mão sobre a minha. Virou para o outro lado e apoiou a testa na outra mão, segurando o rosto. Levei um tempo para me dar conta de que meu pai estava chorando.

– A irmã errada foi embora – falou, por fim, secando as lágrimas. – Sua mãe é que deveria ter ido. Eu mesmo disse isso a ela. Naquele mesmo dia. Sua mãe sabia que aquilo ia acontecer e me contou. Ela era capaz de sentir. Sabia, tão bem quanto eu, que era só uma questão de tempo até o câncer voltar, e talvez não tivesse voltado se tivesse se permitido passar pela transformação. Eu disse para ela conversar com Marla, pedir para sua tia ter uma atitude nobre. Disse que Marla é que deveria ter bancado a adulta e resistido àquele ímpeto infantil de sair correndo. Ou melhor, sair voando. Marla deveria ter ficado aqui. Poderia ter cuidado tanto de você quanto da minha Bertha. – Ele ficou sem ar. – Poderia... – Meu pai sacudiu a cabeça. – Bem, provavelmente sua mãe teria me expulsado uma hora ou outra, mas eu saberia que ela *não teria morrido*. Mesmo que as duas tivessem... bem, você sabe... e ido embora, teria sido melhor. Eu poderia ter tomado as devidas providências em relação a você e a Beatrice quando vocês duas ainda eram pequenas, na idade de serem devidamente criadas por uma nova família. Em vez disso, passamos aqueles anos esperando o câncer voltar. Vendo sua mãe morrer pouco a pouco. Bertha sabia que eu não daria conta disso. Sabia que eu não conseguiria suportar. Foi tudo culpa dela. – Ele deu um grande gole no uísque.

Dei as costas e olhei para aquela casa caindo aos pedaços. O brilho se fora. Quando eu era criança, cada superfície da casa brilhava. Agora era puro pó.

– Preciso ir, pai.

– Espere aí. – Ele ficou em pé, entornou o copo e foi meio que cambaleando na direção do porão. Voltou com uma caixa de madeira, mais ou menos do tamanho de um filão de pão. A caixa tinha ramos e flores entalhados nas bordas. Meu pai a estendeu na minha direção. Não conseguia nem olhar para mim. – Era da sua mãe. Não guardei com o resto das coisas dela porque… bem, minha esposa, entende, tem a mão leve. Você vai perceber que as joias da sua mãe sumiram. E essa caixa, bem, é especial. Feita à mão. A sua mãe me disse que queria que você a recebesse quando tivesse idade para isso. Acho que agora é um momento tão adequado quanto outro qualquer.

– O que tem dentro?

– Não faço ideia. Nunca tive coragem de abrir. Sua e eu mãe não tínhamos… intimidade quando ela morreu. Nem de longe. Não me parecia certo espiar o que tinha dentro. Ela disse que era para você. Então, é para você. – Ele largou a caixa nas minhas mãos, deu as costas e foi para o quarto. Levando a garrafa.

Essa foi a última vez que vi meu pai. Naquela mesma semana, ele teve um ataque cardíaco no trabalho e caiu em cima da mesa. Faleceu a caminho do hospital. Dois dias depois, no meio da noite, a casa dele pegou fogo, enquanto o restante da vizinhança dormia. Cigarro aceso de um andarilho que passou por ali, disse o jornal. "Que sirva de lição para todos nós, dos perigos de fumar", disse o editorial. Mas isso não explicou o fato de que a janela do quarto dele, assim como a parede, havia sido, sabe-se lá como, retirada e arrancada da casa. Foi encontrada na manhã seguinte, apoiada no carvalho grande que havia no beco.

Eu não abri a caixa. Tampouco tive coragem de espiar o que tinha lá dentro. Talvez papai e eu não fôssemos tão diferentes assim, afinal de contas. Fiquei sentada com a caixa no colo por um bom tempo, os dedos pairando em cima da tranca. Até que, finalmente, desisti e a guardei no fundo do armário.

31

Naquela noite, durante o jantar, Beatrice quase se dragonizou. Bem diante dos meus olhos. Os olhos dela ficaram grandes, depois arregalados, depois dourados. Ela piscou uma vez, depois piscou de novo, com uma membrana pestanejante, uma terceira pálpebra interna, azul-clara, que foi deslizando languidamente pela circunferência do olho. Uma garra brotou do indicador. Beatrice ficou observando essa garra crescer, primeiro fascinada, depois maravilhada, então ergueu o rosto para o céu e foi aproximando lentamente a mão do osso esterno.

Deixei a frigideira com o nosso jantar cair no chão.

– Beatrice – falei, com um suspiro de assombro.

– Hoje é o dia – sussurrou ela. Com o rosto dourado. A língua brilhante.

Alcancei a mesa com um pulo e a agarrei em meus braços. O corpo de Beatrice estava tão quente que bolhas se formaram em minha pele. Não liguei. Eu a abracei com todas as minhas forças, como se minha vida dependesse disso. Minhas mãos ardiam. Meus braços. Meu pescoço. Meu rosto. E, ah, meu coração. Tudo ardia.

– Pare! – supliquei. – Ah, Beatrice, por favor, pare. – Eu a abracei bem forte, apertando tanto o corpo dela que acabei me abraçando também. – Mamãe ficou completamente sozinha e, ah, meu Deus, por favor, não me deixe aqui sozinha. Você é uma menina, você é uma menininha, é minha menininha. Não vá embora. – Minha voz ficou embargada. Caí no choro. Eu a apertava tanto que ela ficou sem ar. – Não, por favor, Beatrice. Não vou suportar. – Minhas lágrimas caíram no pescoço dela e logo viraram vapor.

Beatrice estremeceu nos meus braços e soltou um suspiro. E aí, bem rápido, a temperatura baixou. Seu corpo inteiro ficou inerte. A cabeça caiu na dobra do meu cotovelo, como se ela fosse um bebê. Beatrice piscou. Piscou de novo. E então olhou para mim com seus olhos de menininha – não mais dourados, mas grandes e castanhos. E vermelhos agora – da transformação ou de chorar, eu não saberia dizer. E não a soltei.

Ela franziu o cenho.

– Mas... – Beatrice se calou, levemente desorientada. Lambeu os lábios. Olhou para o teto. Seus pensamentos, era visível, estavam lentos. Ela parecia estar se movimentando em águas muito, muito profundas. Lágrimas começaram a escorrer por suas têmporas e se acumularam nas orelhas. Ela deu um suspiro profundo, alongado pela tristeza, pelo entendimento do que tinha acabado de acontecer, entendimento esse que, finalmente, começavam a se assentar.

– Mas por quê? – falou, por fim.

Fui baixando até sentar no chão e puxei Beatrice para o meu colo. Fiz cafuné nela. Beijei seu rosto. Que ainda estava quente, mas não de forma tão agressiva. A comida esfriava no chão. Em algum lugar, em outro apartamento, um rádio falava sem parar. Abracei Beatrice bem apertado e fiquei balançando meu corpo para a frente e para trás.

– Quer que eu lhe conte uma história? – perguntei. Ela não respondeu, mas não fez diferença. Fechei os olhos, era covarde demais para encará-la. Será que eu já sabia sentir vergonha? Acho que, lá no fundo, devia saber. – Era uma vez duas irmãs. As duas eram boazinhas. As duas eram malvadas. Em partes iguais. Cuidavam uma da outra e se esforçavam muito. Ambas davam tudo de si e, na maioria das vezes, isso bastava. Elas se amavam tanto, tanto... Um dia, ouviram o chamado das dragoas. "Venham conosco", disseram as criaturas. "Venham brincar conosco. Ser como nós." As dragoas ficaram chamando, chamando, não calavam a boca. Uma das irmãs respondeu ao chamado. Despiu-se da própria pele. Abandonou a própria vida. Tornou-se uma dragoa. A outra irmã, não. Ela tinha trabalho a fazer e pessoas para cuidar e coisas para aprender. Amava o mundo e tudo o que havia nele e não queria deixar sua vida para trás. Continuou como era, mas sentia muita falta da irmã, sentia cada vez mais falta, a cada dia que passava, uma grande e crescente tristeza, até que não aguentou mais. O coração dela se partiu ao meio e ela morreu de tristeza. Fim.

Os olhos de Beatrice percorreram a sala e finalmente pousaram no meu rosto. E se espremeram, desconfiados.

– Essa é uma história de verdade? – perguntou ela.

– É claro que é uma história de verdade. Eu lhe contei, não contei?

– Você contou direito?

Comecei a ficar irritada.

– Claro que contei direito. A história é minha. Esse é o único jeito certo de contá-la. É assim que as histórias funcionam.

Beatrice levantou a cabeça, me olhou nos olhos, ficou me encarando por um bom tempo. Limpou o nariz com as costas da mão.

– Foi a mamãe que lhe contou essa história? – insistiu, ofegando de leve.

– Não – respondi. – Tive que descobrir sozinha. Levei um bom tempo para entender. – Olhei para ela. Segurei suas mãos, beijei seus dedos. – Mas agora eu entendo. Entendo o que foi que a mamãe perdeu. E entendo o que ela fez pela família. Chega de dragonização. Por favor. Beatrice, se você virar dragoa, não estaremos mais juntas. Se virar dragoa, irá embora voando e talvez me esqueça, e eu ficarei completamente sozinha. Eu não sei ficar sozinha. Não me abandone, Beatrice, prometa que não vai me abandonar.

– Mas e se…

– Prometa que não vai me abandonar. – Fui categórica.

Beatrice olhou para mim. Os cantos da boca se voltaram para baixo, apesar de ela estar se esforçando para fazer uma expressão neutra.

– Mas… – Ficou em silêncio. Os lábios tremiam. Pôs a mão no meu rosto. – E se você tiver contado a história errado? E se a irmã dela morreu de tristeza porque continuou sendo menina? Talvez, se a irmã que se transformou em dragoa não tivesse ido embora, também teria morrido. Talvez as duas teriam morrido de tristeza.

O que teria acontecido se minha mãe tivesse se dragonizado? O que teria acontecido se ela tivesse ido atrás da irmã, céu afora? Será que teria morrido? Expulsei tais pensamentos. Não adiantava nada pensar nisso. Olhei feio para Beatrice. Levantei e a segurei no colo, apesar de ela estar grande demais para isso. Levei-a até a pia da cozinha para lavar as mãos e o rosto.

– Acho que você não estava prestando atenção na história.

– Talvez você é que não tenha prestado atenção – retrucou ela.

– Hora de ir para a cama – comuniquei.

Não estava na hora de fato. Não eram nem 6 horas da tarde. O céu estava claro. Crianças brincavam lá fora. Beatrice foi para o banheiro escovar os dentes. Dormiu dentro de vinte minutos. Pelo jeito, a dragonização foi cansativa. Ou semidragonização. Ou dragonização e desdragonização. Era difícil dizer. Eu me sentei ao lado dela e coloquei a mão em sua testa. Beatrice dormia profundamente, respirando devagar e com facilidade, mas sua testa estava quente. Febre? Mal-estar pós-quase-dragonização? O que será que acontecia quando alguém quase se dragonizava, mas acabava não se dragonizando? Eu não sabia. Fui consultar a única fonte de informação sobre o assunto que eu tinha. Subi no balcão da cozinha e pus a mão no vão entre o armário e o teto e tirei dali a sacola em que eu havia escondido o punhado de tesouros da minha tia Marla.

Deixei as cartas e as fotos de lado e peguei o livreto *Alguns fatos básicos sobre dragoas explicados por um médico*. Muito tempo tinha se passado desde a última vez que olhei para esse livro. Mas agora, examinando-me pus a examiná-lo. Debaixo de "Pesquisado e escrito por um médico que deseja permanecer anônimo", estava escrito, com a letra da minha tia: "Também conhecido como Dr. Henry Gantz. Você não me engana, seu velhote".

Coloquei o livreto em cima do balcão e segurei a cabeça com as duas mãos.

O velhinho no rio. Achei que ele estava observando uma vaca. Por que, céus, alguém faria tantas anotações a respeito de uma vaca atolada num brejo de *cranberry*? Depois, imaginei que o velho estava apenas observando pássaros. *Meu Deus*, pensei. *Como fui burra*.

Se eu tivesse o número do telefone da sra. Gyzinska, teria ligado na mesma hora. Só que não tinha. Mas uma coisa estava bem clara: eu precisava ir à biblioteca assim que possível.

Mais tarde, pouco depois do anoitecer, quando o céu ainda estava pincelado de roxo e dourado com pequenas explosões de luz rosada, minha tia apareceu no meu prédio. Ficou esperando na calçada, usando um vaso grande, de concreto, como banco. Olhei para ela da janela, mas tia Marla não olhou para cima. Em vez disso, tirou o tricô da bolsa e começou a tricotar o que me pareceu um suéter, as agulhas dançando habilmente em suas garras.

Fui lá para fora. Todo mundo no meu bairro ia na direção contrária – saía do carro correndo e entrava pela porta de casa. Todo mundo se afastava às pressas. Provavelmente, indo ligar para a polícia. Tinha uma dragoa nas imediações, afinal de contas. Marla, ao que tudo indicava, não se incomodou com isso. Olhei para o fim da rua e soltei um suspiro de assombro. Tinha outra dragoa parada debaixo de um pé de bordo desfolhado, olhando, com ar de melancolia, para a janela de um apartamento nos andares mais de cima, o pescoço espichado, balançando graciosamente, erguendo e baixando a cabeça. Estava com as patas no coração.

Quantas são, aliás?

Tia Marla não ergueu os olhos. Continuou concentrada no tricô. Pigarreei. Mesmo assim, ela não olhou.

– *O que foi que você fez?* – Minha voz estava terrivelmente rouca. Tentei fazer cara de paisagem. Não funcionou como antes, nem de longe.

Marla continuou tricotando.

– Não sei do que você está falando – respondeu, com a maior docilidade. O suéter era lindo. O céu estava lindo. Minha tia estava tão linda que achei que eu ia morrer. Fazia frio, mas não senti falta do casaco. Não precisava de que nada me aquecesse, com o calor que irradiava da minha tia.

Fechei os olhos e respirei fundo pelo nariz. Tinha vontade de atirar alguma coisa nela, mas achei que não adiantaria nada. Eu tinha quase perdido minha irmã, e ali estava a única culpada por isso. Se eu pudesse ser São Jorge, com seu corcel e sua lança, enfiaria a lança bem no meio do corpo da minha tia, sem pensar duas vezes.

– Beatrice é a única pessoa da família que eu tenho, e eu a amo mais do você seria capaz de saber. Ela quase... *se transformou* hoje. Quase ficou igual a você. Vou perguntar de novo: *o que foi que você fez?*

Tia Marla levantou a cabeça. Olhou nos meus olhos. Deu um sorriso de dragoa, puro dourado, puro brilho.

– Não é assim que funciona, meu amor. Seja lá o que tenha acontecido com Beatrice, teve origem *dentro dela*. Não tive nada a ver com isso.

– Não acredito em você. – Eu tinha vontade de chutar alguma coisa.

Minha tia inclinou a cabeça. Os olhos dela brilharam.

– Eu já lhe falei. Há muito tempo, quando você era pequena. É magia, pura e simples. Todas nós temos um tanto. Que nos chama. O tempo todo, na verdade, mas para algumas o chamado pode ser mais alto do que para outras. E algumas de nós conseguem ignorar com mais facilidade do que outras. Anos atrás, o chamado foi muito alto, um lamento insistente, ecoando pelo país inteiro. Nunca fora tão alto, e de fato ninguém sabe por quê. Muitas de nós atenderam por motivos que deveriam ser bem óbvios. Milhares e milhares de nós deram esse salto. Todas ao mesmo tempo. Fui chamada, atendi e não olhei para trás. Sua mãe também poderia ter feito isso: ela também foi chamada. Talvez, quase tenha feito. Para mim, é impossível dizer. O que eu sei é que sua mãe deveria ter atendido ao chamado. Mas não atendeu. E agora, estamos aqui. Se Beatrice quase se transformou hoje, significa que está apenas atendendo ao chamado com o qual conversa desde que nasceu. Mesmo quando Beatrice ainda era bebê, eu era capaz de enxergar, no rosto dela. Essa menina é meio dragoa desde o instante em que me chutou pela primeira vez, dentro do útero. Você realmente quer deter a Natureza? – Nessa hora, ela deu uma risada debochada. – Boa sorte.

– Isso é ridículo – falei.

A dragoa que estava no fim da rua começou a cantar. Uma canção de ninar, pelo jeito. Uma janela se abriu e um homem pôs a cabeça para fora.

– Vá embora! Eu já lhe falei! Você foi embora e não preciso de você! Vá embora ou vou chamar a polícia! – Ele bateu a janela com tanta força que o vidro se espatifou. Fiquei com a impressão de que a dragoa começou a murchar. A cabeça caiu em cima das patas e ela começou a tremer, de tanto chorar.

Olhei para minha tia e cruzei os braços sobre o peito.

– Escute aqui. Essa é a minha família, são as minhas regras, é a minha vida. Beatrice é minha irmã, ela só tem a mim e eu só tenho a ela. Vou para a faculdade ano que vem, sabe-se lá como, e Beatrice vai comigo *e ponto-final*. Você pode voltar para… bom, para onde estava. Vamos ficar muito bem sozinhas. Sempre ficamos *muito bem* sozinhas. – Na mesma hora em que pronunciei essas palavras, sabia que não eram verdadeiras. Ficamos muito bem sozinhas por dois anos e meio, mas só porque havia alguém pagando as despesas. E a verdade é que não ficamos tão bem assim.

Não havia uma boa resposta, mas é claro que eu não ia discutir minhas dúvidas e preocupações com uma maldita dragoa. Girei nos calcanhares e voltei, pisando firme, para o prédio. Foi só depois de abrir a porta que me dei conta de que minha tia estava rindo de mim. Virei para ela e olhei feio.

– Ah, querida. Você é tão parecida com a sua mãe. Grandes planos, mas sem pensar nos detalhes.

Meu rosto ferveu. *Como ela tem a audácia?*

– Por acaso você já pensou em como sua mãe fez para pagar pelos estudos? Ou melhor: *quem* pagou pelos estudos dela? – A dragoa começou a enrolar a lã que não havia usado, formando uma bola caprichada, depois guardou as agulhas e o suéter na bolsa volumosa.

Fiz que ia dizer alguma coisa, mas não saiu nada. Óbvio que eu sabia. *Mas isso não vem ao caso.* Eu era praticamente adulta ou me sentia adulta. Mas, quanto mais tempo ficava perto da minha tia, mais infantil eu me sentia e quanto mais sentia, com mais raiva ficava e mais infantil me tornava. Marla inclinou a cabeça e levou as mãos ao coração.

– Ela era minha irmã caçula, afinal de contas. – Seus olhos brilharam. – Eu faria qualquer coisa por ela, sacrificaria qualquer coisa. Abri mão do emprego que eu adorava, da vida que adorava, e fiz isso de bom grado. – Ela, então, sacudiu a cabeça e soltou um suspiro. Abriu a bolsa e ficou remexendo lá dentro até encontrar um lencinho de mão (na verdade, era uma echarpe dobrada, até ficar do tamanho de um lencinho de mão) e começou a secar os olhos. Depois, tirou um batom e um espelho do bolso externo da bolsa e começou a retocar a maquiagem. Olhou feio para mim. – Fiquei fora por muito tempo. Negligenciei minhas obrigações. Percebo isso agora. – Marla parou de passar batom e ficou me encarando por um bom tempo. – Sei que é difícil para você aceitar, Alex, mas somos da mesma família, e você precisa de mim. Você tem precisado de mim. E agora estou aqui.

Que ridículo, pensei. *Não, obrigada.* Que tipo de ajuda eu poderia receber de uma dragoa? Atear fogo no meu futuro? Levar Beatrice para a escola e ir buscá-la voando? Até onde eu sabia, minha tia só tinha a intenção de me abandonar, mais uma vez. Não havia espaço para dragoas na minha vida.

– Eu não quero…

Eu estava prestes a dizer que não queria nada vindo dela, mas várias viaturas da polícia e caminhões de incêndio dobraram a esquina, correndo na nossa direção. Minha tia olhou para cima e chamou a outra dragoa.

– Clara, querida – disse ela. – Não é hora de se demorar. Das duas, uma: ou ele vai perdoá-la ou não vai, mas não pode obrigá-lo a nada. – Em seguida, se virou para mim. Passou a alça da bolsa no braço e a segurou na dobra do cotovelo. – Voltaremos amanhã.

– Não se dê ao trabalho – falei, mas minha voz foi abafada pelo enorme *vush* de asas, calor e vento. Apesar do tamanho tremendo, ambas alçaram voo com uma velocidade impressionante, fazendo a terra tremer e rachando a calçada ao tomar impulso. Lá em cima, minha tia voava perto da outra dragoa. As duas ficaram com o pescoço espichado para a frente, se olhando, encostando as mandíbulas delicadamente. As garras de uma seguravam o corpo da outra com uma ternura que, até então, eu achava impossível.

Os caminhões de bombeiros e as viaturas da polícia frearam, cantando pneu, e os homens saíram de seus respectivos veículos. As dragoas voaram delicadamente por cima dos prédios mais baixos e das árvores desfolhadas, sumindo no meio das nuvens, brilhando com as cores berrantes do pôr do sol. E eram – ai, meu Deus – tão lindas. Meu corpo estremeceu, mesmo eu não querendo. E aí, no tempo que levei para inspirar e expirar, sumiram. Encobertas pelas nuvens, talvez. Ou por alguma espécie de magia. Era difícil dizer quando se tratava de dragoas. Tenho certeza de que fiz algum ruído – um pequeno suspiro de assombro ou de mágoa –, porque um dos policiais se virou para mim. Estava com os olhos vermelhos e o rosto úmido, mas a expressão se endurecera.

– Não há nada para ver aqui – disse ele.
– Quê?
– Circulando. – Seu tom de voz era frio e rígido.
Voltei para casa.

No dia seguinte, roubei o jornal do sr. Watt e li dentro do banheiro feminino da escola. Não havia nenhum comentário sobre as dragoas. Tinha uma reportagem falando que carros de várias unidades da polícia foram chamados para investigar "uma perturbação suspeita", mas só isso. Acho que não fiquei surpresa. Era falta de educação falar dessas coisas, afinal de contas.

Caros colegas,

Antes de mais nada, gostaria de agradecer à nossa querida bibliotecária por ter passado essa mensagem para os senhores. Já faz um tempo desde que fui demitido, sem a menor cerimônia, do Instituto Nacional de Saúde e que caí em desgraça, graças às ações do Comitê de Atividades Antiamericanas da Câmara. Perdi meu título de doutor, minha licença para praticar Medicina e meu laboratório, mas mantive minha alma, minha ética e minha integridade, protegi os nomes e o trabalho de meus colegas e amigos deste coletivo. Essa continuará sendo, acima de tudo, minha mais importante conquista. Este envelope contém a totalidade da minha pesquisa, conduzida durante, digamos, meu período sabático estendido. Fui me tornando menos ortodoxo em relação aos meus métodos de pesquisa e mais corajoso e receptivo em minha missão de coletar dados. Tenho sido convidado, em minhas viagens, em diversas ocasiões, para conhecer e examinar integrantes de diversas comunidades de dragoas, nas quais tive permissão para conduzir entrevistas exaustivas (sim, ao contrário de nossas primeiras hipóteses, a fala, a cognição e a memória permanecem completamente intactas), exames médicos completos (incluindo amostras de sangue e de pele, aferição da temperatura basal – vamos precisar de termômetros melhores –, mapeamento completo da dentição, exames neurológicos básicos e uma análise meticulosa das funções cardíacas e pulmonares), isso para não falar da observação das estruturas sociais e emocionais da subcultura dragonística. Tive a grande sorte de testemunhar, até hoje, dezesseis dragonizações diferentes, cinco das quais foram planejadas de antemão por alguém que era capaz de sentir que a transformação se aproximava e me permitiu coletar inúmeros dados. (Incluí fotografias; filmagens estão disponíveis no cofre da biblioteca. Vocês sabem qual.)

Entrevistei ao todo, até agora, mais de mil dragoas do mundo inteiro, e posso dizer que boa parte das nossas primeiras hipóteses estava incorreta. O que, é claro, é uma notícia empolgante. Não existe momento mais importante para um cientista do que ter a prova de que suas teorias estavam erradas ou estar vivo no momento em que a ciência estabelecida é virada de cabeça para baixo. É aí que o pesquisador se dá conta de que o mundo é muito mais interessante do que era no dia anterior. Posso dizer com certeza, por exemplo, que a dragonização não tem nada a ver com a maternidade – menos da metade das dragoas que entrevistei eram mães. Não tem nada a ver com a menstruação – 232 dragoas que entrevistei já tinham passado pela menopausa, 109 já tinham se submetido a histerectomias completas, e um impressionante total de 74 dragoas não foram rotuladas de "mulheres" ao nascer e, apesar disso, são mulheres, tanto quanto as demais. Elas também se dragonizaram, assim como suas irmãs. "Há mais coisas entre o céu e a terra, Horácio, do que sonha nossa vã filosofia", é o que Shakespeare nos diz, e estou aqui para afirmar que isso é verdade. Meus amigos, fui testemunha de coisas estranhas no mais maravilhoso dos sentidos e atesto que mais coisas maravilhosas estão por vir.

Estamos à beira, creio eu, de outra transformação em larga escala. Não sei dizer quando. Mas acredito que está se aproximando. Tenho trabalhado nas comunidades de dragoas e tentado convencê-las de que os danos causados – às casas, às famílias delas e até à alma de nosso país – não aconteceram devido ao choque decorrente de sua transformação, mas ao choque decorrente de sua fuga. O dano decorrente das mentiras que a nação contou para si mesma durante a ausência delas. Defendo que não foi o luto que feriu a cultura, mas a pressão para ignorar esse luto. A pressão para esquecer. Mas o que, imagino, aconteceria se as pessoas fossem proibidas de esquecer? O que aconteceria se a realidade das familiares dragonizadas se tornasse impossível de ser ignorada?

Por favor, meus amigos, leiam minha pesquisa. Analisem meus resultados. Critiquem, se acharem cabível. Digam onde foi que eu errei. Mas levem isso a sério. E se preparem. Os pacientes vão precisar de vocês. Assim como suas comunidades, seu país e, certamente, o mundo inteiro. Que está prestes a mudar.

Obrigado pelo trabalho,
Henry Gantz

32

Depois disso, as dragoas começaram a aparecer na minha cidade em maior número. Quase todo dia, *alguém* conhecia alguém que viu alguma coisa. As pessoas cochichavam e resmungavam. Os boatos começaram a se espalhar.

Uma dragoa verde-esmeralda de longos cílios cor-de-rosa, cauda farpada e afiada começou a aparecer todas as terças-feiras, às 2 horas da tarde, no terreno baldio que havia ao lado de um asilo de velhinhos. Às vezes, espichava o pescoço e olhava para o interior de um quarto específico. Mas, na maioria das vezes, simplesmente ficava sentada ali, parada, esperando. Ninguém sabia pelo quê.

Uma dragoa cor de rubi começou a se sentar do lado de fora da janela de um curso de História do Romance ministrado na faculdade pública local. O professor tentou afugentá-la. Mas como não obteve sucesso, entregou uma pilha de livros para ela, informou a data de entrega do próximo trabalho e avisou que não permitia palhaçada em sala de aula. A dragoa se pôs a trabalhar imediatamente.

Outra dragoa, cujas escamas tinham a cor e o cheiro de um pêssego maduro, encarregou-se de encontrar um lugar confortável para ficar, do lado de fora da janela de um berçário, onde o hospital local abrigava os recém-nascidos. Nem olhava pela janela. Apenas ficava sentada, encostava o rosto no prédio e começava a cantar. Provavelmente alguém tentou afugentá-la, mas seu canto tranquilizava tanto os recém-nascidos que as enfermeiras exigiram que ela não fosse retirada do local. Os bebês que ouviam a canção de ninar da dragoa ganhavam peso mais depressa, mamavam com mais vigor e, de modo geral, eram mais plácidos e felizes, tornando o ambiente de trabalho excelente. Aquela... coisa, insistiram as enfermeiras (que não queriam dizer "dragoa"), veio para ficar. E ponto-final.

Nenhum desses incidentes foi publicado pelo jornal local. Nenhum canal de televisão e nenhuma estação de rádio tentou noticiar o assunto. Criaturas gigantes aterrissavam numa cidadezinha do estado de Wisconsin e ninguém considerava isso notícia. Eram dragoas, afinal de contas. As pessoas ficavam coradas só de pensar.

E isso não ocorreu apenas na minha cidade. Estava acontecendo por todo o país. Graças ao apagão noticioso sobre o assunto (que não fora imposto por nenhuma agência do governo ou decreto, mas praticado, com fervor, pelos próprios jornalistas, ou por seus editores ou pelos donos dos veículos de comunicação), não existe nenhum registro formal, nenhuma papelada acerca do que depois ficou conhecido como "Grande Retorno", tirando uns poucos inquéritos feitos pelas autoridades locais e uma sindicância do Congresso, e as informações de todos esses documentos permanecem, em grande parte, sob sigilo. Entretanto, desde então, professores universitários e pesquisadores têm coletado, sem parar, cartas e diários dessa época, filmes caseiros, fotografias, milhares de horas de entrevistas gravadas, e criaram, com o devido cuidado, uma lista de incidentes corroborados e verificados, que contam com amplo consenso no que tange à sua veracidade. Apenas na primeira semana do Grande Retorno, um total de 77.256 dragoas visitaram ou voltaram de vez para seus antigos lares.

Por exemplo:

Na zona leste de Los Angeles, uma garota de origem latina comemorava seu aniversário de 15 anos no pátio da casa dos tios e estava prestes a cortar o bolo quando uma dragoa verde-água pousou delicadamente na cobertura da vaga de garagem. A música parou de tocar. A moça deixou o prato cair no chão. Várias mulheres idosas gritaram com a dragoa, tanto em inglês quanto em espanhol, exigindo que saísse do local na mesma hora. A dragoa não se mexeu. Continuou com os olhos fixos na garota. A garota deu um passo à frente. O tio mandou a sobrinha ir para dentro de casa. A garota não foi. Não conseguia tirar os olhos da dragoa. A mão direita estava coberta de glacê. A garota a limpou bem devagar na saia fininha do vestido. A dragoa pousou no chão. Ficou parada, com o encantador pescoço espichado, as patas junto ao coração. Os familiares e amigos ali reunidos saíram de perto. A garota começou a chorar. Diversas testemunhas contaram que a maquiagem dos olhos dela ficou borrada e o nariz escorreu. A dragoa não disse nada. Apenas baixou a cabeça, como se cumprimentasse a garota, e colocou um par de sapatos de salto muito lindos aos seus pés. Depois beijou as mãos da garota, ficou segurando por alguns instantes, e alçou voo sem dizer nada.

Na região sudoeste do estado de Montana, duas dragoas menores chegaram a um rancho de ovelhas de médio porte e foram logo arregaçando as mangas. Viraram os tratores, fizeram o rodízio dos pneus e instalaram um telhado novo no silo de grãos. Cavaram canteiros novos para a horta que seria plantada no verão, dragaram o açude. O dono do rancho, um viúvo idoso que não era conhecido na cidade por ser bom de papo, foi silenciosamente construindo um celeiro atrás da casa, onde as dragoas fixaram residência. Ao que tudo indica, eram excelentes no cuidado com as ovelhas.

Durante um culto de domingo na Igreja Batista Missionária Bom Pastor da cidade de Cullman, no estado do Alabama, duas menininhas vestidas com suas melhores roupas, usando fitas multicoloridas nos cabelos, espiaram pela janela lateral direita da igreja e soltaram um suspiro de assombro. Foram censuradas, claro, com um sonoro "*shhh*", e o culto continuou por mais duas horas e meia. As meninas sabiam que não deviam falar nada – todos veriam logo mais. Era costume, na igreja Bom Pastor, acompanhar os cultos dominicais com um almoço, que era seguido por uma sessão de estudos bíblicos e canto de hinos. Essa programação, como de costume, era organizada pelas mulheres da congregação, que já tinham previsto que faria tempo bom naquela tarde e se planejado para servir o almoço na área externa. Mas, quando saíram pela porta lateral da igreja, deram de cara com a mesa já arrumada e o almoço servido, pronto para ser colocado nos pratos. Tinha uma dragoa parada ao lado da mesa comprida, com três aventais amarrados um no outro, em volta da cintura avantajada. Ela juntou as patas e disse, tímida: "Bom dia, irmãs. Que bom vê-las novamente". As mulheres hesitaram, mas só por um instante. Havia um almoço a ser servido, afinal de contas.

No estado do Kansas, um grupo de três dragoas ficou sabendo que um casal de velhinhos fazendeiros tinha sofrido um derrame (o marido) e quebrado a perna (a esposa). As dragoas se puseram a trabalhar sem cessar (ao que tudo indica, não dormiam) para terminar de colher o trigo do inverno. A mulher, de gesso na perna, ficava sentada na varanda da frente da casa, olhando. A pele tinha queimaduras de sol e a boca, um franzido permanente. Ela não se dirigia às dragoas. Quando terminaram o trabalho, uma das três se aproximou da antiga casa da fazenda. Tinha cor de ônix e olhos esmeralda. Ficou parada perto da varanda, com uma postura excelente, os dedos entrelaçados, como se estivesse rezando, bem do jeito que lhe ensinaram, e com um nó na garganta. A mulher a encarou por um bom tempo. Não disse nada. Pegou as muletas e foi mancando para dentro de casa. A dragoa foi embora aos prantos.

Na região de Outer Banks, na Carolina do Norte, um furacão fora de época destruiu uma pacata cidadezinha de pescadores à beira-mar. Quatro dragoas chegaram com ferramentas e tábuas (ninguém sabe como conseguiram o material) e foram logo construindo um abrigo. Outras cinco vasculharam debaixo das ondas e tiraram de lá trinta e dois barcos de pesca perdidos, com cordame e tudo. Ninguém se dirigia a elas, a não ser um cavalheiro idoso, que mancou até uma dragoa amarelo-ouro, com penas nas costas, de alto a baixo. A dragoa ficou imóvel quando o homem se aproximou. Ele tinha pele escura, barba branca por fazer e olhos capazes de absorver o mar inteiro com um olhar – e não raro absorviam. Ficou diante da dragoa por muito, muito tempo. Aproximou as mãos do rosto dela. Ela fechou os olhos. O idoso encostou o próprio rosto no rosto da dragoa e disse: "Seja bem-vinda ao lar, filha".

Em Chicago, um grupo de dragoas chegou bem na hora em que um orfanato pegou fogo, depois que um pequeno foco de incêndio na cozinha fugiu do controle. Era uma construção muito antiga, caindo aos pedaços, com fiação péssima, e a única saída tinha sido bloqueada pelos destroços em chamas. As dragoas entraram feito uma brigada de conquistadoras e salvaram a vida de todas as crianças, uma por uma, antes de o primeiro caminhão de bombeiros chegar. Duas crianças, ambas meninas, e três jovens freiras se dragonizaram naquela mesma tarde, no jardim dos fundos da igreja ao lado, bem na hora em que a vizinhança chegava, trazendo comida, cobertores e planos para cuidar dos desabrigados. A dragonização aconteceu num piscar de olhos – um choque de calor, massa, luz e energia. E então, como se fossem uma só, as dragoas saíram voando.

Por todo o país, dragoas podiam ser avistadas no acostamento de estradas, em terrenos baldios ou passeando pelos parques. Andavam sozinhas, essas dragoas. Ou aos pares. Ou em pequenos grupos. Em toda a minha pesquisa, nunca encontrei um grupo com mais de cinco, apesar de alguns boatos mais fantasiosos da época dizerem que havia cidadezinhas inteiras sendo subitamente invadidas por populações de dragoas. Certas dragoas se encarregavam de ajudar as populações de imigrantes que tinham apenas o necessário para a subsistência e viviam em barracos de alumínio nos pomares da Califórnia; outras tomaram conta de fabriquetas que funcionavam à base de mão de obra escrava no bairro do Queens, em Nova York, ameaçando tocar fogo em tudo à noite se as condições de trabalho não melhorassem; outras participavam das marchas pelos direitos civis no sul do país, em Nashville, Atlanta e Birmingham, simplesmente usando sua presença silenciosa para coibir qualquer um que quisesse causar confusão.

Certas dragoas apareciam nos clubes de costura das senhoras.

Outras dragoas compareciam às reuniões dos sindicatos.

Algumas dragoas protestaram ao lado dos trabalhadores rurais.

E outras dragoas se filiaram a comitês contra a guerra do Vietnã.

Ninguém sabia o que fazer com elas, de início. Os jornais não comentavam. Os noticiários da noite permaneciam em silêncio. As pessoas desviavam o olhar e mudavam de assunto. Bochechas ficavam coradas, vozes ficavam embargadas. A maioria apenas supôs que, se apenas as ignorassem, elas iriam embora.

As dragoas não foram embora.

33

Como eu ainda estava abalada no dia seguinte à visita inesperada de Marla, fiz algo que nunca havia feito na vida, até então: matei aula. Depois que deixei Beatrice na escadaria do Colégio Santa Agnes ("Nada de dragonização na escola", adverti. "Estou falando sério."), fui para casa e liguei para a secretaria. Falei com a voz rouca e fingi tossir, só para completar o quadro.

– Estou meio resfriada – falei para a voluntária daquele dia. – Deve ter uma virose à solta. – Dava para ouvir o sr. Alphonse gritando no fundo, e a pobre mulher parecia prestes a cair no choro. Em pensamento, decidi que nunca trabalharia numa escola para secundaristas.

Peguei o livreto do Dr. Gantz, enfiei na pasta da escola e fui a pé para a biblioteca. O sr. Burrows estava sentado na recepção, lendo uma pasta grossa e sacudindo a cabeça a cada página que virava. Olhou para mim, sorriu e disse:

– Srta. Green! – Em seguida, franziu o cenho. – A senhorita não deveria estar na aula?

Eu já tinha falado mil vezes com o sr. Burrows, mas me dei conta, com um susto, de que eu nunca tinha *enxergado* o sr. Burrows de verdade. Ele era só mais um adulto. Mas, naquele dia, quando me aproximei do balcão de atendimento em que ele trabalhava, o olhei de fato. O sr. Burrows mordiscava a ponta do lápis, debruçado sobre um livro que estava em seu colo, meio escondido. Observei o bibliotecário, que sacudiu a cabeça e anotou algo na página. Ele era um homem baixo, nervoso e gentil. Era o único homem que eu já vira na vida que tinha um cesto de linha e agulhas de crochê na mesa do local de trabalho. Fazia experiências com aviões hiperbólicos, fitas de Möbius, enigmas topográficos, uma criatura chamada Snark e tinha diversas representações tridimensionais de objetos de quatro dimensões. O sr. Burrows já tinha explicado tudo isso para mim, mas nunca prestei atenção de fato. Estava ocupada demais carregando o peso da minha própria vida para prestar atenção em qualquer outra coisa que fosse. Ele levou um susto quando eu disse "oi", mas se recompôs até que bem rápido.

– Sr. Burrows. – Parei para pensar por um instante. Ele girou o lápis mordiscado na mão. – Qual é a sua função?

O sr. Burrows empalideceu.

– Como assim? Não sei o que quer dizer com isso. Sou bibliotecário. – Então apontou, constrangido, para as estantes, como se essa fosse a única explicação necessária.

Tirei o livro do Dr. Gantz da pasta e pus em cima da mesa. Ele o encarou. Ele me encarou. Vi seu pomo de adão subir e descer. Apoiei os cotovelos na mesa, com os punhos cerrados, depois apoiei o queixo nas mãos.

– Acho que é só curiosidade. – Pisquei bem devagar e fiquei observando o rosto do sr. Burrows ficar cada vez mais pálido. – Qual era sua outra função?

Ele ficou em pé. Suas mãos tremiam de leve.

– Sabe, a sra. Gyzinska voltou de viagem. Está lá embaixo. Vamos falar com ela, está bem?

A sra. Gyzinska já tinha servido café para nós – com leite para o sr. Burrows e preto para mim – e nos esperava, quando chegamos. Como ela sabia que eu apareceria ali permanece um mistério para mim até hoje.

– Sente-se – disse, bebericando o café. – Você tem perguntas a fazer, creio eu.

– Suponho que ele não é bibliotecário, certo? – falei, apontando o dedão para o sr. Burrows. Que ficou corado. – Não de verdade, quer dizer.

– Não – respondeu a sra. Gyzinska, com um sorriso indulgente. – Pelo menos, não por ofício, mas eu gostaria de ressaltar que tem ótimos instintos. O sr. Burrows é Físico planetário, um excelente: seu trabalho científico é lindo, elegante, e seu intelecto é pura criatividade e intuição. – Ele ficou ainda mais corado, mas a sra. Gyzinska não deu trégua. – Eu ajudei a financiar a pesquisa de pós-doutorado dele na Universidade de Princeton, e foi um dinheiro muito bem gasto. O sr. Burrows é especialista nas luas jovianas e tinha um projetinho paralelo de rastrear a movimentação das dragoas em torno e acima de tais luas, e foi parar na lista proibida por causa disso. E aí, infelizmente, virou inimigo de alguns congressistas que querem mostrar serviço e agora se tornou um, digamos, fugitivo, coitadinho. Acontece. O novo nome combina com ele, acho eu. Michael, querido, você não precisa ficar aqui. Obrigada por ter trazido Alex aqui embaixo.

O sr. Burrows debandou da sala. Peguei meu café e comecei a tomar em goles grandes. Entreguei o livreto para a sra. Gyzinska, que sorriu e deu um tapinha carinhoso na capa.

– Você, definitivamente, deve guardar muito bem este livro. É uma obra muito rara. Repleta de informações incorretas também, ao que tudo indica. Henry será o primeiro a dizer isso. A beleza da Ciência é que não sabemos o que não podemos saber e não saberemos até que saibamos. Exige uma dose incrível de humildade, de estar disposto a errar quase o tempo todo. Mas temos que estar dispostos a errar e que nos provem que estamos errados, para que o conhecimento se expanda como um todo. É um trabalho essencial e ingrato. Ainda bem. – Ela tomou um gole de café e ficou olhando com carinho para o livreto do Dr. Gantz.

Bem, isso foi frustrante. Eu precisava de informação, e o que eu tinha era um lixo. Olhei para o livreto, como se estivesse incorreto de propósito, e tive vontade de falar um monte para o Dr. Gantz.

– Ele está aqui?

A sra. Gyzinska franziu o cenho.

– Infelizmente, alguém o avistou há cerca de um mês, o reconheceu e chamou a polícia. Felizmente, fiquei sabendo e despachei o Dr. Gantz para um instrutor, meu conhecido, da Escola de Medicina de Madison. Ele está feliz da vida, na verdade. Tem até acesso a um laboratório. Um laboratório de verdade! E está ajudando em uma, *ahn*, clínica um tanto fora do convencional. Acho que o pessoal da clínica tem gostado de contar com a ajuda dele. O Dr. Gantz estuda isso há mais tempo do que a maioria das pessoas. As coisas estão começando a ficar… *interessantes* por lá.

Isso era demais para engolir. Apoiei a testa na mesa e cobri a cabeça com os braços.

– Sra. Gyzinska – falei, com um suspiro –, eu não sei o que vai acontecer. Não sei o que devo *fazer*.

– Ah, que bobagem – disse ela, sacudindo a mão para dar a entender que não era nada. – Que conversa é essa? Você vai fazer o que tem feito. Vai cuidar da sua menininha, vai se empenhar nos estudos, vai se destacar em qualquer área que quiser se destacar e vai viver sua vida. Você vai transformar a Matemática numa forma de arte e conduzir a Ciência como uma sinfonia e, sinceramente, não espero menos de você. Os outros vão fazer o que bem entenderem e viver a vida que quiserem, e não sei bem por que isso afetaria a sua vida, nem um pouco. Você está chateada porque sua tia voltou, não é? – Ela terminou seu café.

Eu me endireitei na cadeira e a encarei.

– Como a senhora… – consegui dizer. Depois, fiquei sem palavras. Não deveria ter ficado tão surpresa. Afinal de contas, a foto da minha tia tinha sido publicada no jornal.

– Você descobriu que ela tinha contato com nosso querido Dr. Gantz, claro. Você sempre foi de descobrir as coisas. O doutor deve desculpas à sua tia, receio, mas sabe como os homens são. Crianças, quase. Escute, conheço Marla desde que era adolescente. Marla sempre foi maior por dentro do que por fora. Ela nunca se encaixou na vida que tinha. Nem mesmo agora.

Nem mesmo sendo uma dragoa. Aí é que está: a dragonização não resolve tudo. O corpo muda, mas o ser continua o mesmo, com todos os problemas e as preocupações que tinha. E, apesar disso, continua capaz de aprender. Nunca ficamos presos no mesmo lugar. Estamos sempre *mudando*.

Minha cabeça começou a girar.

– Eu estou presa – falei. – Eu me sinto *tão presa*. – *Com pesos nos tornozelos*, pensei. *E pesos nos pulsos*. Eu tinha a sensação de que alguém havia me prendido com pregos no chão.

– Você não está presa – disse a sra. Gyzinska, com delicadeza. – Todo mundo se sente assim uma hora ou outra, mas posso lhe garantir que você não está presa. Apenas não está conseguindo ver a situação como um todo.

– Não posso perder Beatrice. – Nessa hora, eu estava aos prantos.

A sra. Gyzinska bateu na mesa com os punhos cerrados e uma expressão inescrutável.

– Então não perca – disse ela, como se fosse fácil. – Sinceramente, não é tão difícil assim. Somos capazes de controlar poucas coisa nessa vida. Só podemos aceitar o que quer que venha, aprender o que estiver ao nosso alcance e nos apegar àquilo que amamos. E é isso. No fim, só pode querer controlar a si mesma. Neste momento. O que é, ao mesmo tempo, tanto um alívio quanto uma enorme responsabilidade. – A sra. Gyzinska abriu a agenda. – O que me faz lembrar que você tem duas provas esta semana. Já que resolveu bancar a gazeteira, talvez deva aproveitar essa oportunidade para estudar. Informei ao seu professor no início do semestre que esperava que você fosse a melhor aluna dele e odeio estar enganada. Vamos pôr a mão na massa, certo? – Ela ficou em pé. – Tenho coisas a resolver na minha sala. O seu material está no escaninho. – Ela se virou, abriu um arquivo trancado a chave e tirou dele uma pasta branca e grande, sem nenhuma identificação, igualzinha à que o sr. Burrows estava lendo. – Também pode folhear esta pasta, se tiver paciência. É uma compilação das pesquisas mais recentes do Dr. Gantz sobre dragonização. Mas já vou lhe avisando: eu tenho o maior respeito por Henry, e faz quase quarenta anos que eu o apoio. Mas o homem é prolixo. – Então revirou os olhos.

A sra. Gyzinska me deu um tapinha nas costas quando passou por mim, saiu e fechou a porta.

Não estudei nada. Passei o dia inteiro lendo a pesquisa do sr. Gantz.

A bibliotecária não estava enganada. *Tão prolixo*.

34

No dia 1º de abril, recebi a notícia de que tinha sido aprovada na Universidade de Wisconsin como aluna avançada, autorizada a já fazer algumas disciplinas da pós-graduação. Falei com o diretor da Secretaria Acadêmica pelo telefone para discutir as opções de alojamento, dada a minha situação familiar. Ele informou que eu não poderia morar com Beatrice no dormitório, porque era proibido crianças, e que também não poderia viver nas casas para pessoas casadas, já que eu não era casada.

– Bem – falei –, isso me deixa numa saia justa. Estou curiosa: o que fazem as outras alunas que, por ventura, estão na mesma situação? Que têm filhos, mas não são casadas, e querem continuar os estudos desimpedidas? Existe algum tipo de plano para elas?

O diretor soltou o ar. Eu não conseguia vê-lo através do telefone, claro, mas pelo ruído que fez, deu a impressão de ter revirado os olhos.

– Bem – respondeu –, com certeza não sei. Espero que desistam. – Pude perceber que ele não tinha mais nada a me dizer. Agradeci e disse que daria um jeito.

Felizmente, alguns dias depois, recebi a notícia de que tinha conseguido uma bolsa de estudos parcial. Como não dava para pagar tudo, eu continuei entrando em contato com proprietários de potenciais apartamentos, empregadores de meio período e babás. A sra. Gyzinska também fez telefonemas em meu nome.

– Não diga "sim" para nada ainda – aconselhou ela. – Todas as instituições têm suas fontes de dinheiro escondidas, e estou determinada a encontrar pelo menos mais uma bica para você. Deixe comigo.

Deixei. Não tinha energia para fazer nada além do que estava bem na minha frente e nem nisso conseguia me concentrar direito.

Minha tia aparecia quase todo dia só para dizer "oi" e ficar olhando Beatrice pela janela, enquanto ela dormia. Eu ainda não estava preparada para permitir que as duas se vissem. Beatrice, é claro, não se lembrava de Marla. Não tinha nem 1 ano quando... *bem*, quando tudo mudou. A única mãe que conhecia era nossa mãe. E, mesmo assim... A lembrança de Marla com Beatrice no colo naqueles instantes antes de se transformar, Marla beijando cada dedinho dela, maravilhada com as bochechas gordinhas, a boca adormecida e os cachos úmidos, ficou passando pela minha cabeça e interrompeu meu raciocínio. Aquela lembrança não era minha, claro, mas eu a carregava mesmo assim. Será que o coração de Marla se partiu quando colocou Beatrice, adormecida, de volta na cama? Será que tapou a boca com a mão quando saiu correndo do quarto da bebê para não chorar de soluçar? Sim. É provável. Eu sentia meu próprio coração se partir sempre que pensava nisso.

Apesar de tudo isso, eu ainda não estava disposta a perdoá-la. Ainda não estava disposta a recebê-la de braços abertos na nossa vida. Sei que estava sendo cruel. Mas eu era adolescente: a crueldade era minha única vantagem.

Apesar de manter minha tia a certa distância, eu já sabia, mesmo naquela época, que ter uma dragoa por perto tinha lá suas vantagens. Os homens não assoviavam para mim quando eu subia na bicicleta. Agora, tiravam o chapéu, se é que olhavam para mim. Além disso, o proprietário do apartamento ficou bem mais amigável e, de repente, não demorava mais para desentupir um ralo ou consertar uma goteira. Eu tinha certeza de que minha tia era a responsável por isso. Nunca agradeci. Não podia dar esse gostinho para ela. Estava distraída, ansiosa e mais grossa do que o normal. Eu me arrastava pela escola numa névoa borrada.

A morte do meu pai teve um peso estranho em mim. Como alguém pode ficar de luto por um homem que mal conhecia? Não herdei nada, a não ser o dinheiro que ele já havia transferido para minha conta e o aluguel que já tinha pago. Beatrice também não recebeu nada. Não foi surpresa. Minha madrasta não nos convidou para o enterro. Até onde sei, nem organizou um enterro para ele. Simplesmente me enviou pelo correio os envelopes com a minha mesada – escrito Abril, Maio, Junho, Julho, Agosto – dentro de uma pasta, com um bilhete que dizia: "O seu pai tinha separado isso para você, estava na mesa dele. Não espere mais nada". Ela nem assinou o bilhete.

Tudo o que eu tinha do meu pai era aquela caixa de madeira pequena. Semanas se passaram, mas não tive coragem de abri-la. A caixa permaneceu no mesmo lugar onde eu havia escondido – dentro do armário, num saco de supermercado. Eu não tinha nem coragem de olhar.

Na mesma semana de abril, dragoas começaram a aparecer na minha escola. Todos os dias. No começo, eram só duas. Depois, surgiram às dezenas. Dragoas lotavam o pátio e tomavam banho de sol no telhado. Filavam cigarros dos alunos que tinham cara de quem tinha cigarro sobrando e fumavam perto da porta dos fundos. Os caminhões de lixo se recusaram a passar por lá depois de um tempo – porque, sério, como poderiam trabalhar nessas condições? –, mas isso acabou não sendo um problema. As dragoas se encarregaram do recolhimento do lixo e levavam as lixeiras até o lixão municipal duas vezes por semana. Recolhiam o lixo espalhado, mantinham a grama aparada e arrancavam as ervas daninhas dos jardins. Até trouxeram baldes e panos e lavaram todas as vidraças. Dentro de um mês, a escola começou a brilhar. Flores de açafrão brotaram pelas calçadas. Um canteiro de hortaliças recém-plantado surgiu ao lado do campo de futebol americano. Ninguém comentou a respeito da economia que a escola estava fazendo, porque era falta de educação falar de dragoas.

A política da escola na época – comunicada com termos vagos em panfletos feitos às pressas, entregues na sala de aula, e também por meio de pronunciamentos periódicos pelo sistema de som – era que deveríamos ignorar a atual infestação de dragoas. Sob quaisquer circunstâncias éramos proibidos de puxar assunto com as dragoas e de sequer dar a entender para alguma delas que a tínhamos visto ali. Se uma dragoa estivesse na nossa frente, a gente apenas *desviava*. Não se comentava o assunto. Como as dragoas nunca tiveram atitudes ameaçadoras, não houve necessidade de fechar a escola. Elas não atrapalhavam as aulas. Elas só ficavam *lá*. As freiras nos falaram que parar para conversar com as dragoas não nos traria nada de bom. Eram mulheres perigosas, afinal de contas, que haviam sucumbido a coisas perigosas.

Mas, assim que abril foi dando lugar a maio, comecei a reparar que algumas meninas não desviavam quando uma dragoa estava no caminho. Algumas paravam para conversar. Iam atrás das dragoas. As dragoas perceberam e começaram a trazer toalhas e cestas de piquenique. Organizavam reuniões com café da tarde e grupos de debate com meninas e dragoas atrás do ginásio e no estacionamento. Distribuíam cigarros e petiscos e, às vezes, emprestavam livros. Não faço ideia sobre o que conversavam. Não estava interessada. Elas me chamavam, me convidavam, mas eu fingia que não ouvia.

De todo modo, meus dias naquela escola estavam contados. Tinha a sensação de que estava destinada a coisas mais importantes. Um universo inteiro de Ciência a ser descoberto, com infinitas perguntas a serem feitas. Estava faminta por conhecimento e achava que nunca ficaria satisfeita. Não havia mais nada que me interessasse naquele lugar.

E é por isso que fiquei tão chocada quando, cinco dias antes do baile de formatura, Randall Hague me encurralou quando saíamos da aula de Cálculo e perguntou se eu queria ir ao baile com ele. Falou com uma voz ensaiada e empostada, com uma sintaxe estranhamente formal. Ficou com as mãos na frente do peito, como se estivesse segurando um chapéu. E o que foi ainda mais chocante: fiquei tão perturbada que, inexplicavelmente, disse "sim".

Não que eu não gostasse de Randall. Eu só não tinha nenhuma opinião formada a respeito dele, apesar de conhecê-lo desde o jardim de infância. Não sabia nem se conseguiria distingui-lo no meio de outras pessoas num processo de reconhecimento de suspeitos que a polícia faz. Era um daqueles garotos que sumiam no meio dos outros. Mas aí, lá veio ele, gaguejando "Seria uma honra", e lá estava eu, com um breve "Sim, claro, por que não?". E foi isso. Ele apertou minha mão todo sério, como se tivéssemos acabado de concluir uma transação de negócios, e fomos cada um para sua sala de aula do terceiro período. Até então, eu nunca tinha comparecido a um baile na escola. Mas, ao que tudo indicava, ia comparecer ao baile de formatura. Eu não sabia ao certo o que sentia a respeito disso.

Beatrice, por outro lado, não conseguia conter o entusiasmo. Pulou na cama, deu duas cambalhotas e derrubou um abajur. O velho que morava no apartamento de baixo bateu no teto com uma vassoura.

– Espere aí – disse ela, fazendo uma pausa brusca em sua exuberância. – O que é *formatura*?

– É um baile – respondi. – E uma festa. As pessoas vão todas arrumadas.

– Você deveria ir de dragoa! – grasnou Beatrice.

– Nada de dragoa – falei, sem pensar. Essa era uma resposta automática, àquela altura. Como olhar para os dois lados antes de atravessar a rua. – Além do mais, não é esse tipo de festa.

– Que tipo de festa é?

– Uma festa chique.

– Então vá bem chique – disse ela, com toda a paciência, como se eu fosse lenta demais para entender o óbvio. – De dragoa chique. – Olhei feio para Beatrice, que se encolheu, bem de leve, e me senti mal, então sentei ao lado dela na cama, segurando suas mãos.

Expliquei como funcionava o baile de formatura. Que as moças usavam luvas compridas, sapatos de salto e vestidos que farfalhavam ao andar, e que os rapazes usavam uma roupa chamada *smoking*, que ninguém entendia direito. Beatrice ficou decepcionada. Para ela, "chique" era sinônimo de "fantasia". E ela adorava qualquer coisa que tivesse a ver com fantasias.

– Além disso – falei –, eu não iria vestida de dragoa nem que fosse uma festa à fantasia. Dragoas são simplesmente… – Consegui me segurar. Quase falei "pragas", mas seria rude. Xingar os outros não traz nada de bom. Apertei os lábios. – Dragoas são uma distração. De todo modo, não faz diferença. O que eu preciso é de um vestido bonito.

Felizmente, eu tinha alguns. Fui pegando, um por um, os vestidos que eram da minha mãe, que eu tinha embrulhado em papel de seda com sachês dentro, e pus em cima da cama. Tirei os chapéus e sapatos dos saquinhos e fui formando conjuntos. Beatrice bateu palmas e soltou um suspiro de admiração. O apartamento, de repente, foi invadido pelo cheiro de alecrim.

Os vestidos estavam fora de moda, mas eram lindos mesmo assim.

Experimentei um por um – com bolsa, sapatos e luvas combinando –, e Beatrice foi comentando as qualidades e os defeitos de cada um. Ela me pediu para andar pela sala, virar, desfilar e dizer algo interessante.

– Quero que você fique chique – falou. – Mas também quero que fique com a sua cara. Vista aquele ali e fale alguma coisa matemática. Você fica mais a sua cara quando fala sobre a Matemática.

Os vestidos me serviram – meu corpo era igualzinho ao da minha mãe, um fato que me surpreendeu. Saímos da mesma fôrma. Ou, pelo menos, foi assim até o corpo dela ser reduzido a lenha, cinzas e vento. ("As árvores apodrecem, apodrecem e morrem.") Estremeci. Será que meu corpo ia me trair como o corpo da minha mãe a traiu? Será que eu abandonaria as pessoas que mais amava?

– Vou usar o cor-de-rosa – declarei. O vestido era de seda rosa, tinha uma camada de tule e uma aplicação de renda na saia, feita à mão, com desenhos complexos que lembravam constelações. Eu o provei e rodopiei para Beatrice, que rodopiou comigo.

– O rosa é sempre o melhor – declarou ela, com autoridade. – É simplesmente científico. – E foi logo para o cantinho da arte e me desenhou de vestido rosa, montada numa dragoa. Fazia um mês que ela não desenhava dragoas, esse foi o primeiro. Isso me incomodou, mas resolvi não discutir, e pendurei no refrigerador, sim, quando ela terminou, só para convencê-la a ir para a cama no horário. Depois, tirei o desenho do refrigerador e já ia jogá-lo no lixo.

Parei.

O dragão era preto e verde. Com pontinhos prateados pelo corpo. Era igualzinho Marla. Até que ponto Beatrice era capaz de entender? Peguei o desenho e guardei dentro do armário, junto com a caixa entalhada que foi da minha mãe.

Era a noite do baile de formatura, e Randall Hague, seguindo nosso combinado, se aproximou da porta do edifício onde eu morava, dirigindo o carro do pai. Usava um terno escuro, do tipo que se usa numa entrevista de emprego ou em um velório. Mal o reconheci, o que não foi incomum. Encontrei Randall lá fora porque não queria que visse nosso apartamento. Não que tivesse vergonha, só nunca tinha convidado ninguém para entrar além de uma ou outra babá. E da sra. Gyzinska, mas ela não foi exatamente convidada. Às vezes, a gente apenas se acostuma a manter todo mundo a distância.

O vestido era de tafetá, *chiffon* e tule e sussurrava quando eu me movimentava. Um xale de renda feito de fio de seda, à mão, pela mamãe, cobria meus ombros – era da cor do céu. Prendi o cabelo em anéis, como minha tia fazia, e passei batom vermelho, como titia fazia. Não tive a intenção de ficar parecida com ela, mas talvez tivesse, de certo modo. Inconscientemente, quando dei por mim, estava fazendo um jeitão de homem. Quando dei por mim, estava com vontade de usar coturnos.

Beatrice, eu tinha certeza, estava espiando pela janela junto com a sra. Darga, a viúva que morava no prédio de tijolinhos ao lado do nosso. Eu gostava dela, Beatrice também. A sra. Darga ficava de babá com frequência. Tanto o filho quanto a filha haviam morrido durante a Segunda Guerra. A filha era enfermeira, o filho era piloto, e ambos foram abatidos por soldados inimigos, em países diferentes. Apesar de toda essa tristeza, a sra. Darga era uma mulher alegre, de um jeito inabalável. Tinha mais ou menos a altura e a textura de um toco de árvore e usava um coque grande, que brotava da parte de trás da cabeça, feito um nó na madeira. Não raro aparecia com travessas de comidas típicas polonesas, como *pierogi* e *gołąbki*, e tigelas de sopa de repolho e dizia, de forma categórica, que se não comêssemos tudo, iríamos morrer de fome ali mesmo.

Através da janela, ouvi a sra. Darga dizer "*Córuchna*, esse pode ser seu novo papai", ao que Beatrice respondeu com uma gargalhada estrondosa, e falou bem alto: "Não seja ridícula!". Fiquei corada e torci para Randall Hague não ter ouvido.

Ele estacionou o carro, foi até a porta do carona e já ia abri-la sem dizer uma palavra, mas pensou melhor, virou para trás e olhou para mim. Não que ele fosse um rapaz feio. Apenas… completamente esquecível. Estendeu a mão e, mais uma vez, apertei a mão dele. Randall estava com uma cara séria e solene.

Esticou a mão para tocar no meu vestido, aí pensou melhor e enfiou a mão no bolso.

– Seu vestido é muito lindo – falou, corando.

– Obrigada – respondi. – Era da minha mãe.

Então sua expressão mudou para o pânico.

– Ah! – falou. – Mães! – E deu um tapa na própria testa. – Estava quase me esquecendo. – Voltou para o lado do motorista, abriu a porta, se enfiou lá dentro e ficou remexendo no carro por alguns instantes. Ressurgiu com uma caixa pequena. Que enfiou nas minhas mãos. Era um arranjo de flores feito com cravos cor-de-rosa, com uma fita para amarrar no pulso.

– Obrigada – falei.

– Minha mãe disse que eu precisava te dar um desses, que é tradição no baile de formatura. Foi ela quem escolheu. – Randall fez sinal para eu colocar o arranjo na mão para que ele pudesse amarrar a fita.

– Ah. Bem, agradeça à sua mãe por mim.

– Eu ajudei a escolher – disse ele, ficando ainda mais corado. Então abriu a porta do carona e me fez entrar no carro. Ficamos ali sentados, em silêncio, enquanto Randall percorria a rua lentamente, com uma expressão tensa, prestando atenção a todo e qualquer percalço que, por ventura, pudesse agredir o carro do pai, dirigindo-se à nossa escola bem devagar.

Tinha dragoas apinhadas no teto do prédio quando chegamos. Eu nunca tinha visto tantas de uma só vez. Não vi minha tia, mas isso não queria dizer que ela não estava lá. Olhei para cima, tentando distinguir o rosto de Marla naquela luz oblíqua e nas sombras, que ficavam cada vez mais escuras, mas não dava para ver direito. As dragoas não disseram nada. Não se mexeram. Só ficaram paradas, com as mãos no coração. Estavam com uma postura ereta, os pés levemente afastados, os joelhos ligeiramente flexionados e o queixo erguido. Levavam bolsas e sacolas de artesanato, organizadores de mesa e algo que parecia ser um lanchinho feito em casa, embrulhado em saco de papel. Uma carregava uma mala fora de moda. Os olhos estavam límpidos, arregalados e *procurando* alguma coisa.

Estremeci. Esperei Randall contornar o carro e abrir a porta para mim. Nunca entendi por que isso é considerado boas maneiras. Ninguém abria a porta para ele, afinal de contas. Não que seja difícil abrir portas. Mesmo assim, fiquei esperando, com os tornozelos cruzados e as mãos enluvadas no colo, sobre uma saia rosa toda vaporosa que sequer era minha. Ou, pelo menos, não era originalmente minha. Acho que agora era minha. Eu estava, literalmente, seguindo os passos da minha mãe, com os sapatos dela e tudo. Não sabia ao certo como me sentia em relação a isso. Arrumei o xale nos ombros.

Randall abriu a porta e estendeu a mão para mim. Eu a segurei e saí do carro. A mão dele estava gelada, apesar de eu estar de luvas. E muito úmida. Dei uma apertada só para mostrar que já estava bom, obrigada, e uni as mãos na frente do corpo, como se estivesse rezando. Não sei por que, mas olhei para cima e percebi que uma das dragoas me observava com interesse. Ela me cumprimentou balançando de leve a cabeça e tornou a olhar para o céu. Eu não sabia o que isso queria dizer.

Randall percebeu o que eu estava vendo e torceu o nariz, enojado.

– *Argh* – falou. – Já não basta ficarem atrapalhando durante a aula, tinham que vir para o *baile de formatura*? – Ele disse isso com um certo choramingo que optei por não reparar. Minha mãe, há muito tempo, disse que não há nada pior do que homens choramingões. Ela não devia estar se referindo ao meu pai, que raramente falava. Acho que estava apenas dizendo de um modo geral. Eu me arrependi por não ter prestado mais atenção.

– Mas eu até gosto – falei. Randall olhou para mim, confuso. – Parece a guarda de honra, sabe? Olha como estão com uma postura majestosa e imponente. – Quando dei por mim, de repente estava pensando na sra. Gyzinska.

– A guarda de honra é formada por *homens* – disse Randall, num tom mordaz. – E, de todo modo, não há nada de imponente numa... – Ele deixou a frase no ar e pigarreou. Não tinha coragem sequer de pronunciar a palavra.

– Uma dragoa? – sugeri. Parecia impossível, mas Randall ficou ainda mais corado. – Não sei por que todos ficam tão eriçados com essa palavra. É como fazerem os meninos terem aula de saúde em outra sala para não terem que ouvir falar em menstru...

– Ah! – Randall estapeou as próprias orelhas e parecia que ia desmaiar. – Por favor, vamos mudar de assunto!

– Tudo bem. Lá vamos nós – falei, indo em frente, com as mãos paradas. Randall me ofereceu o braço, mas só dei um sorriso vago e não peguei no braço dele. Pelo contrário: apertei o passo. Parei e olhei para o céu. Um por um, alguns planetas e as estrelas mais brilhantes começaram a se firmar. Minhas costas doíam. Acima do prédio, um bando maior de dragoas voava em círculos, planando e rodopiando pelo azul que escurecia. A tarde ainda não caíra por completo. Mas a noite estava se aproximando.

35

O comitê de formatura escolheu o tema "Romance em Alto-Mar" naquele ano, em primeiro lugar porque permitia reutilizar o cenário da produção da ópera cômica *Os piratas de Penzance* feita na escola. As lâmpadas foram cobertas com celofane azul, e tiras de papel crepom também azul sugeriam ondas espumosas dos dois lados do ginásio. Quatro meninas da minha aula de Literatura tinham transformado uma bandeira da França, outra da Inglaterra, outra dos Estados Unidos e uma bandeira de pirata em capas, presas nos ombros com fitas, e todas seguravam um chapéu de pirata na mão – não para ser usado, claro, porque bagunçaria os respectivos penteados.

Todo mundo estava muito *feliz*. Ou, pelo menos, as meninas estavam. Movimentavam-se em meio aos presentes feito pássaros, pura cor, vibração e rapidez. Requebravam os quadris a cada passo, fazendo as saias ondularem e subirem pelas pernas, enquanto os saltos dos sapatos sociais iam batendo delicadamente pelo chão. Ficavam de braço dado com as amigas, uma encostando a bela cabeça nos ombros bem definidos da outra. Acenavam para as amigas e acenaram para *mim*, um fato que achei surpreendente. Na verdade, ficaram empolgadas quando me viram, e suas respectivas bocas pintadas de batom abriram um grande sorriso. Nunca ninguém tinha sorrido para mim desse jeito, em todos os anos que passei na escola. Verdade seja dita: nunca sorri desse jeito também. As meninas usando capas de bandeira baixaram a cabeça e fizeram uma reverência entre si. Dividiram-se em pares, passaram uma mão pela cintura da companheira, seguraram a outra mão e dançaram uma valsa abreviada. Soltei um suspiro de assombro. Tive que desviar o olhar. Eram tão lindas que não consegui suportar.

Alisei o corpete do vestido com as mãos e fiquei roçando os dedos no *chiffon* cor-de-rosa. Do vestido da minha mãe. Que cabia em mim com perfeição. Meu corpo se tornou o que o corpo dela um dia fora. Antes do primeiro câncer. Ou do segundo. Antes de o câncer devorá-lo. Antes de se tornar cinzas e ar. Antes de se dissipar.

Não tinha nenhuma dragoa dentro do ginásio. Nem dentro da escola. Mesmo assim, todos nós sabíamos que elas estavam no telhado. De guarda. Todos nós sabíamos que planavam e rodopiavam pelos céus, logo acima. De vez em quando, uma aparecia na janela – um clarão colorido feito de dentes, escamas, músculos e olhos – e sumia com a mesma rapidez com que tinha chegado.

– Você precisa de um ponche – disse Randall, de repente. – Minha mãe falou que eu deveria lhe servir um ponche.

Eu não estava com sede, mas Randall já estava se afastando. *Que rapaz estranho.* Quando dei por mim, era isso que estava me perguntando: por que eu tinha concordado com aquela coisa toda. Quando Randall conseguiu chegar à mesa de petiscos – capitaneada pelo sr. Reynolds e por dois professores de Ciências –, misturou-se tão bem com os outros rapazes, todos pegando ponche para os pares, que eu não teria conseguido distingui-lo nem se quisesse muito. Voltei minha atenção para as pessoas que estavam dançando.

A irmã Leonie e duas outras freiras desfilavam pela pista de dança, colocando uma régua, daqueles de loja de tecido, entre os pares, para garantir que as danças permanecessem castas.

– Deixem espaço para o Senhor – disse a irmã Leonie, no nosso idioma e em francês, só para demonstrar que estava falando muito sério.

Randall voltou com duas taças de ponche e derramou um pouco no sapato. Fiquei bebericando, timidamente.

As meninas começaram a formar grupos grandes, deixando os pares sozinhos nas laterais da pista de dança segurando casacos, estolas ou bolsas, sem saber direito o que fazer com isso. Os rapazes ficavam indo de um pé para o outro. Alguns se dirigiram às cadeiras posicionadas na parede dos fundos e se sentaram. Os gru- pinhos de meninas vieram na minha direção, uma profusão de vermelho-rubi, verde-esmeralda e ouro-velho – todas eram puro brilho, cor e luz. Mostravam os dentes. Batiam as pestanas. Dançavam em grupinhos de três, depois sete, depois treze, um emaranhado de braços, saias e penteados que se desfaziam. Os braceletes que levavam no pulso brilhavam. Os colares de *strass* em volta do pescoço piscavam lindamente, em contraste com as peles cintilantes. Os rapazes se encolheram nas laterais da pista e ficaram com a mão na altura da sobrancelha, protegendo os olhos de tanto brilho. Um por um, começaram a fazer cara feia. Eu não sabia bem por quê. *Olhe só para elas*, tive vontade de explicar. *Se você pudesse optar por ser rodeado de tamanha beleza, não faria isso num piscar de olhos?* Eu nunca havia pensado nisso antes. *Sim*, pensei. *Sei que eu faria.* Levei a mão ao coração. Minha pele estava quente. Meu corpo inteiro pulsava.

A banda era formada pelo professor de Artes, o irmão dele, três caras que tinham se formado no ano anterior nos metais e uma senhora mais velha, na bateria. Não tocavam muito bem. Não tiravam os olhos dos grupinhos, cada vez maiores, de meninas. Erravam notas, perdiam o ritmo e, às vezes, se esqueciam da letra. Ninguém reparou, pelo jeito.

– Adorei seu vestido, Alexandra! – gritou uma das meninas para mim, enquanto dançava valsa nos braços da amiga. O que parecia ser muito mais divertido do que dançar com alguém como Randall, o farfalhar das saias e o bater dos saltos. Respirei fundo e encostei a mão no rosto.

– Obrigada! – respondi, também berrando. – Minhas amigas me chamam de Alex – completei, o que não era de todo verdade, porque eu não tinha amigas, Mas, ai, eu queria que fosse verdade! Nunca tinha me sentido solitária na escola até então. Mas agora…

Uma das meninas sorriu para mim – parecia uma explosão súbita de luz. Achei que ia cair, de tão bambas que ficaram minhas pernas.

– Alex é um nome lindo – disse ela, me mandando um beijo. Gostaria de saber qual era o nome dela. Gostaria de me lembrar. Fiquei mexendo nos nós da renda que minha mãe tinha feito, me sentindo presa no chão, presa àquela vida de um jeito que nunca tinha percebido, até então.

– Seu sapato é perfeito – elogiou uma menina de outro grupinho.

– Seu cabelo ficou tão bonito com essa rosa! – Um grupinho inteiro de meninas começou a torcer as próprias madeixas, sem perceber, feito criança pequena.

– Fiquei tão feliz que você veio! – Outro grupinho, do outro lado do salão. Mais meninas abandonaram os pares. Elas se movimentavam juntas, ligadas por algo inexorável, como o acúmulo de inúmeras partículas na formação de uma estrela. O que causa tais coisas? A união faz a força, talvez. Ou talvez seja assim que coisas pequenas se tornam algo absurdamente grande. Ou talvez só preferissem ficar na companhia de outras meninas. E, falando sério, por que não iriam preferir?

Houve uma mudança leve no ar. Senti primeiro no cabelo – uma sensação seca, aguda, feito eletricidade estática. Fiquei com medo de encostar em qualquer coisa, porque poderia levar um choque.

Os grupinhos se aproximaram, me elogiaram, elogiaram todo mundo e se afastaram. Rodopiavam, se separavam e sc juntavam – uma dança de atração, de aglutinação, ignição e aceleração. As meninas desfilavam de braços dados, com o rosto encostado, o cabelo se entrelaçando, formando complexos nós de amor. Eram lindas e estonteantes. Eu não fazia parte daquilo, daquela noção de intimidade e proximidade, de nada. Nunca fiz. Minha mãe também não tinha amigas. Ela tinha a irmã e ninguém mais. Eu tinha a minha irmã e ninguém mais. E sequer tinha ideia de como fazer aquilo. Sempre fui a menina que ficava de lado. Uma estrela solitária num mar de galáxias. Sempre fui feliz sendo a menina que ficava de lado. Ou fora, até então. Agora não tinha mais tanta certeza.

Uma dragoa parou perto de uma das janelas da esquerda. Verde-folha. Olhos vermelhos feito maçãs. Ela piscou. Randall percebeu que eu olhei. Franziu o cenho e retorceu os lábios.

– Acho bom não estragarem a formatura – resmungou. – É nossa grande noite. Não é justo.

Olhei para ele.

– Como elas poderiam *estragar* a formatura? – perguntei. – São apenas dragoas.

Randall engasgou. Ficou corado de novo. Mas vestiu a armadura e resolveu se impor pela força.

– Você sabe. Sendo… essas coisas. – Ele entornou a taça de ponche. – Com todas as bobagens delas. Em público e tudo. Na frente de todo mundo. Não deveriam permitir isso. Meu pai disse que nada disso seria permitido no tempo da guerra.

Caí na gargalhada.

– Do que você está falando? É claro que teriam permitido – falei. – Não teriam escolha.

Randall ficou mais corado e, desta vez, não foi de vergonha. Não gostou do fato de eu ter dado risada da cara dele, isso era óbvio. Espremeu os lábios.

– Bem, você sabe. Existem, *ahn*, regras durante uma guerra. E honra. E, você sabe. Exércitos que obedecem ordens. Com armas. – Dito isso, olhou feio para a janela.

– Randall Hague, essa é a maior bobagem que eu já ouvi na vida. – Eu não sabia por que ele estava me irritando tanto. Mas algo no jeito que Randall falava comigo fez a raiva crescer dentro do meu peito, quente, viva e gigantesca. Achei que não seria capaz de contê-la. – Balas não surtem nenhum efeito em dragoas. Não é uma questão de permitir ou não. É uma questão de aceitar que o mundo não é mais como era antes. Achávamos que não existiam mais dragoas. E depois elas existiam. Achávamos que as dragoas tinham sumido. E agora estão aqui. Achar que temos escolha em relação a isso é uma ilusão.

Randall olhou feio para mim.

– Essa é uma perspectiva muito antiamericana.

Soltei uma risada debochada.

– É mesmo? – Entreguei a taça para ele e cruzei os braços. Tentei fazer cara de paisagem, mas acredito que saiu mais séria e brava do que eu pretendia. Randall empalideceu e foi levemente para trás. – Explique-me. – Levantei o dedo antes que desse tempo de ele começar a falar. – Mas, por favor, empregue uma tese clara e argumentos lógicos corroborados por exemplos. Estou muito ansiosa para ouvir suas conclusões, e tenho certeza de que vai apreciar meus comentários sem rodeios. – Randall se encolheu todo. Então me ocorreu, por breves instantes, que esse poderia ser o motivo para eu não ter muitos amigos. Resolvi não ligar.

– Ahn… – disse Randall.

– Não tenha pressa. – Olhei para o relógio. – Eu espero.

Não precisei esperar. Mais um grupo de fitas, saias e belos braços passou rodopiando e me segurou pelos ombros.

– Só para damas! – arrulharam elas. – Os rapazes podem ficar observando, para aprender. – E fui puxada para o meio daquele emaranhado de braços, saias e pernas com meias de seda, absorvida pela gravidade das meninas.

Dragoas se instalaram perto de todas as janelas que davam para o ginásio. Colocaram as patas nas vidraças. Pelo jeito, ninguém percebeu. Eu não conseguia desviar o olhar. As meninas estavam muito ocupadas dançando, absorvidas por aquele momento. Os rapazes estavam muito ocupados fazendo cara feia, enraivecidos por aquele momento. Eu estava tanto presente quanto ausente, tanto observando quanto sendo observada. Tanto ali quanto em qualquer lugar, tanto agora quanto depois. Uma dicotomia e um paradoxo. Estava em todos os momentos, tudo ao mesmo tempo. A música tocava sem parar, fazia voltas em torno de si mesma e nos puxava, apertando-nos. As meninas requebravam e sacudiam os ombros, depois foram abrindo caminho de uma ponta à outra da pista de dança, de mãos dadas. Dois rapazes brigavam perto da mesa dos petiscos. Um socou o nariz do outro, que sangrou, foi derrubado bem em cima da poncheira e, em seguida, caiu no chão, numa poça grudenta. Ninguém mais olhava para as dragoas lá em cima. Eu não conseguia parar de olhar para as dragoas. Lembrei-me daquele dia no hospital, quando minha mãe morreu, de como quis que minha tia viesse estraçalhando a vidraça para nos salvar – uma explosão de raiva, luto e vingança. Uma explosão de esperança, cuidado e contato. Tudo ao mesmo tempo. Ela não veio, na ocasião, e as dragoas permaneceram paradas em seus lugares. Mais uma vez, me encontrei em todos os instantes ao mesmo tempo, passado, presente e futuro preocupante, os fios do tempo e do espaço fazendo voltas através da minha experiência, entrecruzando-se, formando um nó no meio de mim mesma, onde tudo encostava em tudo – todos os lugares, todos os momentos, todas as batidas do coração, todas as unidades distintas do tempo, todas as voltas do fio da minha vida. A música pulsava. Duas mãos pegaram minhas mãos e me rodopiaram, fazendo o mundo girar. Quando minha mãe morreu, era apenas uma casca do que outrora foi – papel, poeira e ar. ("As árvores apodrecem, apodrecem e morrem.") Outra menina passou o braço na minha cintura, e senti o calor do quadril dela contra o meu, e o chão se movimentava debaixo os meus

. 254 .

pés, me deixando zonza. Avistei uma dragoa quando eu tinha 4 anos e, naquele dia, aprendi a ficar calada. Não recebi nenhum contexto, nenhuma referência, nenhum modo de compreender minha experiência, e os adultos da minha vida esperavam que eu me esquecesse e, ao fazer isso, quase me obrigaram a esquecer. Uma menina passou a mão enluvada nas minhas clavículas suadas e no meu braço. Tremi. Minha tia quase destruiu a própria casa, foi embora voando da própria vida, minha prima se tornou minha irmã e toda uma parte da minha família foi apagada para sempre. Ou foi isso que eu pensei. Uma menina acariciou meu rosto com as costas da mão e ficou me olhando. Senti a pele do meu pescoço começar a corar. Tinha galáxias nos olhos dela. Tinha dragoas que exploravam o cosmos e dragoas que exploravam os mares e dragoas que se instalavam nas profundezas da selva – que iam embora sem olhar para trás. Pensamos que não iam voltar. *Não deveriam voltar*. E, mesmo assim… aqui estavam elas. A música se expandiu. Eu conseguia senti-la nos ossos. As meninas rodopiaram. Eram arrebatadoras, essas meninas. E estavam arrebatadas. Movimentavam-se como um único organismo – ou melhor, como uma única mente coletiva. Uma colmeia de meninas. Uma revoada de mulheres. Um enxame de dançarinas. Levavam a cabeça para trás, em uma alegria de êxtase. O prazer irradiava de seus corpos em ondas – prazer pelo simples fato de *serem aquela pessoa, naquele momento*, vivendo *aquela vida*. De bochechas coradas. Lábios vermelhos. Dedos que seguravam outros dedos e quadris que se encostavam em outros quadris, através do farfalhar das saias vaporosas.

Eu fazia parte delas. Mas também estava separada delas. Eu tinha consciência de estar separada. *Doía*. Mas também era *interessante*. A lembrança daquele momento está emaranhada com todas as minhas outras lembranças – meu próprio nó górdio. Aquelas bochechas coradas e aqueles lábios volumosos se entrelaçam com a respiração gorgolejante da minha mãe, meu pai agarrado à garrafa, o olhar de Sonja quando foi arrastada da minha casa, os soluços trêmulos de Beatrice nos meus braços, tudo isso está grudado e não está grudado no tempo, vivenciado tudo de uma só vez. Eu segurei mãos. Eu chorei. E ansiei. Eu agarrei. E me afastei, rodopiando.

Nas janelas, as dragoas suspiraram. E como poderiam não ter suspirado? Elas eram lindas, aquelas meninas. Eram tão, tão lindas. E talvez eu também fosse. Ergui os braços e comecei a rodopiar. Foi tão gostoso, só por um segundo, me soltar. Completamente. O guitarrista parou de tocar. A baterista também. Os metais não perceberam. Continuaram tocando com afinco.

– Parem agora mesmo! – gritou a irmã Leonie, com um suspiro de assombro.

– Meninas! – berrou o sr. Reynolds – Parem de dançar!

Elas não pararam.

Olhei com mais atenção. Comecei a observar como uma cientista observa: sem sentimentos e sem participar dos acontecimentos. Mesmo só com aquela música parcial, as meninas dançaram com um fervor e uma intensidade ainda maiores. Eu fiquei parada. E observei. E aí eu entendi. A boca das meninas brilhava. (Encostei na minha boca. Não havia mudado.) Os olhos se arregalaram. (Encostei nos meus olhos. Estavam iguais ao que sempre estiveram.) Ergueram o rosto para o céu. Havia um cheiro de canela, cravo e fósforo no ar. Aromas quentes. As unhas de Maeve O'Hara cresceram e formaram belas pontas. O sorriso de Loretta Nowak ficou dourado. De repente, quando dei por mim, queria ter um caderno para anotar tudo aquilo. Registrar as observações. Acompanhar a evolução dos dados. Olhei para as janelas. As dragoas tinham começado a bater no vidro.

– Minha nossa – falei.

Marlys Larsen encontrou a bela boca de Betty Shea e a beijou com força. As freiras estavam petrificadas. Ninguém, tirando quem estava dançando, se mexeu. Alice Cummings ficou olhando, maravilhada, as garras que saíam de seus sapatos, que deixavam os dedos à mostra. Passou o dedão na parte da frente do vestido de formatura e soltou um suspiro quando ele caiu no chão. Alice deu um passo à frente. De pés descalços. Pernas nuas. Seios levemente assimétricos, mas lindos mesmo assim. A delicada curva do púbis – até o sangue que descia pela curva da coxa era lindo. Eu quase me engasguei. Alice era *tão linda*.

Randall Hague, com suas duas taças de ponche na mão, criou coragem de falar.

– AGORA JÁ CHEGA! – gritou.

– Cala a boca, Randall – falei. Levei as mãos ao coração. Era tanta beleza. Minhas pernas ficaram bambas.

Percebi, com um susto, que a música tinha parado de tocar. Eu não sabia quando. O tempo não significava mais muita coisa. As meninas poderiam estar dançando em silêncio. Ou poderiam estar dançando ao ritmo de uma música criada por elas mesmas. Será que era verdade que minha mãe poderia ter se dragonizado? Pensei nas freiras da escola, na sra. Gyzinska, na minha madrasta e na senhorinha viúva que cuidava de Beatrice naquele exato momento. Será que todo mundo tinha ouvido o chamado? Será que eu ouviria? Será que atenderia ao chamado se o ouvisse? Seria possível que certas pessoas o ouvissem, mas não entendessem? Seria possível que algumas mulheres não fossem chamadas? Passei as mãos na renda feita pela minha mãe, cada nó parecia uma promessa. Imaginei os dedos dela fazendo cada um daqueles nós. Um nó une duas coisas disparatadas, formando um todo imutável. Será que eu era minha mãe? Será que minha mãe era eu? Será que ela estava ali comigo, passando os dedos nos nós que meus dedos agora seguravam? Eu não sabia. Estava zonza. Era tanta beleza, por todos os lados.

Eunice Peters, de repente, tinha dentes de diamante. Não dava indícios de ter percebido. Uma das freiras começou a ficar verde. Ninguém tampouco percebeu isso. Naquela confusão de gritos e movimentos, de calor e mudança, de transformação e velocidade, fiquei parada, criei raízes no chão, completamente imóvel. O único ponto fixo naquele universo caótico. As dragoas ficaram de guarda. O momento passou rodopiando à minha volta. *Todas vão se transformar*, compreendi, no fundo dos ossos. E eu não vou. E não sabia porquê. Mas sabia que era verdade.

Alice passou o dedão entre os seios e meu coração se partiu. Desviei o olhar. Não poderia suportar ver aqueles seios sumirem. O salão ficou quente. Rostos coraram e peles suaram. Uma dragoa piscou na pista de dança. Alice não era mais Alice. Ou melhor, era mais do que Alice. Era Alice sem amarras. Era Alice ao quadrado. Era infinitos graus de Alice. Abriu as asas novinhas em folha. Soltou um grito de alegria, que estilhaçou as vidraças. Cacos de vidro, duros e brilhantes, feito lembranças, choveram de repente. Misturaram-se e cintilaram no chão.

As dragoas entraram voando. Novas dragoas saíram voando.

Tinha vestidos espalhados pelo chão. Meninas não dragonizadas dançavam, nuas. Meninas com olhos de dragoa e boca de dragoa. Pontas afiadas brotaram de vértebras. Pele fina se transformou em escamas brilhantes. Garras cresceram de dedos dos pés pintados.

Eu me afastei. Os rapazes não conseguiam se mexer. Minhas mãos eram minhas mãos, minha boca permaneceu sendo minha boca e eu não estava me dragonizando, nem um pouco. Minhas mãos estavam em cima dos nós da minha mãe. Eu não conseguia soltá-la. Fui andando para trás, um passo de cada vez. Maeve se dragonizou. Eunice se dragonizou. Marlys, Loretta, Emeline, Betty e seis freiras, todas se dragonizaram. Dei mais um passo para trás e bati numa dragoa grande, preta e verde. Era minha tia.

– Marla – sussurrei.

Beatrice estava pendurada no pescoço dela. Braços de menininha. Pernas de menininha. Olhos de dragoa. Boca de dragoa. Minha cabeça girou.

– Não, Beatrice! – gritei. – De jeito nenhum!

Não me abandone se sabe que não posso ir com você, soluçou meu coração. Não me deixe aqui sozinha. Por favor.

A parede de tijolos gemeu. Dois rapazes gritaram. A parte dos fundos do ginásio desmoronou. Minha tia me estendeu a pata.

– Este lugar vai virar um perigo dentro de um minuto. Vamos. – Eu subi no pescoço dela, abraçando Beatrice, e minha tia alçou voo no meio da noite.

36

Não teve cerimônia de formatura naquele ano. Sério, não deveriam ter nos entregado o diploma, já que perdemos o último mês inteiro de aulas. Quase um terço da minha turma que ia se formar sumiu. Eu deveria pôr essa palavra entre aspas. "Sumiu." Essa foi a declaração oficial. Mas elas não sumiram. Sabíamos exatamente o que aconteceu com aquelas meninas. E, na maioria dos casos, sabíamos aonde cada uma tinha ido.

E não foi só na minha escola. Meninas de todo o país, novamente em massa, se dragonizaram naquele mês de maio. Chamaram isso de "Pequena Basiliscação", mas só quando os repórteres tentavam ser fofos. Meninas com idade entre 10 e 19 anos se dragonizaram naquele dia.

A escala das transformações não chegava nem perto dos números da Dragonização em Massa de 1955. Por todo o país, bem menos de trinta mil garotas despiram a própria pele e se prepararam, de dentes cerrados, para conquistar os céus. Em muitas regiões, não houve uma dragonização sequer para contar história. Pelo contrário: as transformações foram concentradas em bolsões espalhados pelo país de forma aleatória. Outra diferença: ao passo que algumas garotas abriram as asas e saíram voando, como suas mães e tias-dragão antes delas, para ir atrás de seu destino nos mares, nas montanhas, nas selvas ou no céu, muitas, muitas delas permaneceram onde estavam.

As meninas que foram expulsas de casa pela família (infelizmente, isso foi bastante comum) estabeleceram comunidades em parques ou fixaram residência em fábricas e galpões abandonados.

A maioria das meninas dragonizadas tentou continuar os estudos. Foram para a aula na segunda-feira seguinte, espremendo o corpo avantajado para passar pelos portões dos pátios dos estabelecimentos de ensino, mas foram impedidas pela polícia ou pelas recém-formadas brigadas antidragão ou, em certos casos, pela Guarda Nacional. Diretores de escola e coordenadores não são compreensivos com alunas potencialmente indisciplinadas, com habilidade de soltar fogo pelas ventas. O pensamento dominante era que o risco de insubordinação com a presença de alunas dragonizadas era incalculável. "Como diabos poderiam ser educadas se não podiam ser reprimidas?", perguntavam-se os diretores. De início, a maioria das escolas foi linha-dura. Por meses, as cartas para os editores dos jornais de todo o país falavam apenas de assuntos relacionados a dragoas. Grupos lamuriosos de mães zelosas de moças não dragonizadas iam para a televisão exigindo que suas filhas estivessem a salvo de toda e qualquer influência de dragoas na escola. Pediram para os Estados Unidos, *por favor, pensar nas crianças.*

SÓ PARA HUMANOS, diziam as placas, iguaizinhas àquelas que diziam SÓ PARA BRANCOS e proibiam pessoas negras de frequentar certos locais.

Os bibliotecários, por outro lado, foram muito mais compreensivos. E flexíveis. Não demorou para que começassem a se formar pequenas comunidades de ensino, dirigidas a atender as necessidades educacionais específicas das jovens recém-dragonizadas, em bibliotecas de todo o país.

A cidadezinha onde eu morava foi uma das comunidades fortemente atingidas pela transformação. Na manhã seguinte ao baile, tinha dragoas por todo lado. Nos parques. Sentadas nos bancos de ônibus. Tomando banho de sol perto do rio. Fazendo longas caminhadas pelas estradas de terra, antes de se lembrarem, de repente, que sabiam voar. Velhinhas faziam "xô" para as dragoas que se aproximavam de suas roseiras e árvores frutíferas. Velhinhos exigiam que saíssem de seus gramados. Policiais mandavam as pessoas circularem. Mas nenhuma autoridade traçou nenhum tipo de plano do que *fazer* com as novas dragoas – a maioria das quais, ainda menor de idade. Não havia uma política consistente. O presidente dos Estados Unidos, apesar de ter feito um pronunciamento falando de "novos desafios", em termos vagos, se recusou até a pronunciar a palavra "dragoa". Mas, pelo tanto que gaguejava, todo mundo podia perceber que ele estava pensando nessa palavra. A nação, mais uma vez, decidiu seguir em frente, como se tudo estivesse normal.

Nada estava normal.

Dragoas mais velhas – da época da Dragonização em Massa e de outras transformações espontâneas que ocorreram ao longo desse período – continuaram voltando para sua terra natal, em larga escala. Nem todas. Mas, com o tempo, em número significativo. Aqui e ali. As dragoas simplesmente *chegavam.* Ninguém avisava que estavam vindo e tampouco havia um padrão em sua chegada e, apesar disso, a sra. Gyzinska, ao que tudo indica, sempre sabia quando uma nova leva ia dar as caras. Ela mandou instalar uma grande área de piquenique coberta ao lado da biblioteca e contratou duas ex-assistentes sociais (ambas transformadas) para coordenar o serviço de apoio às dragoas que voltaram para casa. Também entrou com pedido (e recebeu) de diversos auxílios em dinheiro, em grandes quantias, de diferentes fundações, que financiaram a criação dos espaços de convivência comunitários para dragoas em várias fábricas desativadas por todo o centro-oeste dos Estados Unidos. Ao que tudo indicava, as dragoas gostaram. Não estavam lá para criar confusão. Ficavam nos espaços comunitários por um tempinho, mas depois *se punham a trabalhar*. Algumas foram para a fazenda da família e ajudaram no plantio. Outras se encarregaram de distribuir comida em comunidades pobres, como voluntárias. Outras podiam ser encontradas despoluindo leitos de rio, tirando os resquícios descartados de refugos industriais e ajudando a vegetação a voltar a ser o que era.

– Bem, particularmente, não fico surpresa – comentou a sra. Gyzinska, quando passou no meu apartamento para me dar um presente de formatura, ou melhor, um presente de fim das aulas. – Não vamos conseguir resolver nossos problemas, a menos que todos trabalhemos em conjunto. *Todos nós.* E, céus. Como temos problemas, sempre.

Equipes de dragoas apareceram para fazer reparos no ginásio. Consertaram os carros que foram virados acidentalmente na noite do baile de formatura. Formaram clubes de costura no parque e doaram blusões, roupas de bebê e cobertores para o centro de caridade local.

– Ignorem – diziam as autoridades da cidade, sem dizer especificamente quem as pessoas deviam ignorar. Como se, apenas ignorando, as dragoas resolvessem ir embora, uma hora ou outra.

Elas não foram embora.

Cavalheiros,

estou tão surpreso quanto os senhores de ter sido, mais uma vez, convocado para estar diante deste comitê, apesar de suspeitar que os motivos são diferentes. Sei que essa é uma época difícil para muitos dos senhores – mudar é difícil, afinal de contas. É doloroso abrir mãos das coisas que um dia acreditamos ser verdade. Chegamos, creio eu, à Nuvem do Não Conhecimento do místico medieval. Ou ao saltus fidei de Kierkegaard, o salto de fé do filósofo dinamarquês.

Por ser cientista, é estranho para mim estar diante dos senhores e declarar que a Ciência não tem respostas. Mas, na verdade, a Ciência raramente nos dá respostas. Pelo contrário: ela nos fornece os meios para que possamos fazer mais perguntas, fornece contexto, ligações e planos de fundo. Aguça nossas curiosidades. Podemos enfiar um alfinete no tórax de uma borboleta para que suas asas parem de bater, permitindo que as examinemos de perto. Mas, ao fazer isso, nunca poderemos observar essas mesmas asas roçando na pele do ar, batendo e se afastando. Não saberemos em que direção essa borboleta teria decidido ir ou o que ela buscaria depois. O que a Ciência pode nos ensinar tem limites.

Os senhores me trouxeram até aqui porque alguns de vocês têm filhas que se dragonizaram. Um de vocês tem um filho que se dragonizou recentemente. Três de vocês têm irmãs dragonizadas. Vizinhas dragonizadas. Colegas dragonizadas. Esposas dragonizadas. Sei que é muita coisa para engolir. Sei que alguns dos senhores se apegam à crença de que a dragonização não é apenas uma tragédia cataclísmica, mas que, certamente, é de natureza biológica e, portanto, deve haver um antídoto biológico.

Estou aqui para libertar os senhores dessa ideia.

Estou aqui para pedir que aceitem o que não pode ser mudado.

Estou aqui para ressaltar o fato de que, há muito tempo atrás, a humanidade cultuava o Sagrado Feminino e que, naquela época, toda a humanidade estava à mercê desse poder e dessa força tanto procriadora quanto destrutiva, tanto fecunda quanto estéril, tanto de alegria quanto de pavor, a um só tempo. Se aprendi algo ao longo dos meus anos de pesquisa é que a resposta nunca é uma coisa só. A partícula é onda, é partícula, é onda. No fim das contas, o universo inteiro é um casamento de opostos.

Os senhores me trouxeram aqui, cavalheiros, na esperança de conquistar – uma tentativa de reinar nessa amplidão feminina, de reduzi-la e obrigá-la a aquiescer ao seu controle paternal, de permitir que a nossa cultura se esqueça de que essa coisa de dragonização aconteceu um dia. Isso, meus amigos, é impossível.

Apesar de ser bem verdade que existe certa liberdade no esquecimento – e esse país lançou mão dessa liberdade em grande escala –, existe um poder tremendo na recordação. De fato, é a memória que nos ensina e nos lembra, sem parar, de quem realmente somos e de quem sempre fomos. As dragoas vieram para ficar. Recordemos de tudo o que nos trouxe até esse momento. Recordemos de todos aqueles que perdemos. Recordemos de nossos entes queridos como eram antes, para que possamos aceitá-los como são agora, assim como aceitamos nosso país – transformado, com seus defeitos e em expansão – como é agora. Assim como devemos aceitar o mundo.

Eu, pessoalmente, acho isso maravilhoso.

Trecho do discurso de abertura do Dr. H. N. Gantz (ex-chefe do Departamento de Medicina Interna do Hospital Universitário Johns Hopkins e ex-pesquisador do Instituto Nacional de Saúde, do Pelotão Médico do Exército e da Fundação Nacional de Ciências) ao Comitê de Atividades Antiamericanas da Câmara, em 12 de março de 1967.

37

O primeiro semestre do meu primeiro ano na Universidade do Wisconsin já estava bem adiantado quando meu diploma do Científico finalmente chegou pelo correio. Demorou muito para os correios localizarem meu novo endereço, e acho que não devo recriminá-los por isso. Meu novo lar não era... uma residência comum. A entrega de correspondência era inconstante.

O envelope estava dobrado e amassado, e parecia que alguém tinha derramado café no diploma em si. Mas, apesar disso, lá estava ele. Meu nome escrito em letras cursivas. Formada com louvor. Apesar de ter perdido minha mãe. Apesar de ter sido abandonada pelo meu pai, que abdicou de mim. Apesar de ter criado uma menininha esquentada, sem ajuda de ninguém. Apesar da ferida profunda do luto. Apesar de tudo.

Eu teria ligado para o meu pai para contar, mas é claro que ele já tinha falecido. Sendo assim, liguei para a sra. Gyzinska.

– Estava mesmo pensando quando teria notícias suas – disse ela. E aí: – Você entrou em contato com o Dr. Gantz, como eu pedi? Falei com ele no mês passado, que me perguntou de você, de novo.

Eu não tinha entrado em contato. Simplesmente não tive tempo. Eu achava que ia tirar de letra quando chegasse na faculdade, que todos os segredos do universo simplesmente cairiam no meu colo, que seria capaz de pegar as novas descobertas científicas com a mesma facilidade que uma criança pega vagalumes com um vidro e desataria nós matemáticos com um único puxão. Acontece que fazer faculdade dá muito trabalho. O Dr. Gantz operava num laboratório fora de mão, na Faculdade de Medicina. O número dele não constava na lista telefônica, mas a sra. Gyzinska tinha me dado o número da sala do doutor, que ficava no porão. Só não tive tempo de telefonar.

– Ainda estou tentando lidar com as questões do dia a dia – respondi.

– Não tem problema – disse a sra. Gyzinska, e eu conseguia enxergá-la abanando a mão, querendo dizer que aquilo não era nada, pondo fim ao meu constrangimento. – Mas entre em contato. Quando puder. Você vai ficar feliz de ter feito isso.

Ela esperou eu dizer alguma coisa. Engoli em seco. Simplesmente não sabia o que dizer. Era tão estranho, de repente, falar *por que* eu liguei ou o que precisava da sra. Gyzinska – será que eu queria aprovação? Reconhecimento? – e, quando dei por mim, estava sentindo uma onda da mais profunda vergonha, depois de irritação por sentir vergonha.

A sra. Gyzinska percebeu que eu não conseguia falar. Pigarreou, resoluta, e continuou:

– Eu já tinha pensado em entrar em contato, de todo modo, mas vários – nessa hora, ela parou para pensar e pude ouvir seus dedos tamborilando na mesa de madeira –, vários projetos *interessantes* têm ocupado meu tempo. – Eu sabia que ela estava falando do trabalho com as dragoas recém-transformadas. Apesar de haver um punhado de escolas que não cumpriam o decreto estadual que bania dragoas das escolas primárias e secundárias, eu tinha quase certeza de que minha antiga escola não era uma delas. É claro que a sra. Gyzinska moveria céus e terra para acomodar toda e qualquer aluna-dragoa. Ela não era do tipo que aceitaria qualquer impedimento aos estudos de alguém. Principalmente se esse alguém fosse mulher. Ou, no caso, um alguém dragoa.

Fiquei sabendo depois que ela ordenou que um hangar pré-fabricado para aviões fosse instalado no terreno baldio ao lado da biblioteca, para as dragoas que não foram bem recebidas pelas famílias quando voltaram e agora não tinham para onde ir, depois instalou portas de correr enormes na entrada lateral da esquerda, para que pudessem ir e vir livremente. Converteu o auditório numa espécie de sala de aula. Colocou um cartaz na entrada principal, escrito ESTA BIBLIOTECA É DE TODOS, e desafiou quem fazia campanha antidragão a discordar (Deus defenda quem fizesse isso). Ficou famosa por adivinhar quem, porventura, tivesse vindo protestar na escadaria da biblioteca e dava um golpe certeiro, com a bolsa bem pesada, nessas pessoas. A questão com a sra. Gyzinska é a seguinte: ela sabia muito bem pegar as pessoas de surpresa.

Contei as novidades de Beatrice, que estava frequentando uma nova escola. Contei que já era quase novembro e eu não tinha arranjado confusão nem uma única vez – um recorde para mim. Contei dos livros que Beatrice vinha lendo e que ela estava aprendendo a pintar e a fazer esculturas de metal complexas, que se mexiam com o vento. E que, recentemente, vinha experimentando com cerâmica queimada. Não comentei que ela tinha acesso a coisas do tipo forjas de metal e fornos de alta temperatura nem que essas coisas eram muito perigosas para uma criança da idade dela. Mas a sra. Gyzinska não me perguntou nada disso.

– Bem – disse ela –, Beatrice é o tipo de menininha que sempre terá uma presença maior no mundo. Eu, pessoalmente, sempre esperei coisas tremendas vindas dela. E como andam... – Ela ficou em silêncio por um bom tempo e completou: – Como andam as demais moradoras da sua casa, minha querida? As... habitantes mais avantajadas?

Malditas bibliotecárias, pensei. Como será que ela descobriu?

Eu não deveria ter ficado surpresa. É claro que ela sabia. Era a sra. Gyzinska, afinal de contas. Soltei um suspiro.

– Bem – respondi –, estão todas... quer dizer, ainda estamos nos acostumando a morar juntas. Elas têm ajudado muito, na verdade. Mas tem sido uma adaptação. – Fiz careta, de leve. – Ou melhor: o que quis dizer é que tem sido uma adaptação *para mim*, basicamente. Beatrice, claro, está feliz da vida. Mas, para mim... depois de tudo o que aconteceu. Ainda é muita coisa para absorver. – Será que fui ambivalente demais? Será que dei a entender que estava constrangida demais? Sendo preconceituosa, até? Provavelmente. Ainda não era fácil falar daquilo. Respirei fundo, bem devagar. – É estranho. Fiquei tão desesperada, por tanto tempo, por ter que criar Beatrice sozinha, sem ajuda de ninguém, e agora que tenho quem me ajude... Sinceramente, disponho de tanta ajuda. Disponho de ajuda saindo pelas orelhas e, bem, às vezes, voando sobre a minha cabeça... E sei que são bem-intencionadas, *sei disso*. Só que, às vezes, *ter ajuda demais* é meio... – tentei encontrar a palavra certa – incômodo. – Eu estava sendo maldosa. Sabia que estava. E ingrata. De repente, fiquei horrorizada, pensando que a sra. Gyzinska poderia me recriminar por isso. – Esse não é o termo certo. É só *muita coisa*. Faz sentido?

Em vez de me recriminar, ela soltou uma risadinha, grave e rouca, seguida por uma série de tossidas secas.

– Faz todo o sentido – disse a sra. Gyzinska. E tossiu de novo, muito, tapou o fone com a mão para eu não ouvir a gravidade dessa tosse, mas ouvi mesmo assim. Meu pai tossia exatamente da mesma maneira. – Desculpe. Estamos na temporada de resfriados. Até parece que um resfriadinho vai me deter.

A sra. Gyzinska não tinha como saber – nem eu – que um resfriadinho teria como detê-la de fato, pouco mais de um ano depois dessa conversa. O que começou como um resfriado se tornaria uma pneumonia, que poria fim à vida dela no dia de Natal de 1965. A lembrança do que estava por vir e a lembrança do que foi dito de fato naquele dia hoje são, para mim, inevitavelmente ligadas. Uma lembrança dentro de outra lembrança. O pontiagudo e o curvo coexistindo no mesmo espaço limitado. Agora, no ponto em que estou, neste *exato* momento, não consigo pensar nessa conversa sem ter vontade de chorar. Contei para ela do diploma – formada com louvor.

– Sim, eu sei – disse, voltando a tossir. – Pena que sua mãe não viveu para ver isso. Sei que ela e eu tínhamos nossas diferenças na fase final da vida. Mas eu gostava muito dela. Sei o que os seus estudos significavam para sua mãe e do que ela estava disposta a fazer para garantir que você continuasse estudando. Sua mãe teria ficado muito orgulhosa de você, Alex. Em algum outro plano de existência, tenho certeza de que está orgulhosa de você, neste exato momento.

De repente, eu não consegui mais olhar para o diploma. Sentia tanta saudade da minha mãe que mal conseguia continuar falando. Segurei a respiração para não desmaiar.

– Sra. Gyzinska – consegui dizer –, eu só… quer dizer… obrigada. Por tudo.

Ela tossiu de novo.

– Bem, o que fiz não foi nada e continua sendo nada. Só interessa o que vai acontecer. E suspeito que será bem interessante. Você não acha?

Falamos um pouco sobre amenidades – o que eu estava estudando, quais eram os professores mais terríveis e sobre alguns livros que ela lera recentemente. E aí nos despedimos. Trocamos cartas depois disso, mas essa foi a última vez que falei com a sra. Gyzinska.

Fui para o telhado do prédio onde eu morava, no qual tínhamos montado uma pequena sala de estar a céu aberto, com um tapete velho que resistia aos elementos. Várias cadeiras surradas e dois bancos robustos em volta de um grande espaço para fazer fogueiras, de tijolos. Peguei alguns gravetos da cesta de lenha, alguns jornais da cesta de papéis, arrumei tudo de um jeito prático e toquei fogo. A fogueira ficou considerável até que bem rápido. Fiquei olhando para o diploma por um bom tempo, pensando na minha mãe, no corpo dela, reduzido a papel, casca e vento. E no meu pai, que se dissipou no trabalho, depois se dissipou na garrafa, depois dissipou e virou nada. Pensei na nossa casa, que era mantida tão meticulosamente pela minha mãe, e agora havia sumido, em um instante luminoso de calor, fumaça e chamas.

– Para a senhora, mãe – falei. Apertei o diploma contra o peito, joguei na fogueira e fiquei olhando ele queimar. – "Aqui, nos serenos confins do mundo" – recitei. – "Uma sombra de cabelos grisalhos vaga, como em sonho / Pelos silenciosos rincões do Oriente / Brumas que ao longe se espalham, cintilantes átrios da alvorada."

Quando minha mãe era viva, o amor que ela tinha pelo poema de Titono me deixava confusa, me deixou confusa quando ela se foi e continua me deixando confusa depois de todos esses anos. Isso nunca me impediu de recitá-lo e de recorrer a ele. As palavras que minha mãe sussurrava se tornaram palavras que eu sussurrava. Eu as empregava com certo incômodo, feito um vestido que, na teoria, serve, mas mesmo assim aperta. Será que a memória apodrece? Será que

. 266 .

murcha, seca e morre? Será que é um grilo no bolso da deusa, que vive apenas pela força de um amor equivocado? Já que eu me apegava à lembrança que tinha da minha mãe, será que isso queria dizer que ela ainda estava comigo? Será que essa lembrança via o que eu via ou sentia o que eu sentia? Eu era órfã de mãe, mas minha mãe estava comigo o *tempo todo*. Isso não bastava. Fechei os olhos, senti o cheiro da fumaça e fiquei ouvindo o papel queimar. Fiquei observando com os olhos da minha imaginação, tentando encontrar os olhos da minha mãe ao fazer isso. Torci para que ela tenha visto. Torci para que ela tenha me visto. Torci para que minha mãe se tornasse maior do que ela mesma na morte. Maior do que uma dragoa. Maior do que tudo.

38

Eu não era, sob hipótese alguma, a aluna típica da universidade. Em primeiro lugar, eu morava a uma boa distância de qualquer alojamento estudantil, numa região de antigas fábricas e galpões desativados. Éramos os únicos residentes. Em segundo lugar, eu tinha uma menina de 10 anos para criar. Uma menina cujo olhar se fixava no céu e que exigia, diariamente, permissão para se dragonizar.

– Ainda não – eu respondia, dia após dia. – Por favor, ainda não. – Apesar de minha reação emocional à essa ideia estar se tornando cada vez menos tensa, o que percebi na época. A cada dia que passava, eu tinha a sensação de estar adiando algo inevitável. Mais do que isso, a distinção da forma corpórea começou a me parecer cada vez mais arbitrária. Talvez fosse essa a função da vida universitária: a gente se despe, inexoravelmente, de todas as noções pré-concebidas e arraigadas. Ou, o que talvez fosse mais provável, Beatrice estava me vencendo pelo cansaço. Todos os dias eu via o rosto dela ao observar um bando de dragoas locais fazer seu voo diário acima das nossas cabeças, quando caminhávamos até a escola: uma cara de dor, esperança e anseio. Nenhuma das escolas primárias da região permitia a presença de alunas-dragoas, e isso me deu minha desculpa original para postergar qualquer transformação de maior impacto: Beatrice ter acesso à educação era prioridade para mim, uma prioridade que precisava ser garantida a qualquer custo. Mas por quanto tempo seria assim? Havia dragoas frequentando universidades, afinal de contas. E dragoas frequentando igrejas. E dragoas encontrando amigas no parque. E dragoas protestando no Capitólio. Todos os dias, no trajeto entre nossa casa e a escola, Beatrice via dragoas ajudando as equipes que podavam as árvores, jardinavam as ruas ou coletavam o lixo.

As dragoas, ao que tudo indicava, estavam por todo lado.

Isso para não falar das dragoas que moravam na nossa casa.

No mês de maio, antes de eu chegar à faculdade, naquela terrível e maravilhosa noite do baile de formatura, quando bandos de garotas recém-dragonizadas jogaram o vestido no chão e alçaram voo alegremente, tia Marla me tirou do ginásio que estava prestes a desmoronar e me levou para um local seguro. Pousamos na calçada da frente do prédio onde eu morava, ofegantes. Beatrice revertera sua dragonização parcial, e esse processo a exauriu tanto que ela se sentou no degrau da entrada e caiu no sono instantaneamente. Minha tia olhou para mim com um olhar subitamente desvairado. Tinha acabado de se lembrar de alguma coisa.

– O seu pai não descobriu, não é? – perguntou, aflita. O ar noturno estava sufocado pelas sirenes. Dragoas voavam em círculos no céu. Um carro passou na rua a toda velocidade e fez o retorno, cantando os pneus, ao avistar tia Marla na calçada. – As contas?

– Que contas? – perguntei.

Ela tapou a boca com as patas.

– O que você ainda tem da sua mãe? Mostre tudo para mim.

Marla explicou que exigiu que minha mãe abrisse uma conta no próprio nome, antes de se casar; no meu nome, quando eu era bebê; e no nome de Beatrice, quando ela era bebê. Todas as três ficavam numa agência em Madison, fora do alcance do meu pai.

– Abrimos as contas com a herança que nossos pais nos deixaram, as economias deles e o pouco que restou da fazenda depois que o banco pegou sua parte, além do parco prêmio do seguro de vida. Depois, nós duas fomos depositando um pouco, todos os meses. Sua mãe teve que esconder isso do seu pai, mas não foi tão difícil assim, já que ele nunca prestou muita atenção nas contas da casa porque era, e digo isso com toda a sinceridade, um palerma sexista e inútil. O dinheiro que eu depositava, contudo, não era nada comparado à quantia que sua mãe fazia render. Eu lhe contei, lembra? Eu disse que ela era uma feiticeira dos números, e não estava brincando. Sua mãe fazia esse dinheiro crescer só de olhar para ele. – Os olhos de Marla brilharam, cheios de lágrimas. – Nunca encostamos num centavo. Ela disse que poderíamos usá-lo na hora certa. Acredito que a hora é este exato momento. Mostre tudo o que você tem dela para mim.

Entrei em casa. Marla ficou lá fora e espichou o pescoço comprido para conseguir apoiar a cabeça na janela. Beatrice ficou encantada. Mal conseguia manter os olhos abertos, mas encantou-se mesmo assim. Uma dragoa. Uma dragoa de verdade. Bem ali no nosso apartamento. Bom, só a cabeça, mas mesmo assim... Que dia maravilhoso.

("Do que a gente chama ela?", perguntou Beatrice, pouco antes de cair no sono de novo. "Ela é minha tia", contei. "Mamãe não gostava de falar nisso. Foi muito triste quando ela foi embora." Eu não estava preparada para contar tudo para Beatrice. E não sabia quando estaria preparada.)

Depois de passar minutos demais remexendo nos papéis aleatórios que meu pai tinha deixado na caixa de correio ao longo dos anos – caixas do banco contendo certidões de nascimento, registros de batismo e coisas do tipo –, finalmente me ocorreu abrir a caixa de madeira entalhada que fora da minha mãe. Aquela que meu pai tinha me entregado em março e que ainda estava escondida dentro do armário. Minhas mãos tremiam quando a coloquei no colo. Marla arregalou os olhos.

– Ah – disse ela, quase num suspiro. – Eu que fiz para a sua mãe. Séculos atrás.

Abri a tranca, levantei a tampa e fui inundada pelos aromas de alecrim, calêndula e tomilho, tudo ao mesmo tempo. Fechei os olhos por um instante e fiquei sentindo o aroma. A caixa parecia ser um lugar para guardar lembranças e recordações – fotos antigas, um hinário, vários anéis, um peixe com cara de assustado entalhado em osso, uma corrente com um pingente de foca, bonequinhas minúsculas feitas com nós e uma régua de cálculo antiquíssima. Percebi que tinha um fundo falso na mesma hora. Eu o tirei, assim como as coisas que estavam por cima, e encontrei dois envelopes de papel pardo, ambos contendo as informações relevantes sobre as contas, assim como o nome, o endereço e o número de telefone do cavalheiro que as administrava.

No dia seguinte, minha tia fez questão de me levar voando até Madison assim que acordamos, apesar dos meus protestos. ("Ninguém vai olhar para nós, nem de relance", insistiu ela. "Ainda mais com tantas dragoas no céu." Tia Marla estava enganada. Por onde andamos, as pessoas paravam e ficavam olhando. Uma velhinha tirou uma foto nossa. Um homem atirou pedras, mas não conseguiu acertar na gente.)

Marla ficou esperando com Beatrice do lado de fora do banco quando fui falar com o funcionário. Ele tinha mais ou menos a mesma idade do meu pai, dedos finos e delicados, e usava um terno de lã meio encardido. Esse homem era amigo da minha mãe do tempo da escola e, assim que me viu, levou a mão ao coração por um instante.

– Você deve ouvir isso o tempo todo, com certeza, mas você é uma cópia exata dela – falou, sem ar. Eu apenas sorri. Na verdade, ninguém nunca havia me dito isso. O homem do banco me mostrou os extratos e explicou que vinha simplesmente seguindo as instruções algorítmicas e precisas da minha mãe, que eram o motivo para o fundo ser tão bem-sucedido. – Ela era um prodígio, sua mãe. O mais absoluto prodígio – disse o gerente, maravilhado. Faziam parte do fundo ações de uma pequena fazenda que obtinha um lucro minúsculo todos os anos, porque minha mãe exigiu que o dinheiro fosse ligado à terra, e um prédio na área industrial que ficava tanto fora de mão quanto não muito longe do campus. E que, no momento, estava sem inquilinos, explicou o gerente, constrangido.

Eu ainda não tinha encontrado um lugar para morar. A busca da sra. Gyzinska por fundos disponíveis, até então, tinha sido infrutífera. Olhei para o mapa. O prédio ficava a uma curta distância do campus, dava para ir de bicicleta.

– Ótimo – declarei. – Vamos deixar assim por enquanto.

E me mudei para lá com minha irmã. E com quatro dragoas: Marla, Clara, Jeanne e Edith.

Clara, a cantora. Jeanne, a especialista em construções. Edith, a cuidadora. Marla, que garantia o funcionamento de tudo. A presença delas foi ideia da minha tia – ou melhor: exigência.

– Você vai precisar de ajuda – disse, num tom objetivo que imediatamente achei irritante –, e estamos aqui. Alex, passei anos demais sem intervir quando deveria ter intervindo e sem me pronunciar quando deveria ter me pronunciado. Mas sou sua tia. E sou… – Ela não teve coragem de dizer "mãe de Beatrice", mas as palavras pairaram no ar do mesmo jeito: ainda sem serem reconhecidas e ainda verdadeiras. Tia Marla fechou os olhos por um instante e se recompôs. Agachou-se e me olhou nos olhos. – Eu estou aqui agora. E eu insisto.

As dragoas eram grandes, óbvio. E barulhentas. Discutiam alto, falavam alto, tinham uma presença gigantesca. Beatrice se deu bem com todas logo de cara: ficava boquiaberta ao ver seu reflexo nas escamas cintilantes, subia na garupa delas e se pendurava em seus pescoços compridos e encantadores. Sentava-se no colo delas, contava histórias e estava maravilhada de ter alguém diferente com quem conversar. Eu, por outro lado, estava acostumada ao mundo escondido e controlado em que vivia com minha irmã. Que eu cuidava e administrava completamente sozinha. Éramos só Beatrice e eu, donas do nosso próprio universo em miniatura. E aí, de uma hora para a outra, fui obrigada a dividir esse universo. Levei um bom tempo para ficar em paz com isso.

Assim que nos mudamos, derrubamos várias paredes e telhados externos para permitir mais liberdade de movimentos às residentes de tamanho mais avantajado. As dragoas resolveram aprender olaria – buscavam argila na região sudoeste do estado de Wisconsin (onde as cores são mais bonitas) e usavam seus próprios recursos para acender os fornos. Depois construíram, com esses tijolos, um forno grande e, subsequentemente, adotaram a prática da padaria. E ficaram muito boas nisso, vendiam seus produtos para restaurantes e cafés refinados e tinham uma barraquinha na feira livre. As pessoas de Madison, em termos gerais, tinham a tendência de fazer negócios com dragoas com muito menos desconfiança do que o povo da minha cidadezinha natal. É uma cidade universitária, afinal de contas, o que leva as pessoas a terem certo nível de mente aberta. Existia até um tipo de pessoa natural de Madison que não media esforços para comprar pão exclusivamente das padeiras-dragoas e falava, em alto e bom som, que tinha muito orgulho de fazer negócios com dragoas e que era terrível o fato de certas pessoas não conseguirem deixar de lado os próprios preconceitos. Minha tia adorava esse tipo de freguês, porque podia contar que sempre levariam mais alguma coisinha. E também davam gorjetas.

– Renda é renda – Marla costumava dizer. – Por mais insuportável que seja a fonte.

Ela tinha a esperança de que os esforços das quatro seriam capazes de gerar renda suficiente para nos manter quando o dinheiro da minha mãe acabasse – tínhamos o suficiente para financiar o que faltava dos meus estudos, para guardar e pagar os estudos de Beatrice e para cobrir as despesas do dia a dia de duas meninas e quatro dragoas por um tempo. Mas, uma hora, íamos precisar de outra fonte de renda.

Eu era grata, honestamente, pela ambivalência do meu pai em relação à minha mãe e pela preguiça que ele tinha em relação às suas obrigações de pai. Se ele soubesse das contas da minha mãe, as teria liquidado, com certeza – e engolido cada gota. Eu também era grata pelo fato de minha tia estar presente para explicar o que tudo aquilo significava. Quando fiz 18 anos, logo depois do baile, fui emancipada. Herdei tudo o que minha mãe havia deixado para mim, mas também herdei minha própria vida. Era uma sensação estranha. Também me tornei responsável legal por Beatrice, de direito, além de ser de fato. Não deveria ter feito diferença, mas com certeza *fez*.

As dragoas, ao que tudo indicava, faziam parte do pacote.

E eram habilidosas. Trocaram o encanamento, consertaram a parte elétrica e até instalaram uma lava-louças automática, coisa que parecia um milagre moderno. Encontravam móveis descartados e traziam voando, decoravam com bom gosto e faziam mesas, cadeiras confortáveis e estantes bem altas. Marla construiu um tanque e vários fogões à lenha, que mantinham todos os cômodos aquecidos durante o inverno. Montaram uma bancada de trabalho com ferramentas numa parte do prédio e plantaram uma horta no quintal. Montaram quartos para mim e Beatrice, separados, para termos privacidade, mas conjugados, para termos proximidade. E fizeram uma sala de estudos para mim, com telescópio e lousa para resolver grandes problemas, e construíram uma parede de escalada para Beatrice. Fizeram até uma estufa no telhado, com uma grande área para relaxar ao lado, cheia de árvores frutíferas plantadas em vasos, arbustos de frutas silvestres e uma videira que subia pela parede dos fundos.

Não era um lugar confortável, mas até eu tinha que admitir que, com certeza, poderíamos estar bem pior.

Na manhã seguinte à minha conversa com a sra. Gyzinska, peguei minha pasta, que estava pendurada num dos ganchos firmes instalados ao lado do que antes era a entrada de fornecedores.

– Alex, você está indo para a aula, querida? – perguntou minha tia, gritando do outro lado do prédio.

Soltei um suspiro e encostei a testa nos tijolos. *Seja gentil*, disse a mim mesma, com firmeza. *Seja gentil, seja gentil, seja gentil.* Parecia que tudo o que Marla fazia me irritava. Ela estava sempre *por perto*. E *se preocupava tanto* que era difícil de respirar. Além do mais, ela era simplesmente *dragônica*. As circunstâncias da minha vida não me permitiram ser uma adolescente normal. Mas parecia que agora, de tempos em tempos, todos aqueles anos de petulância adolescente protelada se avolumavam dentro de mim, involuntariamente, e eu fazia de tudo para não dizer algo do qual pudesse me arrepender.

Pus a pasta a tiracolo, a alça cruzada no corpo, o peso dos meus estudos apoiado em meus quadris. Eu não estava muito a fim de conversar. E agradecia por ter quatro babás enormes para ficar paparicando Beatrice, fazer o jantar para ela, trançar o cabelo dela, ajudá-la com a lição de casa e verificar se tinha escovado os dentes, mas eu ainda era… fria com minha tia.

Marla é que foi embora, afinal de contas. Abandonou Beatrice no berço. Abandonou a irmã. E me abandonou. *Por anos e anos*. E, até então, não tinha pedido desculpas. E, até então, eu não tinha perdoado minha tia completamente.

– Alex? – A cabeça grande da minha tia brotou no corredor. Dei um pulo de susto. – Você me ouviu?

– Quê? Não, não ouvi. Desculpe. Devia estar perdida em pensamentos. Trabalho da faculdade, sabe? E… coisas de Matemática. – O que não era verdade. Ainda não sei por que sentia essa necessidade de mentir, mas mentia o tempo todo. Força do hábito, talvez. Minha tia espremeu os olhos. Um dos efeitos colaterais de ter sido casada com um bêbado é que ela não deixava escapar muita coisa. Marla não disse nada, ficou óbvio que resolveu deixar para lá. – Vou voltar tarde – falei, dando um meio-sorriso. Empurrei a porta pesada com a bota. – Por favor, não deixe Beatrice se dragonizar enquanto eu estiver fora.

Ultimamente, Beatrice aprendera a se dragonizar parcialmente e voltar a seu estado de menininha quando bem entendia. Isso sempre acontecia aos pingos – presas cintilantes brotavam da boca ou escamas douradas brilhavam nos braços, de cima a baixo. Uma vez, fez garras brotarem no meio do ensaio de flauta, durante a aula de música. Era difícil manter essa criança calçada, já que de vez em quando as garras brotavam e furavam os sapatos. Às vezes, Beatrice fazia os olhos se dragonizarem só para assustar os meninos da escola. E se tornou boa nisso também. As tias-dragoa, como ela as chamava, ficaram intrigadas com isso – nenhuma das quatro sabia que tal coisa era possível. Se isso era em função da plasticidade da infância – e, por definição, algo temporário – ou se era algo específico de Beatrice, era um mistério. A pesquisa sobre esse assunto era escassa, e era impossível obter informações confiáveis. Eu sabia que isso mudaria uma hora ou outra – tinha que mudar –, mas isso não mudava o fato de que estávamos, basicamente, tateando às cegas no que tocava aos efeitos a longo prazo na saúde e no bem-estar de Beatrice.

Talvez ela continuasse capaz de se dragonizar e de se desdragonizar quando bem entendesse. Talvez, sem querer, ficasse presa numa forma que não queria. Talvez houvesse sequelas. Simplesmente não tínhamos como saber. Eu ficava preocupada com isso. As dragoas com quem eu dividia a casa também ficavam preocupadas. Queríamos que Beatrice tivesse uma infância normal – bom, o mais normal possível, já que morava num antigo armazém cheio de responsáveis assustadoras. Minha tia pigarreou.

– Só para lhe avisar que algumas senhoras...

– Dragoas, você quis dizer – falei, num tom mais contundente do que eu pretendia.

Minha tia deu um sorriso discreto, o mais discreto possível para uma dragoa.

– Sim, claro. Dragoas. Virão me visitar. Hoje à noite, depois que Beatrice for para a cama. Bem, eram minhas amigas há muito tempo atrás. Não voltam para a Terra desde 1955. Exploração interplanetária. Uma se meteu no olho da tempestade de Júpiter. Simplesmente incrível. Achei que, de repente, você ia querer fazer algumas perguntas, dados os seus interesses. Se quiser passar para conhecê-las...

– Vamos ver. Estou escalada para trabalhar no observatório hoje à noite. Muita coisa para fazer. Não sei quanto vai demorar. Tenho que ir.

E saí porta afora, sem olhar para trás. Eu estava sendo injusta. Sabia que estava sendo injusta. E maldosa. Minha tia queria que formássemos uma família. Mas Beatrice era a minha família. Quanto de família a gente precisa, aliás?

A janela do terceiro andar se escancarou e Beatrice pôs a cara para fora.

– Tchau, Alex! – gritou ela, acenando loucamente.

– Mocinha – ouvi Edith chamando a atenção de Beatrice lá dentro. Edith que, não raro, ficava sobrecarregada só de cuidar de Beatrice. – Você já está trinta minutos atrasada para ir para a aula. Ponha já esse sapato!

– Mas estou horas e horas adiantada se a escola for no Havaí, tia Edith – berrou Beatrice. – Vamos voar para o Havaí!

Beatrice começou a chamar todas as quatro dragoas que moravam conosco de "tias" no dia em que fomos morar juntas. Até Marla era tia Marla para ela. À medida que os meses foram passando, continuei reparando que Marla se demorava quando penteava o cabelo de Beatrice e que levava as mãos ao coração quando ouvia a voz dela.

Eu precisava contar tudo para Beatrice. Mas ainda não estava preparada.

– Seja inteligente na faculdade, Alex! – Beatrice acenou, sorrindo. Fechou a janela. Eu tinha absoluta certeza de que ela não tinha a menor intenção de procurar o sapato. Beatrice preferia seguir sua própria noção de tempo. Soltei um suspiro. Se não fossem as dragoas, seria eu quem estaria tentando obrigá-la a fazer isso. Brigando com ela. Exigindo que obedecesse às regras. Exigindo que se submetesse. Era um alívio, francamente, deixar isso para trás.

Tentei ser grata pelas dragoas.

Era uma caminhada de um quilômetro e meio até o prédio onde eu teria a primeira aula do dia. Às vezes, ia de bicicleta, outras pegava o ônibus municipal. Mas, quando tinha tempo, preferia ir andando. Estávamos no mês de novembro, só que o tempo ainda estava estranhamente quente. As árvores estavam desfolhadas, a relva marrom era clareada pela geada, mas o céu era de um azul cintilante, e o sol brilhava, quente e próximo. Fechei os olhos por um instante e levantei o rosto, absorvendo o calor e a luz.

Sem querer, lembrei-me das meninas se dragonizando. E me lembrei dos vestidos delas na pista de dança, das peles descartadas, rolando delicadamente até o chão, feito cascas de cigarra. Eu não ouvi o chamado naquele dia, no baile, quando muitas das minhas colegas ouviram. E não me transformei quando elas se transformaram. Meu corpo ainda era meu corpo. Eu ainda era *eu*. E, mesmo assim… Eu tinha dor nas costas e dor na ponta dos dedos. O tempo todo. Meus ossos rangiam feito molas encolhidas. Minhas costas eram minhas costas, mas, às vezes, sentia asas-fantasma. Minhas mãos eram minhas mãos, mas, às vezes, eu sentia garras-fantasma. E presas-fantasma. E, dentro da minha barriga, ardia um fogo. Eu não conseguia explicar. Não tinha como obter informações confiáveis. Não tinha como saber o que estava acontecendo comigo – ou se estava acontecendo alguma coisa. Talvez titia estivesse enganada. Talvez algumas mulheres não fossem mágicas. Talvez todos os meus sintomas fossem psicossomáticos. O cérebro é poderoso, afinal de contas.

Não fazia diferença. Eu não queria me dragonizar, de todo modo. Eu gostava do meu corpo do jeito que era.

Quer dizer. Eu tinha quase certeza disso.

39

A caminho da faculdade, avistei Sonja.
Não acreditei que era ela.
Eu a tinha imaginado tantas vezes, desde aquela tarde em que meu pai a arrastou até a casa dela, que comecei a questionar até se Sonja um dia existiu de verdade. Eu a enxergava, de relance, na escadaria, no vestiário ou no bebedouro. Várias vezes, pensei tê-la visto na biblioteca, na rua ou dirigindo um carro. Todas as vezes, quando olhei de novo, me dei conta de que era apenas outra menina loira, castanha ou até de traços completamente diferentes. Uma vez, achei que uma mulher de meia-idade, com filhos, era Sonja. Outra vez, a confundi com um homem de terno. E outra, com uma freira idosa. Toda vez eu sacudia a cabeça ou dava um tapinha na minha própria mão. *Tome jeito*, dizia a mim mesma, ríspida.

Parei na rua State para comprar alguma coisa para comer — minha tia tinha razão, claro, e me dei conta de que estava com fome no instante em que saí de casa. A rua State estava, mais uma vez, lotada de gente, e era difícil andar com aquela multidão e as barricadas. Mais um protesto. Dois, na verdade. De um lado da rua State ficavam os manifestantes antidragoas ("O CONCEITO DE WISCONSIN NUNCA INCLUIU MONSTROS!", dizia um dos cartazes. "DRAGOAS SÃO BURRAS", dizia outro), e do outro lado, ficavam as dragoas e quem as apoiava. ("MEU CORPO, MINHAS REGRAS", declarava o cartaz de uma dragoa. "NOSSA VIDA É MAIOR DO QUE VOCÊ PENSA", dizia outro. "HOMENS DE VERDADE AMAM DRAGOAS", insistia o cartaz segurado por um homem meio desmazelado, de rabo-de-cavalo, que olhava todo esperançoso para uma dragoa próxima.) Parei por alguns minutos para cumprimentar o pessoal que estava distribuindo folhetos e se manifestando a favor da aceitação das dragoas — um menino da minha aula de Astronomia, duas meninas do meu seminário de Matemática e uma dragoa chamada Milly, do meu grupo de estudos de Física.

Depois de alguns minutos, o menino – o nome dele era Arne – olhou atrás de mim e espremeu os olhos, procurando alguém na multidão. E então sua expressão ficou radiante.

– Ah, ei! – gritou Arne, acenando loucamente para alguém. – Pessoal – disse ele, dirigindo-se a nós –, venham conhecer minha prima.

Eu estava com a boca cheia de sanduíche de queijo quando virei para trás e soltei um suspiro de assombro. A barulheira da multidão – gritando *slogans*, tocando música, soprando cornetas, batendo tambores e berrando – cessou completamente. Foi substituída por um zumbido agudo e alto nos meus ouvidos. Uma moça se aproximou, sorrindo para Arne. Ainda não tinha me reconhecido.

Os olhos castanhos contrastavam com a pele clara, e o cabelo loiro quase branco estava preso numa trança que caía nas costas. Era... ai, meu Deus. O rosto dela. *O rosto de Sonja*. O mundo inteiro parou. *O rosto de Sonja*. Minhas bochechas ferveram. *O rosto de Sonja*. Eu fiquei sem ar. *O rosto de Sonja*. Minha visão ficou borrada, e a rua, as pessoas, os cartazes, os prédios e aquele céu tão aberto começaram a girar, tudo ao mesmo tempo. Tentei dizer alguma coisa, mas não saiu nada.

– Ai, meu Deus – disse Arne. – Você se engasgou, Alex?

Depois que meus amigos bateram algumas vezes nas minhas costas, Milly, a dragoa, me virou de cabeça para baixo e me sacudiu, e o pedaço de sanduíche preso no meu esôfago saiu violentamente. Caí de joelhos, arfando. Limpei o rosto no casaco e fiquei em pé. *O rosto de Sonja*. De repente, tive plena consciência de mim mesma, de um jeito que não tinha há muito tempo. O meu cabelo, que estava muito mais comprido do que eu gostaria, batia nos meus ombros e estava quase tapado pelo chapéu. (Eu nunca havia pensado no meu chapéu na vida, nem tinha me dado o trabalho de perguntar se, por acaso, ficava com cara de idiota quando o usava. Mas, naquele momento, só consegui pensar *Ai, Senhor, será que estou com cara de idiota com esse chapéu?*, sem parar, como num circuito infinito). Tinha sanduíche de queijo preso nos meus dentes, e eu tinha quase certeza de que não lavava a calça de veludo que estava usando há mais de uma semana. Provavelmente, há mais de um mês. Eu estava com um blusão que Clara tinha tricotado, e o tricô, francamente, não era uma de suas maiores habilidades. Sendo assim, apesar de o blusão certamente ser quente, também era cheio de bolotas, mal-ajambrado e de um tom horroroso de ferrugem. Tomei consciência, constrangida, das minhas próprias mãos, me dando conta de repente de que não tinha ideia do que fazer com elas, e percebi que devia estar parada com uma postura esquisita, mas não conseguia me lembrar de como se faz para organizar o corpo e agir feito uma pessoa normal. *O rosto de Sonja. O rosto de Sonja.* Como alguém podia ficar ali, agindo normalmente, quando Sonja estava...

– Alex? – disse Sonja. Suas sardas estavam mais escuras do que da última vez que a vi e se destacavam na pele, feito pedras preciosas. As bochechas e lábios estavam mais corados por causa do vento gelado de novembro. Sonja estava de jaqueta de franjas e botas pintadas à mão, com desenhos de flores, montanhas e trolls, e uma camiseta da Universidade do Wisconsin. *Não acredito*, pensei. *Fazemos a mesma faculdade. Ela estava aqui esse tempo todo.* Sonja piscou. Estava chorando. – É você, Alex! Não posso acreditar!

– Sonja – consegui falar, mas não precisei dizer mais nada, porque, ainda bem, ela me abraçou bem apertado. Tinha cheiro de cravo e canela e de alguma coisa metálica, mais química, que depois eu identificaria como sendo das tintas de seu ateliê. Naquele mesmo instante, percebi as cores infiltradas nas cutículas em volta das suas unhas.

– Você não vai nos apresentar? – reclamou Milly. Arne se desculpou e apresentou todo mundo e, de repente, eu me lembrei de ver as horas.

– *Merda* – falei. – Estou atrasada. – Eu não queria ir embora. – Titubeei, dei outro abraço em Sonja, depois mais um, e tive a sensação de que o mundo havia parado de girar por um instante e de que tudo havia parado: o vento, os gritos da multidão, as perguntas capciosas dos meus amigos, tudo sumiu. O que era o tempo, aliás? A única coisa que poderia existir era o agora. Só existia este exato segundo. Todo mundo à nossa volta tremia de frio e batia os pés no chão, mas eu só conseguia sentir o calor do corpo de Sonja nos meus braços, o calor do rosto dela encostado na minha pele. Doía ter que me afastar. – Ele pode te dar meu telefone – falei para Sonja, com uma voz rouca e desesperada, enquanto apontava para Arne. – Eu lhe escrevi tantas cartas e... – Cerrei os dentes e parei de falar. Não confiava na minha voz. Sonja pegou minha mão. E depois minha outra mão.

– Eu também – disse ela, sacudindo a cabeça. – Minha avó não me deixou enviar. Disse que iria prejudicá-la. Escrevi para Beatrice também. Guardei todas essas cartas, Alex. Cada uma delas. Tenho uma caixa cheia. Tive tanto medo de vocês me esquecerem. – Sonja me deu mais um abraço. – Não acredito que é você mesmo.

Os manifestantes nos rodearam. Rapazes atiraram pedras uns nos outros, pessoas começaram a brigar, conflitos irromperam entre os lados contrários. Depois fiquei sabendo que várias pessoas foram presas naquele dia. Houve um pequeno foco de incêndio no meio da rua. As pessoas se xingavam e vaiavam. Não percebi nada disso. Segurei as mãos de Sonja. Não conseguia suportar ter que soltá-las.

– Ligue para mim assim que puder – falei. – Tenho que ir, mas preciso vê-la. Assim que possível. Tenho tanto para contar.

Dei as costas e fui correndo para a aula. Parei rapidamente e olhei para trás. Vi que alguém tinha entregado para Sonja um cartaz escrito "SOMOS TODOS PRECIOSOS" com desenhos de silhuetas de pessoas e dragoas de mãos dadas. Ela o segurou bem alto, feito uma bandeira.

Acho que meus pés não encostaram no chão pelo resto da manhã.

Ao longo do mês seguinte, vi Sonja todos os dias, várias vezes por dia. Não fazíamos nenhuma aula juntas – ela era aluna do curso de Artes com habilitação em Literatura, e todas as matérias que fazia eram do outro lado do campus –, mas nossos intervalos eram mais ou menos na mesma hora, e a gente conseguia se encontrar na biblioteca, em alguma lanchonete ali por perto ou em alguma das áreas de convivência. Dávamos uma volta pelo lago e ficávamos horas sentadas no banco, vendo a neve cair sobre as finas camadas de gelo recém-formado. Sonja foi me visitar em casa e conheceu minha família. Foi a primeira vez que chamei a turma de "família". Marla tentou disfarçar, mas vi quando se virou de costas e secou as lágrimas com a ponta da cauda, depois ficou remexendo na bolsa, procurando um lencinho.

E isso não acontecia só quando Sonja estava lá em casa. Eu me tornei mais presente com todo mundo. Parava para conversar com Jeannie. Ajudava Edith a fazer os pães. Perguntava sobre motores para Marla. Não revirava os olhos quando as quatro ficavam juntas, de pernas enroscadas, lendo livros de literatura em voz alta – Dickinson, Shelley ou Proust.

Minha tia, obviamente, ficou toda empolgada com aquilo e fazia questão de elogiar Sonja e convidá-la para jantar sempre que possível. Beatrice exigia que Sonja se sentasse ao lado dela na mesa e, de vez em quando, se exibia, fazendo uma dragonização parcial – mas só de vez em quando, porque isso a deixava muito cansada e porque as demais dragoas censuravam, vociferando. Beatrice, então, exigia que Sonja fizesse uma sessão de desenho ou de jogos de tabuleiro com ela aos fins de semana, ou a convidava para ficar sentada no telhado com nossas tias-dragoa, comendo *marshmellows* assados na fogueira. Sonja e eu passávamos horas e horas sentadas lá em cima, pondo lenha na fogueira e observando as estrelas ou a neve, eu sentindo o peso do corpo dela encostado no meu, com o rosto apoiado em seu ombro, conversando sobre o mundo e tudo o mais que havia nele, até bem tarde da noite. Passávamos todos os minutos possíveis juntas. Faltavam minutos no dia. Na vida como um todo.

O avô dela morrera há dois anos, mas a avó ainda estava viva e pintava num pequeno apartamento em Madison, não muito longe do campus. Sonja ia visitá-la todos os domingos. A sra. Blomgren não queria me ver, contudo – foi meu pai quem mandou despejá-los, afinal de contas, e é difícil abrir mão de certas mágoas. Tentei não levar isso para o lado pessoal. Sonja nunca falava da mãe, e eu ainda não tinha perguntado a respeito. De início, ficava meio envergonhada na presença da minha família dragonizada, depois sua curiosidade foi crescendo, depois, a intimidade. Ela ajudava a fazer pão e aprendeu um pouco sobre olaria. E até se dedicou a soprar vidro.

– Ela se encaixa direitinho, você não acha? – perguntou Marla, certa noite, quando estávamos terminando de lavar a louça. Sonja e Beatrice estavam deitadas no chão, de barriga para baixo, desenhando castelos. Sonja apoiou a mão no punho cerrado e olhou para mim. Sorriu. Fiquei corada. Marla dilatou as narinas e segurou para não sorrir.

– Como eu disse… – resmungou.

Minhas notas baixaram? Um pouco, talvez.

Talvez tenha valido a pena.

40

As provas finais chegaram e passaram, e eu passei noites em claro para que meu nome ficasse no topo da lista quando os professores divulgassem as notas. Meu orientador de cara azeda me ofereceu um emprego de assistente de laboratório: "É o tipo de coisa que alunos que pretendem fazer doutorado podem se interessar. Suponho que você seja um deles". Mesmo quando me elogiava, parecia que estava tomando vinagre. Eu disse "sim" antes de ele terminar a frase. Comecei a trabalhar como voluntária no laboratório de Astronomia algumas noites na semana. A sra. Gyzinska, sabe-se lá como, tinha conhecimento de tudo isso e me mandou um exemplar antigo de *Ideias e opiniões*, de Albert Einstein (com uma dedicatória para ela feita no dia da publicação, escrita pelo próprio Einstein – será que existia alguém que aquela bibliotecária não conhecia?), junto com uma plantinha num vaso. A sra. Gyzinska incluiu um bilhete escrito "Isso me pareceu apropriado" e mais nada. Nesse meio-tempo, a avó de Sonja me perdoou ao ponto de fazer um cachecol de tricô para mim, com um *trollzinho* de feltro costurado na ponta. De maneira geral, concluí meu primeiro semestre na faculdade com sucesso.

Eu não me esqueci de que havia prometido para a sra. Gyzinska que faria uma visita ao Dr. Gantz. Durante todo o semestre, eu marcava na agenda e reservava um tempo para isso. E, todas as vezes, quando dei por mim, estava em dúvida, sem vontade de ir. Precisava vê-lo, sabia disso, e não só porque tinha prometido. Eu tinha *perguntas*, muitas das quais não me deixavam dormir. Mas eu não tinha cem por cento de certeza de que queria saber as respostas.

Um dia antes do feriado de Natal, fui até o prediozinho depauperado num canto do complexo da Escola de Medicina e desci vários lances de escada, até chegar à sala do Dr. Gantz.

Eu não tinha ligado para avisar. Não fez diferença.

– Ah! Visita! – exclamou ele. – Entre, por favor!

Não sabia se era porque antes eu tinha visto o doutor no escuro, mas ele me pareceu muito mais velho do que eu me lembrava. Chocante de tão velho. Sua cabeça tinha formato de cogumelo e era quase toda careca, com manchas da idade espalhadas pelo couro cabeludo. Os olhos eram castanhos e devem ter sido afetuosos um dia, mas agora estavam borrados pela nuvem azulada do glaucoma. A pele de lenço de papel era cheia de dobras, e os dedos nodosos se arrastavam por cima de uma pilha de papéis repletos de números e diagramas.

– O senhor se lembra de mim? – perguntei.

– Como poderia me esquecer? Você achava que dragoas eram vacas. – Fiquei corada, mas o doutor não percebeu. – Ou talvez pássaros. Sinceramente, fiquei meio receoso de que nossa querida Helen pudesse ter se enganado quanto ao seu potencial.

Enfiei as mãos nos bolsos, já profundamente arrependida de ter ido até lá.

– Também já pensei muito nisso, para ser sincera – admiti.

O rosto redondo do Dr. Gantz foi tomado por um sorriso que mais parecia o de uma abóbora de Dia das Bruxas.

– Estava torcendo para encontrá-la, na verdade. Gostaria que você não tivesse demorado tanto… Não estou ficando mais jovem, sabe? Os homens da minha idade caem mortos de uma hora para outra. Ainda bem que a sra. Gyzinska me manteve informado de suas conquistas acadêmicas neste semestre. – *Claro que manteve*, pensei, perplexa. – Parabéns. – Ele então ergueu a taça de chá, fazendo um brinde em minha homenagem. – Você está muito bem encaminhada.

O doutor fez sinal para eu me sentar, foi logo se ocupando de ligar a chaleira elétrica e pediu para a secretária trazer uma garrafinha de leite e duas canecas.

– Não, sério – protestei. – Não precisa. Não quero incomodar. – Eu tinha uma pergunta a fazer, no fundo do meu ser, que se remexia e coçava. Mas não estava preparada para fazê-la. Ainda não.

– Que bobagem, que bobagem. Sinta-se em casa. Tão poucos alunos vêm me visitar. Podemos muito bem transformar sua visita numa ocasião especial. – Ele chamou a secretária de novo. Como não obteve resposta, foi procurar um bule. E chá. E, ao que tudo indicava, uma garrafa de leite. Sentei numa cadeira de escritório e fiquei esperando.

As paredes eram uma profusão de obras de arte, gráficos esotéricos, documentos antigos e fotografias emolduradas. Alguns mapas antigos. Cartazes. Não havia um centímetro quadrado sequer que não estivesse ocupado. As estantes estavam lotadas de geringonças e instrumentos estranhos, pilhas de fósseis variados e tigelas cheias de escamas cintilantes. Tinha uma caixa de madeira aberta no chão, repleta de dentes enormes, foi o que me pareceu. Também havia esculturas, vitrais e cata-ventos. Nada daquilo parecia algo que deveria estar na sala de um cientista. Tinha várias gravuras medievais retratando dragões atacando vilarejos, sentados serenamente no topo de montanhas ou vigiando a entrada de cavernas. O Dr. Gantz tinha mais ou menos uma dúzia de fotografias de esculturas e pictogramas muito antigos, assim como uma foto de uma tapeçaria que, pelo que pude perceber, retratava pessoas, tanto homens quanto mulheres, dançando, em plena transformação. Ele tinha três gravuras diferentes da anatomia dos dragões: uma moderna, uma da época do Iluminismo e outra tirada de um papiro egípcio. Tinha uma fotografia fora de foco de uma mulher na metade do processo de dragonização. As mãos dessa mulher eram nuvens. O vestido estava despedaçado. E ela tinha uma expressão de alegria feroz.

A chaleira apitou, o doutor foi até ela, meio mancando, e começou a se ocupar do chá.

– Como eu estava dizendo, fiquei esperando você aparecer – disse ele. – Mas, mais do que isso, estava torcendo para me dar a honra de me convidar para ir à *sua* casa. Sei que pode parecer ousadia, mas me dedico a isso há muito tempo e tenho algumas… *perguntas* para lhe fazer. Ou melhor: alguns tópicos que aguçam minha curiosidade em relação à estrutura e à organização do seu lar. – O doutor derramou a água fervente nas folhas e cobriu tudo com um abafador. E acionou um temporizador. Percebeu que eu estava olhando. – Chá exige precisão, entende, para ser feito direito. Sou cientista, afinal de contas. E os detalhes são importantes. – Ele deu uma piscadela.

Cruzei as mãos em cima da barriga e apertei. O cheiro do escritório – de desinfetante, poeira e mofo subterrâneo – estava me dando enjoo. Ou, talvez, fosse o nervosismo.

– O que mais ela lhe contou? – Eu não precisava dizer quem "ela" era.

O Dr. Gantz se sentou na mesa, uniu os dedos e apoiou o queixo nas mãos. Deu um sorriso.

– Ah. Céus. Tudo. A seu respeito, com certeza. Provavelmente, mais até do que você mesma sabe. É a cara da Helen.

– Li seu livreto – falei. – *Dragonização explicada por um médico*. Eu quero fazer uma pergunta e…

– Espero que você tenha se esquecido do que leu na mesma hora. Um ano depois de ter escrito, já me dei conta de que boa parte do conteúdo estava errado. Agora, acho que quase tudo está errado.

– Claro. – Fiz que sim e bati no queixo com a ponta do dedo algumas vezes, um gesto de nervosismo que eu havia adquirido, e tia Marla vivia falando que, se eu não cuidasse disso, ia ficar com espinhas. – Minha tia me deu há muito tempo. Quando eu era pequena.

– Sim, sua tia – nessa hora, o Dr. Gantz sorriu. – Marla. Fazia parte do grupo que eu estudei. É incrível como a Ciência funciona, às vezes: uma pedrinha é capaz de nos fazer compreender a natureza da montanha. Ou uma simples e extraordinária partícula pode revelar grandes verdades sobre as estrelas. Eu gostava muito de Marla. E da... amiga especial dela. Eu estava lá naquele dia terrível, em que o coração de sua tia se partiu para sempre.

– Bom – falei, franzindo o cenho –, não foi para sempre, na verdade. Edith mora conosco agora.

Os olhos do doutor brilharam. Ele pegou um bloco de taquigrafia e anotou alguma coisa.

– Isso, mocinha, eu não sabia. – Então parou de anotar e bateu palmas. – Sei algo que Helen Gyzinska não sabe. *Isso nunca acontece*. Que maravilha! – O Dr. Gantz deu alguns pulinhos, sentado na cadeira, e anotou mais alguma coisa. – Como será que as duas acabaram se encontrando?

– Não faço ideia – respondi. – Nunca perguntei. – E me remexi na cadeira, constrangida.

O doutor continuou anotando no bloco de taquigrafia.

– As duas ainda são apaixonadas? – perguntou, num tom leve e neutro, sem tirar os olhos do bloco.

A pergunta me surpreendeu. *Apaixonadas?* Isso nunca tinha passado pela minha cabeça. As duas eram apenas pessoas adultas que, sabe-se lá como, se aproximaram da minha esfera, invadiram minha vida e me ajudavam, cada uma a seu modo. Nunca cheguei a pensar em suas emoções, motivações ou sentimentos. Todas as quatro dragoas dormiam juntas, enroscadas, dentro de um ninho que tinham feito no canto. Caudas enroladas na barriga, braços e pernas entrelaçados. Nunca pedi para me informarem qual era o nome daquilo, e nunca me informaram. Elas trabalhavam juntas, cuidavam umas das outras e admiravam as habilidades, o esforço e o bom humor das demais. Elas simplesmente se abraçavam. Davam boa-noite com ternura e se beijavam pela manhã. E todas eram boas mães para Beatrice.

Apaixonadas. Fiquei revirando essa ideia na minha cabeça, tentando ter uma noção de seu tamanho, peso e formato.

– Sim – falei, compreendendo tudo aquilo pela primeira vez. Fiquei com a sensação de ter um clarão de luz dentro da minha cabeça. – Muito. Todas as quatro são muito apaixonadas, creio eu. – Pus as duas mãos no rosto. Eu não tinha dado um abraço em Marla desde que ela havia voltado, mas agora estava morrendo de vontade de abraçá-la. Pensei em Sonja. Se aquelas dragoas estavam apaixonadas, eu *estava o quê?* Eu passava todos os dias na companhia de Sonja. Passava cada minuto que podia com ela. A gente estava sempre grudada. Ainda. Havia uma certa névoa quando pensava em dar um nome para o que eu sentia, para o que éramos uma da outra. De repente, senti uma profunda necessidade de saber, mas fiz de tudo para deixar esse pensamento de lado e voltar nele depois. Eu estava falando das minhas tias. Olhei bem nos olhos do doutor e completei: – É algo incrível de tão legal, na verdade.

– Bem, claro que é – disse ele, anotando alguma coisa. – É assim que o amor funciona. É por isso que todos estamos aqui, afinal de contas. E é por isso que seguramos as pontas.

Fiquei calada e tive a sensação de que assim permaneci por um bom tempo. *Está na hora de contar para ele por que vim até aqui*, tentei me convencer. Eu me agarrei aos braços da cadeira como um náufrago se agarra a um salva-vidas, como se o mundo à minha volta fosse feito de vento, ondas e do abismo do oceano.

O temporizador apitou e o doutor serviu chá para nós dois.

– Suponho que você tome com leite. Eu simplesmente suponho que tudo fica melhor com leite, mas até aí, sou só alguém natural de Wisconsin. Somos o segundo maior produtor de leite do país!

Ele me entregou uma das canecas. O chá estava quase branco, e a nata formou uma camada grossa por cima.

Fechei a cara.

– Dr. Gantz, preciso saber de uma coisa. Meu pai, antes de morrer, me disse que minha mãe deveria ter se dragonizado. Ele achava que o câncer talvez não tivesse voltado se ela tivesse feito isso, que minha mãe poderia não ter morrido. – Minha voz tremia.

O doutor tomou um gole de chá. Pensou alguns instantes antes de falar.

– Já ouvi essa hipótese – declarou, enfim. – Acho que não existem evidências nem para comprová-la nem para descartá-la.

– Quer dizer que meu pai estava enganado? – perguntei. Sentia um aperto na garganta, como se estivesse machucada, como se tivesse engolido um anzol. Fiz de tudo para continuar impassível. Não sei se fui bem-sucedida.

O Dr. Gantz pôs a xícara em cima da mesa.

– Não, não estou dizendo que seu pai se enganou, só que não temos como saber se ele tem razão ou não. Nosso conhecimento é tão limitado… Olhe, há quem insista que a habilidade de se dragonizar é exclusiva das mulheres e, mais do que isso, que a expressão dessa habilidade está sujeita ao livre-arbítrio do indivíduo: em outras palavras, são mulheres péssimas fazendo péssimas escolhas. Essa é uma interpretação errônea dos dados para embasar uma conclusão ultrapassada e um ponto de vista limitado. Felizmente, temos evidências suficientes para rejeitar esse primeiro conceito precipitado: há uma prevalência entre as mulheres, claro, mas o organismo humano-dragão é muito mais complexo do que pensávamos anteriormente. Eu concordo de certa forma, e com reservas, com a teoria da *escolha*, mas com a ressalva de que, para alguns indivíduos, a necessidade de se dragonizar é tão poderosa que se torna uma força inexorável. Não poderiam detê-la nem se quisessem. – Ele deu de ombros. – É algo multifacetado, essa condição. – Tomou mais um gole de chá. – Em relação à sua mãe, poderíamos argumentar que, talvez, tenha sido o próprio câncer que impediu sua transformação. Mas não sei se acredito nisso. Poderíamos argumentar também, de modo semelhante, que a transformação em si teria interrompido o próprio câncer, por causa da reorganização de tecidos e células. Talvez isso pudesse ser verdade, se ela estivesse realmente doente. Mas sua mãe estava em remissão do câncer em 1955. Dragões já morreram de todo tipo de coisa: pneumonia, ataques do coração, falência de órgãos e, sim, de câncer. Só porque vivem mais do que nós e têm diferenças profundas de anatomia, respiração, metabolismo e em outros sistemas do organismo, não significa que não podem ficar doentes e morrer um dia. Sua mãe morreu de câncer. A forma em que se encontrava na ocasião é irrelevante, mas isso não torna a dor de perdê-la menos dolorosa. Isso ajuda?

Isso me incomodava profundamente, por motivos que eu não consegui definir muito bem logo de cara. Eu me endireitei na cadeira, meu corpo foi para a frente. Será que eu estava sendo agressiva? Talvez.

– O corpo da minha mãe – falei, com cautela – *não era irrelevante*. – Minhas bochechas estavam fervendo.

– Claro que não. Não tive a intenção de sugerir que fosse. – O doutor tomou mais um gole de chá, fechou os olhos e organizou os próprios pensamentos. Não deu a impressão de ter se incomodado com minha raiva súbita. Talvez estivesse acostumado a ser alvo da raiva das pessoas. – Poderíamos argumentar que, talvez, ela nunca tenha sentido o ímpeto de se transformar, como outras pessoas sentiram. Mas também acho isso duvidoso. O mais provável é que sua mãe tenha sentido o ímpeto de se transformar, um ímpeto poderoso, mas optou por ficar do jeito que estava mesmo assim: optou por ter aquele corpo específico, aquela vida específica, apesar de suas limitações e apesar do fato de que essa vida seria interrompida muito antes da hora. Até coisas imperfeitas podem ser preciosas, afinal de contas. A escolha *em si* é preciosa. A pequeneza e a grandeza da vida de um indivíduo não mudam a honra e o valor fundamentais de toda e qualquer manifestação de nossa personalidade. Acho que não adianta nada ficar pensando se sua mãe fez a escolha certa ou errada. Não existe isso, entende? A única coisa relevante é o fato de ela *ter sido*. De ela ter *vivido*. Sua mãe criou você e Beatrice o melhor que pôde, pelo tempo que pôde e amou vocês a cada segundo. E a vida dela teve importância.

Eu ainda tinha perguntas, mas não sabia se teria forças para fazê-las. Talvez fosse verdade que o câncer teria levado minha mãe de todo jeito. Ou talvez ela tivesse medo de como uma vida sem amarras poderia ser. Ou talvez não confiasse no meu pai ao ponto de permitir que me criasse por conta própria. Ou, simplesmente, minha mãe me *amasse a esse ponto*. Será que foi o medo ou foi o amor que a fez ficar? Não tinha como saber. A única coisa de que eu tinha certeza é que sentia falta da minha mãe. Senti uma descarga de luto me atingir feito uma onda.

Olhei para o relógio.

– Como está quase na hora de eu ir para o laboratório, não posso me demorar. Vou conversar com minha tia Marla e veremos quando o senhor pode vir nos visitar. Tenho certeza de que a sra. Gyzinska comentou sobre a minha irmã com o senhor.

O doutor se empolgou.

– Sim! Um caso dos mais interessantes. Ainda não encontrei uma situação semelhante, nem na literatura mais atual nem em nenhum dos documentos históricos. Realmente, é uma criança extraordinária. Ela já se transformou *completamente* e depois voltou?

– Completamente, não. Ela só costuma se transforma aos pingos. Se já se transformou por completo algum dia, eu não vi. A gente apenas diz para ela voltar a ser menininha. Só por garantia.

O doutor anotou alguma coisa.

– E por que, na sua opinião?

Ninguém nunca tinha me perguntado isso. Abri a boca para responder, mas não saiu nada. Eu me recordei das regras da minha mãe. Dos silêncios dela. Da raiva súbita. Do tapa. Minha mãe me falou que, um dia, eu entenderia. Mas não entendi. Pelo contrário: aquele tapa saía de *mim* de modos oblíquos e inesperados. Na minha explosão de raiva com a sra. Gyzinska aquele dia, na biblioteca. Com Beatrice, quando vi o caderno dela cheio de dragoas. Saía no meu pavor de ficar sozinha. O medo da minha mãe se tornou o meu medo, eu querendo ou não. Ter me dado conta disso me fez soltar um suspiro de assombro.

– Não posso perder minha irmã – falei, com os olhos cheios d'água e as lágrimas escorrendo pelo rosto. Fiquei perplexa. Não tinha intenção de chorar.

– E de onde você tirou a ideia de que vai perder sua irmã? – O doutor sacudiu a cabeça, num estado de perplexidade, e anotou alguma coisa. – *Uma vida inteira de pesquisa, e ninguém entendeu nem o básico ainda* – resmungou, entredentes. Rabiscou alguma coisa numa folha de papel separada e ficou me olhando de esguelha.

– Eu só tenho Beatrice e Beatrice só tem a mim – murmurei, o que não respondeu à pergunta do Dr. Gantz. As palavras saíram automaticamente e, pela primeira vez, me dei conta do quanto eram ocas. Eu vinha repetindo essas palavras há tanto tempo que nunca parei para pensar que uma frase feita tranquilizante logo pode se tornar uma limitação, ou uma armadilha.

O doutor inclinou o corpo para a frente.

– Bem, em primeiro lugar, fica claro que essa crença perdeu a validade. Existem outras pessoas na sua vida: de fato, você tem uma casa cheia de outras pessoas, e todas elas arriscariam qualquer coisa, de bom grado, para proteger e cuidar de você e Beatrice. As duas fazem parte de algo que é maior do que só vocês. Que maravilha! Ah, se todos tivéssemos a mesma sorte… Apesar de ser compreensível você um dia ter temido que a dragonização da sua irmã precipitaria a saída dela da sua vida, acho que os acontecimentos recentes deveriam tê-la dissuadido dessa ideia. Neste exato momento, famílias de seres humanos e dragões, tanto de sangue quanto fruto das circunstâncias e de laços em comum, estão se cuidando, se sentando na mesa para jantar, fazendo planos e, de vez em quando, brigando e seguindo adiante com a vida, como sempre fizeram. Você está se apegando a um medo que não tem mais relevância na atual realidade. Deixe esse medo para trás! – Ele terminou de tomar o chá e ficou sentado em silêncio por um bom tempo. Olhei para minhas próprias mãos. – Essencialmente, você tem duas opções: pode obrigar sua irmã a continuar vivendo na forma que a conhece ou pode aceitá-la como ela gostaria de ser. Mas se pergunte: é mesmo tão terrível ter mais uma dragoa em casa? Você não vai simplesmente lutar por Beatrice com o mesmo empenho e proteger os interesses dela e cercá-la de amor e de cuidados, como sempre fez?

– Mas os estudos… – comecei a falar, sem a menor convicção.

O Dr. Gantz descartou essa ideia com um gesto.

– Burocratas de visão limitada! – falou, com uma risada debochada. – Não vou nem começar a falar dessa caterva! Passei minha carreira inteira lutando contra bufões desse tipo.

Fiquei sem saber o que dizer. Olhei para o relógio. Eu definitivamente chegaria atrasada ao observatório, mas ainda não estava preparada para ir embora. Engoli o que restava do chá, o quê, por algum motivo, fez o Dr. Gantz fazer uma cara feliz de repente.

– Mais chá? – perguntou ele.

– Não, obrigada. Tenho que ir. – Pus a pasta no ombro. O Dr. Gantz encostou a mão no meu braço.

– Meu conselho? Deixe sua irmã se dragonizar. Talvez ela fique assim para sempre. Talvez não. Mas não faz sentido impedir a crisálida de se abrir quando está pronta para isso. Na verdade, fazer isso poderia matar a criatura que está lá dentro. Eu prefiro o mundo em que Beatrice existe, independentemente da forma. – O Dr. Gantz uniu as pontas dos dedos e apoiou o queixo nas mãos. – E, se não for incômodo, adoraria ter permissão para estar presente e observar a transformação dela. Em prol da Ciência. Pode ser que sua irmã não seja tão rara quanto parece, mas a pesquisa, nesse momento, é escassa. A única maneira que temos de desafiar a pobreza de pensamento e as péssimas ideias é por meio do exame cuidadoso dos fatos e da publicação dos dados. Sempre acreditei nisso. – Ele, então, entrelaçou os dedos, como se estivesse rezando. – Por favor – completou.

Agora, eu admito: o pedido do Dr. Gantz me causou uma péssima impressão.

– Pensarei a respeito – respondi, apática. Na ocasião, o que eu quis dizer era "não". Para mim, uma coisa era deixar a cautela de lado e permitir que o meu maior medo se tornasse realidade, com a pessoa que eu mais amava no mundo, independentemente das consequências e sem saber quais seriam as sequelas emocionais, biológicas ou situacionais (e, sim, estava começando a compreender, com mais clareza, que meu medo provavelmente era infundado), mas aceitar ter um homem que a gente mal conhecia observando algo tão... *íntimo*? Fazendo anotações? E talvez tentando publicar depois de o artigo ter passado por uma avaliação de pares? Bem, *veremos*. Ciência é ótimo, não tem problema, mas os cientistas também precisam aprender a ter limites. Eu não queria que minha irmã virasse rato de laboratório de ninguém, por mais bem intencionado que esse alguém fosse.

Não falei nada disso para o doutor.

– Obrigada, Dr. Gantz – foi o que eu disse. – Fico muito feliz de poder ter conhecido o senhor pessoalmente.

E fui embora.

41

Não contei logo de cara para Marla e as outras tias do conselho dado pelo Dr. Gantz. Eu mal conseguia traduzi-lo em palavras dentro dos meus próprios pensamentos. Só de pensar em não poder mais trançar o cabelo de Beatrice nem segurá-la no colo nem ficar de mãos dadas com ela ao caminhar, eu tinha a sensação de ter uma agulha enfiada no meu coração. E, apesar de não ter contado para ninguém a natureza das perguntas que fiz ao Dr. Gantz, contei, infelizmente, para tia Marla que ele queria passar lá em casa e conhecer a família toda. Achei que ela diria que não, louca da vida. Pelo contrário: Marla e Edith ficaram bem empolgadas com a perspectiva de revê-lo, de conversar sobre os velhos tempos, e ligaram para o doutor na mesma hora, convidando-o para a ceia de Natal. Já tínhamos convidado Sonja e a avó – e sabe-se lá mais quantas dragoas, assim como alguns feirantes – e, sério, que diferença fazia uma pessoa a mais? Fiquei amuada, devo confessar, com a perspectiva de ter gente demais em volta da mesa na hora da ceia. Sempre passamos a data apenas Beatrice e eu, só nós duas. Agora, tinha *muita gente*. E ainda estava me acostumando com isso.

Beatrice continuou tendo aula por mais uma semana depois que meu semestre terminou, porque as férias dela só iam começar um dia antes da véspera de Natal, fato que ela achou muito injusto. Eu tinha escolhido as matérias que faria no primeiro semestre com todo o cuidado para ter um horário livre perto das 3h30 da tarde, porque assim poderia continuar a buscar Beatrice na escola todos os dias e levá-la para casa a pé. Como nos velhos tempos. Antes de a gente se mudar. Antes de ter dragoas morando na nossa casa. Queria que Beatrice soubesse que algumas coisas, pelo menos, não iriam mudar.

Com exceção de uma coisa: agora Sonja ia buscá-la comigo.

A neve caía lentamente do céu do fim de tarde enquanto esperávamos do lado de fora da escola. Ficamos sentadas no parquinho, de onde dava para ver a entrada, lado a lado, num dos bancos. O sino não tinha tocado, mas o sol ainda estava baixo no céu, em cima das árvores, e sabíamos que logo anoiteceria. Várias mães esperavam na frente da escola, olhando para o relógio, batendo os pés calçados com botas no chão para esquentar os dedos. Todas nos ignoraram. Nem eu nem Sonja éramos mães, até onde elas eram capazes de ver, o que nos tornava desinteressantes. O que, por mim, era ótimo. Eu só queria conversar com Sonja, de todo modo.

Acontece que eu não tinha muita coisa para dizer.

– Você está calada – comentou ela, sem nenhuma nota de decepção. Sonja estava apenas reconhecendo um fato. Passou o braço nas minhas costas e me abraçou por um instante.

– Eu sei – respondi. O conselho do Dr. Gantz tinha se acomodado bem nas minhas entranhas, feito uma pedra pesada. Carreguei esse peso por dias e mais dias. Eu mal comia. Não dormia. Criara o hábito de ir na ponta dos pés até o quarto de Beatrice e deitar no chão ao lado da cama dela, como minha mãe fazia, com o rosto virado para a janela, os olhos cheios de estrelas. – Tenho muito o que pensar, acho eu.

Virei para Sonja. Tinha grandes flocos de neve grudados no cabelo e nos cílios dela, que brilhavam na luz oblíqua. Sonja era tão linda que eu mal conseguia respirar. Segurei sua mão enluvada. E aí, me aproximei e a beijei. No rosto. Depois na testa. Depois na boca. Será que alguém percebeu? Será que alguém viu? Eu não sabia nem ligava. O que mais poderia fazer, diante de tamanha beleza? Do cheiro de cravo e de tinta? Do cheiro de canela e de algo mais – algo químico e levemente acre, tipo fumaça? Seus lábios rachados, seu rosto gelado, seu cabelo claro grudado, úmido, na minha pele. Não havia mais ninguém no universo. Éramos um universo de duas pessoas.

Eu poderia ser feliz assim o tempo todo, foi a primeira coisa que pensei.

Mas e Beatrice?, pensei em seguida. *Por acaso Beatrice não merece ser feliz?* A pedra que pesava na minha barriga afundou ainda mais.

O sino tocou e as crianças foram saindo – correndo para os ônibus, bicicletas ou se dirigindo para suas casas a pé, em pequenos grupos. Sonja e eu ficamos em pé e nos afastamos (apesar de, mesmo mantendo uma certa distância, um fio nos puxar para perto). Vi Beatrice surgir na entrada da escola. Estava com a mão posicionada na testa, feito uma viseira, procurando. E seus ombros murcharam quando nos viu. Levava a mochila como se pesasse quinhentos quilos e foi se arrastando pela neve.

Fui eu que fiz isso, pensei. *Sou eu que estou fazendo isso.* Tentei manter meus pensamentos no presente. Mas foi difícil.

– Oi, Beatrice, minha querida – disse Sonja.

– É bom ver você também – falei.

Beatrice passou reto por nós. Sem abraços. Sem contar mil histórias. Sem improvisar canções. Não pulou nas pedras nem fez piruetas em cima dos bancos do parque. As tias-dragoa tinham penteado os cachos dela e feito dois coques na lateral da cabeça, como os de uma Valquíria, nos quais Beatrice havia enfiado quatro lápis, dois giz de cera, seis canetinhas e um compasso. Fiquei surpresa ao ver que a escova de dentes não estava ali. Ela fechou a cara e continuou andando sem dizer uma palavra sequer. Os olhos ficaram dragonizados de emoção, mas voltaram ao normal antes que desse tempo de eu falar qualquer coisa.

Quantas vezes eu tinha implorado para ela não se dragonizar na escola? E por quê? Valia a pena? Beatrice fungou e esfregou os olhos. Escamas douradas surgiram na sua nuca, por breves instantes, e sumiram.

Tinha três dragoas na minha aula de Física e outras quatro na de História da Civilização Ocidental. Alunas-dragoa trabalhavam na biblioteca e no laboratório de Engenharia Nuclear e pelo menos duas professoras se dragonizaram no meio de uma explicação em sala, em algum momento daquele semestre, e simplesmente voltaram a olhar as anotações e prosseguiram com a aula. Quantas vezes eu quis contar tudo isso para Beatrice? Quase todos os dias. Mas, como não queria deixá-la confusa, guardei segredo, o que a fez se sentir mais sozinha.

– Quer ficar aqui um pouquinho? – perguntei. – Acho que seus amigos estão brincando no parquinho. – Eu não tinha certeza se eram mesmo amigos dela. E me dei conta, com um susto, de que ela não andava brincando com outras crianças. – Sonja e eu também podemos brincar.

– Não, obrigada – respondeu Beatrice. Seu rosto, sempre tão expressivo, estava estático e apático.

– Ah, tá bom – falei, me esforçando ao máximo para não parecer magoada, mas obviamente sem conseguir. – Lamento que seu dia tenha sido difícil.

Beatrice olhou feio de novo. Olhos de dragoa. Boca de dragoa. Que voltaram ao normal.

– *Não foi*. É só que… – Ela olhou para o chão. – As irmãs mais velhas dos meus colegas não vêm buscá-los. Como se fossem bebês.

Sonja apertou minha mão e soltou. Abraçou Beatrice por um instante.

– Sabe, Beatrice, eu pretendia voltar para casa com vocês, mas me esqueci de que preciso ajudar minha avó a mudar uma coisa muito pesada de lugar. – Nosso olhar se cruzou e ela arqueou a sobrancelha. Sonja sempre foi uma pessoa especialmente perceptiva. Muito mais do que eu.

Em seguida, se abaixou e me deu um beijo no rosto.

– Vocês duas têm muito o que conversar – sussurrou, roçando os lábios no meu ouvido. Minha pele se eriçou, aquecendo todo o meu corpo. Ela foi embora, andando pela neve, e suas carícias permaneceram no meu corpo, feito um fantasma.

Beatrice acenou rapidamente para Sonja e foi indo na frente, cambaleando sob o peso da mochila. Eu me aproximei, tirei a mochila dos ombros dela e a levei.

– Desculpe, Bea. Continuo fazendo tudo errado.

– Não tem problema. Deixa pra lá. Quero andar sozinha. – Ela apressou o passo para ir na minha frente. Não tentei alcançá-la. Apenas deixei que andasse, observando seus passos levemente erguidos, suas costas um pouco arqueadas. Dava a impressão de que Beatrice estava esperando pelo momento em que as asas brotariam. Esperando pelo momento de sair voando, livre dos limites da gravidade, com os contornos de sua silhueta traçados no céu. Sei como é ser deixada para trás: quando minha tia se dragonizou, quando minha mãe morreu, quando meu pai nos expulsou de casa e nos enfiou naquele apartamento sem olhar para trás. Todos deixaram uma lacuna, uma falta, um buraco no universo onde deveria haver amor. Como seria para mim se Beatrice fosse embora? Eu me imaginei parada no chão, tentando ver se ela aparecia, espichando o pescoço, tapando os olhos com a mão, uma ruga de tanto espremê-los gravada permanentemente no meu rosto. Será que minha vida seria assim?

Quando chegamos em casa, Beatrice abriu a pesada porta de aço com uma força surpreendente, subiu correndo as escadas e parou de súbito. Então virou para trás, olhou para mim, apontou e disse:

– Não venha atrás de mim. – Depois de alguns segundos, completou: – Por favor – e saiu correndo. Só pude assisti-la se afastar.

Havia manifestações de dragoas por todo o país. E de famílias de dragoas. E de apoiadores de dragoas. E eu estava fazendo o quê? Fui para o cômodo maior e encontrei todo mundo trabalhando duro, fazendo pão, cortando biscoitos e marinando carne. Elas cantavam músicas de Natal e se incentivavam mutuamente.

Ouvi Beatrice pisar firme nos degraus gastos e bater a porta do quarto depois de entrar. Eu me encostei na parede de tijolos e fui descendo até minha bunda encostar no chão. Apoiei o queixo nos joelhos e me segurei para não chorar.

Minha tia tirou os olhos do que estava fazendo e viu minha cara.

– Alex? – disse ela. – Alex, querida, o que foi? – As outras dragoas pararam o que estavam fazendo. Limparam as patas nas toalhinhas e me rodearam, com uma expressão inundada de carinho e preocupação. *Minha família.* É claro que eu não era capaz de fazer aquilo sozinha. É claro que precisava discutir o assunto com elas. Soltei um suspiro, estiquei o braço e pus a mão sobre a pata de Marla, que apertou meus dedos.

Continuei com o queixo apoiado nos joelhos e aproximei os tornozelos do corpo.

– Senhoras – falei. Então fiquei quieta e sacudi a cabeça. – Quer dizer, minhas queridas tias. Se tivessem como impedir a dragonização de vocês, se tivessem como desligar o botão, teriam feito isso?

Marla bufou como se tivesse levado um chute no estômago. Cruzou os braços e virou de costas para mim.

– E você, Jeanne? Se um médico aparecesse e falasse "Tome esse remédio para se desdragonizar", você tomaria?

– De jeito nenhum – respondeu Jeanne. – Sei aonde quer chegar com isso, mas realmente acho que nossa situação é…

Não a deixei terminar a frase.

– E você, Clara? – Clara olhou para o teto, para não me olhar nos olhos. – Por acaso já tentou simplesmente… *não ser dragoa?*

Ela fez que não.

– Óbvio que não – sussurrou, apertando os lábios. – Não seja boba.

– Edith – prossegui. – Você conheceu Marla no mais improvável dos lugares, e ela era o amor da sua vida. Tinha planos de ficar com minha tia depois que terminassem o período na aeronáutica. Também teria dado certo. Mas, mesmo naquela época, foi demais continuar ali. A sua dragonidade se avolumava dentro de você, não é? Uma profunda e incontrolável…

– *Alegria.* – Edith soltou um suspiro de assombro, terminando a frase para mim. Fez que sim, piscou várias vezes bem rápido, como se estivesse tentando conter as lágrimas. – Foi uma alegria profunda. – Ela soltou um suspiro, olhou para Marla e segurou sua pata. – Achei que Marla viria atrás de mim. Naquele mesmo dia, de preferência. Como o sol vai atrás da chuva. E que a alegria duraria para sempre.

Marla levou as patas ao rosto. Sua respiração falhou e o corpo começou a tremer. Insisti.

– Só que você não foi, Marla. Você sentiu, naquele momento, o chamado da dragonização, uma grande e inexorável necessidade, e disse "não". Pelo menos, por um tempo.

Minha tia soltou um suspiro profundo.

– Meus pais morreram. Minha irmã ainda estava no Científico e precisava de mim. Eu não podia deixar aquela vida para trás. Ainda não podia dizer "sim".

– E eu não podia dizer "não" – declarou Edith. – Eu não deveria ter que dizer "não". Era algo *maravilhoso* demais.

Refleti sobre isso.

– O que isso lhe custou, Marla?

Minha tia encostou a testa no chão. Ela tremia.

– Isso me custou muito caro – respondeu. – Eu tinha minha irmã. Tinha você. Tinha Beatrice. E era maravilhoso. Mas, apesar de tudo isso, o custo foi alto. – Edith e Jeanne se ajoelharam, uma de cada lado de Marla, e a abraçaram.

– Entendo – falei. Apertei as bochechas com palma da mão e tapei os olhos. Não conseguia olhar para elas. – Agora eu entendo tudo. Temos um problema, senhoras. Beatrice está infeliz. Todas nós sabemos disso. Está ficando cada vez mais difícil para ela não se dragonizar. Tudo que há em Beatrice está gritando para se dragonizar. O dia inteiro na escola. O dia inteiro em casa. O *tempo todo*. Beatrice não pode continuar assim. Está fazendo mal para ela.

Fiquei em pé e enfiei as mãos nos bolsos, meu tronco tremia de leve. Edith esticou o braço e pôs a pata sobre o meu pé. Ficou me encarando com os olhos cheios de lágrimas, lágrimas de amor e preocupação. Clara enroscou o rabo no meu ombro. Jeanne espichou o pescoço e encostou a testa na minha. Para me tranquilizar, para que eu soubesse que ela estava do meu lado. Mesmo quando minha mãe era viva e nós quatro morávamos juntas, nunca tive uma família como aquela. Eu não estava sozinha. E nunca estaria sozinha. Então me aproximei de Marla e me ajoelhei diante dela. Finalmente, minha tia me olhou nos olhos.

– Beatrice está lá no quarto, e francamente, acho que seria bom deixá-la um tempo sozinha. Chegou a hora, senhoras. Estava resistindo, mas me enganei. Todas nos enganamos. Beatrice precisa fazer isso. Precisa ter a liberdade de escolher quem quer ser. Pode ou não se dragonizar, mas a escolha precisa ser dela. Não pode mais haver regras. Não pode mais haver limites. Beatrice pode se dragonizar parcialmente, se dragonizar por completo, ficar indo e voltando para sempre ou ficar presa em qualquer uma das duas formas. Não cabe a nós decidir. Cabe a ela. E se a escola não gostar, pior pra eles. – De repente, me senti tão exausta que pensei que meus ossos iam virar mingau.

– Mas Alex... – disse minha tia.

– E os estudos dela? – perguntou Edith, com um suspiro de assombro.

– Se a escola a expulsar, podemos dar aula para ela em casa – respondi. – Uma hora, alguma escola vai permitir que ela volte a estudar. Prefiro que Beatrice estude na biblioteca do que passe mais um dia sequer tão infeliz assim. Ela não precisa se dragonizar hoje, mas precisa saber que *pode* se dragonizar.

– É que... – disse Jeanne. Ela ficou em silêncio e pegou um lencinho bordado. – É que a gente ama tanto essa menina. Já éramos adultas quando nos transformamos. Sabíamos no que estávamos nos metendo. E se Beatrice mudar de ideia e não conseguir voltar a ser o que era? – Jeanne assoou o nariz com um urro tremendo.

Dei de ombros.

– Se existe uma coisa que Beatrice sabe, é o que pensa. Sempre soube. E, se não conseguir voltar atrás, é a natureza dela se afirmando. Se puder ficar mudando de forma, bem, talvez algumas crianças sejam capazes de fazer isso. Caramba, talvez algumas mulheres também sejam. Ninguém sabe nada porque ninguém está disposto a falar sobre nada e, sendo assim, ninguém se dá ao trabalho de fazer essas perguntas, que dirá respondê-las. Incluindo eu. Isso é burrice. Moro numa casa cheia de dragoas. Minha hesitação *não faz sentido*. Se existe alguma criança que devia se sentir à vontade para virar dragoa quando bem entender, essa criança é Beatrice.

Minha tia me encarou por um bom tempo.

– Se Beatrice se dragonizar e não puder voltar a ser menina, você está dizendo que não se importa de eu cuidar dos estudos dela?

Senti algo mudar no âmago do meu ser. Cheguei mais perto da minha tia e a abracei. Marla virou a cabeça para que as lágrimas ferventes não caíssem na minha pele não dragonizada.

– Eu a amo tanto – falei. – Claro que não me importo. Ela é sua filha, Marla. Está na hora de Beatrice saber disso. Está na hora de entender o que você sofreu, do que abriu mão, e o quanto a amava. Ela é sua *filha*, Marla. E eu também. Você é tão minha mãe quanto minha própria mãe. Eu me arrependo de não ter compreendido isso antes.

Quando dei por mim, estava no colo das minhas tias-dragoa. Meus pés ficaram pendurados a uns oito centímetros do chão. O corpo delas era lisinho e quente. Era gostoso, na verdade, ficar no colo de pessoas que me amavam. Eu não conseguia nem me lembrar da última vez que tive isso.

Não aconteceu logo de cara. Todas nós encaramos o restante daquele dia em estado de alerta, esperando pela transformação. Só que Beatrice, de repente, relaxou, ajudou a decorar a casa para o Natal e a pôr o glacê nos biscoitos. Lavou a louça, ajudou a varrer a casa, escovou os dentes sem que ninguém precisasse pedir e foi para a cama sem reclamar. No dia seguinte, era véspera de Natal, e fomos para a Missa do Galo na neve, do lado de fora da catedral, com outras famílias formadas por dragoas e seres humanos. Beatrice e eu ficamos abraçadas a uma das tias-dragoa, a fornalha que ela tinha dentro da barriga nos aqueceu. De certa forma, fiquei esperando Beatrice se dragonizar naquele momento, bem na frente de toda aquela gente. Mas ela não o fez. E pegou no sono antes da segunda leitura do Evangelho.

Na manhã seguinte, acordou alvoroçada e foi correndo abrir os presentes que estavam debaixo da árvore. O prédio onde morávamos estava tomado pelo aroma de cravo e canela, de maçã e peru assados, de açúcar, chocolate e creme de leite. Sonja, sua avó e o Dr. Gantz chegaram para a ceia às 2 horas da tarde. Imediatamente, ficou claro que o doutor se sentia um tanto arrebatado pela sra. Blomgren – ele ficou estranhamente atrapalhado, se confundia com as palavras e ficava com as bochechas coradas sempre que a avó de Sonja falava alguma coisa. Também convidamos a sra. Gyzinska, mas ela nos informou que estava gripada e não poderia vir. (A sra. Gyzinska não nos contou que estava no hospital. Tive que descobrir isso depois.) Cantamos e lemos histórias natalinas, Beatrice tocou uma canção na flauta, Sonja cantou canções populares da Noruega, tocando acordes e harmonias com os dedos compridos no bandolim que fora do seu avô. As dragoas demonstraram ternura entre si, e Sonja e eu ficamos sentadas, abraçadas, em uma parte do sofá. Ninguém falou que a gente não podia fazer isso.

A dragonização começou depois do jantar e da sessão de cantoria, mas antes que Edith apresentasse o lindo tronco de Natal que fez, com camadas de bolo de chocolate, ganache e chantili, decorado com açúcar de confeiteiro formando folhas de azevinho.

– Todos prontos para um docinho? – perguntou Edith, cambaleando um pouco de tanto tomar vinho e dar risada.

Beatrice ficou em pé.

– Sim, mas… – E então ficou calada. Levou as mãos ao coração.

Arregalei os olhos e peguei na mão de Sonja.

– Ah – disse Beatrice, com os olhos ficando dourados. – Ah.

– Beatrice? – perguntei.

Jeanne pensou rápido e começou a tirar os móveis de perto. Clara saiu correndo e encheu um balde d'água, só por garantia. O Dr. Gantz pegou o bloco de taquigrafia. Tirou uma câmera da bolsa e entregou para Sonja.

– Por favor, tire o máximo de fotos que conseguir. Tente manter a câmera firme. Isso é em prol da Ciência, afinal de contas. – Não sei como o doutor sabia que era para delegar aquela tarefa para Sonja. Talvez, pela postura inabalável dela e porque tinha as mãos visivelmente firmes. Em todo caso, ainda tenho as fotos, mesmo tantos anos depois. Continuam sendo impressionantes.

O Dr. Gantz fez perguntas e mais perguntas, anotando no bloco mesmo quando não recebia resposta.

Beatrice não disse nada. Eu a observei erguer a cabeça, seu peito arfar. Estava de boca aberta, parecia que a alma escapava a cada suspiro. Sua expressão era da mais pura alegria. Fui chegando mais perto e me ajoelhei no chão. Peguei na mão dela – que estava tão quente que ardeu, mas continuei segurando mesmo assim, entrelaçando os dedos nos dedos dela. Dei um beijo em seu rosto. Meus lábios ficaram com bolhas, bem de leve.

– Tudo bem, Bea – falei. – Está tudo bem. Somos você e eu, juntas. Nada será capaz de mudar isso, nunca. Você é você e eu sou eu. Nós somos nós, e isso é incrível. – Ela se virou, abriu os olhos. Que estavam arregalados, grandes e dourados. Brilhavam tanto que tive que espremer os meus.

– Alex... – disse, depois soltou um suspiro de assombro. A pele se espichou. A língua brilhou. Ainda tenho cicatrizes de ter segurado as duas mãos dela, bem apertado. Não soltei por nada nesse mundo. Emanava luz da pele de Beatrice. – Você sabia, Alex? Sabia que o mundo pode ser bem maior? Sabia?

Ah, Beatrice, sim. Eu finalmente soube. E ainda sei.

A pele dela foi caindo, feito pétalas. Beatrice soltou um urro que sacudiu os tijolos, derrubou livros das estantes e fez meus ossos vibrarem.

42

Como era de se esperar, Beatrice foi expulsa da escola. Marla, Edith, Jeanne, Clara e eu entramos juntas na sala do diretor, arrastando Beatrice a contragosto, exigindo que ela tivesse permissão de continuar frequentando as aulas. Como ele se recusou a permitir, exigimos que nos desse essa recusa por escrito. Jornalistas e fotógrafos do jornal da universidade (todos amigos de Sonja) já estavam esperando no corredor. Fizeram uma saraivada de perguntas, tiraram fotos e publicaram uma matéria completa na primeira página, na manhã seguinte. Passada uma semana, o jornal de Milwaukee também publicou a matéria, depois o de Chicago. E, lá pelo final do mês, reportagens semelhantes foram publicadas por todo o país. Pelo jeito, não éramos as únicas dispostas a criar confusão para que uma criança recém-dragonizada continuasse tendo acesso à educação.

Apesar disso, Marla e as outras tias gostavam de dar aula em casa e dividiam as tarefas equanimemente, e Beatrice aceitou essa ideia com um entusiasmo inesperado. Jeanne fez um cantinho de estudos com uma escrivaninha em escala de dragoa, várias estantes e até um laboratório improvisado para as aulas de Ciências. Clara ensinava Economia Doméstica e História, Edith se encarregou de Literatura e Retórica, e Marla cuidou de Matemática e Mecânica. Jeanne estava a cargo de Ciências e Educação Física, e nem me pergunte o que a segunda disciplina abarcava. Algo que Beatrice denominava de "dança do fogo", e eu, sinceramente, ficava apavorada só de pensar, então mudava de assunto. Acontece que minha mãe não estava de todo errada – às vezes, é melhor mesmo não fazer perguntas.

Conversando com seus contatos na feira livre, elas descobriram outras famílias com crianças dragonizadas, ou seja: Beatrice tinha colegas e compatriotas – e, mais tarde, grupos de estudos. Ela organizava brincadeiras e esquemas parecidos com aqueles que capitaneava no nosso bairro, mas agora as amiguinhas eram capazes de voar. E de soltar fogo pelas ventas. Eu cerrei os dentes e torci pelo melhor.

Ficou infinitamente mais fácil de conviver com Beatrice agora que estava livre, leve e solta. Ela continuou transitando entre a forma de dragoa e a de menina, mas esse processo, às vezes, era árduo e a deixava exausta durante boa parte do dia. Normalmente, ela preferia ser dragoa e se meninizava só de vez em quando. Disse que, às vezes, gostava da sensação de ser *pequena*. Eu era capaz de compreender. Também era pequena. E gostava de ser. Beatrice ria o tempo todo, ajudava nas tarefas de casa com frequência e enchia de luz qualquer espaço que ocupava. Sua mente era um rio infinito de ideias, preocupações, perguntas e *planos*. Ela queria compreender o mundo inteiro. Não estou dizendo que tudo era perfeito. Mas tudo era *bom*. Todas nós diríamos a mesma coisa.

Para mim, isso assinalou uma mudança profunda no modo de compreender minha própria vida. Eu não era mais a única responsável por Beatrice. Marla e as tias também eram. Não só isso: eu não precisava mais cuidar da minha própria vida sozinha. Marla e as outras dragoas me ajudavam a cuidar das minhas finanças, garantiam que eu tivesse horas de sono suficientes, exigiam que tivesse uma alimentação balanceada e que tomasse minhas vitaminas. Ficavam alvoroçadas quando minhas bochechas empalideciam ou quando eu começava a tossir. Recebiam meus amigos e fingiam não ver quando Sonja dormia em casa. Davam conselhos, mas não se intrometiam; escutavam, mas não recriminavam; cuidavam, mas não sufocavam. Pediam minha opinião em relação aos interesses, ao comportamento e aos estudos de Beatrice. Como dividíamos essas responsabilidades, isso significava que eu, pela primeira vez na vida, podia apenas ser uma estudante – dedicada à vida intelectual e à prática do questionamento, sem o fardo da preocupação. Marla, mais uma vez, se tornou o pilar que sustentava minha vida. Um futuro se abriu diante de mim, cheio de possibilidades, todas viabilizadas graças ao apoio delas.

Gratidão é uma coisa engraçada. A sensação é bem parecida com a da alegria.

Eu me reuni com os professores para discutir a possibilidade de me formar. Escrevi para a sra. Gyzinska, pedindo conselhos (ela tinha várias ideias), e até para o sr. Burrows (mas ele me respondeu usando o nome verdadeiro, com endereço do seu novo laboratório, na Universidade do Novo México). Comecei a fazer planos de como poderia ser meu futuro – o que um dia me pareceu uma corrida louca em direção a um precipício, agora me parecia uma trilha interessante numa linda floresta, que poderia ou não me levar ao alto de uma montanha. E, sim, as chances de eu chegar a esse destino eram incertas, mas *ah*! Que montanha! E *ah*! Que vista! E que prazer em continuar seguindo em frente.

Outro semestre começou e eu me joguei nos estudos e nas pesquisas. Trabalhei no laboratório, participei de equipes de pesquisa e até consegui financiamento para meus próprios projetos. Trabalhava como voluntária no observatório todas as terças e sextas à noite, até depois das 2 horas da manhã. Sonja ia comigo às sextas – ficava estudando, fazendo arte, só deitada ou tirando um cochilo no sofá durante a madrugada, até meu turno terminar. De tempos em tempos, eu fazia uma parada só para acariciar o rosto ou o cabelo dela ou passar o braço nas suas costas. Não escondi o fato de estarmos juntas. Alguém até poderia ter problema com isso, mas ninguém disse nada. Às vezes, espalhar a notícia que a gente mora numa casa cheia de dragoas tem suas vantagens.

Não raro, depois que meu turno terminava, Sonja e eu ficávamos fora de casa o restante da noite. Ficávamos inquietas, *acordadas*, andando nas trilhas perto do lago até o céu ficar vermelho e o sol nascer. Eu queria passar cada segundo com ela. Queria que cada instante em que estávamos juntas se dobrasse e fizesse uma volta, ligando-se a todos os demais momentos possíveis.

Um emaranhado infinito de tempo. Um nó de amor quântico.

Acontece que é tão raro um primeiro amor durar, mas a gente sempre tem a sensação de que *deve* durar. Eu me apegava a cada segundo que podia passar com Sonja. Cada um deles me parecia precioso. Cada um deles me parecia um tesouro que podia ser facilmente perdido.

Quando reparei que Sonja passara a desenhar apenas dragoas, a pintar dragoas, a gravar dragoas em pequenos pedaços de vidro rolado, que levava no bolso como se fossem pedras filosofais? Quando percebi que o olhar dela ficava perdido, sem enxergar, dirigido para o céu? Não quero pensar nisso. Não perguntei. Tentei me convencer de que isso não estava acontecendo.

Uma sexta-feira, no início de fevereiro, Sonja chegou atrasada. Estava com as bochechas vermelhas e com um brilho nos olhos. Mas era fevereiro, afinal de contas, e naquela noite fazia um frio terrível. Tinha mais quatro alunos no observatório, todos rapazes, e todos se revezavam para me explicar como o equipamento funcionava (apesar de eu ter treinado cada um deles), me explicar as teorias (eu tinha visto as anotações dos quatro, e não precisava, obrigada) e se ofereciam para corrigir meus cálculos (recusei educadamente). Uma hora, um deles tentou me explicar como as lentes funcionavam, e eu falei:

– Obrigada, meu amigo, mas para mim as suas explicações têm a mesma utilidade de um chiclete grudado no meu cabelo. Por que não faz um favor para o grupo e *fecha essa matraca?*

– Credo, Alex – reclamou o rapaz. – Não precisa arrancar minha cabeça. – Os quatro garotos saíram às pressas pouco depois. O aluno da pós-graduação responsável pelo observatório naquela noite (um jovem alto, de Dakota do

Norte) tinha, mais uma vez, pegado no sono em sua mesa. Não era incomum isso acontecer com os alunos da pós. Na melhor das hipóteses, vinham trabalhar esqueléticos e sem dormir, movidos apenas por café. Como não tive coragem de acordá-lo, arrumei o observatório para ele, troquei os equipamentos, desliguei máquinas e conferi os estoques. Era bom ter alguma coisa para fazer. Sonja ficou parada no cantinho dela, debruçada sobre o caderno, com uma expressão da mais louca alegria. Não consegui ver o que estava desenhando. De quando em quando, tirava os olhos do caderno, olhava para mim e sorria. Toda vez que fazia isso, eu ficava sem ar.

Acordamos o aluno da pós, que olhou em volta no mais completo pânico, até que eu expliquei que já tinha feito todas as tarefas que seriam dele, que ele podia só trancar o observatório e ir para a cama. Sonja e eu pegamos nossas bolsas e largamos o aluno lá.

Assim que pisamos no corredor, Sonja segurou minha mão.

– Ainda não estou preparada para a noite terminar, e você?

Eu fiquei de frente para ela. Segurei sua outra mão e me aproximei.

– Não – respondi, praticamente num sussurro.

– Vamos para o telhado – murmurou Sonja. – Quero lhe mostrar uma coisa.

Não me ocorreu que, naquele momento, a temperatura estava abaixo de zero, e que lá em cima estaria gelado e seria perigoso. Só fiz que sim, com o coração saindo pela boca. Sonja começou a andar de costas e foi me puxando, de mãos dadas comigo.

Eu não sabia o que ela queria mostrar. Mas sabia que ainda não queria ir para casa.

Tremi quando saímos do prédio. O céu escuro brilhava, cheio de estrelas, uma mais resplandecente, nítida e gélida do que a outra. Era uma daquelas raras noites em que a queda de temperatura seca cada gota de umidade em excesso que poderia enevoar o ar e turvar a visão, e o vento resolve ficar imóvel. Quando eu respirava, o ar formava nuvens, e meus cílios congelaram. Não liguei. Eu sentia calor na barriga, calor nos ossos, e parecia que minha pele irradiava calor. Sonja Blomgren colocou as duas mãos no meu rosto. Os dedos estavam gelados, mas as palmas estavam quentes. Eu não queria entrar. As bochechas dela estavam coradas de expectativa. (*Expectativa do quê?* Não perguntei. *Ai, meu Deus, por que não perguntei?*)

– O céu está perfeito – comentei. – Quer observar as estrelas comigo?

A melhor maneira de observar as estrelas é deitar com as costas no chão e olhar diretamente para cima, para que o ponto central da visão fique na parte mais escura do céu. Alguns anos antes, alunos de Astronomia tinham adaptado uma caçamba no telhado para observar as estrelas, equipando-a com cobertores de lã feltrada para proteger nosso corpo do telhado e do vento gelados e com algumas almofadas velhas, para ficar mais confortável. Deitamos, nos aninhamos da melhor maneira possível e olhamos para cima. Sonja segurou minha mão. Com os olhos cheios de estrelas. O lago Mendota ainda estava completamente congelado e, mesmo lá de cima, dava para ouvir suas entranhas retumbando e o gelo se rachando lá no fundo – um ruído frio e solitário. Também dava para ouvir a música que vinha de diversas festas nos dormitórios e rapazes correndo lá fora, fazendo brincadeiras movidas a testosterona, na escuridão.

Depois de um tempo, Sonja Blomgren rolou e se aproximou de mim, com o rosto apoiado nas mãos cerradas.

– Meu pai tinha essa ideia maluca – disse, ainda com os olhos dirigidos para o céu, sem olhar para mim. Sonja acariciou meu rosto com as pontas dos dedos, distraída. Parecia que a pele dela estava memorizando a minha pele. – Depois que minha mãe se dragonizou, ele me levou para a casa dos meus avós, que ficava na beira sul do lago Superior, e falou que não ia se despedir porque voltaria trazendo minha mãe, e aí todos nós moraríamos juntos. Talvez numa ilha no lago. Meus avós deram permissão para ele ir procurar a filha dos dois, mas acharam que devia estar louco de pedra. E estava. Meu pai achava que, talvez, pudéssemos morar numa das ilhas onde havia um farol ou numa cabana, com o grande lago de um lado e a densa floresta do outro. E mamãe poderia apenas ser dragoa e fazer as coisas de dragoa dela, e eu poderia ser uma menininha morando com o pai e com a mãe, que ambos amavam, e ele iria pescar, caçar, cultivar nossa comida, e todos seríamos felizes. O que era ridículo. Para começo de conversa, meu pai não sabia pescar; era impaciente inquieto demais para isso. Nunca havia caçado na vida; mesmo problema. E a única horta que havia existido na nossa casa era um pedacinho de terra com ervas daninhas. Ele não conseguiu cultivar nem aspargo, que é a coisa mais fácil de cultivar no mundo. Meu pai era carpinteiro, não um pioneiro, daqueles que colonizaram o país. Em segundo lugar, minha mãe não foi embora por acaso. Não se despediu de mim nem se despediu dos pais dela e, certamente, não se despediu do meu pai. Tenho dificuldade de aceitar isso, mas sei que é verdade. Além do mais, não foi por acaso que minha mãe não voltou.

Sonja se sentou. Continuou olhando para o céu. Lágrimas se acumulavam na parte de baixo dos olhos dela. Os cílios tinham cristais de gelo minúsculos grudados em cada pestana, que brilhavam na penumbra. Minhas bochechas estavam quentes. Meus lábios estavam quentes. Eu não conseguia me mexer e não conseguia dizer nada. Sei que *deveria* ter dito alguma coisa. Mas minha boca estava cheia de cinzas. Sonja mordeu o lábio.

– Sabe aquele dia em que todas as meninas se transformaram? Eu estava numa festa do pijama. Eu e mais cinco meninas. Os pais da minha amiga tinham ido a um casamento e, como ficamos sozinhas em casa, obviamente assaltamos o armário de bebidas. Fomos para o pátio vestindo só a camiseta de usar por baixo da roupa, deitamos nas espreguiçadeiras do jardim e olhamos para o céu. Minha cabeça estava confusa. Beijei minha amiga Joanne, um beijo de verdade, e ela deitou do meu lado numa das cadeiras, com a pele encostada na minha pele, a mão encostada na minha mão, e foi a melhor sensação do mundo. Ficamos observando o céu por mais de uma hora. E aí, de repente, Joanne me pediu desculpas. E ficou em pé. – Nessa hora, a voz de Sonja tremeu. Ela respirou rápido, como se estivesse segurando o choro. – E aí, *Joanne se transformou*. Todo mundo se *transformou*. Olhei minhas amigas irem embora voando, uma por uma, e fiquei lá no quintal, sozinha. Foi um dos dias em que mais me senti sozinha na vida. Todas as minhas amigas se transformaram. Todas elas. E me abandonaram.

Lá em cima, as estrelas cintilavam e ardiam. Passei o braço nas costas de Sonja e a puxei para perto de mim. Consegui falar:

– Muito tempo atrás, antes de se dragonizar, minha tia me falou que todas as mulheres são mágicas. Que todas nós ouvimos o chamado, que algumas pessoas atendem a ele e outras, não. Mas não sei. Eu estava *lá* naquela noite, no baile de formatura. Vi como as meninas estavam felizes. E essas meninas *se transformaram*. Estávamos todas dançando juntas, e era *tão gostoso* dançar, todas nós juntas, e aí o olho delas se transformou, a boca se transformou, elas despiram a própria pele e foram embora. E me abandonaram. Eu não ouvi *nada*. Nenhum chamado.

Não contei o que eu estava pensando. *Será que não sirvo para isso? Será que não estou à altura?* Mas, assim que pensei, sabia que estava fazendo as perguntas erradas. Sabia que precisava perguntar: *Que vida vou escolher? Que vida quero ter?* No meu coração, eu já sabia a resposta. Sonja segurou minhas mãos. Aproximou a boca do meu rosto e pousou os lábios ali. Senti a respiração dela. Senti o beijo que me deu. Estávamos com a boca aberta, os braços entrelaçados, feito um nó. Os lábios de Sonja estavam quentes. Depois ferveram. A pele dela fervia. Meus lábios ardiam, meus ossos ardiam e meu coração ardia, ardia e ardia.

Ah, não, pensei. *Ah, Sonja*. Eu a abracei bem apertado. *Não vá para um lugar aonde eu não possa ir com você.*

Depois do beijo, continuamos juntinhas por um bom tempo. Com as faces coradas encostadas. Com as mãos enluvadas juntas. Sonja se afastou. Ficou olhando para mim por um bom tempo, com um brilho nos olhos cinzentos.

– Às vezes, fico pensando na minha mãe. Quantas vezes já desenhei o rosto dela? Quantas vezes já pintei e esculpi o rosto dela? Perdi a conta, para ser sincera. Mas ajuda ter certeza de que me lembro do rosto da minha mãe e do rosto do meu pai. E me conforta lembrar do amor enorme que tinham um pelo outro. Mesmo que o amor deles não tenha bastado. Porque, às vezes, só o amor não basta. – Ela pôs a mão por baixo do meu chapéu e entrelaçou os dedos no meu cabelo. Aninhei o rosto entre o cachecol e o pescoço comprido de Sonja. – Eu não ouvi o chamado naquela noite, quando estava com minhas amigas. Mas *queria*. E *continuei* querendo. Então, quando entrei na faculdade, fiz de tudo para fazer amizade com dragoas. Achei que isso poderia acionar alguma coisa. Nada aconteceu. Por um bom tempo.

– Bom – falei, sem soltá-la –, talvez essa seja a resposta que você procurava.

Sonja me soltou, deu um passo para trás e olhou para o meu rosto. Sacudiu a cabeça.

– Ah, Alex, Você não consegue enxergar? Eu sinto algo, sim. Agora. Comecei a sentir no dia em que a reencontrei. Senti alguma coisa dentro de mim, como se minha vida fosse mais do que era. Como se eu fosse mais do que era. Talvez seja outro tipo de chamado. – Ela deu mais um passo para trás. Agora, seus olhos estavam dourados e brilhavam. E tinha rubis em sua boca.

– Ah, Sonja – murmurei. – *Tem certeza?*

– Meu pai morreu procurando pela minha mãe, só que minha mãe *nem estava aqui*. Acho… na verdade, eu sei… que ela partiu para explorar as estrelas. Acho que ainda está lá em cima. No espaço sideral. – O pescoço de Sonja se espichou. Garras furaram suas botas. Ela estava tão linda que eu achei que ia morrer. Sonja me deu mais um beijo, na boca. Começou a sair fumaça do casaco dela, que foi ficando chamuscado. Meus lábios arderam. Sonja tirou as roupas com um leve puxão e posicionou uma das garras na pele, entre os seios. Desviei o olhar. A noite estava gelada. As estrelas brilhavam. Dragoas planavam no lago fustigado pelo vento e dava para ouvir gritos de homens. Beatrice estava em casa. Beatrice precisava de mim. De mim *daquela forma*. A menos que não precisasse. Talvez, Beatrice não fosse precisar de mim para sempre. Talvez, pensar no que minha irmã precisava era a pergunta errada a se fazer. Do que eu precisava? O que eu queria? Como eu queria que minha vida fosse? O chão se movimentou debaixo dos meus pés. Em ondas. *Sonja Blomgren causa tremores de terra*, pensei, e isso nunca me pareceu tão verdadeiro. Ela encostou a garra na pele e começou a despedaçá-la.

– Quero ser maior do que sou – disse, fechando os olhos. – Eu gostaria de encontrar minha mãe. E gostaria de explorar as estrelas. E além das estrelas. Quero engolir o universo inteiro com os olhos. Venha comigo, Alex. Não posso passar mais nem um segundo sequer aqui. Não quero passar mais nem um segundo neste corpo. Essa não é a vida que escolhi. Eu escolho *outra* coisa. Eu a amo tanto, Alex. Não quer vir comigo?

Como posso arquivar esta lembrança? Como posso agrupar cada detalhe, cada fio, cada filamento? Lembro-me de que meus sapatos guincharam ao pisar no frio absurdo da neve e do gelo compactados. E me lembro da dor que senti no coração e do calor do meu corpo. Da dor nas costas. Do aperto na pele. Da visão turva – de lágrimas? Ou de alguma outra coisa? Eu me lembro do cheiro de Sonja, que havia mudado. Não era mais de alecrim, mas de cinzas, caramelo e fumaça. Lembro da cintilância das escamas dela, do brilho dos seus olhos, do reluzir de cada um dos dentes, de cada contorno, de cada garra. Lá embaixo, um rapaz bêbado assoviou e vaiou. Um carro buzinou e outro saiu correndo. Sonja ficou pairando na minha frente, uma explosão de luz e beleza, uma rachadura no universo. E eu só consegui continuar em pé.

Ela esticou o braço, suas escamas cintilavam na penumbra. O que eu poderia fazer? Segurei a pata dela. Acariciei cada uma das escamas com o dedão. Baixei a cabeça, como se estivesse rezando.

– E então? – perguntou Sonja.

43

Na primavera de 1965, um ano após a Pequena Basiliscação, a maioria das meninas que se dragonizaram naquele dia já tinha voltado a morar com a família. Em grande parte, isso foi devido a uma mudança de opinião por parte de suas famílias de origem, que procuraram, arrependidas, as filhas abandonadas que moravam na rua e imploraram perdão. Depois que essas reconciliações se tornaram públicas e que imagens de famílias reunidas e felizes se tornaram parte da consciência coletiva, a preocupação com o bem-estar e o desenvolvimento moral das moças dragonizadas que moravam por conta própria começou a aumentar. As agências de assistência social dedicadas a encontrar famílias adotivas flexíveis, preparadas para assumir as necessidades físicas, espirituais e morais de meninas transformadas pipocaram por todo o país, aparentemente da noite para o dia.

Quando as famílias foram reunidas ou novas famílias se formaram, os pais começaram a defender as filhas. E não estavam preparados para aceitar "não" como resposta. Lá por 1966, diretores de escolas secundárias começaram a transgredir os estatutos locais e a receber, de braços abertos, as moças dragonizadas de volta às escolas (ministrando aulas no pátio ou realizando aulas especiais em auditórios, áreas comuns e ginásios, ou, no caso de algumas escolas, colocando poleiros do lado de fora de cada janela para permitir que alunas de tamanho fora dos padrões participassem das aulas, mas também tivessem liberdade de movimentos). A primeira escola primária que aceitava dragoas foi anunciada em 1967, e, em 1969, um grupo de oito mil almas – tanto humanas quanto dragoas – protestou diante da Casa Branca, exigindo uma educação igualitária para as filhas-dragoa.

As perspectivas eram terríveis. Nenhum político queria dar a entender que era contra a educação. O presidente Nixon, recém-empossado, não era lá muito fã de dragoas em geral, mas até ele sabia reconhecer um argumento fracassado. Ele e a primeira-dama convidaram uma família abastada (doadores de longa data das campanhas de candidatos republicanos) e sua filha-dragoa, que havia cursado a prestigiosa Faculdade Radcliffe, para participar de um almoço no gramado da Casa Branca, que foi muito divulgado. O tempo estava ótimo, as conversas foram geniais e promessas foram feitas. No que tocou a Nixon, as promessas foram vazias, é claro, feitas para aplacar os pais preocupados e garantir apoio político ao presidente, sem fazer nenhuma verdadeira mudança. Ele não fazia ideia do que estava por vir.

A questão da cidadania, assim como a da educação, obtiveram uma resposta unânime, coroada pela aprovação da Lei da Terra pela Suprema Corte, em 1971. Atestados de óbito falsos foram revogados, números do seguro social foram reemitidos e as dragoas se tornaram cidadãs perante a lei. E tiraram cartões de bibliotecas, carta de motorista e título de eleitor, e abriram contas no banco. Beneficiaram-se tanto dos direitos quanto dos deveres sagrados de todo e qualquer cidadão. Criaram espaços para si nas mais prestigiosas instituições de ensino, formaram-se com louvor em universidades famosas, depois puseram seus diplomas em prática. Mais tarde, dragoas moveram processos em cortes estaduais e distritais, defendendo outras que, como elas, já tiveram sua voz sufocada. Assumiram empregos de assistentes sociais, guardas florestais, cientistas, engenheiras, filósofas, fazendeiras e professoras. Tinham uma aptidão impressionante para a construção e seus serviços tinham uma alta demanda, por causa de sua força, habilidade, capacidade de voar e solucionar problemas e de soltar fogo pelas ventas, tornando-as verdadeiras faz-tudo. As dragoas não eram apenas atenciosas, trabalhadoras e altamente qualificadas, mas também ajudavam a diminuir despesas.

Apesar de o sentimento antidragoa persistir naquela época e ainda persistir até hoje, o efeito que as dragoas causaram no comércio, tanto local quanto nacional, não pode ser subestimado. Independentemente de qual seja a visão, fica difícil ser contra uma economia próspera.

Beatrice só precisou estudar em casa por pouco menos de dois anos, até a escola que frequentava voltar atrás e permitir o retorno das crianças dragonizadas. Para ela, não durou muito. Uma vez que descobriu como era estudar sozinha, ficou difícil – quase impossível – permanecer na escola por muito tempo. A opressão da rotina parecia uma prisão rigorosa, e Beatrice não conseguiu suportar o tédio de ficar presa a uma carteira o dia inteiro. Mesmo depois que as escolas se abriram para receber alunas como ela, continuou sem vontade de frequentá-las.

– Por que preciso perder o dia aprendendo o que eles querem que eu aprenda, se posso ir para a biblioteca e aprender de *tudo*? – Eu não tinha uma resposta satisfatória para essa pergunta. Conforme o tempo foi passando, Beatrice continuou sendo capaz de mudar de forma (ser dragoa por completo e menina por completo) com certa facilidade, mas essas transições a deixavam cada vez mais cansada à medida que foi ficando mais velha. Mesmo assim, tal fluidez persistiu ao longo da adolescência e da idade adulta. O Dr. Gantz publicou seis artigos científicos sobre o assunto. Descobriu outros casos similares, mas eram poucos e bem espaçados. Beatrice era, é e sempre será especial e única.

Nos anos 1980, já havia quatro dragoas empossadas no Congresso, dezoito dragoas CEOs de grandes corporações e 422 municípios que tinham pelo menos uma integrante dragoa eleita para funções governamentais. Agências não governamentais focadas em dragoas começaram a se formar no mundo todo, dedicadas à defesa, à paz, ao bem-estar animal, à proteção ambiental e à reconstrução da infraestrutura em países afetados por conflitos armados. No outono de 1985, o Comitê Norueguês do Prêmio Nobel chocou o mundo ao dar o Nobel da Paz para a fundadora-dragoa de uma dessas ONGs. A organização em questão, Dragoas Guardiãs, fora fundada dez anos antes por uma jovem dragoa de Wisconsin que tomou para si a missão de levar paz e segurança àquelas regiões vulneráveis do mundo onde as máquinas de guerra transitam perigosamente perto de vidas civis. Ela manteve seu nome em segredo, optando por usar publicamente o título de Leviatã do Amor, como forma de proteger a própria família. O esforço pela paz, infelizmente, não é livre de inimigos. Originalmente, a missão dessas trabalhadoras-dragoas era se posicionar perto de vilarejos em perigo e tirar as crianças dali, livrando-as da ameaça. Uma hora, contudo, as dragoas descobriram que, se aumentassem a velocidade, eram capazes de interceptar tiros e bombas, tornando-as inofensivas. Elas se tornaram hábeis especialistas em desarmar bombas e voavam com a velocidade de um raio, fazendo qualquer bala ricochetear e voltar para onde veio. Graças ao seu excelente faro e à habilidade de pairar no chão, também ajudaram regiões inteiras a se livrar do flagelo das minas terrestres. Dragoas Guardiãs se tornou, no mundo todo, um símbolo de não violência poderoso, porque suas técnicas de proteção passiva obrigaram senhores da guerra irascíveis, ditadores megalomaníacos e CEOs sociopatas a voltar para a mesa de negociações, minando seus esforços para governar por meio da força, do medo e da coerção – quiçá para sempre.

Jornais no mundo todo elogiaram a iniciativa, dizendo que era óbvia e já não era sem tempo. Ou a condenaram, chamando-a de *bullying* dragonístico, e publicaram manchetes aterrorizantes denunciando o que chamaram de "Ascendência das Serpentes", "Depreciação dos Homens" e outras palhaçadas do tipo. Comentaristas de programas de notícias debatiam a questão sem parar. Mas é difícil ser contra a possibilidade de que a guerra, tal como a conhecemos, estava chegando ao fim. O Congresso pôs em votação uma resolução para homenagear tanto Dragoas Guardiãs quanto sua fundadora anônima, mas recebeu o primeiro veto da administração Reagan, por medo de ofender os ditadores e empresários preferidos do presidente, que lucravam com a guerra. (O veto foi derrubado, por unanimidade.) Radialistas insistiram em debater se a Leviatã do Amor faria um discurso, já que discursar anonimamente era contra as regras do Prêmio Nobel. Da mesma forma, se recusar a fazer isso significaria recusar o prêmio e, por conseguinte, o cheque substancial que o acompanhava – e, como qualquer organização sem fins lucrativos, Dragoas Guardiãs estava sempre precisando de recursos. Seria tolice a fundadora abrir mão desse dinheiro.

Em 10 de dezembro de 1985, dignitários do mundo inteiro, tanto humanos quanto dragoas, começaram a chegar à Noruega. Preocupações com a segurança na Universidade de Oslo e no entorno da Domus Media, onde seria a cerimônia, não apenas deixaram as forças policiais e militares da Noruega em alerta máximo, mas também amedrontaram toda a nação. Nunca se ouvira falar, claro, de violência na cerimônia de entrega do Nobel da Paz. Mas, dada a animosidade e o ranger dos dentes dos praticantes da guerra e dos comerciantes de banhos de sangue, ninguém poderia dizer com certeza como aquela cerimônia em particular terminaria. Muitas das pessoas que compareceram usaram coletes à prova de balas por baixo do vestido ou dos paletós. Só por garantia.

O jantar foi servido. A mesa da laureada, como rezava a tradição, ocupava o meio do salão, com a presença do primeiro-ministro, do comitê do Prêmio Nobel e de várias outras autoridades governamentais e culturais, comendo com cautela os pratos ricamente servidos. Mas nenhuma dragoa. Será que ela viria? As pessoas presentes no banquete começaram a fofocar.

O presidente do comitê, como reza a tradição, pediu silêncio e fez seu discurso anual, com suas tentativas de fazer piada. Os convidados lhe brindaram com sorrisos amarelos. Um filme mostrou momentos dramáticos dos esforços da Dragoas Guardiãs, além de entrevistas com famílias resgatadas, habitantes de vilarejos protegidos e negociadores de novos acordos de paz mais progressistas, elogiados no mundo todo pela inovação que trouxeram ao esforço de proteção aos direitos humanos e à dignidade humana, bem como pelo estabelecimento de novos protocolos de empoderamento dos cidadãos de cada região. Quando o poder pertence não às pessoas violentas nem aos ricos e bem relacionados, mas ao povo, uma espécie diferente de futuro começa a se apresentar. Uma paz global e duradoura não apenas parecia possível, mas também provável.

A plateia ficou emocionada. Várias dragoas choraram. O presidente do Comitê chamou a laureada, que entrou por uma porta lateral. E era uma dragoa linda. Mas surpreendentemente pequena. Pura energia em potencial e puro calor compactado. Dava a impressão de vibrar de empolgação. Estava acompanhada por uma mulher franzina, de cabelo bem curto, levemente grisalho. As duas se abraçaram com ternura, a mulher acariciou o rosto da dragoa e lhe deu um beijo na bochecha. Ficaram bem perto do microfone. Quem estava presente no banquete ouviu a mulher dizer: "Você é minha irmã preferida, querida. Tenho tanto orgulho de você". E ouviram a dragoa retrucar: "Até onde sei, sou sua única irmã. Mas obrigada".

A plateia ficou em pé, aplaudindo até as mãos ficarem vermelhas e doloridas. Mulheres borraram a maquiagem. Homens de rostos empedernidos choraram. A dragoa pigarreou e os presentes voltaram a se sentar.

– Muito obrigada por terem vindo – disse ela. – Muito obrigada por participarem do nosso compromisso coletivo com a paz. Quero lhes falar sobre o trabalho que temos feito e sobre as vidas das pessoas que todos nós podemos ajudar a salvar. Mas, antes disso, creio que deveria me apresentar. Oficialmente. Em público. Pela primeira vez. Eu me chamo Beatrice. Beatrice Green. E estou muito feliz de conhecê-los.

44

Ao escrever estas linhas, minha cabeça está um pouco zonza, mas atribuo boa parte disso às indignidades da idade avançada. Minhas juntas rangem, minhas costas estão curvadas, meu cabelo perdeu a cor, ficou espigado e caiu. Todos os dias, fico mais leve, mais fraca e mais frágil. Minha pele mais parece um papel-arroz todo amassado, cobrindo um esqueleto feito de grama. É assim que funciona. Eu já fui Astrofísica e talvez ainda seja. Construí modelos matemáticos para mais bem compreender a composição das estrelas e empreguei esses fundamentos para prever estruturas cada vez maiores, contribuindo para uma compreensão unificada do movimento do universo. Todos os dias, meus olhos ficavam cheios de galáxias. Tomei posse de uma vida que era maior do que eu era, de uma presença no mundo que era maior do que aquela que um dia me disseram que poderia ter. Segurei os fios do universo nas mãos e tentei juntá-los. Eu poderia ter me dragonizado junto com meu primeiro e precioso amor. Mas não o fiz. Optei por *este* trabalho, este caminho, esta vida. Esta vida preciosa. Gostaria de ter podido optar pelas duas.

Meu caminho me levou a visitar universidades por todo o mundo, dando palestras, apresentando artigos científicos, esquadrinhando o universo, convencendo-o a revelar suas verdades absolutas, até que, enfim, me tornei chefe do Departamento de Física da instituição onde comecei meus estudos, a Universidade do Wisconsin, onde permaneci até me aposentar. Camilla, minha encantadora esposa – uma ceramista tagarela e, não raro, desbocada, natural de Roma –, reclamava amargamente do clima e reclamava apaixonadamente da comida, mas adorava morar perto das minhas tias-dragoa, que ainda viviam no mesmo prédio e ainda ganhavam a vida fazendo pão. Camilla cuidou, com ternura, de cada uma das minhas tias quando envelheceram, arrumando a casa, mantendo a horta, pilotando a cozinha e preparando caldeirões enormes de comida (sempre com as receitas da avó), fazendo questão que todos – das tias às enfermeiras que cuidavam delas, passando pelos diversos vizinhos e até pelo carteiro – fossem alimentados. Suas mãos de escultora eram delicadas e gentis. Ela acariciava o rosto das tias, arrumava as camas e segurou as mãos delas quando se foram. As dragoas a amavam como se fosse sua própria filha. Isso não deveria ter me surpreendido, mas surpreendeu. Às vezes, a natureza expansiva da família me deixa sem ar.

Camilla – *ah, céus*. Dói escrever o nome dela agora. A ferida é tão recente. O que mais posso dizer a não ser que nossa vida foi linda? Que ela era linda? Que as obras dela eram lindas? Camilla ampliou o mundo e me amarrou a ele – amarrou minha mente ao meu corpo, amarrou meu coração ao dela. Um nó inquebrantável. Às vezes, sinto que todas nós somos enganadas pelo amor, com sua exigência rígida de dor. Encontramos o amor da nossa vida e nos agarramos às pessoas que amamos quando somos ainda muito jovens, sem compreender que devemos, por causa de nossa natureza, morrer um dia. Em qualquer casamento bem-sucedido, um dos lados precisa encarar a realidade de ser muito velho e de estar muito só. O que é o luto se não um amor que perdeu seu objeto?

Se eu soubesse qual seria o fim dessa história, será que teria feito algo diferente? Será que ainda teria amado Camilla, de corpo e alma? Na minha imaginação, posso até enxergá-la me fazendo exatamente a mesma pergunta.

"Ah, minha querida", sinto meu coração responder. "Eu não mudaria um detalhe sequer."

Camilla faleceu apenas um mês após eu me aposentar, bem quando estávamos planejando viajar pelo mundo. Ainda vejo o rosto dela brilhando nas estrelas, de tempos em tempos. E é por isso que adotei o hábito de dormir na rede à noite. Beatrice continua morrendo de preocupação. Não para de me paparicar. Às vezes, desce voando e me carrega para dentro de casa no colo, como eu fiz com ela, como nossa mãe fez com nós duas, tanto tempo atrás. Mais uma vez, o passado e o presente se enroscam: dão voltas, se retorcem e se apertam. Tensão e reação, filamento, fricção e tempo. Um nó. Minha mãe compreendia tanta coisa, mesmo quando se enganava a respeito de tantas outras.

Construí uma casa no terreno onde avistei uma dragoa pela primeira vez. A casa original fora demolida há muito tempo, assim como o galinheiro. Beatrice me acusou de ser uma pessoa mórbida por querer morar tão perto de onde nossos pais tiveram uma vida tão infeliz juntos – apesar de aquela casa também ter sido derrubada há muito tempo. Eu falei que minha escolha tinha unidade, apesar de não ter explicado porquê. Nunca comentei com ela a transformação da velhinha – o grito, a briga e a pancada seca. Nunca comentei com ela daquele silencioso e assombrado *oh!* É estranho o fato de eu nunca ter comentado? Talvez. Mesmo agora, que tenho contexto e compreensão, essa lembrança continua sendo uma coisa difícil, cintilante e perigosa. Cacos de vidro nas prateleiras da minha mente. Mesmo assim, essa lembrança é minha. E eu a guardo com ternura, apesar de tudo.

Agora *eu* sou a velhinha que tem galinhas e horta. Que distribui lanchinhos, conversas ou um belo cesto de ovos para qualquer criança que passe por aqui, em troca de um pouco de companhia. Talvez seja esse o meu destino: ser a única coisa sensível em um mundo que, não raro, é insensível.

Agora, minha casa é repleta de pedaços da minha vida. Todos os cômodos contêm elementos do trabalho da minha mãe com nós – das cortinas aos trilhos de mesa –, cada um feito seguindo suas anotações e diagramas. Eu até consegui encontrar, guardado nos arquivos do Departamento de Matemática, um exemplar do seu trabalho de conclusão de curso: um tratado de topografia, que agora fica em exposição na mesa da minha sala de jantar. Quando minha madrasta faleceu, herdei uma caixa de chapéus que foram do meu pai, que agora ocupam uma prateleira por toda a sanca, todos silenciosos, vazios e, de certa forma, diminuídos. Todos os cantos da minha casa têm alguma obra de Camilla – suas travessas esculpidas, seus vasos ondulados e suas esculturas de nus feitas à mão com carinho. Cada obra tem a marca das mãos dela, e é a coisa mais próxima que tenho da lembrança do corpo de Camilla. Pintei as paredes do meu escritório com cenas de montanhas da Noruega, flores e *trolls*, para me lembrar da juventude que passei com Sonja. Mandei construir gazebos e poleiros altos para Beatrice ou qualquer outra dragoa que deseje parar para me visitar ou apenas para descansar as asas por um tempo. Todos os dias, trabalho na horta. Distribuo livros para moças furiosas, em homenagem à sra. Gyzinska, e escrevo cartas de recomendação quando se candidatam a uma vaga na universidade. E aprendi a consertar motores, como tributo à minha tia. A aposentadoria é uma coisa maravilhosa, no fim das contas. E ocupada por tarefas diversas. Recomendo fortemente.

Acordei hoje de manhã na rede, ou seja: Beatrice não passou por aqui. Estava por aí mudando o mundo de novo. Discursando. Organizando. Intimidando políticos, líderes mundiais ou pessoas do clero para que mudem de opinião e façam do planeta um lugar melhor. Beatrice, minha prima. Beatrice, minha irmã. Beatrice, minha filha. E agora, talvez, Beatrice, minha mãe, que cuida de mim quando meu corpo esmorece. Dou comida para as galinhas e rego os feijões. Pego uma tigela de fisális e fico procurando ovos. Depois descanso na espreguiçadeira que fica na horta e olho para o céu.

Pássaros voam em círculos lá em cima. Dragoas também. Coisas lindas. Existe tanta beleza.

Aqui perto, um cão late.

Aqui perto, um motor ronca.

Fecho os olhos e fico ouvindo o cantar das cigarras, chamando as companheiras de árvore em árvore. A memória é uma coisa estranha. Que se reorganiza e conecta. Que fornece contexto e clareza, que revela padrões e divergências. Encontra os buracos do universo e cerze, amarrando os fios com um nó apertado e inquebrantável.

Aprendi isso com minha mãe.

E agora vou ensinar para você.

Agradecimentos

Seções de agradecimentos em livros são, por natureza, incompletas. Provavelmente há milhares de pessoas que merecem meu agradecimento pela ajuda, pela gentileza e pelo cuidado que tiveram durante a criação deste livro, e muitas outras milhares que, provavelmente, nos esquecemos. Posso dizer que não teria sido capaz de seguir em frente se não fosse pelo incentivo de um grupo específico de escritores – Martha Brockenbrough, Olugbemisola Rhuday-Perkovich, Laurel Snyder, Laura Ruby, Tracey Baptiste, Anne Ursu, Kate Messner e Linda Urban – e pelas críticas construtivas e incisivas de outro grupo – Lyda Morehouse, Naomi Kritzer, Theo Lorenz, Adam Stemple e Eleanor Arnason, também conhecidos como Wyrdsmiths.

Preciso agradecer a Steven Malk, meu intrépido agente, que me incentivou, com todas as suas forças, a escrever este livro – francamente – bem maluco, apesar do fato de ele representar um desvio flagrante das minhas obras anteriores e estar bem fora de minha zona de conforto. "Divirta-se com ele", foi o que Steven disse depois de eu ter mostrado algumas páginas da primeira versão, nas quais um marido incauto era devorado com o maior entusiasmo. "Arranje confusão." E foi isso que eu fiz. E também gostaria de agradecer a Lee Boudreax, meu encantador editor, que acreditou nesta história desde a primeira palavra e cujo entusiasmo sem limites me deu coragem para dar a forma final a ela.

Também gostaria de agradecer aos gentis bibliotecários da Biblioteca Central de Minneapolis, assim como à biblioteca – de uma abrangência impressionante – da Sociedade Histórica de Minnesota. Gostaria de agradecer à Lei de Acesso à Informação, que permite que qualquer um – até escritores chinfrins como eu – leia as transcrições que registram os horrores em tempo real do Comitê de Atividades Antiamericanas da Câmara, durante a era McCarthy, para que nunca mais possamos repetir essa vergonhosa história.

E agradeço à minha família maravilhosa – meu marido, meus filhos, meus irmãos, meus pais, meus primos e a família que formei com meus vizinhos e amigos –, que é obrigada a conviver com uma pessoa que vive sendo sequestrada pela própria imaginação e que sente as dores do mundo. Trabalhar criando histórias exige que a pessoa fique em um estado permanente de vulnerabilidade brutal e de empatia atroz. Sentimos *tudo*. E isso nos dilacera por dentro. Não temos como fazer esse trabalho se não tivermos pessoas na nossa vida que nos amem incondicionalmente e nos remendem. Tenho tanta sorte de ser cercada por um amor sem limites. Tenho uma grande dívida para com o universo por receber tamanho carinho.

Costumo dizer que escrevo meus livros por acaso, e quase sempre estou falando sério quanto a isso. Com este livro, não foi diferente. Esta obra não existiria se não fosse por um maravilhoso editor e organizador de antologias chamado Jonathan Strahan, que fez a gentileza de me pedir um conto sobre dragões para um livro que estava organizando. Eu já estava convencida de que meus dias de escritora eram coisa do passado, mas concordei em escrever porque o sr. Strahan é tão *legal*, caramba. E, de toda forma, qual seria o problema de escrever só mais conto? E aí, o restante dos Estados Unidos e eu ouvimos, horrorizados e com uma fúria incandescente, ao corajoso e intrépido depoimento de Christine Blasey Ford, revelando que sofrera assédio sexual por parte de Brett Kavanaugh, indicado por Donald Trump para ser juiz da Suprema Corte. Christine implorou ao Senado para que voltassem atrás na decisão de permitir que Kavanaugh assumisse o cargo, que indicassem outra pessoa, e eu resolvi escrever uma história sobre raiva. E sobre dragões. Mas principalmente sobre raiva.

Só que as histórias são coisas engraçadas. Achamos que sabemos onde vão parar quando começamos a escrevê-las, mas elas têm vontade própria. São tão parecidas com nossos filhos, nesse sentido. Achei que estava escrevendo um conto. E essa história foi logo me comunicando que queria ser um romance. Quem era eu para discutir? Achei que estava escrevendo uma história sobre raiva. Não estava. Certamente, tem raiva neste romance, mas não é só isso. No fundo do coração, esta é uma história sobre memória e trauma. Sobre os danos que causamos a nós mesmos e à nossa comunidade quando nos recusamos a falar do passado. É uma história sobre as lembranças que não compreendemos e só conseguimos enxergar em seu devido contexto quando aprendemos mais sobre o mundo. Achei que estava escrevendo sobre um bando de mulheres poderosas que soltam fogo pelas ventas. E, apesar de essas mulheres certamente estarem presentes no livro, o livro não é sobre elas. É sobre um mundo que ficou de pernas para o ar por causa de traumas e foi obrigado a ficar em silêncio, pela vergonha. E esse silêncio cresce, se torna venenoso e contamina todo e qualquer aspecto da vida. Talvez isso não lhe soe estranho, nos tempos em que vivemos.

Este livro não é baseado na pessoa de Christine Blasey Ford nem em seu depoimento, mas não poderia existir sem a coragem dessa mulher, se ela não tivesse, calmamente, se atido aos fatos, se não estivesse disposta a reviver um dos piores momentos de sua vida para ajudar os Estados Unidos a se protegerem de si mesmos. As ações de Christine não surtiram o efeito desejado, mas mesmo assim são importantes. E talvez isso baste, na esperança ardente que temos de que a próxima geração entenda e faça o que precisa ser feito.

Este livro foi composto com tipografia Electra Std e impresso em papel Off-White 70 g/m² na Formato Artes Gráficas.